El misterio de las cabras y las ovejas

JOANNA CANNON

El misterio de las cabras y las ovejas

Traducción de
Antonia Martín Martín

Grijalbo

Título original: *The Trouble with Goats and Sheep*

Primera edición: octubre, 2016

© 2016, Joanna Cannon
© 2016, Penguin Random House Grupo Editorial, S. A. U.
Travessera de Gràcia, 47-49. 08021 Barcelona
© 2016, Antonia Martín Martín, por la traducción

Letra de «Bye Bye Baby»: © Bob Gaudio, Bob Crewe
Letra de «Knoc Three Times»: © Irwin Levine, L. Rusell Brown
Letra de «Crazy»: © Willie Nelson
Letra de «Save all your kisses for me»: © Tony Hiller, Lee Sheriden, Martin Lee

Printed in Spain — Impreso en España

ISBN: 978-84-253-5428-1
Depósito legal: B-17.322-2016

Compuesto en La Nueva Edimac, S. L.

Impreso en Liberdúplex
Sant Llorenç d'Hortons
(Barcelona)

GR54281

Penguin
Random House
Grupo Editorial

Para Arthur y Janice

La Avenida, número 4

21 de junio de 1976

La señora Creasy desapareció un lunes.

Sé que era lunes porque era el día que pasaban los basureros y toda la avenida olía a sobras de comida.

—¿Qué se traerá entre manos? —Mi padre señaló con la cabeza el visillo de la ventana de la cocina.

El señor Creasy deambulaba por la acera en mangas de camisa. Cada pocos minutos se detenía y, muy quieto, miraba con atención alrededor de su coche, un Hillman Hunter, y se inclinaba hacia el aire como si escuchara algo.

—Ha perdido a su mujer. —Como estaban distraídos, cogí otra tostada—. Aunque lo más probable es que por fin ella se haya pirado.

—¡Grace Elizabeth! —Mi madre, que estaba delante de la cocina, se dio la vuelta tan deprisa que algunas gotas de gachas de avena se desplazaron con ella y cayeron al suelo.

—Repito lo que dijo el señor Forbes —dije—. Margaret Creasy no volvió a casa anoche. Puede que por fin se haya pirado.

Los tres observamos al señor Creasy. Miraba con mucha atención los jardines de las casas, como si fuera posible que la

9

señora Creasy hubiera acampado en el arriate de plantas perennes de otra persona.

Mi padre perdió el interés y empezó a hablar con el periódico extendido delante.

—¿Es que escuchas a escondidas a nuestros vecinos? —me preguntó.

—El señor Forbes hablaba con su mujer en el jardín. Yo tenía la ventana abierta. Los oí sin querer, y eso está permitido. —Se lo expliqué a mi padre, pero dirigiéndome a Harold Wilson, el que había dimitido como primer ministro, que me miraba fijamente con su pipa desde la primera plana.

—Recorriendo la avenida arriba y abajo no se encuentra a una mujer —dijo mi padre—, aunque quizá tendría más suerte si probara en el número doce.

Observé la cara de mi madre cuando le respondió con una sonrisa. Daban por sentado que yo no entendía la conversación, y era mucho más cómodo que lo creyeran así. Mi madre dijo que yo estaba en una «edad difícil». Como yo no me consideraba una niña especialmente difícil, supuse que se refería a que a ellos les resultaba difícil.

—Quizá la hayan secuestrado —dije—. Quizá sea peligroso que vaya al colegio hoy.

—No hay ningún peligro —me dijo mi madre—, no te pasará nada. No lo permitiré.

—¿Cómo puede una persona desaparecer sin más? —Observé al señor Creasy, que iba y venía por la acera. Tenía los hombros caídos y caminaba sin levantar la vista de los zapatos.

—A veces la gente necesita tener su propio espacio —respondió mi madre mirando hacia los fogones—, se embarulla.

—Margaret Creasy sí que se embarullaba. —Mi padre pasó a la sección de deportes y agitó las páginas hasta que quedaron derechas—. Preguntaba demasiado. Se enrollaba como una persiana y no había forma de escapar.

—Se interesaba por la gente, Derek. Hasta las personas casadas se sienten solas a veces. Y no tenían hijos.

Mi madre me miró un instante como si reflexionara sobre si el último dato tenía alguna importancia, y a continuación echó unas cucharadas de gachas en un cuenco grande que tenía corazones violetas alrededor del borde.

—¿Por qué habláis de la señora Creasy en pasado? —pregunté—. ¿Está muerta?

—No, claro que no. —Mi madre dejó el cuenco en el suelo—. ¡Remington! —llamó a voces—, mamá te ha preparado el desayuno.

Remington entró en la cocina sin hacer ruido. Antes había sido un perro labrador, pero había engordado tanto que cualquiera lo diría.

—La señora Creasy aparecerá —comentó mi padre.

Había dicho lo mismo del gato del vecino. Desapareció hace años y desde entonces nadie lo ha visto.

Tilly me esperaba junto a la puerta del jardín, con un jersey que habían lavado a mano y que se había dado tanto de sí que le llegaba a las rodillas. Se había quitado las gomas de las coletas, pero aun así tenía el pelo como si todavía las llevara.

—Han matado a la señora del número ocho —le dije.

Caminamos en silencio por la avenida hasta la carretera principal. Íbamos juntas, aunque Tilly tenía que dar más pasos para mantenerse a mi altura.

—¿Quién vive en el número ocho? —me preguntó mientras esperábamos para cruzar la calle.

—La señora Creasy.

Lo dije en voz baja, por si acaso el señor Creasy había ampliado la búsqueda.

—Me caía bien la señora Creasy. Me estaba enseñando a hacer punto. Nos caía bien, ¿verdad que sí, Grace?

—Claro que sí, muy bien —dije.

Cruzamos la carretera y llegamos al callejón que había al lado del Woolworths. Aunque todavía no eran ni las nueve, las polvorientas aceras ardían y yo notaba que la ropa se me pegaba a la espalda. Los conductores iban con las ventanillas bajadas, de modo que en la calle se desparramaban fragmentos de música. Cuando Tilly se detuvo para cambiarse de hombro la cartera, me quedé mirando el escaparate. Estaba lleno de cazos y cacerolas de acero inoxidable.

—¿Quién la ha matado? —Un centenar de Tillys me hablaron desde el escaparate.

—Nadie lo sabe.

Vi a Tilly hablar a través de las cacerolas.

—¿Dónde estaba la policía?

—Supongo que vendrán más tarde —respondí—, deben de tener mucho trabajo.

Caminamos por los adoquines y con el golpeteo de las sandalias sobre la piedra parecíamos todo un ejército de pies. En invierno, con el hielo, nos agarrábamos a la valla y la una a la otra, pero ese día el callejón se extendía ante nosotras como un cauce cubierto de bolsas vacías de patatas fritas, hierbajos sedientos y polvo blanco y fino como harina que nos ensuciaba los dedos de los pies.

—¿Por qué te has puesto el jersey?

Tilly siempre llevaba jersey. Incluso con un calor abrasador, estiraba las mangas hasta que le cubrían los puños y las convertía en guantes. Tenía la cara de un color rosa muy pálido, como las paredes de nuestra sala de estar, y con el sudor se le habían deslizado unos rizos castaños sobre la frente.

—Mi madre dice que no debo pillar nada.

—¿Cuándo dejará de preocuparse? —Me enfadé y no supe por qué, lo que me enfureció aún más, y mis sandalias armaron mucho ruido.

—Creo que nunca. Me parece que es porque está sola. Tiene que preocuparse el doble para no quedarse atrás.

—No volverá a pasar. —Me paré y le retiré la cartera del hombro—. Puedes quitarte el jersey. Ahora no hay peligro.

Se me quedó mirando. Costaba adivinar los pensamientos de Tilly. Sus ojos, escondidos tras las gafas de culo de botella y montura negra, y el resto de su persona revelaban muy poco.

—Vale —dijo, y se quitó las gafas.

Se sacó el jersey por la cabeza, y cuando apareció al otro lado de la lana tenía la cara roja y con manchas. Me lo dio y lo volví del revés, como hacía mi madre, lo doblé y me lo puse sobre el antebrazo.

—Ya ves —dije—, no hay ningún peligro. No te pasará nada. No lo permitiré.

El jersey olía a jarabe contra la tos y a un jabón que yo no conocía. Lo llevé hasta que llegamos a la escuela, donde nos disolvimos en una riada de niños.

Hace un quinto de mi vida que conozco a Tilly Albert.

Llegó hace dos veranos en la parte de atrás de una gran furgoneta blanca y la descargaron junto con un aparador y tres sillones. La vi desde la cocina de la señora Morton mientras comía un bollito de queso y escuchaba la predicción meteorológica para los Broads de Norfolk. Nosotras no vivíamos en los Broads de Norfolk, pero la señora Morton había pasado unas vacaciones allí y le gustaba mantenerse informada.

La señora Morton se había quedado conmigo.

«¿Te quedas con Grace mientras echo una cabezadita?», le decía mi madre, pese a que la señora Morton apenas se quedaba conmigo, porque no paraba quieta: quitaba el polvo, horneaba y miraba por las ventanas. Mi madre pasó la mayor parte de 1974 echando cabezaditas, y por eso me quedaba muchos ratos con la señora Morton.

Miré la furgoneta blanca.

—¿Quiénes son esos? —pregunté con la boca llena de bollito.

La señora Morton tiró del visillo, que, colgado de un alambre, caía hasta la mitad de la ventana. Pendía más por la parte central, rendido por tantos tirones.

—Serán los nuevos —dijo ella.

—¿Quiénes son los nuevos?

—No lo sé. —Bajó el visillo un poquito más—. Pero no veo a ningún hombre. ¿Tú ves alguno?

Atisbé por encima del visillo. Había dos hombres, pero llevaban monos de trabajo y estaban atareados. La niña que había salido de la parte trasera de la furgoneta seguía en la acera. Era bajita, redonda y muy pálida, como un gigantesco guijarro blanco, y estaba embutida en un impermeable abotonado hasta el cuello, aunque no llovía desde hacía tres semanas. Torció el gesto, como si fuera a ponerse a llorar, se inclinó hacia delante y vomitó sobre sus zapatos.

—Qué asco —dije, y cogí otro bollito.

Antes de las cuatro de la tarde la tenía sentada a mi lado a la mesa de la cocina.

Fui a buscarla porque se había quedado sentada en el muro de delante de su casa, con cara de sentirse fuera de sitio. La señora Morton sacó la botella de Dandelion and Burdock y otro paquete de galletas de chocolate Penguin. Yo entonces no sabía que a Tilly no le gustaba comer delante de nadie; sujetó la galleta hasta que el chocolate se le escurrió entre los dedos.

La señora Morton escupió en un pañuelo de papel y le limpió las manos, aunque tenía el grifo a solo tres pasos. Tilly se mordió el labio y miró por la ventana.

—¿A quién buscas? —le pregunté.

—A mi madre. —Tilly regresó y se quedó mirando a la señora Morton, que volvió a escupir—. Solo quería comprobar que no me está viendo.

—¿No buscas a tu padre? —dijo la señora Morton, que era de lo más oportunista.

—No sabría dónde mirar. —Tilly se limpió discretamente las manos en la falda—. Creo que vive en Bristol.

—¿En Bristol? —La señora Morton se guardó el pañuelo de papel en la manga de la rebeca—. Tengo una prima que vive en Bristol.

—En realidad me parece que quizá era Bournemouth.

—Vaya. —La señora Morton frunció el ceño—. No conozco a nadie que viva ahí.

—No, yo tampoco —dijo Tilly.

Pasamos las vacaciones de verano a la mesa de la cocina de la señora Morton. Al cabo de un tiempo Tilly se sintió lo bastante a gusto para comer con nosotras. Se llevaba a la boca cucharadas de puré de patata muy despacito y sisaba guisantes cuando los desgranábamos sentadas sobre hojas de periódico en la alfombra de la sala de estar.

—¿Queréis una Penguin o una Club?

La señora Morton siempre intentaba endosarnos galletas de chocolate. Guardaba una lata llena en la despensa y no tenía hijos. La despensa era un lugar cavernoso, atestado de galletas rellenas de vainilla y barritas de caramelo cubierto de chocolate, y a menudo yo tenía la loca fantasía de que me quedaba encerrada allí toda una noche y me atiborraba de mousse Angel Delight hasta reventar.

—No, gracias —decía Tilly con una boca muy chiquitita, como si temiera que la señora Morton fuera a meterle algo sin previo aviso—. Mi madre ha dicho que no debo comer chocolate.

—Algo debe de comer —comentó la señora Morton más tarde, mientras veíamos a Tilly desaparecer detrás de la puerta de su casa—, porque parece un barrilito.

La señora Creasy seguía desaparecida el martes, y aún más desaparecida el miércoles, cuando había quedado en vender números para la rifa del British Legion. El jueves su nombre pasaba por encima de las vallas de los jardines y atravesaba las colas que se formaban ante el mostrador de las tiendas.

¿Y qué hay de Margaret Creasy?, preguntaba alguien. Y era como si sonara el pistoletazo de salida.

Mi padre pasaba el tiempo a buen recaudo en una oficina situada en la otra punta de la ciudad, y cuando llegaba a casa había que explicarle cómo había ido el día. Sin embargo, cada noche mi madre le preguntaba si había oído algo acerca de la señora Creasy, y cada noche él lanzaba un suspiro que le salía del fondo de los pulmones, meneaba la cabeza e iba a sentarse con un botellín de cerveza rubia y el presentador de las noticias Kenneth Kendall.

El sábado por la mañana Tilly y yo estábamos sentadas en el muro de ladrillo de delante de mi casa, balanceando las piernas como si fueran péndulos. Observábamos la de los Creasy, que tenía la puerta principal entornada y todas las ventanas abiertas, como para que a la señora Creasy le resultara más fácil encontrar el camino de vuelta. En el garaje, el señor Creasy sacaba cajas de las columnas de cartón y examinaba el contenido de cada una.

—¿Crees que la mató él? —me preguntó Tilly.

—Supongo que sí.

Hice una pausa antes de dar el último parte.

—Desapareció sin llevarse ningún par de zapatos.

A Tilly se le saltaron los ojos; parecía una merluza.

—¿Cómo lo sabes?

—La señora de la oficina de correos se lo ha contado a mi madre.

—A tu madre no le cae bien la señora de la oficina de correos.

—Ahora sí —dije.

El señor Creasy atacó otra caja. Se volvía más caótico con cada una que abría: esparcía el contenido a sus pies y mantenía un diálogo dubitativo consigo mismo en voz baja.

—No tiene pinta de asesino —dijo Tilly.

—¿Qué pinta tienen los asesinos?

—Suelen llevar bigote y son mucho más gordos.

Tenía metido en la nariz el olor a asfalto ardiente y cambié la posición de las piernas sobre los ladrillos caldeados. Era imposible escapar del calor. Estaba presente cada día cuando nos despertábamos, incesante y tenaz, suspendido en el aire como una discusión inacabada. Impregnaba nuestros días y los llevaba a aceras y patios; incapaces de aguantar entre ladrillos y cemento, salíamos a derretirnos a la calle, llevando nuestra vida con nosotros. Estaba permitido tener comidas, conversaciones y riñas al aire libre, donde se atizaban y desmandaban. Hasta la avenida había cambiado. Se abrían fisuras gigantescas en los céspedes amarillentos y daba la sensación de que los senderos eran blandos e inestables. Lo que antaño había sido sólido e invariable se había vuelto flexible e incierto. Ya nada parecía seguro. La temperatura había destruido los lazos que mantenían todo unido (eso decía mi padre), pero los cambios parecían aún más siniestros. Era como si la avenida entera se alterara y se estirase e intentase huir.

Una mosca gordota dibujó un ocho bailando alrededor de la cara de Tilly.

—Mi mamá dice que la señora Creasy desapareció por culpa del calor. —Espantó a la mosca con el dorso de la mano—. Mi mamá dice que con el calor la gente hace cosas raras.

Observé al señor Creasy. Había mirado ya todas las cajas y estaba acuclillado en el suelo del garaje, quieto y en silencio, rodeado de restos del pasado.

—Es probable —dije.

—Mi mamá dice que hace falta que llueva.

—Probablemente tiene razón.

Miré el cielo, que se extendía en lo alto como un océano. No caería ni una gota en los siguientes cincuenta y seis días.

Saint Anthony

27 de junio de 1976

El domingo fuimos a la iglesia y pedimos a Dios que encontrara a la señora Creasy.

Mis padres no lo pidieron, pues se quedaron en la cama, pero la señora Morton y yo nos sentamos cerca de la primera fila para que Dios nos oyera mejor.

—¿Cree que dará resultado? —le susurré cuando nos arrodillamos sobre los cojines resbaladizos.

—Bueno, no hará ningún mal.

No entendía la mayor parte de lo que decía el pastor pero, como de vez en cuando me sonreía, intenté aparentar inocencia e interés. La iglesia, que olía a cera y a papel viejo, nos cobijaba de un sol gordo. Las nervaduras de madera del techo se curvaban sobre los feligreses, cuyo calor y sudor absorbía la piedra, fría y seca. Yo tiritaba bajo el vestido de algodón. Nos habíamos repartido en los bancos para que la iglesia pareciera llena, pero me acerqué poco a poco a la señora Morton y al calor de su rebeca. Me tendió la mano y se la cogí, pese a que ya era demasiado mayor para eso.

Las palabras del párroco retumbaban en la piedra y sonaban como truenos distantes.

—«Seré hallado por vosotros, dice el Señor; haré volver a vuestros cautivos.»

Observé que una gotita de sudor abría un camino en la sien de la señora Morton. Era fácil adormilarse en la iglesia si te colocabas en el ángulo correcto.

—«Los perseguiré con espada, con hambre y con peste. Por cuanto no escucharon mis palabras.»

Eso me llamó la atención.

—«Por cuanto en mí han puesto su amor, yo también los libraré; los protegeré, por cuanto han conocido mi nombre. Me invocarán, y yo les responderé.»

Contemplé la gruesa cruz dorada del altar. Ofrecía el reflejo de todos y cada uno de nosotros: los piadosos y los impíos; los oportunistas y los devotos. Cada uno tenía sus motivos para estar en la iglesia, en silencio y expectante, oculto entre las páginas del himnario. ¿Cómo se las arreglaría Dios para respondernos a todos?

—Cordero de Dios —dijo el cura—, que quitas el pecado del mundo, ten piedad de nosotros.

Y me pregunté si estábamos pidiendo a Dios que encontrara a la señora Creasy o tan solo que le perdonara que hubiera desaparecido.

Salimos a la mantecosa luz del sol, que se había extendido sobre las tumbas, de modo que blanqueaba las lápidas y hacía resaltar el nombre de los muertos. Observé cómo ascendía poco a poco por las paredes de la iglesia hasta alcanzar los vitrales, donde arrojó esquirlas escarlatas y violetas hacia un cielo despejado. Un grupo de mujeres eficientes con sombrero había absorbido a la señora Morton y su mano, y por eso paseé por el cementerio describiendo prudentes líneas horizontales, no fuera a ser que pisara a alguien sin querer.

Me gustaba sentir la tierra bajo los zapatos. Me parecía segura y experimentada, como si los huesos sepultados le hubieran aportado sabiduría. Pasé por delante de varios Ernest, Maud y Mabel, amados y recordados ya solo por los dientes de león que crecían alrededor de sus nombres, hasta que un camino de grava bien delimitado me llevó a la parte del ábside. En esa zona las tumbas eran muy antiguas, el liquen había devorado todo rastro de quiénes habían sido, e hileras de personas olvidadas me miraban de hito en hito desde lápidas que se encorvaban y tambaleaban como borrachos en la tierra.

Me senté en la hierba recién segada, detrás de una tumba adornada con volutas verdes y blancas. Sabía que las mujeres con sombrero tendían a requerir mucho tiempo y empecé a confeccionar una guirnalda de margaritas. Iba por la quinta flor cuando se abrió la puerta del presbiterio y salió el párroco. El viento le levantó la sobrepelliz y se hinchó como una sábana en la cuerda de un tendedero. Atravesó el cementerio para recoger una bolsa vacía de patatas fritas y cuando regresó a la entrada se quitó un zapato y lo golpeó contra la puerta de la iglesia para retirar los trocitos de hierba cortada.

Yo no sabía que eso estuviera permitido.

—¿Por qué desaparece la gente? —le pregunté desde detrás de la lápida.

Siguió golpeando el zapato, pero más despacio, y volvió la cabeza.

Me di cuenta de que no me veía. Me levanté.

—¿Por qué desaparece la gente? —repetí.

El párroco se calzó el zapato y se acercó a mí. Era más alto que en la iglesia y muy serio. En la frente tenía arrugas profundas y marcadas, como si la cara hubiera pasado todo el tiempo intentando resolver un problema importantísimo. En lugar de mirarme, clavó los ojos en las lápidas.

—Por muchas razones —dijo al fin.

Era una birria de respuesta. Yo sola habría llegado a ella y ni siquiera tenía a Dios para preguntarle.

—¿Como cuáles?

—Se apartan del camino. Se desvían de su rumbo. —Me miró y yo le miré a él guiñando los ojos por el sol—. Se extravían.

Pensé en los Ernest y las Maud y las Mabel.

—O se mueren —dije.

Frunció el entrecejo y repitió mis palabras.

—O se mueren.

El párroco olía igual que la iglesia. La fe había quedado atrapada entre los pliegues de su ropa, y se me llenaron los pulmones del aroma a tapices y a velas.

—¿Cómo se impide que la gente desaparezca? —le pregunté.

—Se les ayuda a encontrar a Dios. —Cambió de postura y la grava crujió alrededor de sus zapatos—. Si Dios existe en una comunidad, nadie se extravía.

Reflexioné sobre nuestra urbanización. Los niños sin asear que salían en tromba de las casas y las discusiones alcohólicas que escapaban por las ventanas. Me costaba imaginar que Dios pasara mucho tiempo allí.

—¿Cómo se encuentra a Dios? —le pregunté—. ¿Dónde está?

—Está en todas partes. En todas partes. —Agitó los brazos alrededor para mostrármelo—. Solo tienes que mirar.

—Y si encontramos a Dios, ¿todo el mundo estará a salvo?

—Por supuesto.

—¿Incluso la señora Creasy?

—Naturalmente.

Un cuervo surgió del tejado de la iglesia y un grito asesino rompió el silencio.

—No entiendo cómo puede Dios hacerlo —dije—. ¿Cómo impide que desaparezcamos?

—Ya sabes que el Señor es nuestro pastor, Grace. No somos más que ovejas. Solo ovejas. Si nos desviamos del camino, es preciso que Dios nos encuentre y nos lleve a casa.

Me miré los zapatos mientras reflexionaba sobre sus palabras. La hierba se había hundido en la trama de mis calcetines y me había dibujado nítidas líneas rojas en la carne.

—¿Por qué tienen que morir las personas? —pregunté, pero al alzar la mirada vi que el párroco había regresado a la puerta del presbiterio.

—¿Vendrás al salón parroquial a tomar el té? —me preguntó a voces.

No me apetecía nada ir. Prefería volver con Tilly. Su madre no creía en las religiones institucionales y le preocupaba que el párroco nos lavara el cerebro. De todos modos, tenía que aceptar, pues, si no, sería como rechazar a Jesús.

—Claro —le dije, y me sacudí las briznas de hierba que tenía en las rodillas.

Caminé detrás de la señora Morton por el sendero que discurría entre la iglesia y el salón. Los márgenes rebosaban de verano: estrelladas y ranúnculos y altísimas dedaleras, cuyas fértiles campanillas violetas expulsaban nubes de polen. El viento había cesado y quedaba una cuchilla de calor que se me clavaba en la piel de la parte superior de los brazos; por su culpa, hablar suponía un gran esfuerzo. Avanzábamos despacio en fila india: peregrinos silenciosos atraídos hacia un santuario de té y licores estomacales, todos aprisionados en ropas de domingo y orlados de sudor.

Cuando llegamos al aparcamiento vi a Tilly sentada en el muro. Estaba untada con protector solar y llevaba puesto un sueste.

—Es el único gorro que he encontrado —dijo.

—Pensaba que tu madre no quería que fueras religiosa. —Le tendí la mano.

—Ha ido a reponer productos en los estantes de la cooperativa —dijo Tilly, que bajó sin ayuda del muro de ladrillos.

El salón parroquial era un edificio achaparrado y blanco al final del sendero, y daba la impresión de que lo habían dejado ahí mientras se decidía qué hacer con él. En el interior resonaba el tintineo de las tazas de té y de la eficiencia. Los zapatos de domingo taconeaban sobre el parquet y, en un rincón, unos gigantescos dispensadores de acero inoxidable de agua caliente, leche y café bufaban y siseaban.

—Yo tomaré Bovril —dijo Tilly.

Observé a la señora Morton cuando fue a pedir las bebidas al otro extremo de la sala. Enviudar a una edad temprana la había obligado a tejer una vida con retazos de las de otras personas, y a base de hornear, interesarse y hacer punto se había creado un aura de indispensabilidad. Me pregunté quién sería la señora Morton si aún tuviera marido…, si el señor Morton no hubiera buscado la cassette de los New Seekers en el suelo del coche mientras conducía y no se hubiera estampado de cabeza contra la mediana de la M4. Había una pasajera (murmuraba la gente), que se presentó en el funeral con un traje negro largo, hasta los tobillos, y los labios pintados de carmesí, y que sollozó con tal fuerza que un sacristán, nervioso, tuvo que sacarla de la iglesia. Yo no recuerdo nada de eso. Era demasiado pequeña. Solo conocía a la señora Morton como era en ese momento: pulida y vestida de tweed, y matraqueando como un guijarro en una vida hecha para dos.

—Bovril.

La señora Morton entregó una taza a Tilly. Sabíamos que no se la bebería, pero hacíamos la comedia, incluso Tilly, que se la acercó a la cara hasta que el vapor le empañó las gafas.

—Señora Morton, ¿usted cree en Dios? —Me la quedé mirando.

Tilly y yo esperamos.

No respondió al instante, sino que buscó con los ojos una respuesta en las vigas del techo.

—Creo en la necesidad de no preguntar tonterías los domingos por la mañana —contestó al fin, y fue al cuarto de baño.

El salón se había llenado. Había mucha más gente que en la iglesia, y los pantalones vaqueros se mezclaban con la ropa de domingo. Por lo visto Jesús tenía mayor tirón si ofrecía galletas de pasas. Había gente de nuestra avenida: los Forbes, el hombre que no paraba de segar el césped y la mujer de la casa de la esquina, rodeada de una patulea de niños. Se le agarraban a las caderas y a las piernas, y vi que se metía galletas en el bolsillo. Todo el mundo llevaba el periódico bajo la axila y las gafas sobre la frente, y en un rincón un pomerania discutía con un border collie. La gente hablaba de la escasez de agua y del nuevo primer ministro, James Callaghan, y de si la señora Creasy había aparecido ya. No, no había noticias suyas.

Nadie mencionaba a Jesús.

En realidad creo que si Jesús hubiera entrado en la sala nadie se habría dado cuenta, a menos que hubiera llegado con un bizcocho relleno de vainilla y mermelada de frambuesa.

—¿Tú crees en Dios? —le pregunté a Tilly.

Estábamos sentadas en un rincón, en sillas de plástico azul que nos sacaban el sudor de la piel. Tilly olisqueaba la taza de Bovril y yo tenía las rodillas pegadas al pecho, como un escudo. Veía a la señora Morton a lo lejos, atrapada por una mesa de caballetes y dos mujeres corpulentas con delantales floreados.

—Supongo —dijo—. Creo que Dios me salvó cuando estaba en el hospital.

—¿Cómo lo sabes?

—Mi madre se lo pedía todos los días. —Frunció el ceño mirando la taza—. Dejó de quererle cuando me recuperé.

—No me lo habías dicho. Siempre decías que eras demasiado pequeña para acordarte.

—De eso sí me acuerdo, y de que era Navidad y las enfermeras llevaban cintas de espumillón en el pelo. No recuerdo nada más.

Y así era. Yo le había preguntado, muchas veces. Ella decía que era mejor que los niños no conocieran todos los hechos, y las palabras salían entrecomilladas de su boca.

La primera vez que me lo contó, lo lanzó a la conversación con perfecta indiferencia, como un naipe. Yo nunca había conocido a nadie que hubiera estado a punto de morir y al principio ataqué el tema con una fuerte curiosidad. Luego llegó la fascinación. Tenía que saberlo todo, para coser los detalles con el empeño de protegerla. Como si de algún modo oír la verdad fuera a salvarnos de ella. Si yo hubiera estado en un tris de morir, tendría listo un discurso entero para soltarlo a bote pronto, pero Tilly solo recordaba el espumillón y que le pasaba algo en la sangre. No era suficiente..., ni siquiera cuando junté todas las palabras a modo de plegaria.

Después de que me lo contara, me uní a su madre en una muda conspiración de vigilancia. Tilly estaba vigilada cuando corríamos bajo el uniforme cielo de agosto; sin aliento, yo volvía la cabeza y esperaba a que sus piernas alcanzaran las mías. Se la protegía del verano sofocante con el paraguas de golf de mi padre, con una vida alejada de los bordillos y de las grietas de las aceras, y cuando septiembre llegó con niebla y lluvia se la colocó tan cerca de la estufa de gas que en las piernas le apareció una trama roja.

Velaba por ella sin descanso, inspeccionaba su vida en busca de la menor vibración de un cambio, pero Tilly no lo sabía. Mis desvelos eran silenciosos; la obsesión callada de que me arrebataran a la única amiga que había tenido, y solo porque no me hubiera concentrado lo suficiente.

En el salón la algarabía dio paso a un murmullo de voces. Era una máquina que con el bochorno funcionaba al ralentí, alimentada por rumores y opiniones, y contemplábamos un motor de carne cocida y de pies de gente. Delante de nosotras el señor Forbes llevaba por el aire una tartaleta de almendras y cerezas y expresaba su parecer mientras el calor le impregnaba poco a poco la tela de la camisa.

—Se despertó un lunes y ella no estaba. Se había esfumado.

—No hay quien se lo crea —dijo Eric Lamb, que todavía tenía pedacitos de hierba cortada en los bajos del pantalón.

—Vive el momento, es lo que digo yo.

Vi que el señor Forbes cogía otra tartaleta de almendras y cerezas, como para demostrar su afirmación.

La señora Forbes no hablaba. Arrastraba las sandalias sobre el parquet en espiga y hacía girar una taza de té en el platillo. La preocupación le había ajado el rostro.

El señor Forbes se la quedó mirando mientras hacía desaparecer la tartaleta de almendras y cerezas.

—Deja de mortificarte, Dorothy. No tiene nada ver con aquello.

—Claro que tiene que ver con aquello —dijo ella—. Lo sé.

El señor Forbes meneó la cabeza.

—Díselo tú, Eric. A mí no quiere escucharme.

—Aquello es agua pasada. Esto tendrá que ver con otra cosa. Una riña sin importancia, seguro que es eso —dijo Eric Lamb.

Me pareció que su voz era más suave y que reflejaba tranquilidad, pero la señora Forbes continuó moviendo los pies y aprisionó sus pensamientos detrás de una frente arrugada.

—O el calor —apuntó el señor Forbes dándose unas palmaditas en el estómago para asegurarse de que la tartaleta había llegado sana y salva a su destino—. Con un tiempo como este la gente hace cosas raras.

—Eso es —afirmó Eric Lamb—, seguro que es el calor.

La señora Forbes levantó los ojos de la taza de té, sin dejar de hacerla girar. Su sonrisa era forzada.

—Si no, estamos jodidos, ¿verdad? —dijo.

Los tres se quedaron en silencio. Vi que intercambiaban una mirada y que el señor Forbes se limpiaba las migas de la boca con el dorso de la mano. Eric Lamb no despegó los labios. Cuando la mirada llegó a sus ojos, bajó la vista al suelo para evitarla.

Al cabo de un rato la señora Forbes dijo «a este té le hace falta más leche» y desapareció tras una muralla de carne bronceada.

Di un toque a Tilly en el brazo y un chorrito de Bovril cayó en el plástico azul.

—¿Lo has oído? —le pregunté—. La señora Forbes ha dicho que están jodidos.

—No es un comentario muy adecuado para un salón parroquial, ¿verdad? —dijo Tilly, que no se había quitado el sueste. Limpió el Bovril con el borde del jersey—. La señora Forbes está un poco rara últimamente.

Era cierto. El día anterior la había visto deambular en camisón por el jardín y tener una larga conversación con los arriates de flores.

Es el calor, había dicho el señor Forbes al llevarla de vuelta a casa con una taza de té y la revista *Radio Times*.

—¿Por qué la gente culpa de todo al calor? —preguntó Tilly.

—Es más fácil.

—¿Más fácil que qué?

—Más fácil que explicar a todo el mundo las verdaderas razones.

Apareció el párroco.

Supimos que había llegado aun antes de verlo porque las conversaciones empezaron a interrumpirse con toses y a decaer. Atravesó el gentío, que se recomponía a su espalda, como si fuera la superficie del mar Rojo. Parecía deslizarse bajo la sotana y lo rodeaba un aura de quietud, por lo que quienes se le acercaban parecían hiperactivos y un tanto histéricos. La gente se enderezaba un poco más cuando le estrechaban la mano, y vi que la señora Forbes hacía lo que me pareció una ligera reverencia.

—¿Qué ha dicho en la iglesia? —me preguntó Tilly mientras lo veíamos recorrer la sala.

—Ha dicho que Dios persigue a la gente con cuchillos si no le escuchan como es debido.

Tilly volvió a olisquear la taza de Bovril.

—No sabía que hiciera eso —dijo al cabo de unos instantes.

En ocasiones me costaba trabajo apartar la vista de ella. Era casi transparente, frágil como el cristal.

—Ha dicho que, si encontramos a Dios, Él nos protegerá.

Tilly levantó la cabeza. Tenía un pegote de protector solar en la punta de la nariz.

—Gracie, ¿tú crees que desaparecerá alguien más?

Pensé en las lápidas y en la señora Creasy y en los céspedes amarillentos y agrietados.

—¿Necesitamos que Dios nos proteja? —añadió—. ¿No estamos a salvo tal como estamos?

—Ya no estoy segura de saberlo.

Me la quedé mirando y ensarté mis preocupaciones como si fueran cuentas.

El párroco terminó su recorrido por la sala y desapareció, como el ayudante de un mago, tras una cortina que había al lado del escenario. El motor de la conversación volvió a ponerse en marcha, débilmente al principio, y vacilante; poco a poco cobró fuerza hasta alcanzar el volumen de antes y el aire se llenó de comentarios sobre la prohibición de regar el césped debido a la sequía y de anécdotas acerca de vecinos desaparecidos.

Es probable que la reunión hubiera continuado así. Es probable que hubiera seguido su curso y se hubiera prolongado hasta que la gente hubiese regresado a casa, a atiborrarse de coles de Bruselas, si el señor Creasy no hubiera irrumpido por las puertas dobles y recorrido el salón de punta a punta ante un público sobresaltado. El silencio lo seguía por la estancia, de modo que tan solo se oía el ruido de una taza en un platillo y el de los codazos que se daba la gente.

Se detuvo delante del señor Forbes y de Eric Lamb, con la cara deformada por la ira. Tilly dijo más tarde que pensó que el señor Creasy iba a pegar a alguien, pero a mí me pareció que estaba demasiado asustado para pegar a nadie.

Las palabras permanecieron unos segundos en sus ojos antes de que las pronunciara:

—Se lo dijiste a ella, ¿verdad?

Era un susurro que quería ser grito y que le dejó la boca cubierta de furia y saliva.

El señor Forbes se apartó del público y condujo al señor Creasy hacia una pared. Le oí decir «hostia» y «cálmate» y «por el amor de Dios», y luego: «No le dijimos nada».

—¿Por qué otro motivo iba a irse sin más ni más? —dijo el señor Creasy.

Daba la impresión de que la ira lo paralizaba, y se convirtió en un monigote furioso, firme e inmóvil, si bien de debajo de la camisa le subía al cuello un color rojo intenso.

—No lo sé —respondió el señor Forbes—, pero si se enteró no fue por nosotros.

—No somos tan idiotas —intervino Eric Lamb. Volvió la cabeza para mirar el mar de tazas y de curiosidad—. Salgamos de aquí, te llevaremos a tomar una copa.

—No quiero ninguna copa, maldita sea. —El señor Creasy silbó como una serpiente—. Quiero que vuelva mi mujer.

No tenía elección. Lo sacaron de la sala, como carceleros.

Observé a la señora Forbes.

Se quedó mirando la puerta mucho rato después de que se hubiera cerrado tras ellos.

La Avenida, número 4

27 de junio de 1976

Las calles de nuestra urbanización llevaban nombres de árboles. Al salir del salón parroquial Tilly y yo regresamos a casa por un callejón que separaba Sycamore y Cedar. A ambos lados, cuerdas con ropa tendida como banderines cruzaban los jardines vacíos a la espera de que soplara una pizca de viento, y mientras caminábamos las gotas de agua tocaban una melodía sobre los caminos de hormigón.

Nadie era consciente de que en el futuro, durante muchos años, se seguiría hablando de ese verano; de que cada ola de calor que hubiera se compararía con aquella, y de que quienes la habían vivido menearían la cabeza y sonreirían siempre que alguien se quejara de la temperatura. Fue un verano de liberación. Un verano de pelotas saltarinas y de *dancing queens*, en el que Dolly Parton suplicó a Jolene que no le quitara a su hombre y en el que todos contemplamos la superficie de Marte y nos sentimos pequeños. Teníamos que compartir el agua de la bañera y llenar hasta la mitad el hervidor, y solo estaba permitido tirar de la cadena después de lo que la señora Morton denominaba una «ocasión especial». El único problema era que todo el mundo se enteraba de cuándo teníamos una ocasión especial, lo que resultaba un poco bochornoso. La señora Morton decía que acabaríamos usando cubos y fuentes de la calle si no teníamos cuidado. Formaba parte de un grupo de vigilancia, que denunciaba a quienes regaban el jardín por la noche. (Ella usaba el agua de lavar los platos, lo cual estaba permitido.) «Solo dará resultado si todos arrimamos el hombro», decía. Yo sabía que no era cierto, claro, porque el césped del señor Forbes no estaba amarillento y quebradizo como el de los demás, sino que presentaba una tonalidad verde que resultaba sospechosa.

Oí la voz de Tilly a mi espalda. Rebotaba en las tablas resecas de las vallas de ambos lados, que a fuerza de calor se volvían blancas.

¿Qué te parece?, decía.

Desde Pine Crescent, Tilly había estado dándole vueltas a las palabras del señor Creasy, tratando de acomodarlas en una opinión.

—¡Me parece que el señor y la señora Forbes están en el ajo! —le respondí a gritos.

Sus piernas forcejearon con la frase hasta que por fin me alcanzó.

—¿Crees que la asesinaron ellos?

—Creo que la mataron juntos.

—No sé si dan el tipo —dijo—. Mi mamá piensa que los Forbes son anticuados.

—No, son muy modernos. —Encontré un palo y lo pasé por la valla—. Tienen una SodaStream, para hacer refrescos en casa.

La mamá de Tilly consideraba anticuado a todo el mundo. La mamá de Tilly tenía pendientes largos, bebía Campari y siempre vestía prendas de gasa. Cuando hacía frío, solo llevaba capas de gasa que la envolvían como un sudario.

—Mi mamá dice que el señor y la señora Forbes son personas curiosas.

—Bueno, ella sabrá.

Con el calor, las puertas traseras se dejaban abiertas y el olor a rebozados y a bandejas de horno escapaba de la vida de otras personas. Incluso a treinta y dos grados se hervían coles de Bruselas en los fogones y los jugos que goteaban de la carne bañaban platos fuertes.

—Detesto los domingos —dije.

—¿Por qué? —Tilly encontró otro palo y lo arrastró al lado del mío.

Ella no detestaba nada.

—No es más que la víspera del lunes —respondí—. Siempre está demasiado vacío.

—Pronto nos darán las vacaciones. Tendremos seis semanas con nada más que domingos.

—Ya lo sé. —El palo martilleó mi aburrimiento en la madera.

—¿Qué haremos con las vacaciones?

Llegamos al final de la valla y el callejón quedó en silencio.

—Todavía no lo he decidido —dije, y solté el palo.

Caminamos hacia Lime Crescent. Las sandalias lanzaban piedrecitas sueltas a bailar por la calzada. Levanté la cabeza, pero la luz del sol reflejada en coches y ventanas me hirió los ojos. Entrecerré los párpados y volví a probar.

Tilly no se fijó, pero yo las vi enseguida. Una pandilla de niñas, un uniforme compuesto de pelo escalado a lo Suzy Quatro y brillo de labios, con manos hundidas en los bolsillos que formaban alas de tela vaquera. Estaban en la esquina de enfrente, sin hacer nada salvo ser mayores que yo. Advertí que sopesaban nuestra presencia mientras medían la acera con botas gastadas y mascaban chicle. Eran un punto de libro, una página que yo aún tenía que leer, y quería estirarme todo lo posible para llegar ahí.

Las conocía a todas. Las había observado durante mucho tiempo desde los márgenes de sus vidas; sus caras me resultaban tan familiares como la mía. Las miré buscando un indicio de saludo, pero no hubo ninguno. Ni siquiera cuando mis ojos quisieron verlo. Ni siquiera cuando aflojé el paso hasta casi detenerme. Tilly siguió andando y agrandé la distancia entre las dos mientras unas miradas cargadas de opinión reflejaban la mía. No sabía qué hacer con los brazos, de modo que me rodeé la cintura con ellos y procuré que el sonido de mis sandalias fuera más rebelde.

Tilly me esperó al doblar la esquina.

—¿Qué hacemos ahora?

—Ni idea —mascullé.

—¿Vamos a tu casa?

—Vale —farfullé.

—¿Por qué hablas así?

Descrucé los brazos.

—No lo sé.

Sonrió y yo también sonreí, aunque eran sonrisas inquietas.

—Trae —dije, y le quité el sueste para ponérmelo yo.

Se echó a reír y alargó la mano para recuperarlo.

—Hay quienes no pueden llevar sombrero, Gracie. Debe estar donde corresponde.

Enlacé el brazo con el suyo y caminamos hacia mi casa. Pasamos por delante de céspedes idénticos, vidas calcadas e hileras de casas adosadas, que esposaban a las familias por coincidencia y por casualidad.

E intenté que eso me bastara.

Cuando llegamos a casa, mi madre pelaba patatas y hablaba con Jimmy Young, el del programa de música de la radio, que estaba en el estante que tenía por encima de la cabeza. Asentía y le sonreía mientras llenaba de tierra el fregadero.

—Has estado fuera mucho rato.

No supe si se dirigía a mí o a Jimmy.

—Hemos estado en la iglesia —dije.

—¿Lo habéis pasado bien?

—No mucho.

—Estupendo —dijo, y sacó otra patata del barro.

Tilly escondió la risa en el jersey.

—¿Dónde está papá?

Saqué dos quesitos de la nevera y vacié un paquete de Quavers en un plato.

—Ha ido a comprar el periódico —respondió mi madre, y sumergió las patatas con un poco más de confianza—. No tardará en volver.

«Pub», le dije a Tilly en silencio, moviendo los labios.

Desenvolví un quesito y Tilly se quitó el sueste, oímos cantar a Brotherhood of Man y observamos a mi madre que daba forma a las patatas.

«*Save all your kisses for me*», decía la radio, «guárdame todos tus besos», y Tilly y yo hicimos el baile con los brazos.

—¿Crees en Dios? —le pregunté a mi madre cuando terminó la canción.

—A ver, ¿creo en Dios? —Empezó a pelar más despacio y clavó la vista en el techo.

Yo no entendía por qué todo el mundo miraba al cielo cuando le preguntaba eso. Como si esperaran que Dios fuera a aparecer en las nubes para darles la respuesta correcta. De ser así,

Dios defraudó a mi madre, cuya contestación seguíamos esperando cuando mi padre apareció en la puerta trasera sin ningún periódico y con los ojos aún empañados del British Legion.

Envolvió a mi madre como si fuera una sábana.

—¿Cómo está mi guapa mujercita?

—No tenemos tiempo para esas tonterías, Derek. —Ahogó otra patata.

—Y mis dos chicas favoritas.

Nos revolvió el pelo, lo que era un error, puesto que ni Tilly ni yo teníamos el tipo de cabello que se revuelve bien. El mío era demasiado rubio e intransigente, y el de ella se negaba a separarse de las gomas de las coletas.

—¿Te quedas a comer, Tilly? —le preguntó mi padre.

Se inclinó hacia delante al decirlo y volvió a alborotarle el pelo. Siempre que Tilly venía a casa, se convertía en un padre de dibujos animados, un padre sustituto. Se precipitaba a llenar un hueco en la vida de Tilly que ella nunca advirtió que existiera, hasta que él lo puso de manifiesto de manera tan exquisita.

Tilly empezó a responder, pero mi padre ya tenía la cabeza metida en el frigorífico.

—He visto a Brian el Flaco en el Legion —le decía a mi madre—. Adivina qué me ha contado.

Mi madre siguió en silencio.

—La anciana esa que vive al final de Mulberry Drive..., ¿sabes cuál te digo?

Mi madre asintió mirando las peladuras.

—El lunes pasado la encontraron muerta.

—Era muy mayor, Derek.

—La cuestión es —continuó él mientras desenvolvía un quesito— que calculan que llevaba muerta una semana y nadie se había enterado.

Mi madre se volvió a mirarlo y Tilly y yo clavamos la vista en el plato de Quavers, con el empeño de que se olvidaran de nosotras.

—No la habrían descubierto ni siquiera entonces —añadió mi padre—, si no hubiera sido por el ol...

—Niñas, ¿por qué no salís un rato? —dijo mi madre—. Os daré una voz cuando la comida esté lista.

Nos sentamos en el patio, con la espalda pegada a los ladrillos para aprovechar un ribete de sombra.

—Imagínate, morirte y que nadie te eche en falta —dijo Tilly—. Eso no es muy piadoso, ¿verdad?

—El párroco dice que Dios está en todas partes.

Tilly me miró con el ceño fruncido.

—En todas partes. —Abrí los brazos para mostrárselo.

—Entonces ¿por qué no estaba en Mulberry Drive?

Contemplé la hilera de girasoles del otro extremo del jardín, que mi madre había plantado la primavera anterior. Se alzaban por encima del muro y miraban hacia el jardín de los Forbes, como flores espías.

—No estoy segura —respondí—. Quizá estaba en otro sitio.

—Ojalá alguien me eche de menos cuando me muera.

—Tú no vas a morirte. Ni tú ni yo nos moriremos. Al menos hasta que seamos viejas. Hasta que la gente espere que nos muramos. Dios nos protegerá hasta entonces.

—Pues a la señora Creasy no la protegió, ¿verdad que no?

Observé los abejorros que revoloteaban de un girasol a otro. Exploraban cada uno, se hundían en el centro, a buscar e inspeccionar, y reaparecían a la luz del sol espolvoreados de amarillo y ebrios de triunfo.

Y todo resultó claro.

—Ya sé qué vamos a hacer con las vacaciones de verano —anuncié poniéndome en pie.

Tilly me miró. Entrecerró los ojos y se los protegió del sol con la mano.

—¿Qué?

—Procuraremos que todo el mundo esté a salvo. Traeremos de vuelta a la señora Creasy.

—¿Cómo vamos a hacerlo?

—Buscaremos a Dios.

—Ah, ¿sí?

—Sí —respondí—. Aquí mismo, en esta avenida. Y no pararé hasta encontrarlo.

Le tendí la mano. Tilly la cogió y la aupé.

—De acuerdo, Gracie.

Y se puso el sueste y sonrió.

La Avenida, número 6

27 de junio de 1976

Las series *Are You Being Served?* los lunes y *The Good Life* los martes, y el concurso *The Generation Game* los sábados. Aunque por más que se esforzara, Dorothy no entendía qué gracia le veía la gente a Bruce Forsyth, el presentador del concurso.

Intentó recordarlos, como en un examen, mientras lavaba los platos. Así no pensaba en el salón parroquial, en la expresión de John Creasy ni en la sensación que tenía, como si le anduvieran arañas por el pecho.

Lunes, martes, sábado. En general le gustaba fregar los platos. Le gustaba contemplar el jardín y dejar la mente en blanco, pero hoy el calor cargaba con todo su peso contra el cristal, de modo que Dorothy tenía la impresión de asomarse desde un horno gigantesco.

«Lunes, martes, sábado.»

Todavía se acordaba, aunque de todas formas no pensaba arriesgarse. Los tenía señalados con un círculo en el *Radio Times*.

Harold se soliviantaba enseguida si le preguntaba algo más de una vez.

«Grábatelo en la cabeza, Dorothy», le decía.

Cuando Harold se enfadaba, lograba que su enojo se hiciera sentir en una habitación. Lograba que se sintiera en la sala de estar y en la consulta del médico. Incluso lograba que se sintiera en todo un supermercado.

Ella intentaba con todas sus fuerzas grabarse las cosas en la cabeza.

Aun así, en ocasiones las palabras la rehuían. Se escondían detrás de otras palabras o se asomaban un poquito y luego volvían a desaparecer en su mente antes de que tuviera la oportunidad de atraparlas.

«No encuentro...», decía, y Harold le arrojaba posibilidades como si fueran balas. «¿Las llaves? ¿Los guantes? ¿El monedero? ¿Las gafas?», y entonces la palabra que ella buscaba se esfumaba aún más.

«El muñeco de peluche», dijo ella un día, para hacerle reír.

Pero Harold no se rió. Se la quedó mirando como si se hubiera entrometido en la conversación, cerró la puerta trasera sin hacer ruido y empezó a segar el césped. Y de algún modo el silencio impregnaba una habitación aún más que la ira.

Dobló el paño de cocina y lo dejó sobre el borde del escurreplatos.

Harold estaba muy callado desde que habían regresado de la iglesia. Junto con Eric había llevado a John Creasy a algún sitio (Dios sabía adónde, pues ella no se había atrevido a preguntar), y se había sentado a leer el periódico sin despegar los labios. En silencio había comido y en silencio había seguido cuando le cayó salsa en la pechera de la camisa, y se había limitado a asentir con la cabeza al preguntarle ella si de postre quería gajos de mandarina con leche condensada.

Cuando ella le puso el plato delante, Harold dijo la única frase que saldría de su boca en toda la tarde: «Esto son melocotones, Dorothy».

Volvía a ocurrir. Era hereditario, lo había leído no sabía dónde. Su madre había acabado del mismo modo: la habían encontrado una y otra vez vagando por las calles a las seis de la madrugada (cartero, camisón) y ponía las cosas donde no tocaba (zapatillas, panera). «Como una cabra», había dicho Harold de ella. Empezó a perder el juicio cuando tenía más o menos la edad de Dorothy, aunque a esta siempre le había parecido muy rara la expresión «perder el juicio». Como si alguien pudiera extraviar el juicio igual que se extravían las llaves de casa o un Jack Russell terrier; como si seguramente tuviera la maldita culpa de ser tan despistada.

En cuestión de semanas habían llevado a su madre a una residencia. Fue todo muy rápido.

«Es lo mejor», dijo Harold.

Lo había dicho cada vez que iban a visitarla.

Después de comerse los melocotones Harold se había arrellanado en el sofá y se había quedado dormido, aunque ella no entendía cómo podía alguien dormir con semejante calor. Y en el sofá seguía: el estómago le subía y le bajaba mientras pasaba de un sueño a otro; los ronquidos sonaban al ritmo del reloj de la cocina y marcaban el curso de la tarde para ambos.

Dorothy cogió los restos de la comida silenciosa y los tiró al cubo de la basura. El único problema de perder el juicio era que no perdías los recuerdos de los que deseabas deshacerte. Los recuerdos que primero querías que desaparecieran. Dejó el pie en el pedal y miró los desperdicios. Por muchas listas que escribiera, por más círculos que dibujara en el *Radio Times*, por mucho que repasara las palabras una y otra vez e intentara engañar a los demás, los únicos recuerdos que no desaparecían eran los de aquello que desearía que nunca hubiera ocurrido.

Metió la mano en la basura y sacó una lata de entre las peladuras de patata. Se la quedó mirando.

—Esto son melocotones, Dorothy —dijo a una cocina vacía—. Melocotones.

Notó las lágrimas antes de darse cuenta de que habían brotado.

—El problema, Dorothy, es que piensas demasiado. —Harold no despegó en ningún momento la mirada de la pantalla del televisor—. No es sano.

El atardecer había templado la fuerza del sol y en el salón se extendía un charco dorado. Teñía el aparador de un intenso color coñac oscuro y se hundía en los pliegues de las cortinas.

Dorothy se quitó una pelusa imaginaria de la manga de la rebeca.

—Es difícil no pensar en eso, Harold, dadas las circunstancias.

—Esto es completamente diferente. Es una mujer adulta. Lo más probable es que riñera con John y que se haya largado para darle una lección.

Ella miró a su marido. La luz de la ventana daba al rostro de Harold un leve tono sonrosado de mazapán.

—Ojalá tengas razón.

—Claro que la tengo. —Seguía con la mirada fija en la pantalla del televisor, y ella observó que le titilaban los ojos al cambiar las imágenes.

Era el concurso *Sale of the Century*. Debería haber sabido que no valía la pena hablar con él mientras estaba ocupado con Nicholas Parsons. Habría sido mejor tratar de insertar la conversación en una pausa publicitaria, pero las palabras eran muchas y no podía impedir que le subieran a la boca.

—Lo que pasa es que la vi. Unos días antes de que desapareciera. —Dorothy se aclaró la garganta, aunque no tenía nada que aclarar—. Entraba en el número once.

Harold la miró por primera vez.

—No me lo habías dicho.

—No me habías preguntado.

—¿Qué hacía yendo allí? —Harold se volvió hacia ella, y las gafas se le cayeron del brazo del sillón—. ¿Qué tenían que decirse?

—No tengo ni idea, pero no es posible que fuera una coincidencia, ¿verdad? Habla con él y al cabo de unos días se esfuma. Él le diría algo.

Harold clavó la vista en el suelo y ella esperó a que el miedo de su marido igualara al suyo. En el rincón, el televisor desgranaba en el salón carcajadas de desconocidos.

—Lo que no entiendo —dijo él— es cómo pudo quedarse en la avenida después de lo que pasó. Debería haberse largado.

—No puedes ordenarles a los demás dónde han de vivir, Harold.

—No encaja aquí.

—Ha vivido toda su vida en el número once.

—Pero ¿y después de lo que hizo?

—No hizo nada. —Dorothy miró la pantalla para evitar los ojos de Harold—. Eso dijeron.

—Ya sé lo que dijeron.

Dorothy le oyó respirar. El silbido de aire cálido atravesando pulmones fatigados. Esperó. Pero él se volvió hacia el televisor y enderezó la espalda.

—Te estás poniendo histérica, Dorothy. Todo aquello quedó atrás. Pasó hace diez años.

—Nueve —dijo ella.

—Nueve, diez, ¿y qué más da? Es cosa del pasado, pero cada vez que te pones a hablar de ello deja de estar en el pasado y vuelve al presente.

Dorothy juntó la tela de la falda en pliegues y los dejó caer entre sus manos.

—Estate quieta, mujer.

—No puedo controlarme.

—Pues entonces ve a hacer algo productivo. Ve a bañarte.

—Ya me he bañado esta mañana.

—Pues báñate otra vez. No me dejas oír las preguntas.

—¿Y qué hay del ahorro de agua, Harold?

Harold no dijo nada. En lugar de contestar, se escarbó los dientes. Dorothy lo oyó. Incluso por encima de la voz de Nicholas Parsons.

Se alisó el pelo y la falda. Respiró hondo para ahogar las palabras, se levantó y salió del salón. Antes de cerrar la puerta miró atrás.

Harold había vuelto la cabeza y miraba por la ventana, más allá de los visillos, al otro lado de los jardines y las aceras, hacia la puerta del número 11.

Las gafas seguían tiradas a sus pies.

Dorothy sabía muy bien dónde tenía escondida la lata.

Harold nunca entraba en el dormitorio del fondo. Era una antesala. Un cuarto de espera para los objetos que ella ya no necesitaba pero que tampoco deseaba perder. Él decía que le dolía la cabeza solo de pensar en esa habitación, que con el correr de los años había crecido. Ahora el pasado se apretujaba en los rincones y llegaba al techo. Se extendía por el alféizar, tocaba el zócalo y dejaba que Dorothy lo apresara con las manos. A veces recordar no bastaba. A veces tenía que llevar el pasado consigo para cerciorarse de que formaba parte de él.

La habitación tenía el verano atrapado entre las paredes. Encerró a Dorothy en un sofocante museo de polvo y papel. Notó que el sudor le empapaba el cabello de la frente. El sonido del televisor atravesaba el entablado, e imaginó a Harold abajo, respondiendo preguntas y escarbándose los dientes.

La lata se hallaba entre una pila de mantas de ganchillo hechas por su madre y la loza que quedaba de la caravana. Se veía desde la puerta, como si la esperara, y Dorothy se arrodilló en la moqueta para sacarla. En torno al borde tenía fotografías de pastas que tentaban a mirar en el interior —rosquillas y galletas de barquillo rosa y de mantequilla con relleno de frambuesa—, asidas entre sí por sus manitas dibujadas y bailando con sus piernas de dibujo. Dorothy las agarró al levantar la tapa.

Lo primero que vio fue una papeleta de una rifa de 1967 y un conjunto de imperdibles. Ahí estaban los gemelos, deslustrados, de Harold, junto con algunos botones sueltos y el recorte del periódico local acerca del funeral de su madre.

«Falleció en paz», rezaba.

No era cierto.

Debajo de los imperdibles, los alfileres y los botones estaba lo que había ido a buscar: los sobres Kodak, cebados de tiempo. Harold no creía en las fotografías. Decía que eran sentimentalonas. Dorothy no conocía a nadie más que usara la palabra «sentimentalón». Había muy pocos retratos de Harold. De vez en cuando se veía un codo suyo en una mesa, o una pernera en un césped, y su expresión cuando alguien había conseguido captar su rostro en el encuadre era la de la víctima de un ardid.

Buscó en los paquetes de fotos. La mayor parte procedía

de casa de su madre. Gente a la que no conocía, confinada entre blancos bordes serrados, sentada en jardines que no lograba identificar y en habitaciones que jamás había visitado. Había varios George y diversas Florrie y numerosas personas llamadas Bill. Habían escrito su nombre al dorso, quizá con la esperanza de que, desvelada su identidad, se les recordara mejor.

Vio que había pocas fotografías suyas: alguna esporádica reunión navideña, una comida con el Círculo de Señoras. Notó que se le hacía un nudo en la garganta cuando cayó en la moqueta una foto de Whiskey.

No había vuelto a casa.

Cómprate otro gato, le había dicho Harold.

Fue la vez que más cerca había estado ella de perder los estribos.

La fotografía que buscaba se encontraba en el fondo, aplastada por el peso de los recuerdos. Tenía que verla. Tenía que estar segura. Quizá los años hubieran deformado el pasado. Quizá el tiempo hubiera agrandado la participación de todos ellos y hubiese hinchado la conciencia que ella tenía de los hechos. Quizá si volviera a verlos reconocería en sus rostros que eran inofensivos.

La miraban desde una mesa del British Legion. La foto se había hecho antes de que todo sucediera, pero estaba segura de que se trataba de la misma mesa: la mesa donde habían tomado la decisión. Harold estaba sentado a su lado y los dos miraban a la cámara con ojos preocupados. Dorothy recordó que el fotógrafo los había pillado desprevenidos; un reportero del periódico de la ciudad que buscaba imágenes para un artículo sobre el «color local». Naturalmente, nunca se publicó. John Creasy, de pie detrás de ellos, con las manos hundidas en los bolsillos, miraba desde debajo de un flequillo a lo Beatles. Sentado delante de John estaba ese patán chiflado de Brian el Flaco, con una pinta de cerveza en la mano, y enfrente de Harold se hallaba Eric Lamb. Sheila Dakin estaba en un extremo, toda pestañas, con una copa de sidra de pera Babycham.

Dorothy observó los rostros con la esperanza de ver algo más.

No había nada. Estaban exactamente como los había dejado.

Era 1967. El año en que Johnson mandó a algunos millares más a morir en Vietnam. El año en que China fabricó una bomba de hidrógeno e Israel libró una guerra de seis días. El año en que la gente se manifestó y gritó y blandió pancartas donde expresaba aquello en lo que creía.

Fue un año de decisiones.

Deseó haber sabido entonces que aquel día se contemplaría a sí misma con el deseo de que hubieran tomado una decisión distinta. Dio la vuelta a la fotografía. No había nombres. No le cabía duda de que, después de lo sucedido, a ninguno de ellos le interesaría que se le recordara.

—¿Qué haces?

Los pasos de Harold no solían ser tan discretos. Dorothy volvió la cabeza y se metió la fotografía en la cinturilla.

—Estoy examinando unas cosas.

Harold se apoyó en el marco de la puerta. Había envejecido, aunque Dorothy no estaba segura de cuándo había ocurrido. La piel de la cara se le había vuelto fina como una capa de esmalte, y estaba inclinado y encorvado, como si poco a poco regresara al útero.

—¿Por qué te has sepultado aquí, Dorothy?

Ella le miró a los ojos y le vio titubear.

—Voy a… —dijo—. Voy a…

—¿A seguir con esto? —Harold escudriñó la habitación—. ¿A desordenarlo todo? ¿A incordiar?

—A tomar una decisión. —Dorothy le sonrió.

Y vio que su marido se enjugaba el sudor de la sien con la manga de la camisa.

Cuando Harold bajó, Dorothy salió al rellano y volvió a mirar la fotografía. Primero recordó el olor, un olor que había persistido semanas en la avenida, mantenido por el rigor de la helada de diciembre. En ocasiones todavía le parecía percibirlo, a pesar del tiempo transcurrido. Caminaba por la acera, paseaba absorta en sus pensamientos, y de repente la envolvía de nuevo. Como si en realidad nunca hubiera desaparecido, como si lo hubiesen dejado a propósito para recordarles lo ocurrido. Aquella noche había estado donde se encontraba ahora y había visto desarrollarse todo. Había repetido la escena innumerables veces para sí, quizá con la esperanza de que algo cambiara, de que pudiera olvidarla, pero aquella noche se le había quedado clavada en la memoria. Y en aquel entonces ya había sabido, incluso mientras miraba, que no habría vuelta atrás.

21 de diciembre de 1967

Las sirenas que martillean en la carretera arrancan del sueño a la avenida. Luces que borbotean y emiten chasquidos, y acuarios de personas que se asoman a la noche. Dorothy mira desde el rellano. Cuando se inclina, la baranda se le clava en los huesos, pero es la ventana que ofrece la mejor vista, de modo que se inclina un poco más. Las campanas de la sirena cesan en ese momento y del coche de bomberos salen hombres. Trata de escuchar, pero el vidrio atenúa las voces; los únicos otros sonidos que capta son los del aire al atravesarle la garganta y el pulso en el cuello.

En las esquinas de las ventanas se han formado encajes de escarcha, y Dorothy tiene que mirar por encima de ellos para ver bien. Las mangueras se retuercen en las aceras, y ríos de luz alumbran la negrura. Parece irreal, teatral, como si alguien representara una obra en medio de la avenida. Al otro lado de la carretera, Eric Lamb abre la puerta, se pone una chaqueta, grita hacia atrás antes de echar a correr por la calle, y alrededor de Dorothy se abren ventanas, que arrojan nubes de aliento a la oscuridad.

Llama a Harold. Ha de llamarlo varias veces porque los sueños de su marido son como cemento. Cuando por fin aparece, tiene el aire crispado de quien acaba de despertarse con un sobresalto. Quiere saber qué sucede y se lo pregunta a gritos, pese a que ella está a menos de un metro. Dorothy le ve la piel del sueño en la comisura de los ojos y el recorrido de la almohada en la mejilla.

Regresa a la ventana. Se han abierto más puertas, ha salido más gente. Imagina que por encima del olor de la casa, de los abrillantados alféizares y del detergente líquido Fairy, percibe el humo colándose por las grietas y las fisuras, y filtrándose a través de los ladrillos.

Se vuelve a mirar a Harold.

—Creo que ha pasado algo terrible —dice.

Llegan al jardín. John Creasy grita desde el otro lado de la avenida, pero su voz se desvanece en la turbulencia del motor y en el impacto de botas sobre hormigón. Dorothy escudriña la oscuridad al final de la avenida. Sheila Dakin está en el césped, con las manos en la cara; el viento le fustiga la bata y la tela le restalla contra las piernas como si fuera una bandera. Harold ordena a Dorothy que se quede donde está, pero se diría que el fuego posee un campo magnético y atrae a todos, que se acercan por caminos y aceras. La única persona que no se mueve es May Roper. Está a la puerta de su casa, retenida por la luz, el ruido y el olor. Brian la toca al pasar corriendo, pero parece que ella apenas se da cuenta.

Los bomberos trabajan como una maquinaria. Forman los eslabones de una cadena que saca agua de la tierra. Se produce una curva de ruido. Una explosión. Harold grita a Dorothy que entre en casa, pero ella se acerca un poco más. Observa a Harold, que está demasiado interesado por lo que sucede para advertirlo, y avanza despacio junto al muro. Solo quiere mirar un momento. Averiguar si de verdad ha ocurrido.

Cuando llega al extremo del jardín, un bombero empieza a cortar el aire con los brazos y obliga a todos a retroceder como títeres. Se juntan en el centro de la avenida, apiñados para protegerse del frío.

El bombero formula preguntas a voces.

—¿Cuántas personas viven en la casa?

Responden todos a la vez y el viento embarulla las voces, se las lleva.

El bombero recorre los rostros con la mirada y señala a Derek.

—¿Cuántas? —Sus labios dan forma a la palabra cuando repite la pregunta.

—¡Una! —grita Derek—. Solo una.

Vuelve la cabeza hacia su casa, y Dorothy sigue la mirada de Derek. Sylvia está junto a la ventana, con Grace en brazos. Los observa, se da la vuelta, con la cabeza de la niña sobre su piel.

—La madre vive en una residencia de ancianos y él se la ha llevado de vacaciones esta Navidad —añade Derek—. Conque está vacía.

El bombero ya se aleja corriendo y las palabras de Derek se pierden en la oscuridad.

Una espiral de humo asciende hacia el cielo y se funde en la negrura. Sus discretos bordes se recortan contra un campo de estrellas antes de deshilacharse y desvanecerse. Harold cruza una mirada con Eric, que menea la cabeza; un movimiento fugaz, casi inexistente. Dorothy lo capta pero aparta la vista, atraída por el ruido y el humo.

Ninguno de ellos repara en él al principio. Están demasiado fascinados por las llamas, observando los dardos naranjas y rojos que se clavan y prenden en las ventanas. Dorothy es la primera en verlo. Su sorpresa es muda, quieta, pero aun así llega a los demás; recorre a trompicones el grupo, hasta que todos dan la espalda al número 11 y se quedan mirando.

Walter Bishop.

El viento se le cuela en el abrigo y le levanta el cuello. Le coge espirales de pelo e intenta taparle los ojos. Walter Bishop mueve los labios, pero las palabras aún no están dispuestas a salir. Lleva una bolsa de plástico. Se le escurre de la mano y una lata rueda por la acera y cae en el arroyo. Dorothy la recoge e intenta devolvérsela.

—Creíamos que te habías ido con tu madre —le dice, pero él no la oye.

Salen gritos de la casa, atraviesan la avenida, y la voz de un bombero se impone a las demás.

—Hay alguien dentro —dice—. Hay alguien en la casa.

Todos se vuelven a mirar a Walter.

—¿Quién hay dentro? —La interrogación asoma a los ojos de todos, pero es Harold quien le da voz.

Al principio Dorothy cree que Walter ni siquiera ha oído la pregunta. El hombre no aparta la vista de la lechada de humo negro que ha comenzado a salir por las ventanas de su casa. Cuando por fin responde, habla en voz tan baja, tan susurrante, que todos han de inclinarse para oírle.

—Sopa de pollo —dice.

Harold frunce el ceño. Dorothy le ve reunidas en la frente todas las arrugas del futuro.

—¿Sopa de pollo? —Las arrugas se marcan aún más.

—Ah, sí. —Walter no despega los ojos del número 11—. Es milagrosa con la gripe. Es terrible, ¿verdad?, la gripe.

Todos asienten, como marionetas fantasmales en la noche.

—Se puso mala nada más llegar al hotel. Le dije: «Madre, cuando alguien está pachucho quiere estar en su cama». Por eso dimos media vuelta y regresamos a casa.

Y los ojos de las marionetas miran hacia la ventana del primer piso.

—¿Y ahora está arriba? —pregunta Harold—. ¿Tu madre...?

Walter asiente.

—No podía llevarla otra vez a la residencia, ¿verdad? En ese estado, no podía. Conque la metí en la cama y fui a llamar al médico. —Mira la lata que Dorothy le tiende—. Quería informarle de que iba a darle la sopa, como me aconsejó. Ahora echan demasiados aditivos en estos productos. Toda precaución es poca, ¿verdad?

—Sí —dice Dorothy—, toda precaución es poca.

El humo se extiende por la avenida. Dorothy nota su sabor en la boca. Se mezcla con el miedo y el frío, y Dorothy se cubre un poco mejor el pecho con la rebeca.

Harold entra en la cocina por la puerta trasera. Dorothy adivina que tiene que contarle algo, pues solo utiliza esa puerta en caso de emergencia o cuando lleva puestas las botas de agua.

Levanta la vista del crucigrama y espera.

Harold recorre las encimeras cogiendo objetos sin ton ni son, abriendo armarios, mirando el fondo de los cacharros de loza, hasta que ya no puede refrenar las palabras.

—Aquello es espantoso —dice, y devuelve una taza al portatazas—. Espantoso.

—¿Has estado dentro? —Dorothy suelta el bolígrafo—. ¿No está prohibido entrar?

—La policía y los bomberos llevan días sin venir. Nadie ha dicho que no pudiéramos entrar.

—¿No es peligroso?

—No subimos al primer piso. —Encuentra un paquete de galletas de chocolate que ella tenía escondido detrás de la harina con levadura—. A Eric no le pareció respetuoso, dadas las circunstancias.

A Dorothy tampoco le parece respetuoso revolver en la planta baja, pero es más cómodo no decir nada. Cuando alguien le lleva la contraria, Harold pasa días enteros justificándose, como si se abriera un grifo. Ella quiso entrar también. Llegó hasta la puerta trasera, pero cambió de opinión. Seguramente no sería prudente, dadas las circunstancias. En cambio Harold tiene la autodisciplina de un niño de un año.

—¿Y la planta baja?

—Eso es lo más raro. —Harold retira la parte superior de una galleta de chocolate y ataca el relleno de crema de mantequilla—. El salón y el recibidor están hechos un desastre. Destrozados. En cambio la cocina está casi intacta. Solo tiene unas cuantas manchas de humo en las paredes.

—¿Nada más?

—Nada de nada. El reloj sigue funcionando, el paño doblado sobre el escurreplatos. Un maldito milagro.

—No hubo ningún milagro para la madre, que en paz descanse. —Dorothy hace ademán de sacarse de la manga el pañuelo de papel, pero cambia de idea—. Tampoco fue un milagro que regresaran antes de lo previsto.

—No. —Harold mira la siguiente galleta, pero vuelve a meterla en el paquete—. De todas formas, la mujer no debió de enterarse de nada. Al parecer desvariaba debido a la gripe. Ni siquiera podía levantarse de la cama. Por eso fue él a llamar al médico.

—No entiendo por qué no la llevó a la residencia de ancianos.

—¿Cómo? ¿En plena noche?

—Se habría salvado.

Dorothy mira más allá de Harold y las cortinas, hacia la avenida, que tras el incendio ha adquirido un apagado gris plomizo. Ni siquiera los restos de los adornos navideños lograron disiparlo. En cierto modo parecían desleales. Como si se esforzaran demasiado en animar a todo el mundo, en apartarles la mirada de la carcasa carbonizada del número 11.

—No le des tantas vueltas. Ya sabes que pensar más de la cuenta te trastorna —dice Harold observándola—. Fue una colilla o una chispa que saltó de la chimenea. Así lo han establecido.

—Pero ¿después de lo que se dijo? ¿Después de lo que decidimos?

—Una colilla. —Harold coge la galleta y la parte por la mitad—. Una chispa que saltó de la chimenea.

—¿De verdad lo crees?

—Lenguas flojas hunden flotas.

—Por el amor de Dios, Harold, no estamos en una guerra.

Él se da la vuelta y mira por la ventana.

—Ah, ¿no?

Rowan Tree Croft, número 3

28 de junio de 1976

—¿No creéis que la gente quizá sospeche un poco de dos niñas que llaman a la puerta preguntando si Dios está en la casa?

La señora Morton dejó en la mesa un cuenco de Angel Delight.

—Actuaremos en secreto. —Grabé mi nombre en la mousse con el borde de una cuchara.

—¿Sí? —dijo Tilly—. ¡Qué emoción!

—¿Y cómo os proponéis hacerlo? —La señora Morton se inclinó para acercarle un poco más el cuenco.

—Diremos que estamos haciendo las tareas para conseguir una insignia de las niñas exploradoras —respondí.

Tilly levantó la cabeza y frunció el ceño.

—Nosotras no somos exploradoras, Gracie. Dijiste que no nos gustaban.

—Seremos exploradoras durante una temporada. De las más informales.

Sonrió y escribió «Tilly» con letras muy chiquitinas en el borde del cuenco.

—Haré como si no hubiera oído nada. —La señora Morton se secó las manos en el delantal—. ¿Y a qué viene esta repentina fascinación por Dios?

—Todos somos ovejas —contesté—. Y las ovejas necesitan un pastor que las proteja. Lo ha dicho el cura.

—¿Sí? —La señora Morton cruzó los brazos.

—Por eso quiero estar segura de que tenemos uno.

—Entiendo. —Se apoyó en el escurreplatos—. Sabes muy bien que esa es solo la opinión del cura. Algunas personas se las arreglan la mar de bien sin un pastor.

—Pero es importante escuchar a Dios. —Hundí la cuchara en el cuenco—. Si no le hacemos caso, nos persigue.

—Con cuchillos —añadió Tilly.

La señora Morton frunció el ceño, y las arrugas le cubrieron la frente.

—Supongo que eso también te lo ha dicho el cura.

—Sí.

Solo el tictac del reloj de la pared rompía el silencio, y observé que la boca de la señora Morton intentaba elegir las palabras.

—Es que no quiero que te lleves un chasco —dijo por fin—. No siempre es fácil ver a Dios.

—Nosotras lo buscaremos, y cuando lo encontremos todos estaremos a salvo y la señora Creasy volverá a casa. —Me llevé a la boca una cucharada de Angel Delight.

—Seremos las heroínas del lugar —dijo Tilly, que sonrió y lamió la punta de su cuchara.

—Me parece que haría falta algo más que a Dios para que la señora Creasy volviera. —La señora Morton se inclinó para abrir otra ventana.

Oí una furgoneta de venta de helados que recorría la urbanización haciendo salir niños de los jardines como si fuera un mago.

—Hemos llegado a la conclusión de que seguramente no está muerta —dije.

—Bueno, eso ya es algo.

—Y ahora necesitamos a Dios para encontrarla. Recuerde, señora Morton, que Dios está en todas partes. —Agité los brazos a mi alrededor—. Por eso no le cuesta casi nada encontrar personas y hacer que los cautivos vuelvan.

—¿Quién ha dicho eso? —La señora Morton se quitó las gafas y se pellizcó las marcas que le habían dejado en la piel.

—Dios —respondí con voz de asombro y abriendo los ojos tanto como pude.

La señora Morton comenzó a hablar, pero enseguida meneó la cabeza con un suspiro y decidió ocuparse de secar los cacharros.

—No os hagáis ilusiones —dijo.

—Es casi la hora de *Blue Peter.* —Tilly se levantó de la silla—. Voy a encender el televisor para que se vaya calentando.

Fue a la sala de estar, y yo despegué las piernas del asiento y llevé el cuenco al fregadero.

—¿Por dónde vais a empezar? —me preguntó la señora Morton.

—Iremos recorriendo las calles hasta que Dios aparezca. —Le di el cuenco.

—Entiendo.

La señora Morton me llamó apenas pisé el recibidor.

—Grace.

Me quedé en la puerta. La furgoneta de los helados se había alejado y en la cocina entraban notas sueltas.

—Cuando hagas la ronda por la avenida, procura saltarte el número once.

Fruncí el ceño.

—¿Sí?

—Sí.

Empecé a decir algo, pero vi en su cara que no le apetecía conversar.

—De acuerdo.

Hubo una pausa dramática antes de mi respuesta, pero creo que la señora Morton no se percató.

La Avenida, número 4

29 de junio de 1976

El policía era muy alto, incluso cuando se quitó el casco.

Hasta entonces yo no había visto nunca un policía de cerca. Llevaba un uniforme grueso, por lo que todo él olía a tela, y los botones le brillaban de tal modo que me devolvían el reflejo de la cocina entera mientras él hablaba.

«Investigación rutinaria», dijo.

Pensé que me gustaría tener un trabajo en el que investigar los asuntos particulares de los demás se considerara común y rutinario.

Observé cómo los quemadores le bailaban sobre el pecho.

Habíamos oído llamar a la puerta en mitad de la telenovela *Crossroads*. Mi madre propuso que no hiciéramos ni caso, pero mi padre miró por la ventana y vio un coche patrulla aparcado al otro lado de nuestro muro. Dijo Mierda y yo sofoqué la risa en un cojín, ella le regañó y de camino al recibidor él estuvo a punto de tropezar con Remington.

Ahora el policía se encontraba en medio de la cocina y nosotros, cerca de las paredes, lo mirábamos. Me recordó un poco al párroco. Por lo visto los dos tenían la habilidad de conseguir que la gente pareciera pequeña y culpable.

—Bien, a ver, bueno —dijo mi padre. Se secó el sudor del

labio superior con un paño de cocina y miró a mi madre—. Sylve, ¿te acuerdas tú de la última vez que la vimos?

Mi madre recogió los manteles individuales de la mesa.

—No estoy segura —respondió, y volvió a ponerlos en su sitio.

—Puede que fuera el jueves —dijo mi padre.

—O el viernes —dijo ella.

Mi padre la miró de reojo.

—O el viernes —repitió con el paño sobre la boca.

Si yo hubiera sido ese brillante policía, me habría fijado en el comportamiento de los dos y los habría detenido en el acto como delincuentes de primera.

—Fue el sábado por la mañana.

Tres pares de ojos y un paño de cocina se volvieron hacia mí.

—¿Fue entonces? —El policía se agachó y oí que la tela le crujía alrededor de las rodillas.

Se hizo más bajo que yo y, como no quería que se sintiera incómodo, me senté.

—Sí —respondí.

Sus ojos eran tan oscuros como el uniforme. Los miré fijamente durante un buen rato, pero él ni siquiera pestañeó.

—¿Y tú cómo lo sabes?

—Porque daban *Tiswas*.

—A mis hijos les encanta ese programa.

—Yo lo detesto —dije.

Mi padre carraspeó.

—¿Y qué te dijo cuando la viste, Grace? —El policía volvió a crujir al cambiar de postura.

—Llamó a la puerta porque quería usar el teléfono.

—Ellos no tienen —señaló mi madre con el tono que suele emplear la gente cuando posee algo de lo que otro carece.

—¿Y por qué quería usarlo?

—Dijo que quería pedir un taxi, pero no la dejé entrar porque mi madre estaba echando una cabezada.

Todos nos volvimos hacia mi madre, que se quedó mirando los manteles individuales.

—Tengo prohibido dejar que entren extraños en casa —expliqué.

—Pero la señora Creasy no era una extraña. —El policía pestañeó al fin.

—No, no lo era, pero sí tenía un aspecto extraño.

—¿En qué sentido?

Me recosté en la silla y reflexioné.

—¿Sabe qué aspecto tiene alguien cuando le duelen mucho las muelas?

—Sí.

—Pues bien, un poco peor que eso.

El policía se irguió y se puso el casco, que era negro. El hombre llenaba toda la cocina.

—¿La encontrarán? —le pregunté.

No contestó. Se dirigió al recibidor con mi padre y hablaron tan bajito que no oí ni una palabra de lo que dijeron. Ni siquiera cuando contuve el aliento y me incliné todo lo que pude sobre la mesa de la cocina.

—Me parece que no la encontrarán —comenté.

Mi madre vació la tetera.

—Sí, a mí también.

A continuación llenó el hervidor con movimientos muy violentos, porque creo que las palabras se le escaparon sin querer.

Yo no lo sabía, por mucho que me lo preguntaran.

Ni siquiera cuando el señor Creasy irrumpió en nuestra sala de estar y se plantó entre mi madre y la serie *Coronation*

Street. Acercó tanto la cara a la mía que noté el sabor de su aliento.

—No me dijo adónde quería ir, solo me preguntó si podía usar el teléfono.

—Algo te diría. —Las palabras del señor Creasy se arrastraron despacito por mi piel y se me deslizaron en las fosas nasales.

—No. Solo que quería llamar para pedir un taxi.

El señor Creasy tenía deshilachado el borde del cuello de la camisa y una mancha en la pechera que parecía de huevo.

—Grace, piensa. Piensa, por favor —me pidió. Acercó aún más la cara a la mía, a la espera de atrapar las palabras en cuanto aparecieran.

—Vamos, amigo. —Mi padre trató de colarse entre nosotros dos—. Te ha contado todo lo que sabe.

—Solo quiero que vuelva, Derek. Tendrías que entenderlo, ¿no?

Vi que mi madre empezaba a levantarse y que luego se agarraba a los brazos del sillón para obligarse a estar quieta.

—Quizá tenía previsto volver a donde vivía antes. —Mi padre puso una mano en el hombro del señor Creasy—. Walsall, ¿no? ¿O era Sutton Coldfield?

—Tamworth —respondió él—. Lleva seis años sin ir. No ha vuelto desde que nos casamos. Ya no conoce a nadie de allí.

Su aliento me dio en la cara. Sabía a desazón.

—¿Dónde está Tamworth? —Tilly arrastraba por la acera la cartera del colegio.

Era el último día de clase.

—A muchos kilómetros. En Escocia.

—Me parece mentira que te haya interrogado un policía

de verdad y que yo no estuviera. ¿Fue como en *Veinticuatro horas al día*?

Hacía poco que la madre de Tilly había accedido a comprar un televisor.

Pensé en el olor de la tela y en que mis palabras estaban documentadas en una libretita negra, escritas por el policía brillante, que tomaba notas muy despacio con un lápiz y se pasaba la lengua por los labios al escribir.

—Fue igualito que en *Veinticuatro horas al día* —dije.

Nos abrimos paso por la urbanización. A nuestro alrededor, la temperatura se desataba y campaba a sus anchas. Las botellas de leche se entraban a toda prisa, las portezuelas de los coches se abrían de par en par y en las aceras la gente apremiaba a los perros antes de que el calor secuestrara el día.

—¿Va a buscarla el policía? —La cartera de Tilly rascaba el hormigón y en el aire se formaban nubes de polvo blanco—. ¿Qué dijo?

—Dijo que la señora Creasy es oficialmente una persona desaparecida.

—¿Desaparecida de dónde?

Reflexioné y mis pies se volvieron más lentos.

—De su vida, supongo yo.

—¿Cómo puede una persona desaparecer de su vida?

Aflojé un poco más el paso.

—Desaparecer de la vida que le corresponde.

Tilly se paró a subirse los calcetines.

—¿Y cómo se sabe cuál es? —Habló con la cabeza hacia abajo.

Me percaté de que me había detenido y me di la vuelta para que Tilly no me viera fruncir el ceño.

—Lo entenderás cuando seas mayor —dije.

Tilly levantó la vista de los calcetines.

—Tú cumples años solo un mes antes que yo.

—Bueno, Dios sabe perfectamente dónde nos corresponde estar. —Eché a andar para evitar las preguntas—. Conque da igual lo que opinen los demás.

—¿Dónde empezamos a buscar a Dios? —Tilly seguía tirándose de los calcetines, para que le quedaran a la misma altura.

—Por el señor y la señora Forbes. —Pasé la mano por el seto al caminar—. Cuando cantamos himnos en misa no les hace falta mirar la letra.

—¡Pero si la señora Creasy se ha ido a Tamworth no la encontraremos, ni siquiera con Dios! —gritó Tilly.

Un gato empezó a seguirnos. Caminaba sigiloso por lo alto de una valla, avanzando con patitas cautas. Lo vi estirarse hasta el siguiente poste de madera y, por un instante, nuestros ojos coincidieron. Después saltó a la acera, se encogió para introducirse en el seto y desapareció.

—¿Era el gato de la casa de al lado?

Pero Tilly estaba demasiado lejos para oírme. Me di la vuelta y esperé a que me alcanzara.

—No se ha ido a Tamworth —le dije—. Sigue aquí.

La Avenida, número 6

3 de julio de 1976

—Vamos. —Tilly me dio con el borde del jersey como quien asesta un codazo.

Me quedé mirando el timbre.

—Estoy preparando el terreno —dije.

La casa del señor y la señora Forbes era de las que daban la sensación de que nunca había nadie dentro. Las demás viviendas de la avenida parecían pasmadas por el calor. Por los caminos de los jardines se arrastraban dedos de hierbajos, una película de polvo velaba las ventanas, y en los céspedes yacían abandonados largos atardeceres, como si todas las cosas hubieran olvidado lo que debían hacer. En cambio la casa de los Forbes seguía resuelta y ufana, como si diera ejemplo a las otras, más descuidadas.

—Puede que no haya nadie —dije—, quizá deberíamos probar mañana.

Deslicé la punta de la sandalia por el borde del escalón, que estaba muy liso.

—No hay duda de que están en casa. —Tilly pegó la cara a una rodaja del cristal de colores de la puerta—. Oigo un televisor.

Puse la cara al lado de la suya.

—Puede que estén viendo una película —dije—. Quizá deberíamos volver más tarde.

—¿No crees que la señora Creasy se merece que llamemos al timbre lo antes posible? —Tilly se volvió hacia mí y adoptó su expresión más seria—. ¿No se lo merece Dios?

El sol se reflejaba en la brillante grava blanca, de piedra de los montes Cotswold, que cubría el camino de la señora Forbes, y el resplandor me obligó a achinar los ojos.

—Mira, Tilly, como jefa de grupo de las niñas exploradoras, he decidido asignarte la tarea de llamar al timbre mientras preparo lo que voy a decir.

Me miró desde debajo del sueste.

—Pero es que en realidad no somos niñas exploradoras, Gracie.

Solté un leve suspiro.

—Es importante meterse en el papel —dije.

Tilly frunció el ceño y se quedó mirando la puerta.

—Puede que tengas razón. Puede que no haya nadie.

—Claro que hay alguien.

La señora Forbes apareció en el camino que discurría por el costado de la casa. Llevaba puesta la clase de ropa que mi madre reservaba para las visitas al médico y, bajo el brazo, un rollo grande de bolsas de basura. Arrancó una, y un grupo de palomas que estaban en el tejado se desparramó del susto.

Nos preguntó qué queríamos. Tilly clavó la vista en la grava. Yo crucé los brazos, me puse a la pata coja e intenté ocupar muy poco espacio en el escalón.

—Somos exploradoras —respondí en cuanto me acordé.

—Somos niñas exploradoras. Hemos venido a echar una mano —explicó Tilly, aunque se las arregló para no decirlo cantando.

—No parecéis niñas exploradoras. —La señora Forbes entrecerró los ojos.

—Vamos en plan informal. —Yo entrecerré los míos.

Añadí que necesitábamos la ayuda del vecindario, y ella estuvo de acuerdo en que era vecina nuestra y nos invitó a entrar en casa, a salvo del calor. Detrás de la rebeca de la señora Forbes, Tilly agitó emocionada los brazos y yo agité los míos para intentar calmarla.

Seguimos a la señora Forbes por el impecable camino lateral de hormigón, donde sus tacones repicaban y nuestras sandalias restallaban y reñían en un barullo por mantener el ritmo. Al cabo de un momento se dio la vuelta y, como Tilly y yo aún agitábamos los brazos, por poco tropezamos con ella.

—Grace, ¿sabe tu madre que estás aquí? —me preguntó. Mantuvo las manos en alto, como si dirigiera el tráfico.

—La hemos avisado, señora Forbes.

Bajó las manos y reanudó el claqué.

Me pregunté si la señora Forbes era consciente de que normalmente contarle algo a mi madre no significaba que se enterara; que muchas veces se llevaba los dedos a la garganta y negaba en redondo que le hubieran dicho nada, incluso cuando mi padre le presentaba testigos (a mí) y reproducía palabra por palabra toda la conversación.

—Jamás pregunta por mi mamá —susurró Tilly.

La gente solía considerar a su madre demasiado imprevisible para preguntar por ella.

Le puse bien la espalda del jersey.

—No te preocupes. La pregunta sobre mi mamá sirve para las dos. Te la presto con mucho gusto siempre que quieras.

Tilly sonrió y enlazó el brazo con el mío.

En ocasiones yo me preguntaba si había alguna vez en la que Tilly no estuviera a mi lado.

La moqueta de la señora Forbes era del color del jarabe contra la tos. Se extendía por el pasillo y hasta la sala de estar, y al volver la cabeza vi que también subía por la escalera. Todavía se apreciaban las líneas que había dejado el aspirador al surcarla, y cuando entramos en la sala de estar observé que había un cuadrado adicional de jarabe, no fuera a ser que alguien cayera en la cuenta de que una casa entera no bastaba.

La señora Forbes preguntó si nos apetecía un refresco, y yo respondí que sí y que tampoco rechazaría una galleta rellena de vainilla, y ella formó un «oh» con los labios y nos permitió acomodarnos en un sofá rosa oscuro que tenía los brazos curvos y sus propios botones. Decidí mantener el equilibrio en el borde. Tilly se había sentado primero. No le llegaban los pies al suelo porque los asientos eran muy hondos, de modo que tenía las piernas estiradas delante, como una muñeca.

Se dio la vuelta para escudriñar el hueco que quedaba entre el sofá y la pared.

—¿Lo has visto ya? —me preguntó, con la cabeza cerca de la moqueta.

—¿A quién?

Volvió a sentarse bien, con la cara colorada por el esfuerzo.

—A Dios.

—No creo que vaya a salir del aparador sin más ni más, Tilly.

Las dos nos quedamos mirando el aparador, por si acaso.

—De todos modos, ¿no deberíamos empezar? —dijo—. La señora Creasy podría estar en peligro.

Observé la sala. Era como si alguien la hubiera colocado en la casa con una cuchara de servir bolas de helado. Hasta los objetos que no eran rosas tenían alguna referencia a ese color, como si no se les hubiera permitido cruzar la puerta sin antes comprometerse en firme. Las cortinas estaban recogidas con cordones de tono salmón, los cojines tenían borlas fucsias y los perros de cerámica que montaban guardia en la repisa de la chimenea llevaban guirnaldas de capullos de rosa. Entre los perros se extendía una hilera de fotos: el señor y la señora Forbes en la playa, sentados en tumbonas; el señor Forbes plantado al lado de un automóvil, y el señor y la señora Forbes en un picnic con más gente. En el centro había una chica con el cabello recogido en ondas. Las personas de las otras fotografías apartaban la vista del objetivo y tenían los ojos serios; en cambio la chica miraba a la cámara y sonreía, y se la veía tan sincera y franca que me entraron ganas de devolverle la sonrisa.

—¿Quién será? —dije.

Pero Tilly examinaba el espacio de detrás del sofá.

—¿Crees que Dios estará aquí abajo? —Levantó un cojín y miró detrás.

Contemplé las lágrimas color champán que caían de la lámpara.

—Me parece que hasta Jesús lo encontraría un poco demasiado rosa —dije.

La señora Forbes volvió con una bandeja y un surtido de galletas.

—Lo siento, pero no tengo ninguna rellena de vainilla —dijo.

Cogí tres de higos secos y una de pasas.

—No se preocupe, señora Forbes. Me las apañaré.

En la habitación contigua se oían el ruido de un televisor y la voz del señor Forbes, que le gritaba órdenes. Debía de ser un partido de fútbol. Aunque los sonidos se producían al otro lado de la pared, parecían muy lejanos; el resto del mundo seguía adelante fuera de la isla rosa y nos dejaba arropadas en cojines y tejidos sintéticos de Dralon, protegidas por perros de porcelana y envueltas, como en celofán, en un silencio de helado de cucurucho.

—Tiene una casa muy bonita, señora Forbes —comentó Tilly.

—Gracias, tesoro.

Mordí la galleta de pasas y se apresuró a ponerme una blonda de papel sobre las rodillas.

—La clave de la limpieza de una casa está en anticiparse. Y en las listas. Muchas listas.

—¿Listas? —repetí.

—Sí, listas, sí. De ese modo no se olvida nada.

Se sacó un papelito del bolsillo de la rebeca.

—Esta es la de hoy. Voy por los cubos de la basura.

Era una lista larga. Recorría dos páginas en ondas de tinta azul, que se volvía más gruesa y emborronaba el papel allí donde la estilográfica se había detenido a pensar. Además de «pasar el aspirador por el recibidor» y «sacar los cubos de la basura», tenía entradas como «lavarse los dientes» y «desayunar».

—¿Lo anota todo en la lista, señora Forbes? —Empecé la primera galleta de higos secos.

—Sí, claro, más vale no dejar nada al azar. Se le ocurrió a Harold. Dice que así no me descuido.

—¿No recordaría las cosas si no las escribiera? —le preguntó Tilly.

—No, nada de nada. —La señora Forbes se echó hacia atrás en el sillón y se fundió en un paisaje rosado—. No funcionaría. Harold dice que armaría un lío espantoso.

Dobló el papelito justo por la mitad y volvió a guardárselo en el bolsillo.

—A ver, ¿cuánto tiempo hace que sois niñas exploradoras?

—Muchos años —respondí—. ¿Quién es la chica de la fotografía?

Me miró frunciendo el ceño y luego se volvió hacia la chimenea y frunció el ceño otra vez.

—Ah, sí, soy yo —contestó con tono de sorpresa, como si por un momento se hubiera olvidado de sí misma.

Observé a la señora Forbes y a la chica de la foto intentando encontrar alguna coincidencia entre ellas. No vi ninguna.

—No pongas esa cara de pasmo —dijo—. No creerás que ya nací vieja.

Mi madre me decía eso mismo muy a menudo. La experiencia me había enseñado a no replicar, de modo que tomé un sorbo de refresco para evitar hacer comentarios.

La señora Forbes se acercó a la chimenea. Siempre me había parecido una mujer firme y dominante, pero de cerca se diluía. Su postura era como una leve disculpa; los pliegues de su ropa imponían el fin de una historia. Incluso sus manos, trabadas por la artritis y manchadas por el tiempo, parecían pequeñas.

Deslizó el dedo por el marco de la fotografía.

—Me la hicieron poco antes de que conociera a Harold.

—Se la ve muy contenta. —Cogí otra galleta de higos secos—. Me pregunto qué estaba pensando en ese momento.

—Yo también me lo pregunto. —La señora Forbes se sacó un trapo de la cinturilla y comenzó a quitarse el polvo—. Ojalá me acordara.

Al otro lado de la pared, el partido de fútbol terminó de manera bastante brusca. Se oyeron chirridos y gruñidos, el chasquido de una puerta y, por último, pasos sobre la moqueta color jarabe. Cuando me di la vuelta, el señor Forbes estaba en el umbral, observándonos. Llevaba pantalones cortos. Tenía las piernas blancas y sin vello, y parecía que bien pudieran habérselas prestado.

—¿Qué pasa aquí? —dijo.

La señora Forbes se depositó en la repisa de la chimenea y se dio la vuelta en el acto.

—Grace y Tilly son exploradoras. —Los ojos le brillaban de tal modo que casi parecía que fueran de esmalte—. Han venido a echar... —balbuceó.

Él arrugó la frente en un plisado y puso los brazos en jarras.

—¿Un pulso? ¿Cuentas? ¿Humo?

La señora Forbes estaba hipnotizada. Se enrolló el trapo en los dedos hasta que le quedaron veteados de blanco.

—A echar... —Repitió las palabras.

El señor Forbes seguía mirándola de hito en hito. Oí que la dentadura postiza le chasqueaba contra el paladar.

—Una mano —dijo Tilly.

—Eso es. Una mano. Han venido a echar una mano.

Desenroscó el trapo y oí que el aire le salía en briznas de los pulmones.

El señor Forbes farfulló.

Dijo «si solo es eso» y «sabe Sylve que está aquí», y la señora Forbes asintió con tal brío que el crucifijo que llevaba al cuello ejecutó un bailecito sobre su clavícula.

—Voy a echar la carta —dijo el señor Forbes—. Si esperamos a que lo hagas tú, se pasará la hora de la segunda recogida del correo. Solo tengo que averiguar dónde me has escondido los zapatos.

La señora Forbes volvió a asentir y el crucifijo asintió con ella, pese a que el señor Forbes había desaparecido del umbral hacía rato.

—Mis maestros no paran de hacerme eso mismo a mí —dijo Tilly.

—¿El qué, tesoro?

—Soltarme palabras y palabras hasta que me aturullo. —Tilly recogió de la moqueta las migas de galleta de pasas y las dejó en el plato—. Y entonces me siento tonta.

—¿Sí? —dijo la señora Forbes.

—Aunque no lo soy. —Tilly sonrió.

La señora Forbes le sonrió a su vez.

—¿Te lo pasas bien en la escuela, Tilly?

—La verdad es que no. Hay un montón de niñas a las que no les caemos muy bien. A veces nos acosan.

—¿Os pegan? —La señora Forbes se llevó una mano a la boca.

—No, qué va, señora Forbes, no nos pegan.

—No siempre hace falta pegar a alguien para acosarlo —dije yo.

La señora Forbes alcanzó la silla más cercana y se sentó.

—Supongo que tienes razón —dijo.

Me disponía a hablar cuando el señor Forbes volvió a entrar en la sala. Seguía llevando los shorts, a los que había añadido una gorra de lana y gafas de sol, y traía una carta. Me recordó a mi padre, que, siempre que hacía calor, sustituía los pantalones largos por los cortos pero mantenía el resto tal cual.

Soltó la carta en el aparador y se sentó en el sofá con tal ímpetu que la réplica sísmica casi dejó a Tilly suspendida en el aire. Empezó a atarse los zapatos. Tiró de los cordones hasta que sobre los dedos le flotaron finas fibras de tejido. Me levanté para dar mayor privacidad a sus piernas.

—Conque ya puedes tachar esta tarea de tu lista para empezar, Dorothy —decía el señor Forbes—. De todas formas, hay muchas con las que seguir.

Se volvió hacia mí.

—¿Os quedaréis mucho rato?

—No, señor Forbes. Nada de eso. Nos iremos en cuanto echemos una mano.

Se miró los pies y volvió a farfullar. No estaba segura de si le parecía bien lo que yo había dicho o lo apretados que le habían quedado los cordones.

—Se despista con mucha facilidad. —Movió la cabeza de modo que la visera de la gorra señaló a la señora Forbes—. Es cosa de la edad. ¿Verdad que sí, Dorothy? —Se llevó el índice a la sien.

En los labios de la señora Forbes se dibujó una sonrisa, pero a media asta.

—Es incapaz de retener algo en la cabeza más de cinco minutos —dijo el señor Forbes tapándose la boca con el dorso de la mano, como si cuchicheara, pero el volumen de su voz continuó siendo el mismo—. Me temo que está perdiendo la chaveta.

Se levantó y a continuación se agachó con un movimiento muy teatral para ponerse bien los calcetines. Tilly se deslizó hasta el otro extremo del sofá por su seguridad.

—Voy al buzón. —El señor Forbes se dirigió con paso marcial hacia el recibidor—. Estaré de vuelta dentro de media hora. No te armes ningún lío mientras estoy fuera.

Desapareció del umbral antes de que me diera cuenta.

—¡Señor Forbes! —Tuve que gritar para que me oyera.

Reapareció. No tenía cara de ser una persona acostumbrada a que le gritaran.

Le entregué el sobre.

—Se dejaba la carta —le dije.

La señora Forbes aguardó a oír el chasquido de la puerta principal al cerrarse y entonces se echó a reír. Nos contagió la risa a Tilly y a mí, y el resto del mundo pareció regresar poco a poco a la sala, como si no estuviera tan lejos como yo pensaba.

Mientras nos reíamos observé a la señora Forbes y miré a la chica de la chimenea, quien reía con nosotras a través de un túnel del tiempo, y advertí que, a fin de cuentas, se complementaban a la perfección.

—No sabía que tuviéramos que hacer tareas domésticas de verdad —dijo Tilly.

La señora Forbes nos había dejado a cada una con un delantal anudado debajo de las axilas. Tilly se encontraba en el otro extremo de la sala, restregando pulimento Brasso en un West Highland white terrier dormido.

—Es importante no despertar sospechas —dije, y me llevé al sofá la última galleta de pasas.

—¿Tú crees que Dios está aquí? —Tilly examinó el perrito y le pasó el trapo por las orejas—. ¿Crees que, si Dios protege a todo el mundo, también protege a la señora Forbes?

Pensé en la cruz que la señora Forbes llevaba al cuello.

—Eso espero —respondí.

La señora Forbes regresó a la sala con un paquete de galletas de pasas sin empezar.

—¿Qué dices que esperas, tesoro?

Observé cómo lo vaciaba en el plato.

—¿Cree en Dios, señora Forbes? —le pregunté.

—Desde luego.

No titubeó. No miró al cielo ni me miró a mí, y ni siquiera repitió la pregunta. Simplemente continuó colocando las galletas en el plato.

—¿Cómo es que está tan segura? —le preguntó Tilly.

—Porque es lo que hay que hacer. Dios une a las personas. Él lo comprende todo.

—¿Incluso las cosas malas? —dije.

—Desde luego. —Me miró un momento antes de volver la vista al plato.

Yo veía a Tilly más allá del hombro de la señora Forbes. Limpiaba de manera más lenta y reflexiva, y quiso tener toda una conversación conmigo mediante la mirada.

—¿Cómo puede Dios comprender la desaparición de la señora Creasy? —dije—. Por poner un ejemplo.

La señora Forbes retrocedió, y una nube de migas cayó en la moqueta.

—No tengo ni idea. —Plegó el paquete vacío entre sus manos, pese a que este se negaba a menguar de tamaño—. Nunca he hablado siquiera con esa mujer.

—¿No se relacionaba con ella? —le pregunté.

—No. —La señora Forbes retorció el envoltorio alrededor del dedo anular—. Se mudaron aquí no hace mucho, al morir la madre de John. No he tenido la oportunidad.

—No sé por qué desaparecería. —Lancé la frase hacia ella, como si fuera un desafío.

—Bueno, eso no tenía nada que ver conmigo, yo no dije ni palabra. —Su voz se había vuelto febril y erizada, y la frase salió atropellada de su boca a fin de escapar.

—¿A qué se refiere, señora Forbes? —Miré a Tilly, que a su vez me miró a mí, y las dos fruncimos el ceño.

La señora Forbes se dejó caer en el sofá.

—No me hagáis caso, me he embarullado. —Se dio unas palmaditas en el cogote, como si quisiera comprobar que la cabeza seguía bien sujeta—. Es cosa de la edad.

—No sabemos adónde ha ido —dije.

La señora Forbes alisó las borlas de un cojín.

—Estoy segura de que regresará a no mucho tardar —afirmó—. La gente suele volver.

—Eso espero. —Tilly se desanudó el delantal de debajo de las axilas—. Me caía bien la señora Creasy. Era simpática.

—No me cabe duda. —La señora Forbes jugueteó con el cojín—. Pero no he estado nunca con esa mujer, de modo que en realidad no lo sé.

Moví las galletas de pasas en el plato.

—Quizá algún vecino de la avenida sepa adónde ha ido.

La señora Forbes se levantó.

—Lo dudo muy mucho —dijo—. El motivo de la desaparición de Margaret Creasy nada tiene que ver con ninguno de nosotros. Los designios de Dios son inescrutables; Harold tenía razón. Nada ocurre sin un motivo.

Quise preguntarle cuál era el motivo y por qué los designios de Dios tenían que ser tan inescrutables, pero la señora Forbes ya había sacado la lista del bolsillo.

—Harold no tardará en volver. Debo seguir —dijo, y fue recorriendo con el dedo los renglones de tinta azul.

Volvimos sobre nuestros pasos por la avenida. El peso del cielo nos aplastaba mientras movíamos las piernas con gran esfuerzo por el calor. Contemplé las colinas que dominaban la ciudad, pero resultaba imposible distinguir dónde empezaban y dónde terminaba el cielo. El verano los había soldado, y el horizonte, que titilaba y siseaba, se negaba a dejarse descubrir.

Al otro lado de los jardines oí los comentarios de un partido de Wimbledon que salían por una ventana.

Ventaja para Borg. Y el distante revuelo de un aplauso.

La calle estaba desierta. Con el azote del sol de la tarde todos se habían precipitado a sus casas para abanicarse con periódicos y untarse los brazos con protector Soltan. La única persona que quedaba fuera era Sheila Dakin. Estaba en el jardín delantero del número 12, sentada en una tumbona, con los brazos y las piernas abiertos, el rostro tendido hacia el calor, como si la hubieran sujetado con clavos a modo de gigantesco sacrificio caoba.

—¡Hola, señora Dakin! —le dije a gritos desde el otro lado del asfalto.

Sheila Dakin levantó la cabeza y vi que un hilo de saliva le brillaba en la comisura de la boca.

Saludó con la mano.

—Hola, señoritas.

Siempre nos llamaba «señoritas», y esta vez hizo que Tilly se pusiera colorada y que las dos sonriéramos.

—Entonces Dios está en casa de la señora Forbes —dijo Tilly cuando dejamos de sonreír.

—Creo que sí. —Le bajé el sueste por detrás para que le tapara el cogote—. Conque podemos afirmar con seguridad que la señora Forbes está a salvo, aunque tengo mis dudas acerca de su marido.

—Es una lástima que la señora Forbes no se relacionara con la señora Creasy. Podría habernos dado alguna pista. —Tilly soltó una patada a una piedrecita, que se deslizó hasta meterse en un seto.

Me detuve tan de repente que las sandalias levantaron polvo de la acera.

Tilly miró hacia atrás.

—¿Qué pasa, Gracie?

—El picnic.

—¿Qué picnic?

—La fotografía del picnic en la chimenea.

Tilly frunció el ceño.

—No te entiendo.

Clavé los ojos en la acera intentando pensar al revés.

—La mujer —dije—, la mujer.

—¿Qué mujer?

—La que estaba sentada al lado de la señora Forbes en el picnic.

—¿Qué pasa con ella? —me preguntó Tilly.

Levanté la cabeza y la miré a los ojos.

—Era Margaret Creasy.

La Avenida, número 2

4 de julio de 1976

Brian cantaba ante el espejo del recibidor mientras intentaba hacerse la raya en el pelo. Resultaba un poco complicado porque su madre se había empeñado en comprar uno en forma de sol que tenía más rayos que espejo, pero si doblaba un poco las rodillas y ladeaba la cabeza hacia la derecha lograba que le cupiera toda la cara.

El cabello era su mejor rasgo; su madre lo decía siempre. Ahora que por lo visto a las chicas les gustaba que los hombres lo llevaran un poco más largo, no estaba tan seguro. El suyo había llegado como máximo hasta la base de la mandíbula, momento en el que parecía perder interés.

—¡Brian!

Quizá si se lo recogiera detrás de las orejas...

—¡Brian!

Los gritos tiraron de él como si fueran una correa. Asomó la cabeza por la puerta de la sala de estar.

—¿Sí, mamá?

—Anda, pásame esa caja de Milk Tray. Me duelen los pies una barbaridad.

La madre descansaba sobre un mar de ganchillo, con las

piernas juntas encima del sofá, y se frotaba los juanetes a través de las medias. Brian oía la electricidad estática.

—Es el maldito calor. —La mujer tenía la cara contraída y arrugada, y los carrillos hinchados con aire de concentración—. ¡Ahí! ¡Ahí!

Dejó de frotarse para señalar el escabel, que, en ausencia de sus pies, acogía sus zapatillas, el *TV Times* y una bolsa de Murray Mints con los caramelos desparramados. Cogió la caja de Milk Tray que le tendió su hijo y miró el contenido con la misma concentración de una persona que intentara responder a una pregunta especialmente difícil en un examen.

Se metió en la boca un bombón relleno de crema de naranja y frunció el entrecejo al fijarse en la cazadora de cuero.

—Vas a salir, ¿eh?

—Voy a tomar una cerveza con los chicos, mamá.

—¿Los chicos? —Cogió un bombón de lokum.

—Sí, mamá.

—Tienes cuarenta y tres años, Brian.

Él iba a pasarse los dedos por el pelo, pero se contuvo al recordar que se había puesto gomina Brylcreem.

—¿Quieres que le pida a Val que te encuentre un hueco para cortarte el pelo la próxima vez que venga?

—No, gracias, quiero dejármelo crecer. A las chicas les gusta más largo.

—¿Las chicas? —La madre se echó a reír y en los dientes le aparecieron pedacitos de lokum—. Tienes cuarenta y tres años, Brian.

Él cambió de postura y los hombros de la cazadora de cuero crujieron. Se la había comprado en el mercadillo. Casi seguro que ni siquiera era de cuero. Casi seguro que era de plástico imitación de cuero, y la única persona que se había dejado engañar era el idiota que la llevaba puesta. Tiró del cuello, que rechinó entre sus dedos.

La garganta de su madre subió y bajó con el bombón de lokum, y él observó cómo se hurgaba con la lengua entre las muelas para asegurarse de que no desperdiciaba ni un trocito.

—Vacía ese cenicero antes de irte. Anda, sé buen chico.

Brian cogió el cenicero y lo sostuvo con el brazo extendido, como una escultura indeterminada, un cementerio de cigarrillos, cada uno fechado con un color de pintalabios distinto. Al atravesar la sala advirtió que los del borde se inclinaban y oscilaban.

—¡En la chimenea no! Llévalo al cubo de la basura de fuera. —La madre impartió la orden con un bombón de lima en la boca—. Si lo dejas aquí, apestará toda la casa.

Una voluta de humo surgió del fondo de la montaña de colillas. Al principio Brian pensó que eran imaginaciones suyas, hasta que el olor le rozó las fosas nasales.

—Deberías tener más cuidado. —Señaló el cenicero con la cabeza—. Así es como empiezan los incendios.

Ella le lanzó una ojeada y volvió a mirar la caja de Milk Tray.

Ninguno de los dos habló.

Él escarbó y vio el resplandor de una brasa en la ceniza. La apretó con dos dedos hasta que parpadeó y el surco de humo titubeó y se extinguió.

—Ya está apagado —dijo.

Pero su madre estaba absorta en los bombones, entregada a los rellenos de crema de naranja, a los juanetes y a «va a empezar la película en la BBC2». Él sabía que cuando regresara del Legion ella seguiría exactamente igual. Sabía que se habría tapado las piernas con la manta; que la caja de Milk Tray, una vez masacrada, estaría tirada en la moqueta; y que, en el rincón, el televisor sostendría una conversación consigo mismo. Sabía que su madre no se habría arriesgado a salirse de los límites de su existencia tejida a ganchillo. Un mundo dentro de un mundo, una vida que ella misma se había bordado en los últimos años y que parecía encogerse y estrecharse con cada mes que pasaba.

Reinaba el silencio en la avenida. Levantó la tapa del cubo de la basura y arrojó dentro los cigarrillos, que le lanzaron una nube de ceniza a la cara. Cuando terminó de toser y de dar manotazos al aire y recuperó el aliento, alzó la cabeza y vio a Sylvia en el jardín del número 4. Derek no estaba con ella..., ni tampoco Grace. Estaba sola. Rara vez la veía sin compañía. Se animó a observarla un momento. Ella no había levantado la vista. Estaba arrancando hierbajos. Los tiraba en un cubo y aplanaba la tierra con las manos. De vez en cuando enderezaba la espalda, tomaba un respiro y se secaba la frente con el dorso de la mano. No había cambiado. Brian quiso decírselo, pero era consciente de que eso solo traería más problemas.

Notó que por el cuello de la camisa se le colaba un hilo de sudor. No sabía cuánto rato llevaba observando a Sylvia cuando ella levantó la cabeza y lo vio. Alzó una mano para saludarlo, pero él se dio la vuelta justo a tiempo y volvió a entrar.

Dejó el cenicero sobre el escabel.

—Procura estar en casa antes de las diez —le dijo su madre—. Tendrás que ponerme la pomada.

El Royal British Legion

4 de julio de 1976

En el Legion solo estaban los dos ancianos del rincón. Brian siempre los veía sentados en el mismo sitio, vestidos con la misma ropa y enfrascados en el mismo diálogo. Se miraban al hablar pero, absorto cada uno en sus propias palabras, sostenían diálogos distintos. A Brian se le acostumbró la vista tras el trayecto a pie. El ambiente del local era más fresco, y también más oscuro. El verano impregnaba la madera pulida y las paredes revestidas de papel pintado con relieve de terciopelo. Una vez engullido por la fría pizarra de la mesa de billar, caía al tejido de la moqueta, gastada por conversaciones pesadas. En el Legion no había estaciones. Bien podían estar en pleno invierno, si no fuera por el sudor que le empapaba el borde de la camisa y por la tensión de las piernas al caminar.

Sentado en un taburete en el otro extremo de la barra, Clive daba de comer patatas fritas a un terrier negro, que pateaba y lanzaba un silbido gutural si le parecía que el intervalo entre una patata y otra se alargaba demasiado.

—Una pinta, ¿no? —dijo, y Brian asintió.

Se levantó del taburete.

—Otro día de calor —añadió, y Brian volvió a asentir.

Brian le pagó. Llevaba demasiadas monedas. Cuando cogió el vaso, la cerveza rebasó el borde y cayó en la barra.

—¿Sigues buscando trabajo? —Clive cogió un paño y lo pasó por la madera.

Brian murmuró algo sin apartar el vaso de la boca y volvió la cara.

—Qué me vas a contar a mí, cielo. Si me recortan aún más las horas de trabajo, tendré que volver a hacer la calle. —Clive giró la mano y se examinó las uñas.

Brian le miró fijamente por encima del borde del vaso.

—Es un chiste, joder —dijo Clive, y se echó a reír.

Brian intentó reír también, pero sin demasiado éxito.

Iba por la segunda cerveza cuando llegaron. Harold fue el primero en entrar, con pantalones cortos y a gritos.

—¡Nas noches, nas noches! —dijo, pese a que el bar seguía vacío.

Los hombres del rincón le saludaron con un gesto y volvieron la cabeza.

—¡Clive! —dijo Harold, como si Clive fuera la última persona a la que esperaba ver. Se estrecharon la mano y pusieron la otra encima de las manos unidas, y hubo un montón de sacudidas y alboroto.

Brian los observó.

—¿Una Double Diamond?

Harold señaló con la cabeza el vaso de Brian, y este dijo que no, gracias, que se la pagaría él mismo, y Harold respondió allá tú y se volvió hacia Clive sonriendo, como si mantuvieran una conversación que Brian no podía oír. En medio de la conversación no oída, Eric Lamb llegó con Sheila Dakin, y Clive se fue a buscar una cereza para el Babycham de Sheila.

Cuando Brian los siguió a la mesa, se encontró apretujado contra la pared, encajonado entre la máquina de tabaco y el misterio del busto de Sheila Dakin.

Ella se volvió hacia él arrugando la nariz.

—¿Has empezado a fumar otra vez, Brian? Hueles como un cenicero.

—Es mi madre.

—Y quizá deberías pensar en cortarte el pelo —añadió ella, y hundió la cereza en el Babycham—. Menudas greñas llevas, joder.

Sonaba una radio y Brian oyó un rumor de música, pero no logró identificar qué era. Tal vez los Drifters, o los Platters. Quiso pedir a Clive que subiera el volumen, pero este llevaba cinco minutos plantado en el extremo de la barra, retorciendo un paño dentro del mismo vaso y tratando de escuchar la conversación del grupo. Subir la radio era lo último que desearía hacer.

—Silencio, silencio —dijo Harold, y dio unos golpecitos en la mesa con el borde de un posavasos, pese a que no hablaba nadie—. He convocado esta reunión debido a los últimos acontecimientos.

Brian observó que estaba a punto de acabársele la pinta. Hizo rodar la cerveza por las paredes del vaso para aprovechar la espuma que formaba un dibujo en el cristal.

—¿Últimos acontecimientos? —Sheila hizo girar un pendiente. Era grande y de bronce, y Brian pensó que no desentonaría como elemento de un tótem. Tiraba de la carne de la cara hasta la mandíbula y convertía el orificio del lóbulo en una línea dentada.

—Ese asunto de Margaret Creasy. —Harold continuaba con el posavasos entre los dedos—. A John se le ha metido en la cabeza que tiene algo que ver con lo del número once. El domingo pasado se puso muy nervioso después de misa.

—¿Ah, sí? —dijo Sheila—. No fui a la iglesia.

Harold la miró.

—No, ya me lo imagino.

—Imbécil descarado. —Sheila empezó a hacer girar el otro pendiente. Sus carcajadas invadieron toda la mesa.

Harold se inclinó hacia delante, pese a que no quedaba espacio para inclinarse.

—Es preciso que todos tengamos claro lo que pasó —dijo.

La música había cesado. Brian oía el roce del paño de Clive en el cristal y el murmullo de palabras arrastradas de los dos ancianos.

—Lo mismo te da sentarte, Clive, que estar ahí de pie. —Eric Lamb señaló el taburete vacío con el vaso—. Formas parte de esto tanto como nosotros.

Clive retrocedió un paso, se llevó el paño al pecho y dijo que creía que ese no era su lugar. Brian observó que Harold le convencía con la mirada, de modo que el camarero arrastró el taburete sobre el linóleo y se sentó entre Harold y Sheila.

—No he querido decirle a John que viniera esta noche. —Harold se reclinó y cruzó los brazos—. Solo nos faltaría que montara otra escena.

—¿Por qué cree que tiene algo que ver con el número once? —Sheila se había acabado el Babycham y hacía girar entre los dedos el pie de la copa, que se deslizaba hacia el borde de la mesa.

—Ya conoces a John—respondió Harold—. Siempre busca algo por lo que preocuparse, no sabe dejar la mente quieta.

Brian estuvo de acuerdo, aunque no lo habría dicho por nada del mundo. Cuando eran chiquillos, John contaba los autobuses. Creía que daban suerte.

«Cuantos más autobuses veamos, mejor —decía—, porque así no pasará nada malo.» Por ese motivo llegaban tarde a la escuela: tomaban el camino más largo intentando divisar tantos como fuera posible. Brian decía: «Por culpa de esto llegamos tarde, ¿cómo va a traernos suerte?», y se reía, pero John se limitaba a morderse los padrastros y a decir que no habían visto un número suficiente.

—No pensará John que ese pervertido se la ha cargado, ¿verdad? —dijo Sheila. La copa se le inclinó hacia el suelo, y Eric le condujo la mano hacia el centro de la mesa.

—No, qué va. Nada de eso, no. No. —Harold dijo «no» tantas veces que le salieron de la boca como una guirnalda de banderines. Bajó la vista al posavasos.

—No me sorprendería que lo hubiera hecho —comentó Sheila—. Todavía creo que él se llevó a aquella criaturita.

Harold la miró un momento y luego bajó la vista.

—La criatura apareció sana y salva, Sheila. —Eric le quitó la copa de la mano—. Eso es lo que cuenta.

—Maldito pervertido —añadió ella—. Me trae sin cuidado lo que dijera la policía. Es una avenida normal, con gente normal. Él no debería estar aquí.

El silencio se extendió sobre la mesa. Brian oyó cómo la Guinness descendía por la garganta de Eric Lamb y cómo los dedos de Clive plegaban y plisaban el paño de cocina. Oyó cómo Sheila hacía girar el pendiente y los golpecitos que Harold daba en la madera con el posavasos, y oyó las bocanadas de aliento que él mismo exhalaba. El silencio llegó a convertirse en un sonido. Le presionó los oídos hasta que no aguantó más.

—Margaret Creasy hablaba mucho con mi madre —dijo. Se acercó el vaso de cerveza a la boca. Estaba casi vacío.

—¿De qué? —le preguntó Harold—. ¿Del número once?

Brian se encogió de hombros detrás del vaso.

—No me he sentado nunca con ellas. Pasaban horas jugando al gin rummy en la habitación del fondo. Mamá decía que era una buena compañera. Que sabía escuchar.

—No paraba de entrar y salir de tu casa, Harold. —Sheila abrió el monedero con un chasquido y depositó un billete de una libra delante de Clive.

—¿De veras? Pues yo nunca la vi.

—Seguramente hacía compañía a Dorothy mientras tú estabas por ahí —respondió ella.

Brian se dispuso a colocar una columna de monedas sobre el billete, pero Sheila le apartó la mano.

—Dorothy vio a Margaret Creasy entrar en el número once —explicó Harold—. Está tan histérica por el asunto como John. Cree que alguien contó algo.

Clive juntó los vasos vacíos metiendo un dedo en cada uno.

—¿Es que hay algo que contar? La policía dijo que el incendio fue un accidente.

—Ya conoces a Dorothy —repuso Harold—, es capaz de contar cualquier cosa a quien sea; la mitad de las veces ni sabe lo que dice.

Los vasos tintinearon al abandonar la mesa.

—Mientras la policía no cambie de opinión y no se ponga a fisgar de nuevo...

Por una vez Sheila habló en voz baja. Todavía tenía el monedero en la mano, y Brian la vio cerrarlo con un chasquido. Tenía las manos ásperas por el calor, y el esmalte se le había desprendido del borde de las uñas formando líneas dentadas.

—Por el amor de Dios, Sheila, precisamente a eso me refiero. —No había nadie más en el bar. Los ancianos se habían marchado. Aun así, Harold echó un vistazo a las sillas vacías que tenía detrás, luego se dio la vuelta y se acercó a la mesa—. Basta de alarmismo. Estuvimos de acuerdo entonces en que nos habíamos limitado a expresar nuestra opinión, nada más. El resto fue casualidad.

Brian se recostó en la silla. Notó que el borde de la máquina de tabaco se le clavaba en el hombro.

—De todas formas, la señora Creasy hablaba con todo el mundo, ¿no? Recorría toda la avenida. No sabes lo que llegó a averiguar. Era lista. Muy lista.

Sheila guardó el monedero en el bolso.

—Me jode decirlo, pero Brian tiene razón. Quizá ella supiera más que ninguno de nosotros.

—Fue un accidente —afirmó Eric Lamb. Alargó las palabras, como si fueran órdenes.

Ahora que no tenía vaso, Brian no sabía qué hacer con las manos. Fue posando el pulgar en las gotas de cerveza que había en la mesa y estirándolas hasta formar líneas, con la intención de hacer un dibujo. Ese era el problema de que la gente te conociera desde que eras niño: nunca dejaban de dar por sentado que había que decirte lo que debías pensar.

—Solo tenemos que mantener la calma —dijo Harold—. Nada de indiscreciones. Nosotros no hicimos nada malo, ¿entendido?

Brian se encogió de hombros, y la cazadora crujió en respuesta. Casi seguro que, a fin de cuentas, no era de cuero.

Volvieron sobre sus pasos por la urbanización, Sheila con el brazo enlazado en el de Brian para no perder el equilibrio, porque era la hostia de difícil caminar con los zapatos que llevaba. Él le ofreció el brazo aunque no creía que el calzado representara un problema. Eran casi las diez. Eric Lamb se había adelantado y habían dejado a Harold en el Legion, ayudando a Clive a cerrar el local. Era el mejor momento del día, pensó Brian. El calor había aflojado y había dado paso a un silencio denso, e incluso soplaba un poco de viento, que se abría camino en la quietud y recorría las hojas más altas de los árboles.

Cuando llegaron a los garajes del final de la avenida Sheila se detuvo a tirarse de la correa de un zapato; osciló y se tambaleó, y se apoyó en Brian para recuperar el equilibrio.

—Malditos chismes —dijo.

Brian se quedó mirando la calle. La luz abandonaba el cielo y se agolpaba en el horizonte llevándose consigo lo conocido y lo seguro. En el crepúsculo las casas presentaban un aspecto distinto, se las veía expuestas en cierto modo, como si les hubiesen quitado el disfraz. Se alzaban frente a frente, cual adversarios, y al final de todo, apartada del resto, se encontraba la número 11.

Tranquila, silenciosa, expectante.

Sheila alzó la vista y siguió la dirección de la mirada de Brian.

—No tiene ni pies ni cabeza, ¿a que no? —dijo—. ¿Por qué se queda aquí sabiendo que no se le quiere?

Brian se encogió de hombros.

—A lo mejor él opina lo mismo de nosotros. A lo mejor espera una disculpa.

Sheila se echó a reír. Fue una risita de enojo.

—Pues que espere sentado la mía.

—Pero ¿de verdad crees que lo hizo él? ¿De verdad crees que se llevó a la criatura?

Ella se quedó mirándolo. Dio la impresión de que se le estrechaba y tensaba el rostro, hasta que el odio le hizo desaparecer el blanco de los ojos.

—Es de esos, ¿no? Solo hay que mirarlo. No eres tan tarugo, Brian.

Él notó que le subían los colores. Se alegró de que ella no pudiera advertirlo.

—Walter el Raro —dijo.

—Eso es. Hasta los niños se dan cuenta.

Brian se fijó en la luz de la ventana de Sheila.

—¿Quién cuida de los tuyos? —preguntó.

Ella sonrió.

—No necesitan una canguro. Nuestra Lisa ya es mayor. Es espabilada, como su madre. La he aleccionado bien.

Brian volvió a mirar hacia el número 11. La luz iba abandonando la casa, el borde del tejado se sumía poco a poco en una oscuridad impenetrable.

—Eso hacen los niños, ¿no? —dijo—. Imitar a mamá y a papá.

Los zapatos de Sheila se deslizaron por la acera arrancando hormigón con los tacones.

—Eso es —dijo ella—. Y deja de sentir lástima por Walter Bishop. Las personas como él no merecen compasión. No son como nosotros.

El ruido del pestillo atravesó la desierta avenida.

—¿De veras crees que la policía se interesará por el incendio? —preguntó él—. ¿Después de tanto tiempo?

Ella se volvió en la penumbra. Brian no le veía la cara, tan solo el contorno. Una sombra que se movía y se deslizaba sobre los ladrillos, cada vez más oscuros. Cuando Sheila respondió, habló en un susurro, pero él lo oyó atravesar lentamente el silencio.

—Más nos vale que no.

Sus zapatos rechinaron en el umbral y una llave giró en una cerradura, y Brian observó cómo del cielo desaparecía la última brizna de luz.

Cruzó la calzada para dirigirse a casa, con las manos hundidas en los bolsillos de la cazadora. Al principio pensó que eran imaginaciones suyas, pero enseguida volvió a notarlo: una cartulina le rozaba los nudillos. Se detuvo y tiró del forro, que estaba rasgado, hasta que logró sacarla.

Una tarjeta de biblioteca.

Se quedó bajo la farola, cuya brillante luz anaranjada incidió en el nombre escrito.

«Señora Margaret Creasy.»

Frunció el entrecejo, la dobló por la mitad y la deslizó en el forro hasta que por fin desapareció.

Brian se detuvo en el umbral y contempló la sala de estar. Hacia él miraba la gigantesca caverna de la boca durmiente de su madre, en comparación con la cual el resto de la cara parecía curiosamente insustancial. La caja de Milk Tray yacía destripada en el escabel, y los restos de la velada de la anciana adornaban la moqueta: agujas de tejer, crucigramas y páginas con la programación televisiva arrancadas del periódico.

—¿Mamá? —No lo dijo tan alto como para despertarla, pero sí lo bastante para quedarse tranquilo pensando que lo había intentado.

Ella roncó en respuesta. No fue el fuerte ronquido tempestuoso que cabría esperar, sino algo más suave. Un ronquido considerado. El padre de Brian había dicho una vez que cuando la conoció era delicada y elegante, y Brian se preguntó si los ronquidos eran lo único que quedaba de aquella mujer frágil y provinciana.

Se quedó mirando la boca. Se preguntó cuántas palabras habrían salido de ella y entrado en los oídos de Margaret Creasy. Su madre no sabía controlarse. Era como si usara los chismorreos a modo de red para atrapar la atención de la gente, como si creyera que no era lo bastante interesante para retenerla de otra manera.

Su madre abrió la boca un poco más, apretó un poquito más los ojos y dejó escapar un áspero sonido letárgico, surgido del fondo del pecho.

Brian se preguntó si habría hablado a Margaret Creasy de la noche del incendio. De lo que había visto, o creído ver, en los rincones en sombras de la avenida.

Y se preguntó si esas habrían sido las palabras mágicas que habían hecho desaparecer a Margaret Creasy.

20 de diciembre de 1967

Brian acerca la llama del fósforo al pitillo que ha liado y observa cómo el tabaco chisporrotea y parpadea en la oscuridad.

Puede fumar en casa si quiere (las habitaciones están revestidas de una película amarilla por los cigarrillos de su madre), pero prefiere estar fuera, sentir en la cara el gélido frío invernal y contemplar la oscuridad sin que lo molesten.

Un silencio helado domina la avenida. En las casas, cerradas contra el frío, las estufas tienen tres barras encendidas y el vaho asciende hasta la parte superior de las ventanas. En los resquicios entre las cortinas se asoman árboles de Navidad, pero Brian no tiene mucho espíritu navideño. Duda que alguien lo sienta, francamente, después de todo lo ocurrido.

El pitillo es fino y se consume con rapidez. Le raspa la garganta y le oprime el pecho. Decide dar una última calada y regresar a la enmoquetada calidez de la cocina, y en ese instante atisba un movimiento al final de la avenida. Cerca del número 11 se produce un leve revuelo en la oscuridad, un fugaz cambio de luz que le llama la atención de soslayo cuando está a punto de darse la vuelta.

Esconde el cigarrillo tras la palma de la mano para ocultar el brillo de la brasa e intenta abarcar el panorama con la vista, pero fuera del círculo naranja de la farola las formas se diluyen en la profunda negrura.

De todos modos, no cabe duda de que ha habido un movimiento.

Y al cerrar la puerta trasera está seguro de que oye pasos que se alejan.

—Puedes fumar dentro, Brian. —La madre señala con la cabeza un cenicero atiborrado—. Podrías ayudarme a colgar estas postales de Navidad.

Sujeta las tarjetas con unas minúsculas pinzas rojas y verdes, como si fueran banderines, mientras se acaba un paquete de galletas rellenas de vainilla.

—Me apetecía tomar un poco el aire, mamá.

—Mientras no te olvides de protegerte los riñones...

Brian se acerca a la ventana y aparta un poco la cortina, lo suficiente para atisbar por un par de centímetros de cristal.

—¿Qué miras? —La voz de Dorothy, que deja las postales en el regazo, vibra de curiosidad.

—El número once.

—Creía que decías que se había ido con su madre. Creía que estábamos todos de acuerdo en que no había necesidad de vigilar la casa hasta que volviera.

—Hay alguien en el jardín.

Dorothy se levanta. Una pila de tarjetas de Navidad da una voltereta en el aire, y tres humildes pesebres y una mula caen en la moqueta.

—Bueno, si quieres hacerlo, hazlo bien —dice—. Apaga la lámpara grande y abre las cortinas.

Él obedece y los dos escudriñan la oscuridad.

—¿Ves algo? —pregunta ella.

Brian no ve nada. Observan en silencio.

Sheila Dakin se acerca al cubo de la basura y en la avenida resuena un redoble de cristal contra metal. Sylvia Bennett descorre las cortinas de una habitación de la primera planta y se asoma a la ventana. Da la impresión de que los mira a ellos, y Brian se agacha bajo el alféizar.

—No te ve, pedazo de alcornoque —le espeta la madre—. La luz está apagada.

Brian reaparece, y cuando mira hacia arriba Sylvia ya no está.

—Quizá fueran otra vez esos chicos de la urbanización —dice su madre—. Quizá hayan vuelto.

Brian se inclina hacia la ventana. Empiezan a dormírsele las piernas y el respaldo del sofá se le clava en el tórax.

—No se atreverían —dice—, después de lo que pasó.

La madre resopla.

—Pues no veo nada. Te lo habrás imaginado; no hay nadie.

Mientras ella habla, Brian vuelve a verlo. Un movimiento detrás de los delgados árboles desnudos del jardín de Walter Bishop.

—Allí. —Da un golpecito en el cristal—. ¿Lo ves ahora?

Su madre pega la cara a la ventana; hálitos de fascinación atraviesan el panorama.

—Es increíble —dice—. ¿Qué narices hace ahí?

—¿Quién? —Brian se acerca más al cristal—. ¿Quién es?

—Aparta la cabeza, Brian. Siempre estás en medio.

—¿Quién es? —pregunta él apartando la cabeza.

La madre cruza satisfecha los brazos.

—Harold Forbes. Seguro que es Harold Forbes.

—¿De veras? —Brian se aventura a acercar de nuevo la cabeza al cristal—. ¿Cómo lo sabes?

—Reconocería esa espalda encorvada en cualquier parte. Ese hombre tiene muy mala postura.

Los dos escrutan la oscuridad y en el cristal sus reflejos los escudriñan a ellos, boquiabiertos, blancos como fantasmas y teñidos de curiosidad.

—Hay gente muy rara —comenta la madre.

Los ojos de Brian se acostumbran a la noche, y al cabo de un momento ve la silueta, un tanto inclinada y ocupada con algo que lleva en las manos. Avanza entre los árboles y rodea la parte delantera de la casa. Es un hombre, no hay duda, aunque Brian no entiende cómo su madre puede estar tan convencida de que se trata de Harold Forbes.

—¿Qué lleva en las manos? —Limpia el aliento del cristal—. ¿Lo sabes?

—No estoy segura, pero lo que más me interesa no es eso.

Brian se vuelve hacia ella con el ceño fruncido.

—¿A qué te refieres?

—Me interesa más saber quién se ha metido ahí con él.

Tiene razón. Detrás de la figura encorvada que avanza entre los árboles hay otra persona. Es un poco más alta que la primera, está más erguida y señala hacia la parte posterior de la casa. Brian intenta pegar más la cara al cristal, pero la imagen se desdibuja y se distorsiona hasta convertirse en una maraña de formas y sombras.

Brian enumera diversas posibilidades, que la madre descarta por considerar al candidato demasiado joven, demasiado mayor, demasiado alto.

—Entonces ¿quién crees tú que es?

Su madre se yergue en toda su estatura y hunde la barbilla en el cuello.

—Tengo mis sospechas —responde—, aunque, naturalmente, no estaría bien que me pusiera a hacer conjeturas.

Solo hay una cosa que le gusta aún más que cotillear: ocultar algo a un tercero interesado basándose en un repentino afloramiento de autoridad moral.

Riñen. Brian nunca gana las discusiones con su madre (ella es demasiado experta y testaruda), y cuando se rinde y vuelve a mirar hacia la avenida las figuras han desaparecido.

—Se acabó —dice su madre.

Las postales siguen tiradas en la moqueta. De camino al sofá recoge varias de la Virgen María.

—¿Qué crees tú que hacían? —le pregunta Brian.

Ella coge una galleta rellena de vainilla y la respuesta ha de aguardar a que levante la parte superior para examinar el contenido.

—Bueno, sea lo que sea —dice—, esperemos que tenga que ver con deshacerse de Bishop para siempre. Últimamente no ganamos para sobresaltos.

Por una vez está de acuerdo con ella. En las últimas semanas han vivido un trastorno tras otro. Antes la policía no acudía nunca a la avenida; ahora da la impresión de que no sale de ella.

—Tengo clara una cosa. —La madre muerde la galleta, y una nube de migas se asienta en el antimacasar—. Menos mal que estás aquí, Brian. Si no, no podría dormir en mi cama mientras ese hombre siga viviendo al final de la avenida.

Brian se recuesta en el alféizar, pero se le clava en la espalda de tal modo que le crujen las vértebras. Hace demasiado calor en la habitación. Su madre la tiene siempre excesivamente caldeada. De niño, plantado en ese mismo sitio, miraba por la ventana intentando encontrar la manera de que el calor saliera y desapareciera para siempre.

—Salgo a fumar otro cigarrillo —dice.

—No entiendo por qué no fumas aquí, Brian. ¿Es que no te parezco una buena compañía?

Ha reanudado la tarea de colgar tarjetas de Navidad. Todas tienen el mismo tema, piensa Brian. La ve añadir otro Niño Jesús a la hilera. Hay trece estrellas de Belén. Trece mulas pensativas. Una fila del Niño Jesús que penderán de la repisa de la chimenea y los observarán cuando tomen la cena de Navidad en silencio y tocados con gorritos de papel.

—Me apetece un poco de aire fresco.

—No estés siglos ahí fuera. Ya sabes que, con lo nerviosa que soy, no me gusta quedarme sola demasiado rato. Al menos hasta que se solucione este despropósito.

Brian coge del alféizar la lata de tabaco y la caja de cerillas.

—Seré tan rápido como pueda.

Y regresa a la oscuridad.

La Avenida, número 4

5 de julio de 1976

Era lunes. El verdadero primer día de vacaciones. El verano construía un puente polvoriento hasta septiembre, y me quedé en la cama tanto como pude, disfrutando del momento antes de dar el primer paso.

Oía a mis padres en la cocina. Los ruidos eran conocidos (una secuencia melódica interpretada por armarios, platos y puertas) y yo anticipaba los sonidos, como si se tratara de una composición musical. Escuchaba con la almohada aplastada bajo la cabeza, y observaba cómo un viento suave empujaba las cortinas, que se hinchaban cual velas de un barco. De todas formas, sabía que no iba a llover. Mi padre decía que la lluvia se huele, igual que se huele la cercanía del mar. Tumbada en la cama, solo olía las gachas de avena de Remington y una vaharada de beicon que ascendía hasta la habitación desde la cocina de otras personas. Me pregunté si podría volver a dormirme sin que me regañaran, y entonces me acordé de que tenía que encontrar a Dios y a la señora Creasy, además de desayunar.

Mi madre estaba muy callada. No dijo nada cuando entré en la cocina, no despegó los labios mientras me comía los Rice

Krispies, y siguió en silencio cuando dejé el cuenco en el fregadero. De todos modos, era curioso que aun estando callada se las arreglara para ser la persona más estridente de la habitación.

Mientras ella daba vueltas alrededor de los armarios, mi padre, sentado en un rincón, se limpiaba los zapatos con un trozo de periódico. De vez en cuando decía algo normal y corriente para ver si tentaba a alguien a charlar. Ya había probado con el tiempo, pero ninguna de las dos había participado en la conversación. Incluso había hablado a Remington, que, perplejo, se había limitado a golpear el linóleo con la cola.

—Primer día de vacaciones, pues —dijo.

—Mmm. —Me agaché delante del frigorífico y miré el interior para adivinar qué almorzaría.

—¿Cómo pasaréis el verano Tilly y tú?

—Vamos a buscar a Dios —respondí desde dentro de la nevera.

—¿A Dios? —dijo. Oí el cepillo deslizarse sobre el cuero—. Eso os tendrá ocupadas.

—No debería ser muy difícil. Está en todas partes.

—¿En todas partes? —repitió mi padre—. Dudo que ronde mucho esta urbanización.

—No empieces otra vez, Derek.

Me asomé por encima de la puerta del frigorífico y vi que mi madre metía en el cajón los cubiertos que iba sacando de un paño de cocina.

—Ya te he dicho por qué no voy a ir —añadió.

—No me refería a eso, pero ya que lo mencionas...

Me quedé muy quieta detrás de un yogur de grosella negra y una docena de huevos camperos.

—No tengo por qué dar explicaciones. A bastantes funerales vamos ya a lo largo de la vida, para encima asistir a los que no tenemos necesidad de ir.

—Tan solo me preocupa que no acuda nadie. —Mi padre había dejado de cepillar los zapatos y los miraba fijamente—. Yo iría si no tuviera que trabajar. Las dos de la tarde es muy mala hora.

—La madre de Brian el Flaco sí irá.

—Esa va a todos los funerales. Es la única ocasión en que sale de casa. —Mi padre untó el cepillo con el betún de la lata—. De modo que ella no cuenta.

—Yo ni siquiera conocía bien a Enid. —Mi madre se llevó las manos a la cara y oí escapar un suspiro entre los huecos que dejaban los dedos—. Es espantoso que muriera sola, pero no creo que vaya a sentirse mejor por lo ocurrido porque yo vaya a su funeral.

La señora de Mulberry Drive. Comenzaba a convertirme en una excelente detective.

—Allá tú —dijo mi padre, y el ruido del silencio de mi madre volvió a empezar.

—Me cuesta creer que la señora Forbes nos mintiera —dijo Tilly.

Yo había convocado una reunión urgente en mi dormitorio. No era una situación ideal, pues Tilly se distraía enseguida, pero la señora Morton había ido a visitar la tumba de su marido y a hacer acopio de galletas de chocolate Penguin, de modo que en ese momento no podíamos disponer de su cocina.

Medité acerca de mis padres. Mentían sobre el tiempo que se tardaba en llegar a un determinado lugar y sobre cuánto duraría la cena y, aunque mi madre decía siempre que mis regalos eran de parte de los dos, cuando yo los abría la mañana del día de Navidad mi padre se mostraba tan sorprendido como yo.

—Los adultos mienten sin parar —afirmé—. Lo importante es por qué nos engañó la señora Forbes.

Escribí la fecha en mi cuaderno. Sabía que Tilly contemplaba los Whimsies, la colección de animalitos de cerámica que decoraban el estante que yo tenía detrás de la cabeza. Me parecía ver cómo recorría con la vista la hilera.

—Tienes un gálago y una jirafa —dijo—. A mí me faltan los dos.

—Tilly, debes concentrarte.

Sus ojos llegaron al final del estante.

—Tienes dos gálagos. Dos. Yo ni siquiera tengo uno.

—Son una pareja. Van juntos. Tienen que ser dos.

—No sabía que vinieran en parejas. Supongo que no pueden separarse.

—Tilly, la reunión no va sobre los Whimsies. Debemos trazar un plan.

—Yo sabía que no nos decía la verdad.

Mi bolígrafo se detuvo en el renglón.

—¿Cómo es eso?

—Tenía esa expresión. La misma que pone mi madre cuando habla de mi papá. Sé que la letra de las postales que recibo en Navidad es suya.

—Mi madre escribe las que recibo yo.

—Pero no es lo mismo —dijo Tilly.

—No, supongo que no.

Un viento suave tabaleaba las cortinas. Mi madre se pasaba el día corriéndolas para impedir que entrara el calor y luego descorriéndolas para que saliera. Me subí a la cama y rodeé a Tilly para abrirlas un poquito. Tilly se dio la vuelta y miró al otro lado del cristal.

—¿Qué hace el señor Creasy? —dijo.

John Creasy estaba en medio de la calzada mirando hacia el final de la avenida.

—Espera el autobús —respondí—. Para al final de la avenida a las once menos cinco.

—¿No debería ir a la parada?

—Ah, no. No quiere cogerlo. Espera a ver si baja la señora Creasy. Lo espera cada día.

Mientras mirábamos se detuvo el autobús. Oí el chirrido y el bufido de los frenos y el petardeo sordo del motor, pero no bajó nadie a la plataforma y el señor Creasy se encaminó a casa con las manos muy hundidas en los bolsillos. Volvimos la atención hacia el cuaderno.

—¿Quién más salía en la foto del picnic? —preguntó Tilly.

Puse las piernas sobre la cama.

—El señor y la señora Forbes y la señora Creasy —respondí.

—Sí, pero ¿quién más?

Cerré los ojos e intenté visualizar la fotografía. Me había mostrado demasiado interesada en contemplar a la señora Forbes con el cabello recogido en ondas, y la imagen dio vueltas y osciló detrás de mis párpados.

—Brian el Flaco —respondí por fin—. Estaba Brian el Flaco, seguro.

Tilly frunció el ceño.

—¿Quién es Brian el Flaco?

—El señor Roper. Vive con su madre en el número dos.

—¿Y hay un Brian el Gordo?

Reflexioné unos instantes.

—No —respondí.

—Vayamos a averiguar qué sabe.

—Sí, sí, lo haremos, pero esta tarde no.

Tilly alzó la vista y se rascó la punta de la nariz con el jersey.

—¿Por qué?

—Porque esta tarde vamos a un funeral.

—Dudo que sea buena idea, Gracie. —Plantada delante de mi armario ropero, Tilly miraba fijamente el espejo.

—Has dicho que no tenías nada negro.

—Pero es un poncho.

—Tiene algo negro —le dije.

Se miró a sí misma.

—Y otros muchos colores —apuntó.

—En un funeral es importante llevar puesto algo negro. Indica respeto.

—¿Qué prenda negra llevas tú?

—Iba a ponerme unos calcetines negros, pero hace demasiado calor, conque llevo una correa de reloj negra.

Quise pasarle unas gafas de sol mías, pero me di cuenta de que Tilly no tenía brazos y se las puse yo misma.

—Sigo sin entender por qué vamos —dijo.

—Porque quizá no vaya nadie más. He oído a mi padre decírselo a mi madre.

—Pero ni siquiera conocíamos a la señora de Mulberry Drive.

Contemplé nuestros reflejos en el espejo.

—Eso da igual —respondí—. Tiene que ir alguien. Imagina que no fuera nadie a tu funeral. Imagina que te marcharas de este mundo sin que a nadie le importara lo suficiente para despedirse de ti.

Se me hizo un nudo en la garganta, aunque no sabía a qué se debía. Tuve que comprimir las palabras para que pudieran pasar, de modo que salieron temblorosas y extrañas por tanta compresión.

Tilly me miró con el ceño fruncido e intentó alargar la mano a través de la lana.

—No te disgustes, Gracie.

—No me disgusto. Solo quiero que la señora de Mulberry Drive sepa que se la valoraba.

Aparté la mano y traté de tragarme el nudo y todo lo demás. Era mayor que Tilly y quería dar ejemplo.

Me puse las gafas y me alisé el pelo.

—En cualquier caso, Dios estará allí —dije—. Quizá descubramos algunas pistas.

No estábamos solas en la iglesia y me alegré, porque nunca sabía cuándo había que sentarse, levantarse y arrodillarse, y resultaba útil tener a quien imitar. La señora Roper estaba sentada delante, frotándose los pies, y a su lado se encontraba el camarero del British Legion. No se veía a Brian el Flaco por ninguna parte. En la segunda fila había dos ancianos, y cada uno parecía hablar solo. Nos deslizamos entre los bancos del fondo, para poder comentarlo todo. Cuando poníamos los pies sobre los cojines entraron el señor y la señora Forbes. Ella avanzó hacia la parte delantera, pero él le tiró del brazo y señaló unos asientos de la zona central, donde estaba Eric Lamb.

—Me pregunto si Dios tiene información acerca de la señora Forbes y de lo mucho que miente —me susurró Tilly, y se alisó el poncho.

El párroco nos había recibido a la puerta y había dicho que ignoraba que fuéramos amigas de Enid. Yo le había dicho que éramos como hijas suyas y él nos preguntó si sabíamos que la mujer tenía noventa y ocho años. Cogimos un himnario y asentimos con las gafas de sol puestas. En lo alto, el órgano tocaba un preludio. Las notas, suaves y con un matiz de disculpa, penetraban la piedra y la madera antes de tener la oportunidad de dejarse oír.

—¿Ese es Jesús? —me preguntó Tilly.

Seguí su mirada hasta una escultura. El hombre, vestido con telas rojas y doradas que lo envolvían y caían en pliegues, estaba de pie sobre una tabla suspendida a mitad de camino entre el techo y el suelo. Tendía la mano como si nos invitara a subir para estar con él.

—Creo que sí —respondí—. Lleva barba.

—Pero todos llevan barba, ¿no?

Eché un vistazo alrededor y me fijé en que había muchas otras tablas con hombres subidos que nos miraban con aire de superioridad. Era desconcertante, porque a todos se los veía pensativos y un tanto desilusionados, y de repente dejó de estar claro cuál era Jesús.

—Sí, creo que Jesús es ese —dije—. Es el que parece más religioso.

Mientras llegábamos a una conclusión, el cura recorrió el pasillo y se detuvo delante del féretro de Enid.

Debía de ser una mujer muy bajita.

«"Yo soy la resurrección y la vida", dice el Señor. "El que cree en mí, aunque esté muerto, vivirá."»

El sacerdote hablaba con voz muy alta y convincente. Pese a que yo nunca lograba entender lo que decía, tenía la impresión de que siempre deseaba estar de acuerdo con él.

«Nos hemos reunido hoy para recordar ante la presencia de Dios a nuestra hermana Enid y dar gracias por su vida. Para entregar su cuerpo a la tierra y consolarnos mutuamente en nuestra aflicción.»

Clavé la vista más allá del cura, en el ataúd de Enid, y pensé en los noventa y ocho años que yacían en el interior. Me pregunté si también Enid habría pensado en ellos, sola en la moqueta de su cuarto de estar, y confié en que lo hubiera hecho. Pensé en que la llevarían de la iglesia al cementerio, donde pasaría por delante de los Ernest y las Maud y las Mabel, y en que los noventa y ocho años se depositarían en la tierra, para que sobre el nombre de Enid crecieran dientes de león. Pensé en las personas que por siempre pasarían por delante de ella, camino de otro lugar. Invitados a bodas y bautizos. Gente en busca de un atajo, de un sitio donde fumar. Me pregunté si alguna vez se detendrían y pensarían en Enid y en sus noventa y ocho años, y si al mundo le quedaría un poco de memoria para recordarla.

Me sequé la cara antes de que Tilly tuviera la oportunidad de ver que había llorado. Pero estaba contenta. Significaba que a Enid se la valoraba. Que una vida de noventa y ocho años merecía nuestras lágrimas.

El órgano comenzó a tocar de nuevo, aunque con mayor confianza, y todos los himnarios empezaron a susurrar.

—¿Qué significa «dichosos»? —Tilly señaló la página.

Miré las palabras.

—Creo que se refiere a los que se portan bien.

La gente cantaba en voz muy baja y Tilly y yo nos limitábamos a mover un poco los labios, pero la señora Roper se impuso a todos dejando el himnario en el asiento y cantando a pleno pulmón.

Una vez finalizado el himno sobre la necesidad de portarse bien, el párroco subió al púlpito y anunció que iba a leer un fragmento de la Biblia.

—«Cuando el Hijo del hombre venga en su gloria y todos los santos ángeles con él, entonces se sentará en su trono de gloria.»

Me recosté en el banco con un caramelo de regaliz.

«Y serán reunidas ante él todas las naciones; entonces apartará los unos de los otros, como aparta el pastor las ovejas de las cabras. Y pondrá las ovejas a su derecha y las cabras a su izquierda.»

—Ovejas otra vez —observó Tilly.

—Ya. Están en todas partes. —Le ofrecí un caramelo de regaliz, pero dijo que no con la cabeza.

«Entonces dirá a los de la izquierda: "Apartaos de mí, malditos, al fuego eterno preparado para el diablo y sus ángeles".»

Tilly me dio un codacito con el poncho.

—¿Por qué odia tanto a las cabras?

«"Porque tuve hambre y no me disteis de comer; tuve sed y no me disteis de beber."»

—No estoy segura —respondí—. Parece que solo le caen bien las ovejas.

«"Fui forastero y no me acogisteis; estuve desnudo y no me vestisteis; estuve enfermo y en la cárcel, y no me cuidasteis."»

—Vaya, no le cuidaron —dijo Tilly—. Supongo que todo cuadra.

«Irán los de la izquierda al castigo eterno y los de la derecha a la vida eterna.»

El cura asintió con la cabeza, como si nos hubiera contado algo muy importante, y, aunque no estaba segura de qué era, yo también asentí.

—No lo entiendo —susurró Tilly—. ¿Cómo sabe Dios quiénes son cabras y quiénes ovejas?

Miré a Eric Lamb y al señor Forbes, que en ese momento dejaba el himnario de la señora Forbes en su sitio. Miré a la señora Roper, que se frotaba los pies, y al camarero del British Legion y a los dos ancianos, que seguían con la cabeza inclinada y murmuraban para sí. A continuación miré al cura, que nos miraba a todos desde lo alto del corto tramo de escalera.

—Creo que ese es el problema —respondí—, que no siempre es fácil distinguirlas.

Cuando salimos de la iglesia, el sacerdote estaba a la puerta para despedirse de todo el mundo. Me estrechó la mano y me dio las gracias por acudir, y yo le estreché la mano y le di las gracias por acogernos. Intentó estrechar la mano de Tilly también, pero estaba perdida debajo del poncho y ella no la encontró a tiempo. Todos los demás parecieron desvanecerse, menos la señora Roper, que, apoyada en una lápida, se apretaba los dedos de los pies.

—Las piernas me tienen esclavizada —nos dijo apretujándoselos un poco más fuerte—. Estoy siempre en tratamiento médico.

—Qué amable que haya venido pese a tener dolores tan espantosos —le dije.

La señora Roper levantó la cabeza, se puso una mano sobre los ojos para protegerlos del sol y nos dedicó una sonrisa de oreja a oreja.

—Tiene que ser usted muy religiosa para hacer un esfuerzo tan grande. —Tendí la mano como Jesús y aparté a la señora Roper de la tumba.

—Sí, lo soy, pero salir de casa me sienta la mar de bien. Me anima mucho.

Le dije que era un magnífico ejemplo para los más jóvenes y ella respondió que sí, que lo era, y su sonrisa se ensanchó aún más.

Se guardó la hoja litúrgica en el bolso, cuyo broche cerró con un chasquido.

—Niñas, ¿volvéis a pie a la avenida? ¿Vamos juntas?

Respondí que nos encantaría y vi que Tilly sonreía detrás del poncho.

Hasta que llegamos a Lime Crescent no mencionó a la señora Creasy.

—Un asunto terrible —comentó mientras se apretaba un pañuelo contra la axila—, desaparecer de ese modo.

—¿La conocía usted bien? —le pregunté.

—Sí, sí. —Pasó a la otra axila—. Mejor que la mayoría. Le resultaba muy fácil hablar conmigo.

—Me lo imagino —dije—, porque usted sabe lo que es sufrir, señora Roper.

Reconoció que lo sabía.

—Pero ¿por qué cree que desapareció la señora Creasy?

La señora Roper caminaba muy deprisa y yo tenía que dar más pasos para mantenerme a su altura. A mi espalda oía la respiración de Tilly. Sonaba como un tren de vapor chiquitito.

—Podría haber mil razones, claro está. —Habíamos llegado al final de la avenida, lo que al parecer la indujo a aflojar el paso—. Pero yo sé por cuál apuesto.

Metí la mano en el bolsillo.

—Señora Roper, ¿quiere otro pañuelo de papel? Se ve que está agotada.

Cogió el pañuelo y sonrió.

—¿Tenéis prisa, niñas? Tengo una lata de bombones Quality Street recién abierta.

La seguimos por el camino del jardín.

Cuando me di la vuelta, Tilly sonreía de tal modo que me preocupó que alguien la oyera.

La Avenida, número 8

5 de julio de 1976

—¿Riñeron usted y su mujer?

El agente Green tardó seis minutos y treinta y dos segundos. John lo sabía porque había estado mirando el reloj de la chimenea. Al redactar la lista de preguntas que creía que le formularían, había anotado esa en primer lugar. Ahora todo se había desbaratado.

—¿Señor Creasy?

—No, no habíamos reñido.

Iba a añadir que no discutían jamás. Iba a añadir que en seis años Margaret y él no habían discrepado nunca en nada, pero llegó a la conclusión de que al agente Green le extrañaría, de que tal vez fuera uno de esos bichos raros que consideraban sano pelearse con la pareja, de modo que para refrenar el impulso de decir algo más se dedicó a mirar el segundero del reloj.

—¿Señor Creasy?

—Perdone, no he oído la pregunta.

El policía estaba sentado en el borde del sofá, como si no tuviera intención de quedarse mucho rato. Como si cuantas menos partes de su cuerpo empleara en estar sentado, menos tiempo tuviera que permanecer en la casa. Su número de identificación personal era el 1279.

—Le preguntaba si es posible que su esposa discutiera con alguien.

Los doce meses de un año, los siete días de una semana. ¿Qué podría representar el nueve? No se le ocurría nada con un nueve.

—Margaret se llevaba bien con todo el mundo. Era amable con todos los vecinos. Demasiado amable, la verdad sea dicha.

El policía dejó de escribir y levantó la cabeza.

—¿Demasiado amable?

John toqueteó los hilos del brazo del sillón. ¡La fastidiamos! Los policías eran como los médicos. Partían de su propia idea sobre algo y elegían con sumo cuidado las palabras de los demás a fin de demostrar que tenían razón.

—Quiero decir que pasaba mucho tiempo ayudando a la gente. Intentando resolverles los problemas.

El policía volvió la vista hacia la libreta.

—Entiendo. Atenta con los vecinos.

Una puntada a tiempo ahorra nueve en su momento. Serviría, aunque en rigor no se tratara de un hecho objetivo. John observó cómo el agente Green anotaba las palabras. Se preguntó cómo podía llevar un uniforme tan grueso con semejante calor. El cuerpo de policía tendría que proporcionarles un uniforme de verano. O tal vez lo hiciera. A lo mejor ese era el uniforme de verano y el de invierno era aún más grueso.

—¿Está usted grabando esto? —preguntó.

El agente Green levantó las manos. Como si eso demostrara algo.

—No hay ningún detenido, señor Creasy, nos limitamos a preguntar.

—Es que la semana pasada ya le conté todo a un compañero suyo. El agente Hay. Número de identificación siete cinco dos tres. Los siete días de la semana, las cincuenta y dos semanas de un año, más la Santísima Trinidad.

El agente Green dejó de escribir y lo miró de hito en hito.

—¿Conoce al agente Hay?

El policía asintió. Seguía mirándolo con fijeza.

—Entonces sabrá usted que ya me han hecho estas preguntas. En otro orden, desde luego, y aun así contesté a todas debidamente.

—Y se lo agradezco, señor Creasy. —Por lo visto el policía no deseaba bajar la mirada, aunque al final hizo un esfuerzo y pasó un par de páginas de la libreta—. Hemos recibido una llamada, varias llamadas, de... —se le trabucaron las palabras— un vecino preocupado, y el sargento ha considerado que valía la pena volver a examinar algunos aspectos.

—¿Un vecino preocupado?

—No estoy autorizado a revelarle quién es, señor Creasy.

—Y no se lo pregunto, agente Green. No deseo que se salte las normas.

Faltaba aire en la habitación. John notaba que el pecho se le contraía y se le tensaba con el esfuerzo por respirar. Todos sus músculos, en discordia con la mente, trataban de impedir que llenara los pulmones, y había empezado a sentir un hormigueo en la punta de los dedos. Sabía qué ocurría, pero no podía detenerlo.

—Dijo usted al agente Hay que su mujer no tenía familia.

—Sí.

Quería abrir una ventana, pero temía volver la espalda.

—Que al casarse vivieron en Tamworth y que usted volvió con su esposa a esta casa cuando su madre murió.

—Así es.

Ni siquiera estaba seguro de que las piernas pudieran sostener su peso. Las notaba desmadejadas y lejanas, como si alguien se las estirara para separarlas del cuerpo.

—¿Se encuentra mal, señor Creasy? Se ha puesto muy pálido.

Cruzó las piernas, para probar.

—Tengo calor, nada más. No hay aire.

—Abriré una ventana.

El policía se levantó e intentó sortear los muebles. Daba la impresión de que el uniforme le estorbaba. Lo volvía desmañado y rígido. El borde de la chaqueta dio en una pila de periódicos que había en el alféizar. Cayeron a la moqueta. John se preguntó cómo se las arreglaba el agente para perseguir a los delincuentes si ni siquiera sabía desenvolverse en la sala de estar de otra persona.

El agente Green volvió a tomar asiento en el sofá. Se sentó aún más cerca del borde que antes.

—¿Se encuentra mejor?

John asintió, aunque seguía igual. El calor se había convertido en un portero. Plantado frente al resto del mundo, no dejaba pasar nada y los mantenía encerrados en una prisión sofocante.

—¿Algo más, agente Green? —Se pasó la mano por el pelo y notó que una película de sudor le cubría la piel.

El policía hojeó la libreta. John le oyó hablar de hospitales y de ser optimista, de estaciones de autobús y de ferrocarril, y decir que en ocasiones los adultos necesitaban tomarse un respiro de su vida y que solían regresar por voluntad propia. Y le oyó hablar del calor; un sinnúmero de palabras sobre el calor. Habían querido tranquilizarlo con esas frases tantas veces que en adelante debería empezar a pronunciarlas él mismo, para ahorrarles la molestia.

—¿Señor Creasy?

El agente Green lo miraba. John clavó la vista en el rostro del policía y trató de encontrar una pista que le indicara cuál era la pregunta.

—El número once, señor Creasy. ¿Alguna vez habló su mujer con Walter Bishop?

John Creasy oía su propia respiración. Se preguntó si también el policía la oiría. Intentó abrir la boca, pero por lo visto eso fue peor. El aire traqueteó sobre el paladar y absorbió todas las palabras que tenía en la garganta.

—¿Señor Creasy?

—Lo dudo muy mucho, agente Green. —John oyó su propia voz, aunque no estaba seguro de cómo había logrado salir—. ¿Por qué lo pregunta?

—Es el único vecino con el que todavía no hemos conseguido hablar. —Al policía le desapareció el blanco de los ojos al fruncir el entrecejo—. No hay por qué preocuparse —añadió. Parecía preocupado al decirlo.

—Se marchó sin zapatos. ¿Lo sabía, agente Green?

El policía meneó la cabeza. No desfrunció el ceño.

—Es muy peligroso ir en zapatillas. —John comenzó a toquetear otra vez el brazo del sillón. Le pareció oír cómo las uñas tiraban de los hilos—. Es un riesgo.

—Señor Creasy, ¿tiene a alguien que pueda quedarse con usted? ¿Un pariente, un amigo?

John Creasy negó con la cabeza.

—¿Está seguro?

—Segurísimo, agente Green. Soy siempre una persona segura.

El policía cerró la libreta y se levantó. Se guardó el lapicero en el bolsillo superior.

—Si descubrimos algo nos pondremos en contacto con usted. No hace falta que me acompañe a la puerta.

Había quince pasos hasta la puerta. Podían ocurrir muchas cosas en quince pasos.

John se levantó y descansó el peso del cuerpo sobre el sillón.

—Le acompañaré, si no le importa —repuso—. Toda precaución es poca.

La casa apenas había cambiado desde que John se había instalado de nuevo en ella. Margaret había propuesto construir un pequeño jardín de invierno, pero él le había advertido de que atraería moscas y quizá incluso ratones si tomaban el té en él, y ella había sonreído, le había dado unas palmaditas en la mano y había dicho que no importaba, que lo dejarían estar.

Echaba de menos la tranquilidad que le aportaba Margaret. Cómo le quitaba la inquietud y la diluía, y cómo su desenfado lo ayudaba a superar los días. Nunca hacía caso omiso de las preocupaciones de él, sino que las desenmarañaba, les suavizaba las aristas y las dispersaba, hasta que se volvían tenues e insignificantes. Añoraba la conversación de Margaret, la soltura de sus palabras mientras comían y el ruido de los cubiertos al dejarlos en el plato. Había intentado abrir brecha en el silencio con la televisión, la radio y su propia voz, pero al parecer el ruido que él hacía aumentaba el silencio y lo volvía más arduo, y lo seguía de una habitación a otra, como agua derramada de un vaso.

Desde la desaparición de Margaret había advertido que el silencio se daba en todas partes. A veces la gente lo miraba de reojo cuando creían que él no los veía, y en ocasiones un grupo entero se daba la vuelta al mismo tiempo, pero nadie despegaba los labios. Le rehuían en las tiendas. Preferían quedarse junto a las latas de fruta en conserva y los artículos del hogar antes que ponerse en la cola donde estaba él. Hurgaban en el bolso en busca de objetos imaginarios y leían carteles que anunciaban clases nocturnas o la venta de cochecitos de niño, antes que pasar por su lado en la calle. Les oía murmurar. Oía la presentación del caso y a los peritos judiciales; oía la retórica y los veredictos y las opiniones emitidas. Se alejaban con cautela de él, como si la desaparición de personas fuera contagiosa y corrieran el riesgo de desvanecerse ellos mismos si cometían la imprudencia de acercarse demasiado. Margaret le decía siempre que prestaba excesiva atención a la gente, pero era muy difícil no hacerlo cuando se esforzaban tanto por pasar desapercibidos.

Pese a que estaba solo, la salita todavía parecía trastocada. En el borde del almohadón del sofá veía la marca que había dejado el peso del policía, y en la mesita, el vaso de agua intacto, y en el silencio aún le parecía oír las preguntas, suspendidas en el aire como cuerdas.

«¿Alguna vez habló su mujer con Walter Bishop?»

John se mordió las uñas. Tenía que salir de la sala de estar.

Eran doce escalones. Trece contando el que había justo antes de llegar arriba, aunque ese era más bien un pequeño descansillo. Hacía unas semanas, Margaret había colocado allí una maceta con cintas, pero la preocupación por el peligro de que tropezaran con ella la había llevado a trasladarla a la habitación de invitados. No dejaba de ser paradójico que ahora hubiera objetos en todos los peldaños. Libros, cartas y cajas de cartón llenas de documentos y fotografías. Tenía que pasar junto a facturas del gas y pólizas de seguro, los diplomas de contabilidad de Margaret y los papeles de su actividad de secretaria. Manuales de instrucciones, libros de ejercicios y recortes de periódico. Había que mirarlo todo. No había que dejar nada sin registrar. Si Margaret se había marchado por voluntad propia, tenía que haber dado con algo que la hubiera impulsado a desaparecer. Si nadie le había dicho nada, debía de haberlo descubierto por sí misma. Había algo en la casa.

Algo que había revelado a Margaret los secretos de John, y él tenía que encontrarlo.

Subió abriéndose paso entre los escombros. Durante las dos últimas semanas había registrado la planta baja y el garaje. La cocina era la pieza que más tiempo había requerido: levantar cada una de las tapas, buscar entre los platos. Toda precaución era poca. Gran parte de lo que había en la casa era de su madre, que hacia el final de su vida lo guardaba todo. Recibos, cupones y billetes de autobús usados. John los encontraba en los lugares más insólitos: metidos detrás de la panera, en el interior de un libro de la biblioteca olvidado. ¿Habría acaso un recorte de periódico? ¿Una carta en que se mencionara? Tal vez Margaret había tropezado con la prueba sin proponérselo. Tal vez el pasado había llegado a sus manos por equivocación.

Abrió la puerta del dormitorio que compartían. Olía a achicharramiento y a electricidad estática. Como si sobre los recuerdos se hubieran depositado capas de calor que los hubieran sofocado. Los primeros días había intentado dormir en esa habitación, pero había sido imposible. La cama parecía demasiado liviana, casi ingrávida. A John se le antojaba que podría salir volando sin que Margaret estuviera a su lado y, cuando por fin conseguía adormilarse, se despertaba al cabo de unos minutos y perdía a su mujer otra vez.

En lugar de dormir, caminaba. Mientras el resto de la urbanización dormía, caminaba por las avenidas y las calles, a lo largo de pasillos formados por personas que abandonaban el estado de conciencia, y la quietud actuaba como un opiáceo: le acorchaba la mente y le desenhebraba los pensamientos. Caminaba hasta el parque, donde a Margaret le gustaba sentarse junto al quiosco de música para ver a los niños jugar. Luego se dirigía al banco que miraba al lago y contemplaba la columna vertebral de las espadañas que crecían en las orillas y los patos que, arrebujados en su sueño de plumas, rodeaban el borde del agua. Elegía el sendero que Margaret tomaba cuando iba a comprar, y se fijaba en el recorrido que ella realizaba por High Street. Pasaba por delante de maniquíes, de escaparates cubiertos de celofán naranja, de las frías bandejas plateadas de la pescadería, en las que no quedaba nada salvo manojos de perejil fraudulento. Seguía el sonido de sus propios pasos por las calles desiertas hasta la biblioteca y luego regresaba por el mercado y se dirigía al canal. Sabía que a ella le gustaba sentarse a almorzar junto al camino de sirga. Durante el día desfilaban personas con las que entretenerse, ciclistas, gente que sacaba el perro a pasear y compradores que tomaban un atajo para ir a la ciudad, y todas las noches, mientras cenaban, ella se reía y le contaba anécdotas de esas personas. Sin embargo, en la oscuridad los fresnos inclinaban la cabeza hacia el agua en busca de su reflejo y el canal se volvía negro e ilimitado y se extendía como una cinta de tinta hasta perderse en la distancia. La noche alteraba el paisaje, lo volvía tan desconcertante y desconocido como un país extranjero.

Mientras seguía los pasos de Margaret por las calles, hablaba como si ella paseara a su lado. Antes de que desapareciera, él nunca le decía «Te quiero». Inseguras de sí mismas, las palabras se trababan, se volvían torpes y se negaban a salir. En lugar de «Te quiero», decía «Cuídate» y «¿Cuándo volverás?». En lugar de decirle «Te quiero», le dejaba el paraguas al pie de la escalera, para que no se le olvidara cogerlo, y en invierno le colocaba los guantes sobre la silla de la entrada, para que se acordara de ponérselos antes de salir. Hasta que desapareció, esa era la única manera que sabía de expresarlo, pero tras la marcha de Margaret advertía que las palabras se habían librado de las ataduras. Brotaban de su boca en el silencio, confiadas y sin vergüenza. Resonaban bajo el puente del canal y cruzaban ligeras el camino de sirga. Bailaban valses alrededor del quiosco de música y corrían por las aceras cuando él caminaba. Creía que, si las pronunciaba muchas veces, sin duda ella las oiría, y que, si continuaba andando, con toda seguridad terminarían por encontrarse. Las estadísticas indicaban que había que dar un número determinado de pasos para volver a toparse con una persona.

Abrió las puertas del armario y notó que el cuerpo se le expandía al reconocer el contenido. La ropa de Margaret le era tan familiar, tan íntima, que se sintió cautivo de ella, incapaz de apartar la vista. Le había aconsejado que la colgara siguiendo un orden. Por colores quizá, o por tipo de prenda. Así le resultaría más fácil encontrar lo que buscara, le había indicado. Pero ella se había echado a reír y, tras besarle en la coronilla, le había dicho que pensaba demasiado. Los conjuntos de ropa pendían de la barra sin orden ni concierto, todo un público compuesto de Margaret que lo miraba, espectadores de su desgracia. Inspiró pensando que el aroma de ella lo habría aguardado detrás de las puertas, pero el verano se lo había llevado. Solo percibió el insulso olor de las telas y del calor atrapado entre las capas de tejido, y el acre olor a sustancias químicas que desprendían las fundas de la tintorería. A pesar del caos, todo estaba bien cuidado. Se repasaban los dobladillos, se cambiaban las tapas de los zapatos, se cosían los rasgones. A Margaret le gustaba remendar. Le alegraba que se repararan las cosas, y con las reparaciones él se sentía a salvo. Ahora que su mujer se había ido, John imaginaba que los hilos empezaban a soltarse y los bordes a levantarse, y que su vida se hundiría en los agujeros que se formaran.

Pese a que le avergonzaba registrar la ropa de su mujer, palpó las chaquetas y los abrigos buscando una vía de acceso a la vida de Margaret. Descubrió que algunos bolsillos no eran tales, sino pedazos de tela fijados en la parte delantera, como un artificio, y que los que sí lo eran no contenían más que algún pañuelo de papel usado o un Fisherman's Friend. Los bolsos resultaron igual de irrelevantes. Listas arrugadas de tareas y monedas de medio penique, gafas de repuesto que había que llevar a la óptica y recibos de hacía tiempo. Fragmentos de una vida corriente. Una vida que ella había decidido abandonar.

Se sentó. Los montones producidos por su búsqueda sembraban la moqueta a su alrededor, y miró hacia la puerta tranquilizándose con el temor de que quizá ella lo sorprendiera. Cuando cambió de postura, se le clavaron en la espalda los nudos de una vida desenmarañada. Pronto la casa se vería desbordada, el caos inundaría cada una de las habitaciones y no le quedaría ningún lugar donde existir. Antes de que Margaret se marchara, siempre había algo que hacer, algo que doblar, archivar o enderezar. Había organización, un plan. Ahora él había perdido las amarras y avanzaba a la deriva entre capas de sus propios pensamientos, rodeado de cajones, alacenas y roperos que arrojaban su contenido al suelo cuando él buscaba una respuesta a una pregunta que quizá ni siquiera existiera. Enlazó los dedos en la nuca intentando anclar la mente y se tapó los oídos para no oír su propio pulso. Midió la respiración, como le había enseñado a hacer Margaret. Contar, esperar. Se le pasaría, solo tenía que distraerse, encontrar la sensación de control. Alargó la mano para coger una de las listas y la desdobló.

Llevaba fecha del 20 de junio, la víspera de la desaparición. Las palabras de Margaret le permitieron imaginar cómo había pasado la semana: «carnicería (encargar carne), libros biblioteca, óptica, números para la rifa del Legion (miércoles), pedir hora en la peluquería». Imaginó el recorrido que habría realizado, la gente con la que se habría parado a hablar. A todos les gustaba charlar con Margaret. Caminaba de una punta a otra de High Street pasando de una conversación a otra. Encontrando algo importante en todo el mundo.

Se preguntó si debería realizar alguna tarea de la lista. Recorrió la moqueta con la mirada en busca de las gafas y las vio entre un paquete de caramelos de menta Polo y un cepillo del pelo. Faltaba un tornillito en una varilla, que se inclinaba floja hacia el suelo. John contuvo el aliento, sin atreverse a mover un solo músculo. A lo mejor todavía estaba en el bolso pero, si no era así y lo cogía para echar un vistazo, quizá trastocara algo y no lo encontrara jamás. Tenía que ver una muestra de lo que buscaba, y por eso giró las gafas sin mover nada más que la muñeca. Entonces se fijó en los cristales. Eran gruesos y sobresalían de la montura negra como los de las gafas de las caricaturas. Se las acercó a los ojos y vio deformada la habitación, como si estuviera borracho. No cabía duda de que no eran de Margaret, y desde luego tampoco eran de él, aunque tenía la extraña sensación de haberlas visto antes.

La idea lo asaltó en cuestión de segundos. Se levantó, como en un acto reflejo. Las gafas. Los caramelos Polo. El cepillo del pelo. Todo diseminado por la moqueta.

«El número once, señor Creasy. ¿Alguna vez habló su mujer con Walter Bishop?»

Corrió a abrir una ventana y el aliento del miedo llegó al cristal en ráfagas entrecortadas. Por encima de los tejados giraba y revoloteaba un torrente de estorninos que extendían su armonía por un cielo descolorido. Intentó encontrar algo conocido, algo que le diera seguridad. Pero con el calor los ruidos atravesaban la superficie y distorsionaban la imagen. Las cerdas de la escoba de Dorothy Forbes arañando el hormigón, el crujido de la tumbona de Sheila Dakin, las sonrisas de Grace y Tilly, que recorrían el sendero con May Roper. Grace llevaba unas gafas de sol demasiado grandes, y John observó cómo se las ajustaba a la cara. May Roper hablaba moviendo los brazos alrededor de la cabeza y sus labios retorcían, estiraban y daban forma a las palabras. Vio que Grace deslizaba una mano en el bolsillo y ofrecía algo. Oyó que Sheila arrastraba la tumbona por la hierba, y a continuación un golpecito sordo cuando el armazón de madera chocó con el borde de un vaso. Vio que Harold Forbes gritaba a Dorothy y le daba indicaciones por señas desde la salita de estar. Oyó sonidos en los que hasta entonces no había reparado. La avenida se había convertido en un dibujo animado, en una feria. La temperatura lo había llevado todo a un extremo, aumentaba el volumen, el contraste y el brillo y se los clavaba en el cabeza.

Su aliento ocultó la vista y John la limpió con la manga de la camisa. Una vez aclarada, miró hacia el número 11.

Le pareció vislumbrar un destello, como si la luz del sol se hubiera reflejado en una ventana. Le pareció oír el chasquido de un cierre y le pareció ver la sombra de Walter Bishop, que atisbaba desde el borde del vidrio.

El té logró que se sintiera un poco mejor. No se debía tanto al té como al acto de prepararlo. El ritual de llenar la tetera, poner el agua a calentar y remover las hojas hasta que la infusión tuviera la concentración adecuada. Distráete, le decía siempre Margaret. Cuando empieces a ponerte nervioso, dale a la mente algo distinto en lo que pensar. Se había convertido en un experto en distraerse. Se había distraído tanto que se ahogaba en distracciones, y todos los pequeños detalles del mundo parecían juntarse en su cabeza para crear un problema por el que preocuparse.

Margaret decía que debía buscarse una afición. Lo había intentado, pero cualquier pasatiempo llevaba aparejado su propio surtido de preocupaciones. La pesca dejaba demasiado tiempo para pensar, el críquet estaba erizado de peligros, y Dios sabía cuántas bacterias había en un jardín. Por eso solía hacer lo que siempre hacía por afición: iba al British Legion. El único problema era que en el British Legion había comenzado todo. Lo paradójico era que aquella noche él estaba a punto de irse a casa. Fue a principios de diciembre, y la escarcha ya cubría las aceras. Él se planteaba dar la noche por terminada antes de que la temperatura descendiera aún más y caminar por la calle resultara aún más peligroso. Si lo hubiera hecho, quizá nada de esto habría ocurrido. No obstante, sabía por experiencia que, si tenía que ocurrir algo malo, ocurriría por mucho que trataras de evitarlo. Los infortunios te salían al paso. Te buscaban. Daba igual que intentaras no hacer caso, esconderte o caminar en la dirección contraria. Al final te descubrían.

Solo era cuestión de tiempo.

11 de diciembre de 1967

Harold vuelve a hablar. John le oye por encima de un gañido de voces.

—¿Queréis saber lo que pienso?

Nadie responde, lo cual nunca ha impedido a Harold parcelar su opinión y repartirla en una mesa.

—Pienso que si la policía no le obliga a largarse tendremos que tomar cartas en el asunto. Eso es lo que pienso yo.

Hay gestos de asentimiento y síes susurrados. John ve que May Roper aporrea la pierna de Brian por debajo de la mesa.

Harold tamborilea con el anillo de boda sobre el borde de un vaso y Dorothy parpadea con cada golpecito. Derek Bennett inclina la jarra de cerveza noventa grados cada vez y el grupo vuelve a quedar en silencio.

John quiere irse. Desde donde está plantado ve la puerta. Unos pocos pasos y saldría a la calle, se alejaría, y que allá se las compusieran ellos, pero la avenida entera está en el bar. Todos menos su madre, que se ha quedado cuidando de Grace y viendo cómo Fred Astaire baila claqué hasta el final feliz. Si se fuera, llamaría demasiado la atención. Se darían cuenta y comprenderían que es un inútil débil y cobarde. Debe quedarse. Por una vez tiene algo que defender. Tiene que expresar su opinión, aunque solo sea para compensar los muchos años en que ha existido en silencio.

—Hemos probado a vigilar la casa —dice Derek—. ¡Para lo que nos ha servido! Si acaso, ha sido para peor. Al menos antes sabíamos qué se traía entre manos.

—A un hombre como ese no deberían permitirle vivir en una calle como la nuestra —señala May Roper.

John ve que vuelve a aporrear la pierna de Brian por debajo de la mesa.

—Mamá tiene razón —afirma Brian, como un acto reflejo.

—Dicen que tiene derecho a vivir donde quiera. —Dorothy sigue parpadeando, aunque la sortija de Harold ya no tamborilea.

—El mundo se ha vuelto loco con los derechos —interviene Sheila—. Demasiada gente tiene derechos en estos tiempos.

Todos asienten. Incluso Dorothy Forbes, que consigue hacerlo sin dejar de parpadear.

—¿Qué clase de persona hace daño a un niño? ¿Qué clase de monstruo es ese?

Sheila Dakin alarga la mano para coger la copa de Babycham, pero calcula mal y la sidra de pera se derrama en la mesa.

—Lo siento —dice—. Lo siento mucho.

Buscan a Clive y un paño, y cada uno levanta su copa mientras el camarero limpia el líquido.

—Él siempre dice que se trata de un error, de un malentendido. —Sylvia se ciñe con los brazos la rebeca.

—Ha habido demasiados malentendidos. —Eric Lamb, que bebe Guinness, se limpia la cerveza de la boca al hablar—. Las fotografías, lo que le pasó a Lisa. Creía que llevarse una criatura era algo que solo se hacía una vez, pero es evidente que me equivocaba.

—A un hombre como ese no deberían permitirle tener una cámara —dice May Roper.

—Mamá tiene razón. —Brian consigue hablar antes de que empiece el aporreo.

Sylvia sigue con los brazos cruzados sobre el pecho. Ha pedido un Britvic de naranja, que todavía espera intacto en el vaso.

—La policía dijo que era aficionado a la fotografía, que no podían impedírselo.

—A un hombre como ese no deberían permitirle tener aficiones —dice May—. A saber qué otras fotografías habrá hecho.

Todos bajan la cabeza y beben un sorbo. Se produce un silencio. Se extiende sobre la mesa como un paño y nadie parece inclinado a perturbarlo. Clive se mueve entre ellos recogiendo botellas y vasos vacíos. Intercambia una mirada con Harold, pero ninguno de los dos despega los labios. John observa a Clive hasta que este llega a la barra. Le faltan dedos para llevar tantos vasos.

Sylvia es la primera en hablar, aunque se expresa en voz tan baja que John apenas oye las palabras.

—La única forma de que se vaya de la avenida —dice— es que no tenga donde vivir.

—Es una pena que al volver después de Navidad no se encuentre con que su casa ha desaparecido —apunta Sheila.

John la mira con expresión ceñuda.

—Siempre se va en Navidad, John. Cintas de espumillón y pavo con su mamá. En un lugar donde nadie lo conoce ni sabe qué cosas le gusta hacer.

Sheila tenía razón. Era la única vez en que Walter Bishop abandonaba la avenida. No salía ni siquiera en verano. Se quedaba en el número 11, asándose de calor entre sus paredes hasta septiembre.

—Lástima que al volver en año nuevo no se encuentre con que una excavadora la ha demolido hasta los cimientos —dice Derek—. Maldito pervertido.

Harold se reclina en la silla y cruza los brazos.

—Claro que no siempre hace falta una excavadora para echar abajo una casa —dice.

Eric lo mira por encima de la pinta de Guinness. En los ojos de Derek se esboza una sonrisa, y por debajo de la mesa May Roper empieza a aporrear de nuevo.

—¿Qué quieres decir? —pregunta Brian.

—Quiero decir, muchacho, que a veces el destino interviene en estas cosas. Un fallo eléctrico, una chispa de la lumbre. Nadie tiene por qué resultar herido.

Eric deja la pinta en la mesa. Lo hace con parsimonia.

—Espero que te des cuenta de lo que estás insinuando, Harold.

—Yo no insinúo nada. Solo digo… que esas cosas ocurren.

—O que se amañan para que ocurran —dice Sheila.

—Santo Dios. —Eric se pasa las manos por la cara.

—Olvídate de Dios. Él no tiene que vivir al lado de ese hombre. Y tú tampoco, la verdad.

Eric no dice nada. Menea la cabeza solo un momento, pero basta para que Harold se encrespe otra vez.

—Ya estoy harto, Eric. Estoy harto de tener por vecino a ese maldito chiflado. Si no hacemos algo, entonces, que Dios me ayude, no seré responsable de mis actos. Tienes que pensar en los niños. Hay criaturitas en la avenida.

John ha visto a Harold enfadado en otras ocasiones. Harold se pasa la vida enfadado por algo; es como una discusión andante. Pero esta vez es distinto. Su ira es más oscura y más brutal y procede de un lugar que John cree reconocer. Quizá todos estén furiosos a su modo, pues las caras alrededor de la mesa han cambiado. Todos han modificado su postura, han elegido otra vía de pensamiento. Lo advierte en sus rostros y en cómo manifiestan su opinión. Solo Dorothy mira al frente. Sus ojos muestran un brillo inmutable.

—Todos nos sentimos igual, Harold. Intenta no disgustarte.

John lo oye: un apaciguamiento precario, un leve temblor de la experiencia en la voz de Dorothy.

El flash los pilla desprevenidos. Es repentino y chocante, y al levantar la cabeza se encuentran mirando un objetivo.

Hay dos hombres. Uno con una cámara; el otro con un bloc y aire de curiosidad.

—Andy Kilner, periódico de la ciudad —dice el del bloc—. Para el número de Navidad. Un poco de color local. Espíritu navideño, buena voluntad entre los hombres y todo eso.

—Entiendo —dice Harold.

—¿Alguna declaración? —pregunta el del bloc.

—Creo que no. —Harold coge su pinta de cerveza—. Hemos dicho todo lo que hay que decir.

La Avenida, número 2

5 de julio de 1976

—El oficio religioso ha sido bonito.

La señora Roper sacó una polvera del bolso y observé cómo se empolvaba el sudor que le cubría la piel sobre el labio superior.

—Si algo he aprendido hoy —comentó— es que la vida es demasiado corta.

«Noventa y ocho», me dijo Tilly moviendo mudamente los labios en el otro extremo de la habitación. Subí y bajé los hombros deprisa para que nadie más lo viera.

—Ha sido una despedida preciosa, Brian. —La polvera se cerró con un chasquido y la señora Roper la deslizó hasta el fondo del bolso de macramé—. Tendrías que haber ido.

Brian estaba sentado en un rincón, junto a la lámpara de pie, cuya amplia pantalla color crema se extendía como una falda, de modo que tenía la cabeza un poco inclinada para evitar que los flecos se la comieran.

Miré la lata de Quality Street, que estaba encima de un escabel, a un lado del sofá.

—Canta usted muy bien, señora Roper —dije.

—Gracias, tesoro. —Estiró el brazo—. ¿Una barrita de toffee y chocolate?

Deslicé la mano entre las envolturas de colores y vi que Tilly meneaba la cabeza solo un poquito y sonreía.

—La hoja litúrgica está sobre el alféizar. Querrás echarle un vistazo, Brian. Antes de que la guarde con las otras.

Su hijo la miró de reojo.

—Ahora no tengo tiempo —respondió—. La leeré más tarde.

En la salita de la señora Roper faltaba el aire. Olía a caramelo y a menta, y el dulzor flotaba en el ambiente y nos envolvía como una venda. El estampado de las paredes era de productos de confitería, volutas de café con crema de leche, y sobre la chimenea descansaba un surtido de fotografías enmarcadas en plata. Dentro de los marcos se extendía una fila de personas que tenían todas el mismo aspecto: regordetas y lustrosas, con sonrisas de parque de atracciones, se desplegaban sobre la repisa como muñecas rusas.

—Mis padres —me dijo la señora Roper al ver que las miraba—, mi hermano y mis hermanas. —Desenvolvió una moneda de toffee y chocolate.

Sonreí.

—Todos muertos, claro.

Dejé de sonreír.

—Ataques al corazón —apuntó Brian desde el borde del fleco.

La señora Roper lo miró y empezó a masticar más despacio.

—Es cierto —dijo apartando la vista, y volvió a tomar velocidad—. Mi madre cayó muerta en pleno concurso de Miss Mundo 1961. Desde entonces no puedo mirar a los ojos a Michael Aspel, que era el presentador.

Cogí otro triángulo de la lata de bombones.

—¿Al señor Roper le pasó lo mismo?

—No, no. Hace doce años tomó el ferry a Yarmouth y no volvimos a verlo.

—¿Se ahogó? —preguntó Tilly.

—No. Se fugó con una mecanógrafa de la oficina —respondió Brian.

La señora Roper le acribilló con la mirada. Luego se encogió de hombros y en su cara se desplegó una sonrisa que le arrugó la nariz.

—Bueno. Nada es para siempre, ¿verdad? —dijo, y me pasó otro bombón Quality Street—. Todo es voluntad de Dios.

—Entonces ¿cree en Dios, señora Roper? —le pregunté.

—Ah, Dios, bueno, sí, Dios. —Habló como si yo hubiera sacado a colación a una vieja amistad muy querida—. El Señor da y el Señor quita.

—¿Cree usted que el Señor se llevó a la señora Creasy?

Vi que Tilly se deslizaba hacia el borde de su asiento.

—Bueno, se la han llevado, eso sí. —La señora Roper se inclinó hacia delante y se abanicó con un ejemplar de la revista *The People's Friend*—. Pero no creo que Dios haya tenido mucho que ver en el asunto.

—Mamá, no empieces. —Brian cambió de postura y me pareció oír cómo los muelles del sillón se tensaban y bostezaban.

—Bueno, no sería la primera vez, ¿no? —repuso la señora Roper.

Brian volvió a removerse.

—¿Por qué no nos tomamos un té? He estado toda la tarde pasando la aspiradora.

—Excelente idea, Brian. —La señora Roper estiró las piernas sobre la manta de ganchillo—. Pon agua a hervir. Anda, sé buen chico. Los funerales siempre me dan sed.

Me ofrecí a ayudar a Brian a preparar el té y esperamos en la franja de cocina que se extendía a lo largo de la parte posterior de la casa. Las puertas de los armarios eran de un color nogal muy poco acertado, y la estancia era tan oscura y silenciosa que tuve la impresión de estar dentro de una caja.

—No hagas caso a mamá —me dijo Brian. Echó unas cucharadas de té en un hervidor naranja chillón—. Se altera enseguida. Pasa demasiado tiempo en el sofá, dándole vueltas a la cabeza.

—¿No sale mucho?

—Desde que mi padre se fue, no. —Abrió un armario y vi un desorden de fuentes y cuencos a la espera de perder el equilibrio—. Cuando él se marchó, se quedó sentada en la salita, aguardando a que volviera y se disculpara, y desde entonces no puede decirse que se haya movido demasiado.

El agua rompió a hervir, con timidez al principio, dando golpecitos en el pitorro, un suave claqué sobre el metal. Después se volvió más estridente: manifestó su impaciencia con un triquitraque y esparció por los azulejos un colérico silbido de vapor.

—Se llevaría usted un buen disgusto cuando su padre se fue. Debió de ser un golpe.

—La verdad es que no. Me olía que iba a ocurrir. Como se huele uno que va a llover.

Cogió una bandeja que había en lo alto del frigorífico. Se la veía gastada y ajada, con cercos de tazas que rodeaban con un círculo los días pasados.

—¿Cree que a la señora Creasy le ocurrió lo mismo? ¿Cree que planeó su marcha?

Brian no respondió de inmediato. Tras colocar la jarrita de la leche, la tetera y el azucarero en la bandeja, sacó tazas de un armario. Cada una tenía un dibujo distinto: dedaleras, margaritas y hortensias porfiaban por ver cuál era la más chillona.

—No estoy seguro —contestó al cabo de un rato—. Me parece que no.

Aguardé. Había descubierto que en ocasiones, si me aferraba al silencio, la gente era incapaz de abstenerse de romperlo.

—Tenía una cita para el día siguiente. —Alcanzó un bote de galletas que había junto al hervidor. Tenía forma de perro sabueso, y Brian tuvo que retirarle la coronilla para cazar un paquete de galletas de jengibre—. No le habría fallado a la persona con la que había quedado. No era de esas.

—¿Con quién tenía la cita?

Cubrió la tetera con una funda rosa y verde de punto y la estiró para que ciñera bien el pico. Se volvió a mirarme, y se disponía a hablar cuando la voz de la señora Roper llegó de la salita por el pasillo.

—¿Es que has ido a China a buscar el té, Brian?

El paquete de galletas rodó hacia el borde de la bandeja cuando Brian la levantó. Me miró a los ojos un momento y luego volvió la cara.

—Había quedado conmigo —dijo.

—En plena comida de domingo —decía la señora Roper cuando entramos—. Estaba sirviendo las patatas asadas, y de sopetón cayó de bruces sobre una bandeja de pollo relleno de Paxo.

—La señora Roper me hablaba de los ataques al corazón —explicó Tilly. Estaba un poco pálida—. Aunque me parece que ya hemos dicho todo lo que hay que decir.

—Le explicaba a Tilly que es muy importante vivir el momento. Nunca sabemos qué pasará al día siguiente. Fijaos en Ernest Morton; fijaos en Margaret Creasy.

Brian dejó la bandeja sobre la mesita. La madera tenía incrustadas casillas cuadradas de tablero de ajedrez, pero no se veía ni una sola figura de ajedrez por ninguna parte. Apoyó el paquete de galletas de jengibre sobre la jarrita de la leche.

—Un plato, Brian. Trae un plato para las pastas. Tenemos visita. —La señora Roper agitó los brazos y chasqueó la lengua contra los dientes—. Es un buen chico —añadió cuando Brian salió de la sala—, inofensivo, pero un poco simplón. Como su padre.

—Así que usted pasaba mucho tiempo con la señora Creasy —dije.

Brian regresó y dispuso en un plato las galletas, que a continuación fueron a instalarse en el sofá con la señora Roper.

—Pasábamos muchas horas jugando a las cartas —contó la señora Roper—. Yo la conocía mejor que nadie.

—Pero no sabe por qué desapareció. —Calculé que era posible alcanzar una galleta de jengibre si me deslizaba hasta el mismísimo borde del asiento—. ¿No le contó ella nada?

—No, nada. —La señora Roper pareció decepcionada consigo misma—. No dijo ni una palabra.

Brian sirvió el té. Le vi lanzar una mirada a su madre entre las tazas.

—Aunque es posible que ella no tuviera mucho que decidir. —La señora Roper habló muy deprisa mientras su hijo estaba ocupado con el azucarero.

—No les llenes la cabeza de tonterías, mamá.

—Digo lo que pienso, Brian. Por eso luchó tu padre en la guerra, para que pueda decir lo que pienso. —Hundió una galleta en el té, y unos pedacitos de jengibre flotaron en las ondas lechosas—. En esta avenida hay muchos que saben bastante más de lo que dan a entender.

—¿Qué quiere decir, señora Roper? —pregunté.

Chupó la galleta antes de metérsela en la boca y a continuación echó más azúcar en el té y lo removió. Oí cómo la cuchara repiqueteaba contra las hortensias al dar vueltas en la taza. Brian se quedó de pie delante de su madre. Intentó apoyar el brazo en la repisa de la chimenea, pero era una pizca demasiado baja.

—Quiero decir —respondió ella después de mirar a su hijo— que en el mundo hay gente de toda calaña.

Brian no se movió.

—Hay buenas personas —prosiguió la señora Roper—, y luego están los raros, los que no encajan. Los que causan problemas a los demás.

—Cabras y ovejas —dijo Tilly.

La señora Roper frunció el ceño.

—Bueno, supongo que sí, si quieres verlo de esa manera.

—Es como lo ve Dios —afirmó Tilly, y cruzó los brazos debajo del poncho.

—La cuestión es que esos no piensan como nosotros. Son inadaptados, bichos raros. Con ellos tendría que hablar la policía, y no con personas como nosotros, gente normal.

—¿También a usted ha venido a verla la policía, señora Roper?

Sumergió otra galleta.

—Sí, claro, han venido. El agente no sé qué. Brian, ¿cómo se llamaba?

—Green. —Brian volvió a sentarse junto a la ventana, bajo los flecos.

—Eso. Agente Green. No tiene más idea que nosotros acerca de adónde ha ido Margaret. Aunque no le he visto llamar a la puerta del número once..., ¿lo has visto tú, Brian?

Su hijo negó con la cabeza. Tuve la sensación de que no era la primera vez que se lo preguntaban.

—¿Cómo se sabe qué personas son las que no encajan? —planteó Tilly.

La señora Roper sorbió el té de otra galleta de jengibre.

—Es evidente como la luz del día. Tienen costumbres raras, se comportan de forma extraña. No se relacionan con nadie. Hasta tienen un aspecto distinto del nuestro.

—¿De veras? —dije.

—Cuando crezcáis lo entenderéis. Se les distingue a la legua. Aprenderéis a cambiar de acera. —Señaló el escabel—. Pásame ese cenicero, Brian; las piernas me están matando, casi no puedo moverme.

—Quizá por eso no se relacionan con nadie —apuntó Tilly—, porque todos los demás se han ido a la otra acera.

La señora Roper no dijo nada porque estaba concentrada encendiendo un cigarrillo. Al cabo de unos segundos un manto de Park Drive empezó a flotar por la sala de estar.

En la avenida, un motor tartamudeó hasta detenerse y se oyó el golpazo de una portezuela de coche.

Brian dio con la cabeza en la pantalla de la lámpara al asomarse por detrás de ella.

—Qué interesante —dijo.

—¿El qué? —La señora Roper levantó la vista de la lata de Quality Street con el instinto de un animal salvaje.

—La policía otra vez.

La señora Roper saltó del sofá como el muñeco de una caja de sorpresas. Nos acercamos las tres a la ventana y Tilly consiguió apretujarse bajo la axila de la señora Roper. Observamos cómo el agente Green se ponía el casco y se estiraba la chaqueta antes de echar a andar hacia el final de la avenida.

—¿Va al número once? —dijo la señora Roper.

—Parece que no.

El policía cruzó la calle y Brian apartó un poco la cortina para tener una vista mejor.

Vimos cómo el agente Green pasaba por delante de las casas hasta que se detuvo delante del número 4.

—Parece que va a entrar en tu casa, Grace. —Brian dejó que la cortina volviera a cubrir el cristal.

La señora Roper dio una larga calada al cigarrillo.

—Es increíble —dijo.

La Avenida, número 4

5 de julio de 1976

Tilly y yo estábamos sentadas exactamente en mitad de la escalera.

Mediante una serie de experimentos había calculado que ese era el peldaño mejor situado. Más arriba resultaba imposible oír las palabras; más abajo corría el riesgo de que me pillaran, me enviaran a la cama y me repitieran refranes sobre quienes escuchan a escondidas.

—¿Nos hemos perdido algo? —me preguntó Tilly.

Mi madre había entornado la puerta de la sala de estar, pero quedaba bastante hueco para ver la chaqueta del agente Green y el hombro izquierdo de mi padre.

—Me parece que solo le están ofreciendo una taza de té —susurré—. Creo que no lo harían si les hubiera detenido.

Oí a mi madre. Su voz era frágil. Como un huevo.

—Prefiero quedarme, si a los dos les parece bien —dijo.

El hombro izquierdo de mi padre se encogió, es de suponer que junto con el derecho.

—No hay nada que pueda decirle que no diría delante de mi esposa.

Mi padre nunca llamaba a mi madre «mi esposa».

Viendo la espalda del agente Green deduje que estaba sacando la libreta del bolsillo. Por el hueco de la puerta me llegó el susurro de las hojas, junto con el tamborileo de los dedos de mi padre sobre el respaldo de una silla.

—Señor Bennett, ¿es usted el dueño de Gestión y Servicios Inmobiliarios Bennett, con sede en el número cincuenta y cuatro de Saint John Street?

Mi padre contestó que sí. Su voz sonó bajita e insignificante. Ni siquiera se parecía a la suya; se parecía a la de alguien que intentara recordar cómo ser admirable.

—Se ha presentado un testigo que vio a la señora Creasy entrar en esas oficinas a... —se oyó el susurro de una hoja al volverla—, aproximadamente a las dos de la tarde del pasado veinte de junio.

El tamborileo cesó y una banda de silencio lo reemplazó. Como si ninguno de los tres supiera quién debía hablar a continuación.

Al final, fue mi madre.

—El día antes de que se fuera.

—En efecto —dijo el agente Green—. Además era domingo.

Oí que un suspiro escapaba de la boca de mi madre. Sonó como si llevara un rato conteniendo el aliento.

—Bueno, no sé qué iría a hacer a las oficinas, pero no tendría nada que ver con Derek. Los domingos por la tarde va a las reuniones de la Round Table, ¿verdad, Derek?

—¿Señor Bennett? ¿Podría confirmar dónde estuvo la tarde del domingo veinte de junio?

Mi padre no confirmó nada. Removió los pies sobre la moqueta y todos oímos la respiración de mi madre.

—¿Señor Bennett?

—Es posible que hablara con ella un momento aquel día —respondió al fin mi padre—. De pasada.

El agente Green volvió más hojas de la libreta.

—Sin embargo, al hablar la semana pasada con usted, señor Bennett, le pregunté cuándo fue la última vez que había visto a la señora Creasy y me dijo con toda claridad que «puede que fuera el jueves, o quizá el viernes».

En la escalera, Tilly se volvió hacia mí con los ojos como platos. Yo puse los míos muy chiquititos de nuevo.

—Se me iría de la cabeza —dijo mi padre—, pero, ahora que lo dice, sí. Sí, la vi el domingo.

—¿Su empresa abre los domingos, señor Bennett? —preguntó el agente Green.

—No —respondió la voz de mi madre—. Su empresa no abre los domingos.

—Entonces quizá pueda explicarme por qué acudió la señora Creasy.

—¿Derek?

No veía la cara de mi madre, pero me la imaginaba: tensa con la pregunta como la piel de un tambor.

Nunca había visto así a mi padre. Él era el que siempre formulaba las preguntas, el que esperaba explicaciones. Me resultaba extraño, como si la luz hubiera cambiado, y comprendí que yo había leído un único capítulo de una historia. Cuando por fin habló, Tilly y yo tuvimos que inclinarnos sobre la baranda para oír su respuesta.

—Quería que la aconsejara. Era el único día que ella podía ir a las oficinas.

—¿Que la aconsejara? —repitió el agente Green.

—Eso es.

—¿Sobre... —oí que las hojas pasaban otra vez; no me gustaron las hojas— gestión y servicios inmobiliarios?

Vi el brazo izquierdo de mi padre. Cruzó al otro lado para juntarse con el derecho. Durante unos instantes solo se oyó el reloj de la cocina devorando los segundos.

—Se planteaba hacer una inversión —afirmó mi padre al fin.

—Entiendo, señor Bennett, pero el marido no nos lo ha mencionado.

—No creo que lo comentara con su marido, agente Green. Estamos en los setenta. En estos tiempos las mujeres toman decisiones por sí solas.

Su voz había aumentado. Casi volvía a ser mi padre.

Vi que el policía se alisaba la chaqueta y se guardaba la libreta, y le oí aconsejarle que reflexionara sobre si se le había ido de la cabeza algo más. Dijo «ido de la cabeza» como si estuviera aprendiendo a hablar una lengua extranjera. Mi padre respondió que lo haría, utilizando su flamante voz aumentada. La puerta de la sala de estar se abrió del todo y los tres se dirigieron al recibidor. Tilly y yo tuvimos que subir corriendo al descansillo y ser silenciosas al mismo tiempo.

—¿De qué crees tú que iba todo eso? —me preguntó Tilly cuando entramos en mi dormitorio. La escalera y la emoción le habían robado el aliento.

Me encogí de hombros.

—No estoy segura.

—¿No te parece raro que tu padre no lo contara?

—Quizá.

—Pues a mí sí me parece muy raro. —Alargó el «raro» al quitarse el poncho—. No tiene ni pies ni cabeza.

Nos sentamos en la cama. Noté el edredón fresco y resbaladizo bajo la parte posterior de las piernas. Bajo nuestros pies oía el oleaje de la voz de mi madre, que fluía hasta el techo y retrocedía.

Tilly cogió un gálago y se lo acercó a la cara.

—Me parece que tu madre no está muy contenta —observó.

Froté la tela con las manos y una onda de electricidad estática crepitó en mis dedos.

—No —dije.

—Le habrá disgustado que la policía haya tenido que volver. Tienen mucho trabajo, ¿verdad? Seguro que es solo eso.

—Seguro.

—Creo que no hay por qué preocuparse —dijo, con una expresión de lo más preocupada.

La voz de mi madre siguió atravesando el entablado. Las palabras llegaban fragmentadas, incompletas, lo que en cierto modo empeoraba la situación. Si hubiera oído lo que decían quizá hubiese encontrado un foco de tranquilidad, porque sabía que en ocasiones mi madre era perfectamente capaz de adornar una velada entera con una discusión sin causa ni motivo. Deseaba que esa fuera una de aquellas veces, y por eso contenía el aliento y trataba de entender los fragmentos, pero estos golpeaban el techo como si fueran gravilla.

Aparte de la voz de mi madre se oyó la disculpa apagada y quejumbrosa de mi padre, y entre las andanadas de ella le oí decir «No hay nada más que contar» y «¿Por qué iba a mentirte?». Y luego volvió a desaparecer en una marejada de gritos.

Tilly dejó el Whimsy en el estante.

—De todos modos, es raro que no contara antes que había visto a la señora Creasy.

Empujé el gálago un poquito hacia la izquierda.

—Se le iría de la cabeza —dije.

Las palabras sonaron como las de una lengua extranjera.

6 de julio de 1976

Caminábamos por High Street detrás de la señora Morton, que surcaba la acera como un barco, esquivando cochecitos de bebé, perritos y personas que se detenían a limpiarse de la barbilla los churretes de helado.

Julio había alcanzado su día más fiero hasta ese momento. El cielo, terso, como planchado, era de un azul brillante y hasta las nubes habían desaparecido de los límites para dejar sobre nosotros una intachable página de verano. Aun así, había quienes seguían alimentando la desconfianza. Nos cruzamos con chaquetas de punto dobladas sobre antebrazos, con impermeables arrebujados en bolsas de plástico y con una mujer que llevaba un paraguas bajo la axila, como un arma. Daba la impresión de que la gente no quería soltar de la mano el tiempo y sentía la necesidad de llevar consigo cualquier forma de este, en todo momento, para tenerlo a buen recaudo.

La señora Morton se las apañaba para hablar con cuantos se cruzaba sin siquiera pararse. Mi madre tenía la costumbre de detenerse a la puerta de las tiendas y en la orilla de las aceras y no moverse hasta que el asa de las bolsas de plástico se le clavaba en los dedos y mis pies manifestaban su impaciencia rascando el hormigón; en cambio la señora Morton parecía capaz de sostener una conversación mientras caminaba; regalaba a todo el mundo porciones de su persona sin que las preguntas de los otros la retuvieran. Sin embargo, sí se paró delante del Woolworth's, donde se quedó mirando una hilera de tumbonas apoyadas junto a la entrada. Tilly y yo señalamos con el dedo los artículos de las cestas que nos pareció que necesitábamos: dardos para jugar en el jardín, sintetizadores de bolsillo y raquetas de bádminton envueltas en celofán. Incluso había columnas de cubos con palas y una torre de moldes para construir castillos de arena que a Tilly le llegaba hasta la barbilla. La playa más cercana quedaba a ochenta kilómetros.

A través de la puerta contemplé un torrente de caramelos que se vendían a granel.

—¿Entramos un momento, para protegernos del sol? —Miré a la señora Morton.

—Tenemos que ir a la biblioteca.

—Es importante evitar las insolaciones. —Volví a mirar los caramelos—. Lo dice Angela Rippon, la locutora.

La señora Morton siguió la dirección de mi mirada.

—Me parece que las tres superaremos los siguientes tres minutos y medio.

La biblioteca se hallaba al final de High Street, donde las tiendas cedían paso a despachos de contables, abogados y arquitectos, con fachadas georgianas y gruesas placas de latón. Se veía el parque, con las puertas conmemorativas y las amapolas prendidas a las rejas el año anterior en recuerdo de los muertos en las guerras mundiales, y ya descoloridas hasta adquirir un tono rosa sangre. Mi madre solía llevarme a la biblioteca, pero su vida parecía haberse desconectado del tiempo y las fechas desde la visita del agente Green. Cada pocas horas mis padres seguían el mismo círculo de conversación: ella lo tachaba a él de mentiroso; él la tachaba a ella de ridícula; y luego los dos se tachaban mutuamente de irrazonables. Las palabras giraban en la habitación durante unos minutos, hasta que se quedaban sin energía y desaparecían para recargarse y estar a punto la siguiente vez que los dos coincidieran en la escalera, el recibidor o la mesa de la cocina.

La señora Morton abrió la puerta de la biblioteca, y Tilly

y yo pasamos por debajo de su brazo. Después de mi habitación, aquel era mi lugar favorito de todo el mundo. Tenía alfombras y estanterías recias, relojes que hacían tictac y sillones de terciopelo, igual que una sala de estar. Olía a páginas sin pasar y a aventuras no vistas, y cada estante albergaba a personas a las que yo aún tenía que conocer y lugares que aún debía visitar. Siempre que iba me perdía en los pasillos de libros y en las pulidas salas revestidas de madera, decidiendo qué viaje iba a emprender.

La señora Morton sacó del bolso los libros que me había llevado en préstamo la última vez y los depositó en el mostrador de recepción.

—Grace Bennett devuelve los libros a tiempo —dijo la bibliotecaria. Provocó pequeñas ráfagas de aire sobre el mostrador al levantar y dejar caer la portada de cada uno—. Debe de ser una novedad.

Le dediqué mi sonrisa más amplia y ella me entregó las tarjetas y frunció el ceño. Vi que tenía las manos manchadas de tinta y que esta se le había filtrado en el surco que rodeaba las uñas.

Disponía de cinco tarjetas. Cinco aventuras que elegir.

En primer lugar fui a visitar a Aslan, a Mowgli y a Jo y Meg. Me los había leído tantas veces que eran como amigos. Antes de pensar siquiera en hacer otra cosa, tuve que deslizar el dedo por el lomo de cada volumen para cerciorarme de que estaban todos en su sitio y a salvo. Tilly señaló los libros que quería y la dejé leyendo *Alicia en el País de las Maravillas* sentada en una silla minúscula, ante una mesa muy chiquitita.

Pasé por delante de la señora Morton, que estaba frente a las novelas del Oeste.

—¿No te quedas en la sala infantil? —me preguntó.

—Ya soy mayor, señora Morton. Tengo diez años.

—De todos modos, hay libros muy adecuados para jovencitas de diez años. —Tenía en la mano una novela en cuya portada se veía un dibujo de un Stetson con un humeante orificio de bala justo en el centro.

—Sí, lo sé. Los he leído todos.

—¿Todos?

—Ajá.

La novela se titulaba *Una bala para Beau Barrawclough*.

—Necesito ampliar mis lecturas.

Dejó en el estante a Beau Barrawclough.

—Pues procura no ampliarlas mucho.

Atravesé las novelas románticas, pasé por detrás de cocina y viajes y por delante de la habitación lateral que albergaba periódicos antiguos y carteles acerca de tazas de café matutinas, para ir al fondo del edificio, a la sala de no ficción. En esta los estantes eran más anchos, los pasillos más largos y el olor de las hojas de papel más intenso. Me resultaba desconocido. El olor, potente y robusto, del conocimiento. Acababa de llegar a la C cuando una conversación se coló por encima de las estanterías.

«Eso mismo he oído contar yo, pero tengo entendido que ella discutió con él.»

«No, no, nada de discusiones. Fue de sopetón.»

Una de las voces era la de la bibliotecaria cascarrabias con las manos manchadas de tinta.

Avanzaron por el pasillo y durante unos instantes perdí la onda.

«En fin, es lógico. ¿Quién iba a ser si no?», decía la otra voz cuando volví a encontrarlas.

«Siempre que viene me levanto y me quedo en el fondo. Ese hombre me da repelús.»

«No está bien de la cabeza, ¿verdad? Solo hay que echarle un vistazo para darse cuenta.»

Saqué del estante un diccionario de citas con el fin de dejar el paso abierto a mis oídos.

«Verás, ella vino unos días antes de desaparecer.»

La otra voz emitió un sonido de sorpresa.

«¿Y qué se llevó?»

«Nada. No trajo el carnet de la biblioteca. Estuvo alrededor de media hora en la sala lateral y se fue.»

«No me extrañaría que estuviera en el patio de ese hombre.»

«A mí tampoco. Ese tiene cara de asesino. Se le ve en los ojos.»

«Ya lo creo, Carole. Cuánta razón tienes.»

Y las voces se alejaron de los diccionarios y las enciclopedias, y se desvanecieron más allá del sistema solar y del folclore local.

—¿Ya has elegido? —La señora Morton estaba con Tilly junto al mostrador de recepción.

—Sí —respondí, pese a que no me resultaba fácil hablar, ya que con la barbilla afianzaba la pila de libros que llevaba en los brazos.

—Grace, ¿cuántos libros has cogido? —me preguntó la señora Morton—. Solo tienes cinco tarjetas.

—Tilly ha dicho que me prestaría cuatro de las suyas.

La señora Morton volvió la cabeza para mirar el libro de Tilly.

—¿Cuál has elegido tú?

—*El león, la bruja y el armario.*

—Siempre escoge ese —observé—. Está enamorada del señor Tumnus.

—¡No es verdad! —Apretó el libro contra el pecho—. Es que me gusta la nieve.

La señora Morton examinó mi pila de libros.

—Echémosles un vistazo —dijo.

Cogió el que estaba en lo alto.

—*En la mente de un asesino en serie.* Una elección interesante. ¿Y qué tenemos aquí? —Cogió otro libro—. *Secretos del Museo del Crimen.* —Y otro más—. *Asesinatos del siglo veinte: una antología.* —Alzó las cejas y me miró.

—Para investigar —dije.

Echó un vistazo al libro que había quedado en lo alto de la pila.

—¿*Una bala para Beau Barrawclough*?

—Por la portada —dije—. Me llamó la atención.

—Creo que habrá que reconsiderarlo un poco, ¿verdad que sí, Grace?

Una vez que volvimos a visitar los estantes y la bibliotecaria puso sellos y pasó los dedos manchados de tinta por mis reconsideraciones, dejamos las alfombras y los frescos pasillos pulidos para adentrarnos en el calor que reverberaba en la copa de los árboles y volvía trémulos y borrosos los límites del mundo.

—¡Jolín! —dijo Tilly, y mientras se quitaba el jersey sostuve a Narnia.

—Regresaremos por el parque —propuso la señora Morton señalando hacia las puertas con la intrepidez de un explorador del África subsahariana—. No dará tanto el sol.

Sí daba el sol en el parque. Había lugares con frescas sombras allí donde los árboles arrojaban oscuridad sobre los senderos, pero en la mayor parte se extendía una marea de calor y avanzábamos en zigzag para ponernos a cubierto. Había a quienes no parecía importarles. Estaban tumbados, con una camiseta a modo de almohada, la antena de la radio desplegada hacia el sol y una novela olvidada vuelta hacia la hierba. Los niños chapoteaban y chillaban, y el sol se aferraba a cada puntapié, y los padres encasquetaban gorritos y aplicaban crema en las rodillas cubiertas de polvo.

Miré hacia atrás al darme cuenta de que había cesado el tableteo de las sandalias de Tilly. Se había detenido junto al quiosco de música y estaba apoyada en la baranda, con el jersey todavía anudado a la cintura. Más allá, la señora Morton también se detuvo en el sendero y tapó el sol con el canto de la mano.

—No pasa nada, señora Morton —dijo Tilly—. Es por culpa del calor. Me flojean las piernas.

Noté la boca seca e inquieta al observar la cara de la señora Morton cuando pasó por mi lado.

Miró a Tilly a los ojos y le tocó la frente, frunció el ceño y propuso que nos sentáramos un momento a la sombra del quiosco de música. No había nadie más, solo manchas de excrementos de aves sobre la baranda de madera desconchada y un periódico viejo, que giraba y giraba sobre el hormigón, como si el viento quisiera leerlo.

Tilly dijo que estaba «bien, de veras», pero tenía la piel blanca como la porcelana, y mis ojos captaron preocupación en los de la señora Morton y la reprodujeron.

—Me siento un poco floja, nada más.

—No deberías hacer esfuerzos. —La señora Morton posó una mano sobre la de Tilly—. Debes tener un cuidado especial.

—Grace dijo que no me pasaría nada malo. Dijo que no lo permitiría.

La señora Morton me miró a los ojos un momento y se volvió hacia Tilly.

—Claro que no te pasará nada malo. Pero tu madre quiere que tengas cuidado, ¿verdad?

Tilly asintió, y vi que unas gotas de sudor le recorrían la frente.

—Conque nos sentaremos un ratito aquí. Para que recuperes el aliento.

Me acordé de que había un pequeño puesto de venta de refrescos cerca del monumento a los soldados caídos en la guerra.

—A lo mejor le sienta bien un helado —dije—, o una chocolatina.

Tilly negó con la cabeza y dijo que le gustaría beber un sorbito de agua.

La señora Morton miró alrededor, todavía con la mano apoyada sobre la de Tilly.

—Voy yo —dije—. Iré a buscar agua.

Salí del quiosco de música y agradecí sentir el calor abrasador en los hombros y oír a personas despreocupadas. El puesto de venta de refrescos quedaba más allá de los discos voladores de colores y de los transistores. La estructura estaba cubierta de franjas rosas y amarillas, y la lona restallaba con el viento mientras yo esperaba a que el hombre encontrara un vaso de plástico.

Miré hacia el quiosco de música y no quise volver. Volver a la preocupación que se escondía en la comisura de los ojos de la señora Morton. Volver con Tilly, pálida, callada y menuda.

La Avenida, número 12

9 de julio de 1976

Crazy, cantó Patsy Cline.

—*Crazy* —cantó Sheila Dakin medio segundo después.

Cantaba entre el olor de las alfombras en pleno verano y el ruido del aspirador, cuya bolsa pedía a gritos que la vaciaran. Patsy sabía lo que era sufrir. Era una víctima de la vida, sí señora. Se notaba en el vibrato. Empujó el aspirador a lo largo del recibidor dejando atrás un coro de abrigos y los coches de juguete de Keithie, que habían sufrido una colisión múltiple, y dio un giro brusco a la derecha en dirección a la salita.

—Basta ya, mamá. —Lisa subió los pies al sofá.

Sheila cambió el tono al entrar.

—¡Mamá! Estoy intentando leer.

Mientras el aspirador chocaba con los muebles, el cable serpenteaba rodeando las patas de las mesas, zapatos abandonados y el borde de un cenicero.

—Echarás de menos mis canciones cuando no esté. —Sheila tiró del cable—. Te morirás de ganas de volver a oír estas notas.

Lisa levantó la mirada de la revista.

—¿Por qué? ¿Adónde vas?

—A ninguna parte. Pero sufrirás cuando me vaya, Lisa Dakin. Recuerda lo que te digo.

Se miró en el espejo al pasar por delante y se frotó la mancha de rímel que tenía bajo un ojo, pero solo consiguió que se filtrara más en las arrugas y se asentara en los pliegues de piel que se negaba a estirarse hasta el lugar donde le correspondía estar.

El disco estaba viejo y rayado, pero el rasgueo de la guitarra siempre la hundía un poco más en la tristeza, y paró el aspirador para asegurarse de que en efecto la hundía.

—¿Por qué siempre la misma maldita canción? Tiene que haber temas mejores que cantar —dijo Lisa pasando las páginas.

—¿Sabes que murió en un accidente de avión?

—Ya me lo has dicho.

—Tenía treinta años. La vida entera por delante.

—Lo sé. Ya me lo has dicho. —Lisa miró por encima del respaldo del sofá—. Y has dicho lo mismo de Marilyn, de Carole y de Jayne.

—Vale la pena recordarlo, Lisa. Siempre hay alguien que está peor que nosotros.

—Están muertas, mamá.

—Precisamente.

Sheila apretó otro botón, y el polvo, el calor y el estruendo del motor se desvanecieron poco a poco.

—Ya he terminado. Me voy afuera otra vez.

Lisa pasó una página.

—Me gustaría que no tomaras el sol en el jardín delantero. Es indecoroso.

Empieza a cambiarle la cara, pensó Sheila. Va tomando forma, pareciéndose a la de su padre. Con cada año que pasaba, Lisa se alejaba un poco más. Debía de ocurrir de manera paulatina, comida a comida, conversación a conversación, pero

Sheila solo se percataba cuando discutían. Entonces se daba cuenta de que su hija había avanzado otro paso y de hasta qué punto la había dejado a ella atrás. Podía lidiar con el hecho de que creciera. Podía lidiar con los chicos y los novillos, con el leve vestigio de Silk Cut y de chicle. En cambio era imposible dejar de lado aquello de lo que todo eso era reflejo.

—Es mi jardín —replicó—. Haré lo que me dé la gana en él.

—La gente mira.

—Pues que mire, coño.

—Es como ir a la tienda del barrio en zapatillas y con los rulos puestos. No se hace.

—¿Quién lo dice?

—Todo el mundo. —Lisa pasó otra página—. Y cuando todo el mundo dice algo seguramente vale la pena escuchar.

—Entiendo. —Sheila enrolló el cable alrededor del aspirador—. Entonces ¿por qué no estás en la calle buscando un trabajo de verano…, como todo el mundo?

No hubo respuesta.

—El año que viene por estas fechas dejarás el colegio. Me parece que no deberías estar todo el día aquí sentada rascándote el culo y sin hacer nada.

En ese momento apareció Keithie, que arrojó su cuerpecito en un sillón.

—Yo sí que puedo sentarme a rascarme el culo, ¿verdad?

Sheila lo miró.

—De momento —respondió—. De momento. Y no digas «culo».

—Culo, culo, culo.

Lisa pasó otra hoja.

—Ojalá Margaret Creasy se dé prisa en volver. Eras distinta cuando estaba por aquí.

—¿Ah, sí? ¿Y cómo era?

—Refunfuñabas menos. No decías tantas palabrotas. —Lisa la miró por encima de la revista—. Ni te dolía tan a menudo la cabeza.

Era mordaz, como su madre. Demasiado mordaz.

—Volverá —dijo Sheila—. Es el calor. Nos atonta a todos.

—A menos que la tenga Walter. Le gusta hacer desaparecer personas.

Sheila echó un vistazo a Keithie, que, sumamente concentrado, hincaba la punta de un bolígrafo en el brazo del sillón.

—Culo, culo, culo.

—Cuidado —dijo Sheila—, él no entiende.

Lisa bajó la revista.

—Se sabe el chiste, ¿verdad que sí, Keithie?

—Walter el Raro —dijo el chiquillo—. Es como un mago. Hace desaparecer personas.

Soltó una carcajada. La risa alegre, burbujeante, que solo conocen los niños.

—No entiende…, ni que fuera tonto del culo.

—Culo, culo, culo.

—¡No digas «culo»! —Sheila cogió un cojín y lo puso en el sofá.

—No entiendo por qué no se ha ido de aquí. —Lisa habló sin despegar los ojos de la página—. Alguien tendría que hacer algo. No para de mirar.

—¿Mirar?

—Ese hombre me da repelús. —Movimiento de tela vaquera sobre tela vaquera—. Cuando estoy con mis amigos, lo veo en la ventana, mirando a todo el mundo. Como si tratara de decidir qué va a hacer.

Sheila intentó enroscar el enchufe en el cable, pero le fue imposible hacerlo sin apartar la vista de Lisa.

—¿Te ha dicho algo?

—Mamá, esa es la cuestión. —Ahí estaban: las sílabas adolescentes de propina—. Nunca habla. Se limita a mirar.

—Si te dijera algo, ¿me avisarías?

Un breve gesto de asentimiento. Lisa se quitó la diadema y se echó hacia atrás el pelo, que, impecable, sin guía alguna, se deslizó sobre su hombro.

—Alguien tendría que hacer algo. Todos pensamos que alguien debería hacer algo.

Sheila estaba a punto de hablar cuando oyó pasos en el camino.

—¡El timbre! —anunció Keithie, y salió disparado de la sala antes de que pudieran detenerle—. Culo, culo, culo —repitió en el recibidor.

—Dios, espero que no sea el policía ese otra vez —dijo Lisa—. El tipo es la alegría de la huerta.

—No tiene por qué molestarse en venir. —Sheila cogió de la mesa una taza de café ya frío. Había dejado un cerco en la madera allí donde había permanecido olvidada—. Hemos dicho todo lo que teníamos que decir.

—¿Sabes que ayer estuvo en el número cuatro? Se quedó muchísimo rato. Esta mañana he visto a Derek Bennett y parecía que le hubieran pegado un tiro.

—No me lo habías dicho.

—No te había visto. —Lisa se la quedó mirando—. Seguías en la cama cuando salí. Di de desayunar a Keith y le vestí y aguanté sus malditas preguntas.

Sheila aferró la taza. Tenía una película de leche seca, amarillenta, adherida al borde.

—Estaba derrengada —dijo.

—Sí. —Lisa volvió los ojos a la revista—. Yo también lo estaría.

—Si tienes algo que decir, ¿por qué coño no lo dices?

—No tengo nada que decir, coño.

Otro paso, pensó Sheila. Unos cuantos centímetros más lejos.

—¿Vengo en mal momento?

Sheila se volvió hacia la puerta. Dorothy Forbes, vestida en capas alternas de gris topo y preocupación. Típico.

—Dorothy. ¡Qué encanto! Claro que no llegas en mal momento.

Keithie estaba al lado de Dorothy, con un bolígrafo roto en la mano. Miró a su vecina y sonrió. «Culo, culo, culo», dijo.

—No quiero molestar.

Se sentaron en la cocina. Era lo mejor. Lejos de Keithie y sus «culos» y de los penetrantes ojos de Lisa. Sheila intentó centrar la atención de Dorothy en la conversación para que no reparara en los cacharros de la noche anterior y el cenicero que había en el escurreplatos, pero la luz del sol que entraba por la ventana parecía señalar todo cuanto ella prefería olvidar.

—Tú nunca molestas, Dot.

Vio que Dorothy carraspeaba y sonreía al mismo tiempo, pero en vano, y luego recordó que no le gustaba que la llamaran Dot. Decía que con el diminutivo se sentía como un final, como un signo de puntuación.

—¿Quieres beber algo, Dorothy?

—No, no. Yo no, gracias.

Se sonrieron en medio del silencio.

—¿Se trata de Keithie? ¿Ha vuelto a dar la lata a Harold con la pelota de fútbol?

—No, no. Nada de eso.

—¿De Lisa?

—No. No tiene nada que ver con ella.

Así era Dorothy. Así había sido siempre. Yendo de una casa a otra, tomando un camino largo para llegar a un lugar cercano. Sin embargo, no había que apremiarla. Si la apremiaban, se aturullaba y lo negaba todo, y entonces nadie se enteraba de aquello que esperaba ser dicho. Sheila se preguntaba a veces si Dot se iría a la tumba con la boca llena de millares de palabras no pronunciadas. Enciclopedias enteras de información que nadie habría llegado a oír.

Aguardó.

—Se trata de Margaret Creasy —dijo Dorothy al fin—. Bueno, de John Creasy en realidad. Bueno, de todo el mundo. He intentado hablar con Harold, pero ya le conoces: no quiere oír la opinión de nadie. Y Eric Lamb no es mucho mejor. No sabía a quién acudir. Verás, tú estabas allí. Tú lo entiendes.

Cuando las palabras llegaron por fin, salieron a carretadas. Sheila alcanzó el cenicero.

—Todos estábamos allí, Dorothy. La avenida entera.

Dorothy quiso apoyar las manos en la mesa, pero las tazas, los periódicos y el Telesketch de Keithie no le dejaban sitio. Así pues, las posó sobre el bolso.

—Ya lo sé. Parece que fue ayer.

—Han pasado nueve años, Dot. ¿Qué demonios te lleva a pensar que tiene algo que ver con Margaret?

—Porque así va la cosa, ¿no?

Sheila sacó un cigarrillo del paquete y le dio unos golpecitos contra la mesa.

—¿Qué cosa va así?

Dorothy tenía siempre un barniz de angustia, incluso cuando era más joven. Peinaba el panorama en busca de la siguiente catástrofe, tallaba sus pensamientos hasta darles forma de problema y entonces se acicalaba con la satisfacción de la zozobra que le causaba.

Se agarró al bolso como si estuviera subida en una atracción de feria.

—El destino —dijo—. Las decisiones que tomamos. Siempre se vuelven en contra nuestra.

Hubo un parpadeo. Un levísimo parpadeo.

—Te comportas como una tonta. —Sheila encendió el cigarrillo. Fumar la tranquilizaba—. Estás perdiendo el control otra vez.

—La policía ha vuelto. ¿Los has visto?

—Eso me han dicho.

—Deben de saber algo. Han estado preguntando, buscando a Margaret, y lo han descubierto. —Las palabras se deslizaban como un estribillo desde la mente de Dorothy hasta su boca—. Quizá ya la hayan encontrado. Quizá ella les haya contado todo y la policía venga a detenernos.

—¡Cálmate ya! Margaret no sabía nada, ni siquiera estaba aquí.

—Pero hablaba con todos los vecinos de la avenida, Sheila. Era de esas personas a las que todo el mundo se confía.

Sheila se toqueteó los tenues rastros de esmalte que le quedaban en las uñas.

—Sabía escuchar.

—Eso es. —Los dedos de Dorothy se desplazaron sobre las asas del bolso—. Y las personas así a veces acaban escuchando lo que no quieren oír.

Sheila levantó la cabeza.

—Oh, Dios, Dot, ¿qué le contaste?

—Nada. No le dije ni una palabra. —Dorothy frunció el

entrecejo—. Al menos eso creo. —Y pestañeó... demasiado despacio.

Sheila se pasó los dedos por el pelo. Notó que la laca de la noche anterior se le pegaba a las manos.

—Joder, Dot.

Prendió un cigarrillo. Luego vio que el último seguía encendido en el cenicero.

—Hablaba con todo el mundo, Sheila, no solo conmigo.

Dorothy soltó un suspiro tan agudo e inesperado que Sheila se estremeció.

—¿Qué?

—¿Y si Margaret lo descubrió todo? ¿Y si se enfrentó a alguien y por eso desapareció?

—¡Cálmate de una puñetera vez! —Sheila era consciente de que estaba gritando, pero no podía contenerse—. Ni siquiera sabemos por qué se fue.

—Tenemos que hablar con John. Tenemos que averiguar qué le dijo Margaret antes de marcharse.

Sheila dio unas caladas al cigarrillo. Aspiraciones breves, escuetas, que llevaron el humo a sus pulmones en porciones minúsculas.

Lisa asomó la cabeza por la puerta.

—¿Va todo bien? —preguntó.

—Todo bien. Sí. —Sheila seguía mirando a Dorothy. El humo serpenteaba entre las dos. Se retorcía creando dibujos perezosos en la luz del sol y se enroscaba al ascender hacia el techo.

—Por si a alguien le interesa saberlo, hay que ir a comprar —dijo Lisa—. Se nos ha acabado la leche.

Sheila alcanzó el monedero.

—Llévate a Keithie contigo. Anda, sé buena chica.

Lisa comenzó a protestar: el sonido de un animal salvaje removiéndose en el fondo de su garganta.

—No empieces, Lisa. Llévatelo y ya está. —Le entregó las monedas—. Tengo que salir un momento, unos diez minutos. Keithie tiene seis años y no puede quedarse aquí solo.

—Casi siete —dijo una voz en el recibidor.

Sheila se volvió hacia Dorothy.

—Espérame en la puerta mientras me pongo los zapatos.

En la despensa, fresca y oscura, oyó que Dot abría la puerta principal y que Lisa sobornaba a Keithie para que se pusiera de pie.

Lo que buscaba estaba detrás de la harina. Dentro de una lata con arroz suelto y conchas de pasta.

Se suponía que la había tirado. Así se lo había dicho a Margaret. Metió la mano en la lata y notó su contacto. Uno más y entonces sí se desharía de ella. Solo uno más, porque en ese instante lo necesitaba de verdad.

Al principio él no abrió la puerta. Dot se aupó por encima del arriate de flores y pegó la cara al cristal. Sheila la oyó señalar el desorden y angustiarse.

Se sacó el chicle de la boca y vociferó por el buzón. No pasó nada, aunque le pareció oír que una puerta se abría al fondo de la casa.

—¡John, sé que estás ahí! —gritó.

Dorothy volvió a auparse.

—Quizá haya salido —dijo—. Puede que esté buscando a Margaret.

—Está dentro.

Sheila miró por el buzón. Vio cartones y papeles apilados en columnas y la esquina de una mesa repleta de bolsas de plástico. Parecía que John estuviera embalando para mudarse; sin embargo, no había empaquetado nada. Se había limitado a esparcir objetos por las superficies.

Volvió a gritar.

—¡Sé que estás ahí y no pienso irme! Me quedaré aquí hasta que decidas abrir la puerta.

Se abrió.

Al cabo de un momento, cuando se le acostumbró la vista y se desvaneció el fugaz negro anaranjado, vio a John al pie de la escalera. Parecía que hubiera dormido toda una semana con la ropa que llevaba puesta, tenía los ojos amoratados y vacilantes.

—Por el amor de Dios, John. ¿A qué estás jugando?

Sheila empujó más la puerta, que arrastró periódicos amarillentos y un puñado de cartas sin abrir. John se apartó, como un chiquillo, para que entraran. Dot se llevó la mano a la boca y devoró el caos con avidez.

—¿A qué viene todo esto? —Sheila levantó la punta de una bolsa de plástico, pero la soltó porque le dio la impresión de que podría desencadenarse una reacción en cadena que derrumbaría la casa entera—. ¿Qué haces?

John se mordió las uñas, como un roedor.

—Intento encontrarlo.

—¿El qué?

—Lo que quiera que dejara Margaret. Debió de descubrir algo. La casa debió de revelarle lo que pasó.

Sheila tomó aliento. El aire olía a sudor y a desesperación, que Dorothy, pegada a su hombro derecho, acrecentaba. Fue a coger un paraguas puesto en la silla que había junto a la puerta.

—¡No lo toques! —John estiró la mano y volvió a su sitio—. Lo he dejado yo ahí. Para Margaret. Si no, se le olvidaría cogerlo.

Sheila lo observó. Le pareció ver el miedo que tictaqueaba bajo la piel de John, sus pensamientos, tan apretujados que habían comenzado a combarse y a fracturarse. Había estado así antes. Aquella vez, todos habían flaqueado. Lo sucedido los había sumido en el silencio, había aquietado la vida de cada uno durante meses; en cambio John al parecer se había alejado aún más que los demás. Se había desplazado hasta los mismísimos límites de su vida, donde permaneció a salvo.

—Vamos a la cocina —dijo Sheila—, a tomar algo y a charlar.

Bebieron té negro en tazas que Sheila había fregado con papel de cocina. Dorothy se mantuvo lo más lejos posible de la suya, como si creyera que tenía una especie de propiedad tóxica, y John clavaba los ojos en la suya cada vez que Sheila le formulaba una pregunta.

—Algo diría Margaret, ¿no, John?

—Nada. No dijo nada. ¿Por qué todos os empeñáis en hacerme las mismas preguntas?

—Así que aquel día te levantaste y viste que no estaba. ¿Ningún aviso?

—Yo me acosté antes que ella. Cuando me desperté, pensé que había salido un momento a comprar, o a visitaros a alguna de vosotras. Estaba siempre entrando y saliendo de la casa de los demás.

—Sí —dijo—, iba a casa de todo el mundo.

Sheila miró a Dot y luego se volvió hacia John.

—¿Y no te contó nada de algún vecino de la avenida? ¿Algo que le hubieran contado a ella?

—Nada.

—¿Nada acerca de Walter Bishop?

Los ojos de ambos adoptaron la misma expresión y se hizo el silencio.

John clavó la vista en la taza de té. Sheila oyó que, en un extremo de la cocina, Dorothy comenzaba a hiperventilar.

—¿John?

—Margaret estuvo con él. Tiene en el bolso... las gafas de Walter Bishop. Iba a llevarlas a arreglar.

—Lo sabía. —Dorothy se levantó y su taza repiqueteó sobre una pila de platos—. Sabía que la había visto salir del número once.

En la cocina se oyó el gemido que brotó del fondo de la garganta de John. Sonó con una especie de aceptación, como el estertor de la muerte. Sheila notó que la invadía el pánico y no estaba segura de si se lo habían contagiado o si procedía de su interior.

—Calmémonos. Reflexionemos —dijo, pero el torrente de pánico que se desbordaba del resto de la cocina se llevó las palabras.

Dorothy continuaba de pie. Saltaba a la vista que tenía ganas de pasearse por la habitación, pero esta era demasiado pequeña y el resultado de la búsqueda de John ocupaba el escaso espacio que quedaba. Se retorció las manos en un intento de descargar la adrenalina.

—Margaret lo ha descubierto —dijo—. Habrá acudido a la policía.

Sheila miró a John.

—¿Es posible? ¿Sin hablar contigo?

—No lo sé. —John meneó la cabeza—. Creo que no.

Sheila cerró los ojos y midió su respiración. Notó que empezaban a temblarle las manos, de modo que las cerró para tratar de detenerlas.

—Si se lo hubiera contado a la policía, lo sabríamos. —Procuró hablar con voz serena, razonable—. A estas alturas ya nos habrían interrogado.

—Pues si no ha acudido a la policía —replicó Dorothy—, ¿adónde ha ido?

John levantó la cabeza.

—Quizá averiguó la verdad. Quizá se enfrentó a alguien.

—Hablaba con todo el mundo, Sheila. Conoce nuestros secretos. —Dorothy era ya una incesante ola de pánico; sus ojos, tan solo blanco aterrorizado.

—Por el amor de Dios —exclamó Sheila—. ¡No hemos hecho nada malo!

—¿Cómo puedes decir eso? —John se agarró al borde de la mesa—. ¿Cómo puedes decir que no hemos hecho nada malo? Matamos a una persona.

Ahí estaba otra vez. La oscuridad.

Pese al calor abrasador, pese a que el sol le pinchaba como agujas la piel, parecía que una sombra envolviera la avenida. Plantado ante la ventana del salón, John observó cómo se alejaban Sheila y Dorothy. No habían llegado ni al centro de la calzada cuando Dot empezó a agitar los brazos y a lanzar mensajes de angustia con el pañuelo como quien hace señales con banderas.

No tendría que haberlo dicho. No tendría que haber dicho que habían matado a una persona.

Pero era la verdad. La habían matado.

No importaba que no hubieran tenido la intención de hacerlo. Había actos terribles, perversos, y daba igual que fueran deliberados o no. De lo contrario, cualquiera podría quedar impune de cualquier acción con solo alegar que en realidad no la había planeado.

Echó un vistazo al número 11 y el número 11 lo miró a él.

Cuando volvió a centrar la atención en la avenida, Sheila Dakin se presionaba las sienes con la punta de los dedos y Brian el Flaco se acercaba a las dos mujeres desde el cubo de la basura de su casa para ver a qué se debía tanto agitar el pañuelo.

John estaba seguro de que no lo veían.

Se había refugiado detrás de un jarrón de flores que Margaret había colocado en el alféizar. Margaret no era partidaria de las flores artificiales. Decía que había demasiada falsedad en el mundo para encima ponerla en un jarrón y además introducirla en la sala de estar. Por tanto eran frescas, naturalmente, y de pronto lo percibió: el inevitable y extraño dulzor de la descomposición, que lograba abrirse paso siempre, por mucho que uno intentara disimularlo con otros olores.

Observó cómo el pañuelo de Dorothy ondeaba en la luz de la tarde y cómo Sheila, dándose por vencida, se apoyaba en el muro de su jardín.

El muro del jardín de Sheila Dakin tenía cuarenta y siete ladrillos. Ya lo sabía, naturalmente, pero nunca venía mal verificar datos como ese. Cuando estaba Margaret, no había sentido la necesidad de verificar nada. Ella le había quitado la inquietud, la había arrumbado y la había acallado. Pero desde su desaparición los nervios no habían tardado en salir de su rincón para regresar a la vida de John como un viejo amigo.

Eran sesenta contando los medios ladrillos.

Vio que Dorothy apuntaba el pañuelo hacia la casa de él y que Brian miraba hacia allí con expresión ceñuda.

«Haz algo —decía Margaret—. En lugar de contar cosas, haz algo útil.»

Trece medios ladrillos. Trece. El dato lo desazonó.

«No te quedes ahí sin hacer nada, John, no desperdicies los días contando.»

Quizá si hubiera dicho antes lo que pensaba, quizá si hubiera encontrado el valor al principio, su vida habría tomado una forma diferente.

«Actúa, John.»

Cuando se dio la vuelta, la manga de la camisa rozó las flores, cuyo olor se le coló en la boca. Una actitud nueva, eso era lo que hacía falta. Si modificaba sus hábitos, si dejaba de contar objetos y demás, tal vez Margaret lo intuyera y regresara a él.

Cerró de golpe la puerta del salón, y el eco rebotó por toda la casa. Brincó en las paredes y en el techo. Sacudió las mesas y las sillas, y el pequeño jarrón del alféizar empezó a temblar. Unos cuantos pétalos dieron un respingo, se estremecieron y se soltaron del tallo, y el olor a descomposición impregnó la pintura de las paredes.

—Te lo has tomado con calma. —Brian estaba en el borde de la acera, con las manos hundidas en los bolsillos—. Creía que ibas a pasarte toda la tarde escondido detrás de esas flores muertas.

John volvió la cabeza para mirar la casa. En ocasiones Brian sabía cosas y él no entendía cómo había logrado averiguarlas.

—La has sacado de sus casillas a base de bien. —Brian señaló con la cabeza a Dorothy, que agitaba los brazos delante de Sheila. John no captaba todas las palabras, pero oyó que estaban «acabados», «perdidos» y «cárcel de Holloway»—. ¿Qué le has dicho?

—Nada más que la verdad. A veces hay que ser tajante. A veces es importante hablar claro.

John se irguió un poco más y aprovechó su nueva actitud para apretar la mandíbula.

—¿Y tenía que ser ahora? —Brian se dio un golpecito con el dedo en un lado de la nariz y sonrió—. A veces, amigo mío, es importante cerrar el pico.

John aflojó la mandíbula y clavó la vista en sus zapatos.

—Y no creáis vosotros dos que vais a libraros. —Dorothy dejó de dar vueltas y los señaló—. La policía vendrá a por todos nosotros cuando caiga en la cuenta de lo que pasó, conque quítate de la cara esa sonrisa estúpida, Brian Roper.

Brian carraspeó y clavó la vista en sus zapatos.

—Por el amor de Dios, Dorothy, basta de hacer teatro, joder. —Sheila se apartó del muro con un gran esfuerzo—. Esto no ayuda a nadie. Si la policía quiere venir a por nosotros, que venga. No pueden demostrar nada.

Brian se mordió el labio, Sheila se hincó los dedos en las sienes y Dorothy se puso a gemir y a agitar el pañuelo otra vez. Con el alboroto a John empezó a zumbarle la cabeza, por lo que se tapó los oídos y cerró los ojos en un intento de alejarlo.

—¿Va todo bien?

Ninguno de los cuatro había oído al cartero. Apoyado en la bicicleta, se rascaba la sien con el borde de un sobre.

Sheila levantó la cabeza y cruzó los brazos.

—Perfectamente —respondió.

—Sí, bien —añadió Brian.

—Perfectamente bien —dijo Dorothy. Se guardó el pañuelo en la manga de la rebeca y sonrió.

El cartero frunció el ceño.

—No les pasa nada, pues —dijo, y empezó a empujar la bicicleta por la avenida.

Las ruedas chirriaban con el calor, y John se preguntó si la estafeta de correos proporcionaría a los carteros una lata de aceite para que la llevaran consigo o si debían comprársela por su cuenta.

Los cuatro observaron cómo desaparecía tras apoyar la bicicleta contra el muro de la casa de Walter Bishop.

—Es nuevo —comentó Dorothy sin despegar los ojos del número 11.

Sheila apretó un poco más los brazos cruzados y se inclinó para entrar en el campo visual del Dorothy.

—¿Sí?

«No es de la zona», dijo Dorothy moviendo mudamente los labios.

—¿No?

Dorothy chasqueó la lengua.

—Solo hay que fijarse en cómo pronuncia las vocales.

Al cabo de un momento el cartero reapareció y volvió sobre sus pasos. Todavía llevaba el sobre en la mano.

—¿Segunda ronda? —preguntó Dorothy cuando el hombre llegó a su altura.

El cartero asintió.

—No hay nadie en el número once. Tendré que llevármela.

Todos contemplaron el sobre. Era blanco y grueso. Dorothy estiró tanto el cuello para leer el matasellos que John temió que fuera a dislocárselo.

—¿De Kodak? —preguntó Dorothy.

—Sí, parece que son fotografías. —El cartero miró el sobre con los ojos entrecerrados.

Dorothy alargó la mano.

—Me lo quedaré, si le parece bien. —Sonrió, y los dedos le temblaron levísimamente.

El cartero vaciló y se señaló la insignia.

—Eso me costaría el trabajo —repuso—. Fíjese: Royal Mail. Somos un servicio público. Como la policía.

—¿La policía? —repitió Dorothy.

—Y como los bomberos —añadió el cartero.

—¿Los bomberos? —repitió Sheila.

El hombre sonrió y dio la vuelta a la bicicleta, que los cuatro oyeron chirriar a lo largo de la avenida.

—No sé a qué ha venido eso. —Brian señaló con la cabeza el lugar donde se había parado el cartero.

—Fotografías —dijo Sheila.

—¡Pruebas! —Dorothy volvió a sacar el pañuelo—. Conque sería imposible demostrar nada... ¡Apuesto a que tiene fotos de Dios sabe qué cosas que siguen escondidas en la casa!

—Ay, Dios. —Sheila volvió a derrumbarse contra el muro del jardín.

—No sé cuánto más podré aguantar —prosiguió Dorothy—. Noto que me ronda una jaqueca.

—¿Qué opinas tú, Brian? —John comenzaba a sentir el hormigueo en el fondo de la garganta—. ¿Crees que estamos en un aprieto?

Brian se lo quedó mirando. Era una mirada tan fija que John, incapaz de sostenerla, desvió la vista hacia el camino de Dorothy Forbes.

—Creo que si hubiéramos hecho algo cuando tuvimos la oportunidad, no nos veríamos ahora en este lío. —Brian continuaba mirándolo—. Creo que si me hubieras hecho caso, si hubieras dicho lo que pensabas, todo sería diferente.

John se volvió hacia él.

—Pero acabas de decir que a veces es importante callar.

Brian echó a andar, con las manos hundidas en los bolsillos.

—Y eso es lo más importante de todo —dijo.

—¿El qué? —preguntó John a voces.

—Saber cuándo hay que hablar y cuándo hay que cerrar el puñetero pico.

John observó a Brian cruzar la avenida hasta el número 2.

Luego se detuvo junto al camino de Dorothy Forbes y de un puntapié envió un guijarro al otro lado del asfalto.

De los ciento treinta y siete guijarros que había habido, ahora solo quedaban ciento treinta y seis.

John lo sabía porque acababa de contarlos.

Sheila cerró la puerta principal. Aún le parecía oír los gemidos de Dorothy y verla agitar el pañuelo, igual que la noche de las fotografías.

A veces todavía reproducía en la mente lo ocurrido. Era como una película que hubiera comprado para ocasiones especiales; ocasiones en que necesitaba tranquilizarse diciéndose que todos eran inocentes y tenían buena intención. Había que pensar en los chiquillos. En aquel entonces Keithie aún no había nacido, pero estaba Lisa, y había que dar ejemplo a los niños. Los tiempos en que se les educaba con un cinto habían quedado atrás, a Dios gracias, y era preciso enseñarles cómo sobrevivir, cómo evitar arranques de mal genio y moretones y a hombres decididos a conseguir de ellos cuanto pudieran.

Hombres como el padre de Lisa.

Hombres como Walter Bishop.

Si ella no se lo enseñaba a sus hijos, ¿quién lo haría? No era solo que se hubiera llevado a aquella criaturita. Era todo lo demás. La forma en que miraba con fijeza partes de las personas cuando pasaban por delante. Los ralos mechones de pelo cano que le caían sobre los hombros. Los adornos entretejidos en la chaqueta, que brillaba con la grasa ennegrecida. Su mismísimo aspecto. Y luego estaban las fotografías. La gota que había colmado el vaso. Los niños ni siquiera habrían acudido si Walter no hubiera raptado a aquella criaturita, de modo que él mismo se lo había buscado. Fue una reacción en cadena. Al fin y al cabo, no eran más que chiquillos sin mala intención. Ella se había dado cuenta con solo verlos.

2 de diciembre de 1967

Las bolsas de la compra que Sheila lleva a casa arman ruido. Por muy rectos que ponga los brazos y por mucho que procure no acercarlos al cuerpo, proclaman sus flaquezas repicando como las campanas de una iglesia.

De todos modos, nadie puede oírlo, salvo Lisa. La comida del sábado ha dejado desiertas las calles: tostadas con alubias y latas de sopa; platos humeantes para quebrar la intensa escarcha de un día soleado de diciembre.

—¿Qué tenemos para el almuerzo? —pregunta Lisa. Lleva una trenca abotonada de arriba abajo. Le tira en los hombros y Sheila se pregunta si aguantará todo el invierno.

—¿A qué viene eso de «almuerzo»? ¿Qué ha sido de «comida» y «cena»?

—La gente bien dice «almuerzo».

—¿Sí? ¿Y qué sabe una niña de seis años sobre la gente bien?

Lisa no responde y empieza a arrastrar los pies por la acera.

—No rayes las botas, que son nuevas.

—Yo quiero ser una niña bien. —Un guijarro suelto se desliza por el hormigón.

—Pues ni tú ni yo lo somos —replica Sheila—, conque seguiremos diciendo «comida», gracias. Si no, nuestros vecinos dejarán de hablarnos.

Cruzan la carretera al llegar a la parada de autobús, y en ese momento Sheila los ve. Dos chicos delante del número 11. No tiene nada de extraordinario. Desde que corrió la voz acerca de Walter, los niños de la urbanización acuden de cuando en cuando. Gritan alguna que otra vez, arrojan un puñado de grava y salen corriendo. En una ocasión a Sheila le pareció ver a uno orinando en el jardín de Walter, pero decidió hacer la vista gorda.

No tienen mala intención.

Esos dos se dedican a mirar las ventanas. Uno es alto y escuálido; el otro, bajito, lleva el jersey remetido en los pantalones. No tendrán más de doce años.

Desde la otra acera, Sheila les pregunta a voces qué hacen.

—Nada, pasar el rato —responde el alto.

El bajito se da la vuelta y sonríe. Tiene un balón de fútbol, pero no juegan con él.

—Bueno, andad con ojo. —Coge a Lisa de la mano y la conduce hacia la puerta principal—. Tened cuidado.

—¡No se preocupe por nosotros! —grita el alto—. ¡Sabemos cuidarnos!

Ella no lo duda ni por un segundo.

Ahí siguen después de que haya guardado las compras y haya buscado una lata de sopa de rabo de buey para Lisa. Ahora hay tres niños y, mientras atisba por la ventana, aparece otro más. El alto entra en el jardín de Walter y, cuando regresa saltando el muro, lleva una rama en los brazos. La agita como si fuera un botín de guerra, y los otros se empujan gritando y tratan de agarrarla. El bajito ha dejado el balón en el césped que bordea la calzada, donde rueda hasta estamparse contra las hojas de árbol caídas en la cuneta.

Eric Lamb también los observa. Sheila lo ve, y los dos se miran en silencio desde detrás de su respectivo cristal.

Cuando vuelve a mirar a los chicos, ve que hay más, casi una docena. El alboroto se cuela en la sala. Algunos han entrado en el jardín de Walter y gritan hacia las ventanas, animados por la expresión del rostro de los demás. Han llegado también chicos mayores, de quince o dieciséis años quizá.

«¡Cabrón!», grita uno.

En los labios de Sheila se dibuja una sonrisa antes de que se dé cuenta de que debería reprimirla.

Lisa se pone el abrigo y empieza a calzarse los patines.

—¿Adónde crees que vas? —Sheila da la espalda a la avenida.

—Afuera, a jugar —responde Lisa.

Sheila vuelve a mirar a los niños.

—No, no vas a salir. Ahora no.

Walter ha aparecido en una ventana de la primera planta. Grita que están en una propiedad privada y que va a llamar a la policía. Los chiquillos se limitan a reírse de él, imitan su voz y pronuncian palabras que solo sus padres deberían conocer. Inclinado sobre la madera del alféizar, Walter parece pequeño e irrelevante. Tiene la cara colorada e hinchada de rabia; sus brazos flotan en el aire sin conseguir nada salvo enrojecerlo y enfurecerlo más. Sheila se pregunta, solo por un breve instante, si una persona tan débil y anodina puede representar una amenaza, y enseguida se acuerda de su padre, y del padre de Lisa, y de los otros hombres que se presentaron con un envoltorio inofensivo.

Aprieta la mandíbula y observa. Sobre el alféizar, los nudillos se le ponen blancos.

Los chicos se calman. Un par de ellos dan patadas a la

grava del camino; los demás se han sentado en el muro del jardín. De vez en cuando levantan la cabeza y gritan, pero es un acto de cierta ingenuidad: niños que ignoran por qué chillan y solo saben que sus padres han sido los primeros en gritar.

Walter cierra la ventana y desaparece, y cuando regresa al cabo de unos instantes sostiene algo junto al cristal.

Una cámara. Se dedica a fotografiar a los muchachos.

Al principio ellos no se percatan, están demasiado entregados a su propia energía. Extremidades que empujan extremidades. La conversación física de la adolescencia.

Walter los sigue con el objetivo. Recorre la fila. Se detiene. Retrocede. Aprieta el obturador.

Los captura a todos: introduce a cada uno en el cristal curvo, copia sus imágenes en la película. Les roba la infancia mientras ellos miran hacia otro lado.

—Cabrón —dice Sheila—, cerdo cabrón.

Cuando se dispone a aporrear el cristal para advertirles, un chiquillo alza la cabeza y ve a Walter. El niño lo señala y todos se dispersan en cuestión de segundos. Se marchan en un revuelo de bicicletas y jerséis, corren por callejones y aceras, hasta que la única señal de su presencia es una larga rama muerta sobre un extremo del muro de Walter Bishop.

—Cabrón —dice Sheila.

—¿Quién es un cabrón? —Lisa levanta la vista de los patines.

—A ti no te importa.

Walter sigue asomado a la ventana, mirando hacia donde estaban sentados los chiquillos.

—Y no digas «cabrón». Los niños no dicen eso.

Sheila pasa enfadada toda la tarde. Concentra su ira en las puertas de los armarios de la cocina y en las tapas de las teteras, pero la ira le roe el pensamiento y se niega a desaparecer. Quiere ir a ver a Eric para saber qué opina él de lo ocurrido pero, como Lisa la sigue por toda la casa, sabe que si lo hace le espera una tarde de preguntas.

—No estoy enfadada contigo, Lisa —le dice por décima vez.

—Entonces ¿con quién estás enfadada?

—Con el hombre raro de la melena. El que vive en la casa grande del final de la avenida.

—El que se llevó a aquella criaturita.

—Sí —dice Sheila—, el que se llevó a aquella criaturita. Es un hombre malo, Lisa. No te acerques a él. Nunca. ¿Me oyes?

Lisa asiente.

—Es un hombre malo.

Repite las palabras de Sheila y retoma su dibujo, pero de vez en cuando mira a su madre y luego por la ventana, y los pensamientos le nublan el rostro.

Al cabo de una hora Sheila oye voces. Multitud de voces sombrías y coléricas que se aproximan, como una tormenta. Aunque pizarroso y adusto, el cielo de diciembre desprende suficiente luz para que se distingan las siluetas que avanzan por la avenida. En su mayoría son hombres, pero en los márgenes del grupo hay algunas mujeres y detrás, a cierta distancia, un montón de niños. Son los mismos de antes; ve al alto y al bajito. Esta vez no se empujan ni gritan: son solo chiquillos con pasos quedos y brazos inquietos cruzados para protegerse del frío.

—Quédate aquí —le dice a Lisa, y sale al umbral de la entrada y entorna la puerta a su espalda.

Nunca ha visto a tanta gente en la avenida al mismo tiempo. Parecen hinchas de un club de fútbol. Son obreros, empleados de fábricas. Hombres que pican en minas a cielo abierto durante toda la semana o que pasan los días cargando tierra y piedra. Avanzan hacia el número 11, con botas que pisan fuerte el asfalto y puños que aprietan su ira.

El primer hombre que llega a la puerta de Walter Bishop la golpea con los nudillos.

En el número 11 no se produce ni un solo movimiento. Únicamente hay silencio, oscuridad agazapada. Se diría que Walter no se encuentra en casa, pero Sheila sabe que está dentro. Todos lo saben. Mientras que la puerta de Walter Bishop permanece cerrada, las demás de la avenida se abren una tras otra. Eric y Sylvia y Dorothy aparecen en sus respectivos umbrales. Hasta May Roper descorre las cortinas de la salita y mira por la ventana.

El hombre vuelve a llamar. Sus puños suenan como balas. Retrocede unos pasos y grita hacia la casa. Ordena a Walter Bishop que se deje ver.

—Has fotografiado a mis hijos, sal aquí y contéstame de una puta vez.

Sheila mira hacia atrás y ajusta la puerta un poco más.

La multitud rodea la casa de Walter. Los hombres ansían un enfrentamiento. Las mujeres se muestran más tensas, más contenidas, aunque sus ojos encierran una muda amenaza. Es evidente que han ordenado a los chiquillos que no se acerquen, porque estos caminan alrededor del grupo intentando colarse en él sin que los vean. El niño bajito se da la vuelta y mira a Sheila. Por lo visto ha llorado.

El hombre propina patadas a la puerta de Walter. Los otros gritan para que las botas golpeen un poco más deprisa, con una pizca más de fuerza. Con el rabillo del ojo Sheila ve que Dorothy Forbes corre por la acera arrebujándose en el abrigo.

—Voy a la cabina a llamar a la policía —dice al pasar presurosa por delante de la valla de Sheila.

—¿Por qué demonios vas a llamarla?

—Es una turba, Sheila. Una turba. Dios sabe a por quién irán después.

—Vienen solo a por Walter. Con nosotros no se meterán. Nosotros somos respetables.

Pero Dorothy ya ha desaparecido tras la esquina de un seto, y Sheila vuelve a mirar a la muchedumbre y frunce el ceño.

Llega la policía. Dorothy está al lado de Sheila en el umbral, enroscándose en los dedos el cinto del abrigo. Pliega la tela hacia un lado, después hacia el otro, la estira hasta tensarla sobre la carne.

—Deja las manos quietas, Dot.

—No puedo evitarlo. Son los nervios. —Dorothy suelta el cinto acordeón y de inmediato lo recupera.

Los policías salen del coche, y al instante una masa de hombros y gritos engulle los uniformes.

—¿Por qué están tan enfadados? —pregunta Dorothy—. Yo estaba viendo el episodio de *Emmerdale*.

—Ha tomado fotografías. De los niños.

Oye a Dot aspirar una bocanada de aire.

—Yo le he visto hacerlo en el parque. Se sienta en el quiosco de música con la maldita cámara colgada al cuello y se dedica a sacar fotos.

—¿Sí?

—Sí, y no solo de los niños —afirma Dorothy—. De todo: flores, nubes, las puñeteras palomas.

—¿Qué clase de hombre hace fotos a los hijos de otras personas?

—¿Qué clase de hombre vive con su madre hasta los cuarenta y cinco años?

—Y no descorre nunca las cortinas de la sala.

—Además, le vendría bien un buen corte de pelo.

Las dos se inclinan hacia delante y aguzan el oído.

—¿Por qué no vas a ver qué pasa, Dot?

—De ninguna manera. Podrían atacarme. La gente como esa pierde el sentido de la proporción.

Se inclinan un poco más, en silencio.

—Entonces iré yo. —Sheila vuelve la cabeza hacia la puerta—. Vigílame a Lisa.

Sheila se abre camino entre la multitud. Agachándose para pasar por debajo de codos y bordeando discusiones avanza despacio hasta llegar a donde se encuentran dos policías y Walter Bishop, a quien las resonancias de un uniforme han llevado a la puerta de casa.

—Es ridículo —dice Walter—. Como si yo fuera a hacer algo así.

Sus ojos no ven a nadie. Solo una capa de musgo húmedo en el escalón del porche y las docenas de pies que lo rodean.

—Estos señores creen que usted ha fotografiado a sus hijos. ¿Lo niega? —dice el primer policía.

Walter Bishop no habla. Sus labios se mueven lentamente alrededor de una dentadura amarillenta, pero no sale ninguna palabra. Sheila mira a su alrededor. El niño bajito ha encontrado a su padre. Está incrustado en la sombra de un hombre. Se le ve pequeño. Demasiado pequeño para oír este tipo de conversación.

—¿Señor Bishop? —interviene el segundo policía.

—Me gusta la fotografía, sí. Me gusta sacar fotos.

—¿De niños?

Botas que se estampan contra el hormigón cuando la multitud empuja hacia delante. Sheila no mira la cara de los hombres. No le hace falta.

—Entre otras cosas. —Walter se quita las gafas y saca un pañuelo del bolsillo—. Es una afición, sargento. Tengo un cuarto oscuro.

—¿De veras?

El pañuelo es gris y está arrugado.

—Ya tuvimos unas palabras acerca de los niños, ¿verdad, señor Bishop? —El rostro del sargento es una máscara de contención, pero Sheila atisba un tic de cólera en la comisura de la boca—. Hablamos de lo apropiado de su conducta hace unas semanas, cuando desapareció una criatura.

Walter mira al policía a los ojos por primera vez.

—Como sabe usted muy bien, esas acusaciones eran falsas. Y, según tengo entendido, ninguna ley prohíbe fotografiar a personas. —En los ojos de Walter parece brillar la chispa de una escapatoria—. Y menos aún si existe una buena razón.

El policía tiene las manos a la espalda, y Sheila ve que las cierra en un puño.

—Por tanto, ¿reconoce que ha fotografiado a esos niños sin el consentimiento de sus padres?

Walter se pone las gafas. Guarda silencio un instante y, cuando habla, las palabras aparecen enmarcadas en un temblor.

—Son pruebas, sargento. Pruebas de la maldad de esos críos.

—¿Pruebas?

—Sí, sí. —La voz de Walter Bishop suena ahora más fuerte—. Usted no sabe los insultos que he de soportar. Les he telefoneado a ustedes en diversas ocasiones, pero siempre me dicen que no tengo pruebas. Pues ahora sí las tengo.

Walter ha llegado al final de su discurso, durante el cual ha acumulado pequeñas dosis de confianza. En el pasado Sheila veía eso mismo en el padre de Lisa: el lento hervor de la arrogancia, como si la cabeza y la boca lograran ir a la par.

—¿Y qué hacían exactamente esos niños para que usted tuviera la necesidad de reunir pruebas? —pregunta el policía.

—Vandalismo, sargento. —Walter señala los parterres mustios y las ramas de los árboles, que rezuman dejadez—. Violación de la propiedad. Persecución.

El policía se vuelve hacia el niño bajito, que continúa sujeto a la cintura del padre.

—El señor Bishop insinúa que tú y tus amigos habéis invadido su propiedad. ¿Se ajusta eso a los hechos?

El niño bajito intenta hundirse en la seguridad de la sombra de su padre y desaparecer, pero no tiene a donde ir. El padre ha retrocedido y ha cruzado los brazos. El pequeño mira a Walter Bishop, que a su vez lo mira a él con ojos que rebosan dominio. La clase de dominio que Sheila ha visto tantas veces y que provoca que la bilis le suba a la garganta.

—Estábamos jugando al fútbol. —El niño bajito habla con voz tan desvaída y remota que todos han de inclinarse para oírlo—. El balón pasó por encima del muro. Entramos en el jardín solo para cogerlo. Nada más. Es lo único que hicimos.

El niño bajito tiene los ojos llorosos, muy abiertos y asustados. Sheila observa al padre del chiquillo. Es un hombre robusto, de manos ásperas y rápidas, y de cuerpo engordado con años de ver cómo le hacen caso. Sheila piensa en la presunción que percibe en los ojos de Walter Bishop.

—Solo estaban jugando al fútbol. Hacían lo que hacen todos los niños. Lo he visto desde mi ventana.

Sheila oye su propia voz antes de darse cuenta de que es ella quien habla. Es una voz quebradiza. Como si fuera a romperse en cualquier momento.

Cerca del gentío ve a Eric Lamb, que la mira fijamente al oír las palabras.

—Por tanto, ¿usted ha presenciado lo ocurrido? —El policía mira a Sheila y luego a Walter Bishop—. ¿Los chiquillos no hacían nada malo?

—Nada malo, no. —Mientras habla, Sheila observa al niño bajito, cuyo cuerpo tiembla pese a que, refugiado en el centro de la multitud, en realidad no tiene tanto frío.

—Tengo derechos —afirma Walter—. Puedo fotografiar a quien me apetezca. No es un delito. Cuando revele las fotografías verá lo que hacían esos críos.

—Echemos un vistazo a la cámara.

Walter desaparece tras la puerta y el policía espera.

Al regresar entrega la cámara al sargento.

—Está todo ahí. Verá lo malos que son esos críos. Necesitan un castigo. Necesitan que les den una buena tunda, sargento. Eso es lo que les hace falta.

De la boca de Walter Bishop salen palabras de desquite mientras el policía examina la cámara. El primer policía mira al frente, con la correa del casco pegada a la barbilla, los labios apretados con toda intención.

—¿Sería el mismo castigo que usted me dijo que le gustaría imponer a las madres que dejan solos a los niños, señor Bishop? —pregunta el sargento.

Walter guarda silencio. Sheila ve que un reguero de sudor le desciende por la frente.

—No deberían permitir que esa clase de personas sean padres —afirma él—. Los niños necesitan mano dura. Hay que enseñarles quién manda.

Del fondo de la multitud surge un coro de voces. Un empellón, veloz movimiento de botas.

El segundo policía estira el brazo. Los para. De momento.

—Por tanto, las pruebas están aquí, ¿verdad? —El sargento da la vuelta a la cámara.

—Todo lo que hace falta para detener a esas personas, sargento.

El policía empuja un pasador que hay en la parte posterior de la cámara.

—¡No lo toque! —Walter alarga la mano—. Si lo abre, se estropeará...

El policía abre de un papirotazo el pasador.

—Vaya por Dios —dice—. Fíjese en lo que acabo de hacer.

—Puede que aún tenga remedio. Si me la devuelve...

Walter intenta recuperar la cámara, pero el policía la pone boca arriba y el contenido cae sobre el hormigón.

—Tengo manos de mantequilla. —Aplasta la película con el borde de la bota—. Por lo visto ya no podremos ver esas pruebas, ¿verdad que no, señor Bishop?

Walter clava los ojos en el hormigón.

—¿Qué me aconseja que haga? —pregunta.

El policía acerca tanto la boca que las nubes que forma su aliento llegan a la cara de Walter Bishop.

—Le aconsejo que preste menos atención a los hijos de los demás. —Su mirada va ascendiendo: los zapatos gastados, la chaqueta manchada de comida, las hebras de pelo amarillento—. Y que se preste un poco más de atención a sí mismo.

La muchedumbre se dispersa. Se muestra dubitativa. Dejan atrás miradas plomizas y solemnes promesas viles. El niño bajito mira hacia atrás mientras se aleja guiado por el brazo de su padre.

Eric Lamb se acerca a Sheila cruzando la calzada con las manos hundidas en los bolsillos.

—Antes de que empieces, deja que te diga que había que hacerlo —le espeta ella.

Él calla.

—Si la policía y el ayuntamiento quieren cruzarse de brazos, tenemos que tomar cartas en el asunto. —Sheila mira hacia el número 11—. Alguien tiene que deshacerse de él.

Eric Lamb sigue callado.

—Alguien saldrá malparado, Eric.

—No me cabe duda. No me cabe la menor duda.

—¿Y no te preocupa? —Sheila se ciñe a los hombros la chaqueta de punto—. Un chiflado que vive en la avenida y fotografía a los niños.

—Desde luego que me preocupa, Sheila, y sé que todavía estás disgustada pensando en Lisa. Lo que pasa es que no estoy seguro de que esta sea la mejor manera de solucionarlo.

Sheila nota que la chaqueta le raspa en la nuca y que la piel empieza a arderle en contacto con la lana.

—¿Qué otra manera hay? Los demás y yo tenemos que hacer algo.

—¿Una caza de brujas?

—Si es preciso, Eric, sí, una maldita caza de brujas.

Le oye aspirar el aire quieto de diciembre al reflexionar.

—Solo hay un problema con las cazas de brujas —dice él.

—¿Y cuál sería?

Eric Lamb echa a andar hacia su casa.

—Que no siempre se atrapa a la bruja —responde.

Sheila mira hacia el número 12. Lisa la saluda con la mano

al otro lado del cristal; detrás de la niña está Dorothy Forbes, con la angustia pintada en el rostro.

Sheila se enrosca en los dedos el cinto de la chaqueta. Pliega la tela hacia un lado, después hacia el otro, la estira hasta tensarla sobre la carne.

La Avenida, número 4

9 de julio de 1976

A Tilly su mamá la tuvo tres días en cama.

Aunque a mí me pareció exagerado, la señora Morton afirmó que toda precaución era poca. Yo pensé que en ocasiones toda precaución era excesiva, pero decidí guardármelo para mí porque la señora Morton se disgustaba cada vez que se mencionaba a Tilly.

—Usted no tuvo la culpa —le dije—. De todas formas, si hubiéramos hecho caso a Angela Rippon a lo mejor otro gallo cantaría.

Jugamos al Monopoly, vimos películas en blanco y negro en la BBC2 y comimos Angel Delight, aunque con un solo nombre grabado la mousse no tenía un sabor tan rico. Una tarde fuimos en autobús por la carretera empinada que salía de Market Place y paseamos por las colinas que dominaban la ciudad. La señora Morton señaló los monumentos y a mí me entró arena en las sandalias y estuve triste e hice grandes esfuerzos para sentirme interesada. Sin Tilly nada era lo mismo. Daba la sensación de que allá donde íbamos era como nuestra casa cuando volvemos de vacaciones. Todo era extraño y estaba vacío.

Cuando reapareció, tenía el color de una masa de pastel.

—Necesitas que te dé el aire —dijo la señora Morton, y la puso a la sombra con un cojín extra y una galleta Wagon Wheel.

—¿Qué has hecho sin mí? —Tilly arrancó de la galleta pedacitos de nube dulce.

—Montones de cosas —respondí.

—¿Has encontrado a Dios?

—He estado muy ocupada y no he tenido tiempo.

—Entonces ¿seguimos buscando?

—Supongo —masculló.

Sonrió y me pasó la galleta.

Tilly eligió los programas de televisión y no tuvo que ir a buscar nuestras bebidas, y la señora Morton dejó que se librara de fregar los cacharros.

—Estoy un poco mareada —dije al poner una bandeja más en el escurreplatos, pero nadie me hizo ningún caso.

A los tres días nos dejaron salir a jugar, siempre y cuando no fuera a mediodía y Tilly llevara puesto el sueste. Como Tilly no se lo quitaba nunca, lo interpreté como una señal de que todo volvía a la normalidad. Resultó que aquella mañana hacía demasiado calor para estar en la calle, por lo que nos sentamos a la mesa de mi cocina e intentamos doblar cucharas como Uri Geller. Llevábamos siglos dale que dale con eso.

—Se está doblando. Mira. —Tilly alzó la cuchara.

Estaba igual que antes.

—Está igual que antes —dije.

—Aquí. —Señaló una parte de lo más recta—. Aquí.

Dio la casualidad de que en ese momento pasó mi madre, que se agachó, entrecerró los ojos y dijo que sí, que parecía un poco doblada. Pero mi madre era una experta en dar la razón a los demás con el único propósito de que se sintieran mejor.

—No está doblada —insistí—. Está recta.

—No sé cómo lo hace Uri Geller. —Tilly frotó la cuchara unas cuantas veces más y se dio por vencida.

—Es que es español —dije—. Los españoles saben hacer cosas como esa. Son muy listos.

Dejamos las cucharas y observamos a John Creasy, que esperó a que el autobús llegara al final de la calle y luego regresó solo a casa. Estaba aún más desaliñado que la última vez que lo había visto. Tenía el pelo de punta, con rebeldes mechones levantados, como si intentaran escapar de la cabeza, y la ropa le pendía del cuerpo como si en realidad no formara parte de él. Incluso llevaba desatados los cordones, que bailaban alrededor de los zapatos mientras caminaba lentamente por la acera. Mi madre, que seguía junto a la mesa, lo observó con nosotras.

—No tiene muy buen aspecto, ¿verdad? —dije.

—No. —Mi madre no despegó los ojos de la ventana—. En absoluto.

El verano se deslizaba entre las cortinas y dibujaba nítidas rayas de luz en el suelo de la cocina. Eran tan rotundas y precisas que, si movía un pie entre ellas, veía cómo el amarillo me cruzaba poco a poco los dedos y se escapaba a la baldosa contigua. Estirado a lo largo de varias de ellas, Remington parecía un tigre pequeño con forma de perro labrador.

—Creo que hace tanto calor aquí como en la calle —dije—, así que podríamos ir a sentarnos en el muro.

—Está bien —dijo mi madre enhebrando una aguja.

La puerta de la cocina se cerró antes de que el hilo de algodón atravesara el ojo.

Llevábamos unos minutos sentadas cuando la señora Forbes pasó volando hecha un manojo de nervios de color beis. Nos inclinamos hacia delante para verla entrar en el jardín de Sheila Dakin y sostener una conversación muy teatrera con Keithie en el umbral.

—¿Qué crees que se trae entre manos? —pregunté.

Tilly pateó los ladrillos.

—No lo sé, pero no me fío de ella, Gracie; ¿y tú?

Reflexioné.

—No. Pero en esta avenida todos se comportan de una manera muy rara desde que desapareció la señora Creasy. —Entre ellos contaba a mi padre, pero no lo dije porque entonces se habría convertido en algo que tendría vida propia fuera de mi mente.

Al rato la señora Forbes reapareció con Sheila Dakin y juntas cruzaron la calle para ir a casa del señor Creasy. Me pareció que la señora Dakin se tambaleaba un poco en medio de la calzada.

—¿Estará también ella algo pachucha? —dijo Tilly.

Tras muchos gritos y golpazos entraron en casa del señor Creasy, y en ese mismo instante la puerta de Sheila Dakin volvió a abrirse y Lisa salió arrastrando a Keithie del codo. Además de la cazadora vaquera, llevaba los zuecos que yo había visto en el catálogo de Kays.

«No, no puedes», me había dicho mi padre antes de echarse a reír.

—Vamos —dije, y tiré de Tilly para que bajara del muro.

Tilly siempre estaba de acuerdo con todo. Era uno de sus mejores rasgos. Llegamos en el momento en que Lisa cerraba la puerta del jardín.

—Hola —dije.

—Ho-la. —Soltó la palabra partida en dos y puso los ojos en blanco.

Arrastré las sandalias sobre el hormigón y crucé los brazos.

—¿Adónde vas?

Echó a andar. Todavía tenía agarrado el codo de Keithie, que intentaba reclamarlo.

—A la tienda de Cyril. A por leche. ¡Keith, deja de lloriquear!

—Vaya, qué curioso, nosotras también vamos a la tienda de Cyril —dije.

—¿De veras? —preguntó Tilly, pero habló en voz tan baja que nadie le hizo caso.

Lisa se dio la vuelta. Keith continuó retorciendo el brazo y emitió una amplia gama de sonidos violentos sin siquiera abrir la boca.

—En ese caso, ¿te importaría traernos medio litro de leche?

—Supongo que no —masculle, y arrastré las sandalias un poco más—. Creía que iríamos juntas.

—Me harías un grandísimo favor —respondió estirando «grandísimo favor» para darme a entender lo importante que yo era.

Sonreí.

Me entregó unas monedas.

—Y llévate a Keith, por favor. Me está sacando de quicio.

Y echó a andar por el camino del jardín, se quitó los zuecos agitando los pies y se tendió en la tumbona.

Keithie nos miró a Tilly y a mí.

—Siempre me compro golosinas —dijo.

Caminamos los tres por Maple Road. Cada pocos pasos Keithie daba unos toques al balón y lo enviaba por encima de un muro o hacia el sendero de una casa, de modo que teníamos que esperar a que fuera a recogerlo.

—A mi papá le gusta el fútbol. —Pensé que debía hacer un esfuerzo.

—Tu papá es del Manchester United. —Keithie no levantó la vista del balón, al que dominaba con la punta del pie.

—¿Y eso importa? —le pregunté.

—Pues claro. —Dejó de dar puntapiés y señaló una insignia que llevaba cosida al pantalón—. Chelsea hasta el final.

—¿Dónde está Chelsea? —Tilly se quedó mirando el parche.

—Ni idea. —Keithie empezó a dar patadas al balón otra vez.

—¿Por qué llevas una insignia de un lugar que ni siquiera conoces? —le pregunté.

—Porque así formo parte de él. —No logró dar a la pelota, que rodó por la calzada—. Significa que estoy dentro.

—¡Nada más que en tu cabeza! —le dije a gritos, ya que había metido la mitad del cuerpo bajo un seto.

Reapareció con el balón apretado al pecho.

—Pero ese es el único lugar que importa —afirmó.

La tienda de Cyril estaba en la esquina de Maple Road con Pine Croft. El dueño no se llamaba Cyril, sino Jim. Tampoco era una tienda como es debido, sino la salita de una casa a la que se había dado aspecto de tienda. Cada vez que sonaba la campanilla, Jim salía del fondo en mangas de camisa, con el sueño pegado a las comisuras de los ojos, y, siempre que yo iba a comprar golosinas, esperaba con los brazos cruzados y el ceño fruncido a que me decidiera.

—Hola, Cyril —dije, pues sabía que le molestaba.

Puso su mejor expresión ceñuda.

Cuando le pedí medio litro de leche se quedó sorprendido porque normalmente yo solo quería chicles Black Jack y caramelos Flying Saucer. Era la primera vez que compraba medio litro de leche.

Apoyé una mano en la cadera.

—¿Y qué me dice de Margaret Creasy? —le pregunté.

Pero con Jim no dio resultado. Se limitó a cruzar los brazos y me preguntó si quería algo más. Keithie me tiró de la camiseta, y Tilly y yo rebañamos los pocos peniques que ella tenía para comprarle el sidral Sherbet Fountain, que venía con una barra de regaliz.

Cuando regresamos a la avenida, Lisa se había levantado de la tumbona y estaba hecha un ovillo en el sofá, leyendo *Jackie*, la revista para chicas.

—Te traigo la leche —dije.

—Ajá.

—¿La meto en la nevera?

—Ajá.

La cocina de Sheila Dakin era muy complicada. Para encontrar el frigorífico había que mirar detrás de una tabla de planchar y varias sábanas. Había muchos cacharros sucios, revistas y cajetillas de tabaco vacías, y el reloj colgado sobre la puerta tenía un retrato de Elvis.

«Ahora o nunca», decía el cantante.

Por extraño que parezca, el frigorífico de Sheila Dakin era muy silencioso teniendo en cuenta que estaba en una cocina complicada.

Cuando volví a la salita, Keithie era un camión de bomberos y Lisa decía:

—Me parece mentira que le hayáis comprado una golosina.

—Nos la pidió él —dije.

—¿Y vosotras hacéis todo lo que os pide un niño de seis años?

—Casi todo —respondió Tilly.

Lisa nos informó de que para recuperar lo que nos había costado el Sherbet Fountain tendríamos que esperar a que volviera su madre. Como todas las sillas estaban ocupadas, nos sentamos en una alfombra de piel de borrego, delante de la chimenea eléctrica. Simulaba ser una chimenea de verdad, pero, como no estaba encendida, el carbón era tan solo una capa de frío plástico gris, como una cordillera. Uno de los pedazos tenía un agujero y, al mirar por él, atisbé una bombilla diminuta y tres escarabajos muertos.

—¿Qué haces? —me preguntó Lisa.

Aparté la cara del plástico.

—Me intereso por las cosas —respondí.

Volvió la atención a la revista. Oí a Lisa pasar las páginas y a Elvis marcar los segundos en la cocina.

—Me gustan tus zapatos —comenté.

Otra página vuelta. Miré a Tilly y creo que se encogió de hombros, aunque, como llevaba puesto el sueste, era difícil saberlo.

—Tilly por poco se muere la semana pasada —dije.

—Ajá.

—Tuve que resucitarla.

—Muy bien.

—Pero sabía lo que hacía porque soy mucho mayor que ella —expliqué—. Muchísimo mayor.

Tilly empezó a hablar, pero la miré fijamente hasta que cambió de opinión.

Otra página vuelta.

—Me gustan tus zapatos —comenté.

Lisa levantó la mirada de la revista.

—¿Queréis iros a casa y que más tarde mande a Keithie a llevaros el dinero?

Contestamos que no, gracias, que estábamos bien, y Lisa dijo «como queráis» y se puso *Jackie* delante de la cara. Keithie, que ya había dejado de ser un camión de bomberos, estaba tendido en cruz sobre la moqueta, adornada con sidral y cachitos de regaliz. Tironeé de la lana rizada de la alfombra y observé a Lisa, que seguía leyendo. Me senté sobre las piernas dobladas, me eché el pelo sobre el hombro e intenté encontrar la forma de conseguir que fuéramos dos capítulos de la misma historia. Tironeé tanto de la lana que, cuando regresó Sheila Dakin, había acumulado todo un puñado de borrego y tuve que apresurarme a buscar un sitio donde dejarlo.

Expliqué a la señora Dakin que la leche estaba en la nevera y que no sabía que Keithie tenía prohibidas las golosinas, y ella miró a Lisa y alzó las cejas sin pronunciar palabra.

—Lisa ha dicho que le hacía un «grandísimo favor» —añadí, y me eché el pelo hacia atrás.

La señora Dakin lamentó que hubiéramos tenido que esperarla para recibir el dinero y yo le dije que no importaba, que así había tenido la oportunidad de contemplar los zuecos de Lisa y que además había pensado que podría leer la revista cuando ella la terminara. Lisa dijo que tardaría siglos en acabársela. Que quizá no se la acabara nunca.

La señora Dakin fue a la cocina a buscar el monedero y Lisa la siguió. Las oí hablar.

—Es una niña encantadora, dale un poco de tiempo, Lisa. No te pasará nada por ser amable. Ya ves cuánto te admira.

Me volví hacia Tilly.

—No te preocupes —le dije—. Ellas no saben que las oyes.

Cuando volvieron, la señora Dakin se acordó de que tenía que ir a la despensa. Regresó al cabo de unos minutos.

—¿Te encuentras mal, mamá? —le preguntó Lisa.

La señora Dakin no estaba pálida, por el bronceado que siempre lucía, pero cuando entró no se la veía muy morena, sino un tanto amarillenta y nerviosa.

—Es por culpa de Dorothy Forbes, que me saca de quicio —respondió.

—¿Le ha mentido a usted también? —le preguntó Tilly.

La señora Dakin, que estaba a punto de encender un cigarrillo, dejó que la llama se apagara y se lo quitó de la boca.

—¿Mentirme?

Como sabía que Lisa me miraba, me eché el pelo hacia atrás antes de hablar.

—A nosotras nos mintió acerca de la señora Creasy. Dijo que nunca había hablado con ella.

La señora Dakin encendió el cigarrillo.

—Pues claro que ha hablado con ella. Ha hablado con ella de todas todas.

—Me parece que no irá al cielo —apuntó Tilly—. A Dios no le gustan demasiado las cabras.

—¿Las cabras? —El cigarrillo se inclinó una pizca en la boca de la señora Dakin.

—Se refiere a los mentirosos —intervine—. Siempre se les descubre. Cuando la gente hace algo malo, Dios se entera y va a por ellos con cuchillos.

—Y con espadas —agregó Tilly.

—Con las dos cosas a veces —proseguí—. Lo importante es que al final se les descubre y que nadie queda sin castigo, porque Dios está en todas partes.

Tilly y yo agitamos los brazos a nuestro alrededor.

—Señora Dakin, ¿usted cree en Dios? —le pregunté.

Se sentó. El cigarrillo había ardido hasta quedar convertido en un cilindro de ceniza, que le cayó en la rebeca mientras esperábamos una respuesta.

—Tengo que ir a la despensa a buscar una cosa —dijo.

—Te has puesto muy pálida, mamá. ¿Quieres un vaso de agua?

—Es que estoy preocupada por Margaret Creasy. Temo que no vaya a volver.

—Claro que volverá. —Lisa se sentó en el brazo del sofá—. Lo que pasa es que decidió darse un respiro.

La señora Dakin asintió como una niña.

—Yo creo que no —dije.

La señora Dakin se me quedó mirando.

—¿Por qué? ¿Por qué crees que no?

—Porque tenía una cita al día siguiente y no era de esas señoras que fallan a los demás.

La señora Dakin seguía mirándome. Me miraba con tal intensidad que distinguí las numerosas venillas rojas que le adornaban el blanco de los ojos.

—¿Con quién? —preguntó.

Aunque noté que Tilly me miraba, decidí contestar.

—Con Brian el Flaco.

—Vaya —dijo la señora Dakin—, vaya. —Y se remangó la rebeca e intentó ponerse de pie.

Más tarde Tilly afirmó que no deberíamos haber hablado de mentiras, de espadas y de Brian el Flaco, y yo le dije que de esa forma la señora Dakin había pensado en Dios y que sin duda pensar en Dios no era malo.

La Avenida, número 10

10 de julio de 1976

Eric Lamb sostenía la fotografía por el borde del marco. Había sido un día frío. Elsie siempre había querido casarse en diciembre. Había querido llevar una bufanda de lana blanca, que un extremo de los bancos estuviera adornado con acebo y que una pincelada de nieve fina como el azúcar glas cubriera los caminos. Tenía claro todo eso aun antes de saber con quién se casaría. Cuando lo propuso, el párroco clavó los ojos en la agenda, aspiró el aire entre los dientes apretados y dijo que era la época en que más atareado estaba. A Eric le costó tres visitas y una botellita de brandy convencerlo de lo importante que era. Por lo visto Dios tampoco comprendió la importancia que tenía, pues el día de la boda amaneció con un terso cielo gris claro. Nada de nieve, nada de acebo, y un frío que calaba hasta los huesos. Eric había abandonado el lecho de enfermo para contraer matrimonio y, con casi treinta y nueve grados de fiebre, tiritó de tal modo en la iglesia que durante la mayor parte de la ceremonia el sacerdote, creyendo que temblaba por los nervios, le tuvo una mano apoyada en el hombro, para tranquilizarlo. Sin embargo nada de eso había importado. Nada de eso había importado porque él habría hecho lo que fuera por Elsie. Mientras la tuvo, lo tuvo todo.

Dejó la fotografía en la repisa de la chimenea. Al decir «hasta que la muerte nos separe» no había pensado que en efecto sucedería así. Había parecido improbable, descabellado. Y no obstante ahí estaba él, bordeando un mundo repleto de planes ajenos, deambulando por una tienda con media barra de pan en una cesta metálica, encontrándose por las mañanas la casa exactamente igual a como la había dejado la noche anterior.

Sacó del armario una lata de sopa. Hacía demasiado calor para tomar sopa, pero al parecer sus ojos no veían ninguna otra cosa. Le avergonzó pensar en Margaret Creasy en ese momento y lo mucho que la echaba de menos, no tanto por el plato de comida que le llevaba como por la conversación que lo acompañaba.

Ella nunca decía que Elsie había disfrutado de una buena vida, ni que ya habían pasado cinco años y él debería sobreponerse, y jamás decía nada sobre el cepillo de dientes de Elsie, que seguía al lado del lavabo, ni acerca de su abrigo, colgado al pie de la escalera. Escuchaba, nada más. Nadie le había escuchado nunca como ella; los demás se limitaban a esperar a que dejara de hablar para agobiarlo con sus propias historias. Tal vez por eso se lo había contado a Margaret Creasy.

Tras el chasquido y el silbido del gas, comenzaron unos alfilerazos en el borde del cazo.

Jamás había hablado a nadie de Elsie. Al menos no como es debido. No con sustancia. Había murmurado todas las palabras que la gente espera que se murmuren cuando muestra interés, aunque nadie escucha las palabras murmuradas. Son como la puntuación en el discurso de los demás, pequeños trampolines para que la otra persona lance su opinión. Margaret Creasy era distinta. Formulaba preguntas. La clase de preguntas que solo planteamos cuando, para empezar, hemos estado escuchando.

Removió la sopa. Un denso olor a tomate invadió la cocina, donde el calor pasó a los treinta y dos grados.

No se había propuesto contárselo, aunque al recordar la conversación le resultó evidente que tenía que suceder. Le había hablado del día en que les informaron del diagnóstico, de que Elsie había dicho que todo saldría bien, de que tenía los hombros delgados y rendidos. Le explicó que Elsie había hecho una pausa después de cada frase a fin de que el especialista tuviera espacio para depositar la esperanza, y que el médico había guardado silencio. No había esperanza. El cáncer avanzaba por el cuerpo de Elsie a toda velocidad, como si tuviera una reunión muy importante a la que acudir. Habló a Margaret Creasy de las estancias en el hospital y de los largos pasillos que había recorrido solo; de enfermeras de voz amable y mirada cansada; de médicos que daban vueltas por las salas y nunca se paraban. Le contó que Elsie había llegado a confundirse con las almohadas, que sus manos eran la única parte que él reconocía, que había dado la impresión de que el cuerpo se iba antes que ella. Habló a Margaret Creasy del día en que Elsie había decidido que no aguantaba más; de que los del centro de cuidados paliativos los habían rechazado y los habían mandado a casa con una bolsa de pastillas. De la cama de hospital instalada en la salita; de la gente que acudía a asearla, a lavarla y a darle la vuelta. De la vergüenza, de la humillación. Le habló del dolor cuando el cáncer llegó a los huesos, de que había oído los sollozos que profería Elsie cuando creía que nadie la oía. Le contó que Elsie había dicho que se pegaría un tiro si tuviera un arma. Que los dos se habían mirado. Que habría hecho lo que fuera por ella. Le contó todo a Margaret Creasy. Incluso le enseñó el puñado de pastillas que quedaban en la bolsa del hospital. Margaret le había aconsejado que las llevara a la farmacia, pero ¿cómo iba a hacerlo, puesto que querrían saber qué había sido del resto?

Puso la sopa en una bandeja con una cuchara y un panecillo del día anterior y clavó en ella los ojos.

Durante cinco años no había hablado de Elsie a nadie. Se le daba bien guardar secretos, lo había demostrado, pero, sin saber por qué, le había contado todo a Margaret Creasy. Acto seguido había sentido alivio, como si las palabras, una vez pronunciadas en voz alta, hubieran perdido parte de su fuerza. Había tenido el secreto atrapado en la cabeza, donde se había desplazado al perímetro, había empujado los costados y había tapizado los demás pensamientos hasta silenciarlos. Al contarlo había observado el rostro de Margaret Creasy en busca de una señal de condena equiparable a la suya, esperando una razón para dejar de hablar, pero no la había visto.

Cuando había acabado de contarlo, Margaret Creasy le había cubierto la mano con la suya y le había dicho: «Hiciste lo que consideraste que estaba bien». Y él sintió que recibía la absolución, y con tal intensidad que fue como una reacción química.

Sin embargo, al marcharse Margaret Creasy se llevó consigo el secreto, que cruzó con ella la avenida, traspuso otra puerta y se internó en otra vida. Él había dado la libertad al secreto y otro conjunto de pensamientos se había instalado en su cabeza. Pensamientos que le hacían compañía por la noche. Pensamientos tales que deseaba haberse guardado el secreto para sí.

Observó que poco a poco se formaba una película en la sopa.

Con la desaparición de Margaret, el secreto había desaparecido también.

Cogió el cuenco y vertió el contenido en el fregadero. De todos modos, hacía demasiado calor para tomar sopa.

La Avenida, número 4

11 de julio de 1976

«Tendría que haberle dicho a ella que no puedo seguir», dijo la radio.

—Tengo un anillo de boda. En. El. De-do —cantó Tilly en respuesta.

—¿Cómo es que te sabes la letra? —le pregunté.

Tilly era más de Donny Osmond que de los Bay City Rollers.

Se tumbó boca abajo y apoyó la barbilla en las manos.

—Porque tú mamá la canta cada vez que friega los platos. O esa o «Knock Three Times».

—¿De veras?

—Dos veces en la tubería si la respuesta es no —dijo Tilly.

Estábamos en el jardín delantero, el sonido de la radio de mi madre salía por la ventana de la cocina y la nariz nos picaba por el polen. Yo dibujaba un mapa de la avenida e intentaba representar nuestros progresos. Tilly ofrecía comentarios útiles.

Por ejemplo: «Las flores de la señora Forbes son más altas» y «La valla de la señora Creasy no está recta».

Estiró el brazo para dibujar un pájaro en el tejado de Sheila Dakin y otro en nuestro jardín delantero.

—Solo sé dibujar pájaros —dijo.

Miramos el mapa.

—No hay muchas señales de Dios, ¿verdad? —Trazó con el dedo una línea que cruzó la fila de casas—. Dudo que hayamos visto siquiera algún indicio suyo.

Pensé en las mentiras de la señora Forbes, en la afición a los funerales de May Roper y en cómo Sheila Dakin se había tambaleado y había dado traspiés al cruzar la avenida.

—No —reconocí—, pero todavía nos quedan muchos lugares donde buscar.

La miré de reojo.

—Podríamos ir otra vez a casa de la señora Dakin.

—Ya hemos estado. ¿Por qué quieres volver? —me preguntó.

—Por ningún motivo en especial.

—¿Por Lisa?

—Qué va. —Me eché el pelo hacia atrás.

—Porque tú y yo somos amigas íntimas, ¿verdad que sí, Gracie? O sea, que siempre lo seremos, ¿no?

—Claro. Lo que pasa es que Lisa y yo tenemos mucho en común.

—¿De veras?

—Pues sí. Lisa y yo congeniamos. Eso les pasa a algunas personas. Estamos hechas la una para la otra.

Tilly asintió y volvió a mirar el mapa.

—Supongo que sí —dijo.

En ocasiones Tilly no entendía los aspectos más complicados de la vida. Por eso yo necesitaba una amiga como Lisa. Una persona más experimentada y que estuviera en mi misma onda.

Señaló el mapa.

—¿Quién vive aquí?

Levanté la cabeza para mirar la casa que Tilly señalaba.

—Nadie todavía.

El número 14 estaba desocupado desde que yo tenía uso de razón. Los Pugh habían vivido una temporada en la casa, pero se fueron cuando el señor Pugh sufrió la crisis de los cuarenta y robó cinco mil libras de su despacho contable. Tenía un sombrero flexible y una caravana en Llandudno. Todo el mundo se llevó una buena sorpresa. Cuando los Pugh se marcharon, un hombre de una inmobiliaria puso en el jardín un cartel de «En venta», pero Keithie lo derribó el primer día con el balón de fútbol y desde entonces no había aparecido nadie más.

—¿Y qué me dices de esta? —Tilly señaló otra casa en el mapa.

—Eric Lamb. Se dedica sobre todo a la jardinería.

—¿Y aquí?

Tilly señalaba el número 11.

No respondí. Tilly volvió a señalarlo y frunció el ceño.

—¿Gracie?

—Walter Bishop. —Miré la casa, al otro lado de la avenida—. Ahí vive Walter Bishop.

—¿Quién es Walter Bishop?

—Un hombre al que no tienes por qué conocer.

Volvió a fruncir el ceño, y por eso se lo expliqué.

Le expliqué que había visto a Walter Bishop solo una vez. Antes de que ella llegara al barrio, todos los viernes yo iba con la señora Morton a la pescadería Bright, donde pedíamos salchichas rebozadas y croquetas de pescado, tanto si nos apetecían como si no nos apetecían. Un día él estaba allí, removiéndose en la cola, que serpenteaba por la tienda. Era pálido y lustroso, como el bacalao fresco expuesto detrás del mostrador, y la señora Morton tiró de mí para arrimarme a su abrigo. No me permitió pasar por debajo de la barandilla para contemplar cómo los peces ascendían y caían en el aceite y sentir en la cara cómo los cocinaban.

«¿Quién era ese?», le pregunté a la señora Morton más tarde, cuando retirábamos de nuestra merienda el papel de periódico.

«Walter Bishop.»

Ni siquiera tuvo necesidad de explicarme nada.

«¿Quién es Walter Bishop?»

Sentada al otro lado de la mesa, la señora Morton me pasó el vinagre y respondió: «Un hombre al que no tienes por qué conocer».

Cuando acabé de contarlo, Tilly miró la casa.

—¿Por qué no cae bien? —preguntó.

—No estoy segura. Nadie lo explica nunca. ¿Tendrá algo que ver con Dios?

Tilly se frotó el polen de la punta de la nariz.

—No se me ocurre cómo podría tener algo que ver, Gracie.

Permanecimos unos instantes en silencio. Dio la impresión de que hasta la radio meditaba sobre el asunto. Conté todas las casas con la mirada y me pregunté si no tendría razón el párroco, si la señora Creasy no habría desaparecido porque no había bastante Dios en la avenida. Si por algún motivo el Señor se había olvidado de algunos de nosotros y había dejado agujeros en la fe de la gente para que esas personas cayeran en ellos y se esfumaran.

—A lo mejor deberíamos visitar a Walter Bishop —dije—. A lo mejor deberíamos ir a ver con nuestros propios ojos si tiene a Dios en casa.

Contemplamos el número 11, que miraba hacia nosotras con silenciosas ventanas sucias y pintura llena de ampollas. Por los ladrillos reptaban hierbajos que se escondían en las esquinas, y las cortinas de todas las ventanas estaban corridas y selladas contra el resto del mundo.

—No me parece buena idea —observó Tilly—. Creo que deberíamos hacer caso a la gente y no acercarnos a él.

—¿Siempre haces caso a la gente?

—Casi siempre.

Se levantó y dijo que tendríamos que ir a ver a Eric Lamb en vez de a Walter Bishop, y yo me mostré de acuerdo, doblé el mapa y me lo guardé en el bolsillo.

De todos modos, mientras cruzábamos la avenida hacia el número 10 eché un vistazo a la casa de Walter Bishop y sentí curiosidad.

Porque había llegado a la conclusión de que había un secreto que era preciso destapar.

No costó nada encontrar a Eric Lamb.

Hiciera el tiempo que hiciera, siempre estaba en el jardín, cavando, podando e introduciendo semillas en la tierra blanda. Los días de lluvia era fácil encontrarlo bajo un paraguas gigantesco, pendiente del objeto de sus desvelos, o en el cobertizo del fondo del jardín, con una petaca y un gorro con borla. Yo había esperado en ese cobertizo mientras mi padre le preguntaba cómo elaborar compost con desperdicios orgánicos o cuándo debía podar los rosales, y Eric Lamb rumiaba las respuestas muy despacio, como si las palabras fueran brotes que tuvieran que crecer.

—Así pues, ¿queréis conseguir una insignia de jardinería?

Tilly y yo nos encontrábamos en el cobertizo. Olía a tierra y a madera, a oscuridad y a lugar seguro, y estaba ribeteado de creosota.

—Sí —respondimos pausadamente, porque por lo visto lo de hablar muy despacio se contagiaba.

No nos miró, sino que dirigió la vista hacia un ventanuco embadurnado con los afanes de veranos anteriores.

—¿Por qué? —preguntó al cabo de un rato.

—Porque las niñas exploradoras hacen eso: consiguen insignias —respondió Tilly. Me miró en busca de aprobación y asentí con un gesto.

—¿Por qué? —repitió él.

Detrás de la espalda de Eric Lamb, Tilly se encogió de hombros e hizo una mueca ridícula.

—Porque demuestra que sabemos hacer algo —contesté procurando no mirar la mueca ridícula.

—¿De veras? —Apoyó en la encimera el vasito de la petaca—. ¿Creéis que necesitáis una insignia para demostrar que tenéis una habilidad?

—No. —Me sentía como si hubiera entrado por equivocación en una asamblea escolar.

—Entonces ¿por qué lo hacéis? —preguntó, y volvió a centrar la atención en la petaca.

—¿Porque así tenemos la sensación de formar parte de algo? —apuntó Tilly.

—Es un emblema —dije.

—Un emblema —repitió Tilly, aunque la palabra le salió como un murmullo vacilante.

Eric Lamb sonrió y enroscó el vasito en la parte superior de la petaca.

—Bien, será mejor que salgamos y procuremos que consigáis un emblema —dijo.

El jardín de Eric Lamb parecía mucho más amplio que el nuestro, aunque yo sabía que tenían el mismo tamaño.

Quizá se debiera a que el suyo estaba dividido en importantes regiones bien delimitadas, mientras que el nuestro tenía cajas viejas tiradas, un cortacésped oxidado en un rincón y pedazos sin hierba en las zonas por las que Remington había corrido en encarnaciones en que estaba más delgado.

Nos detuvimos al lado de una frontera marcada con cordeles y tutores que formaban un entramado de organización misteriosa.

Eric Lamb cruzó los brazos y señaló con la cabeza hacia la lejanía.

—¿Qué es lo más importante en un jardín? —nos preguntó acto seguido.

También nosotras cruzamos los brazos, para que nos resultara más fácil pensar.

—¿Agua? —apunté.

—¿Sol? —aventuró Tilly.

Eric Lamb sonrió y negó con la cabeza.

—¿Cordel? —pregunté, en un acto de pura desesperación.

Cuando dejó de reír, Eric Lamb descruzó los brazos y dijo:

—Lo más importante en un jardín es la sombra del jardinero.

En ese momento concluí que Eric Lamb era muy listo, aunque todavía no había determinado por qué. Destilaba desenvoltura, una sabiduría pausada que se extendía como su sombra sobre la tierra. Contemplé el jardín y observé las mariposas blancas que bailaban entre las dalias, las fresias y los geranios. Un coro de colores cantaba para mí, y era como si lo oyera por primera vez. Me acordé de la hilera de zanahorias que había plantado el año anterior (zanahorias que no llegaron a sobrevivir, porque las desenterraba una y otra vez para ver si todas seguían vivas) y me sentí un poco apabullada.

—¿Cómo sabe dónde plantar las cosas? —le pregunté—. ¿Cómo sabe dónde crecerán?

Eric Lamb se puso las manos en las caderas, contempló el jardín con nosotras y señaló con la cabeza hacia la lejanía. Me fijé en que tenía algunas zonas de los dedos estropeadas por la tierra, que se había instalado en los pliegues.

—Hay que plantar iguales con iguales —respondió—. No tiene sentido plantar una anémona en un campo lleno de girasoles, ¿verdad que no?

—No —dijimos Tilly y yo al mismo tiempo.

—¿Qué es una aménoma? —me susurró ella.

—No tengo ni idea.

Creo que Eric Lamb se percató.

—Porque la anémona se moriría, tiene necesidades distintas. Todo tiene un lugar lógico y, si algo está donde debe estar, crecerá bien.

—Pero ¿cómo se sabe? —preguntó Tilly—. ¿Cómo se sabe si algo está en su sitio?

—La experiencia. —Eric Lamb señaló nuestras siluetas, extendidas hasta el hormigón. La suya, ancha y sabia, como un roble; la de Tilly y la mía, larguiruchas, endebles e indecisas—. Seguid haciendo sombra —añadió—. Si hacéis bastante sombra, llegará un momento en que conoceréis todas las respuestas.

Nos entregó unas paletas y un cubo de hojalata y nos mandó a la otra punta del jardín, a arrancar malas hierbas. Además teníamos guantes (yo el derecho y Tilly el izquierdo), pero eran grandes y toscos y nos los quitamos al cabo de unos minutos. Sentíamos la tierra blanda y mansa entre los dedos.

Unos minutos más tarde, la cabeza de Keithie apareció al otro lado de la valla, que separaba el jardín de Eric Lamb y el de Sheila Dakin.

—¿Qué hacéis? —nos preguntó.

—Arrancamos malas hierbas. —Me removí en el pedazo de periódico que Eric Lamb nos había dado para que nos arrodilláramos encima.

—Y hacemos sombra —añadió Tilly.

Keithie arrugó la nariz.

—¿Por qué?

—Porque es interesante. —Vi que Keithie miraba el cubo, que había empezado a llenarse de tierra y hojas—. Y porque nos enseña cosas sobre la vida.

—¿De qué sirve? —preguntó.

—¿De qué sirve pasarse todo el día botando una pelota? —le pregunté yo.

—A lo mejor alguien me descubre. A lo mejor me ve Brian Clough y me fichan. —Keithie botó la pelota, para recalcarlo.

—Pues si veo a Brian Clough paseando por Maple Road procuraré enviártelo.

No tenía ni idea de quién era Brian Clough, pero estaba segura de que Keithie no se había dado cuenta, y su cabeza volvió a desaparecer. Miré a Eric Lamb, que continuaba en el otro extremo del jardín. Aunque nos daba la espalda, vi por sus hombros que se reía.

Seguimos arrancando hierbajos, Tilly con el sueste puesto y yo con un sombrero flexible que Eric Lamb había encontrado detrás del cobertizo. Por extraño que resulte, arrancar malas hierbas serenaba la mente. Dejé de preocuparme por Dios, por la señora Creasy y por el hecho de que mi madre saliera de cualquier habitación en que entraba mi padre, y solo pensaba en las cosquillas que me hacía la tierra al escurrirse entre mis dedos.

—Me gusta esto —comenté.

Tilly asintió y trabajamos en silencio. Al rato señaló una planta que continuaba arraigada en la tierra.

—¿Es una mala hierba? —preguntó.

Me incliné a mirarla. Tenía las hojas grandes y dentadas, pero no se parecía a las del cubo. En el centro no se abría ningún diente de león, y en realidad no tenía mucha pinta de hierbajo.

—No estoy segura. —La examiné un poco más—. Probablemente.

—Pero ¿y si la arranco y resulta que no lo es? ¿Y si se muere por mi culpa y resulta que es una flor? ¿Y si me equivoco?

Eric Lamb se acercó desde el otro lado del jardín.

—¿Qué problema tenéis? —Se agachó a nuestro lado y los tres observamos la planta.

—No acabamos de saber si es un hierbajo —explicó Tilly—, y no quiero arrancarla si no lo es.

—Entiendo —dijo él, y no aportó nada más.

Esperamos. Empecé a sentir un hormigueo en las piernas y cambié de postura sobre el periódico. Al mirar hacia abajo vi que tenía los titulares de la semana pasada impresos al revés en las rodillas.

—Entonces ¿qué hacemos? —preguntó Tilly.

—En primer lugar —dijo Eric Lamb—, ¿quién decide si es una mala hierba o no lo es?

—¿La gente? —respondí.

Se echó a reír.

—¿Qué gente?

—Los responsables. Ellos deciden si algo es una mala hierba o no lo es —afirmé.

—¿Y quién es el responsable en este momento? —Volvió la vista hacia Tilly, que lo miraba con los ojos entornados por culpa del sol—. ¿Quién tiene la paleta?

Tilly se manchó de tierra la nariz al rascársela y entrecerró los ojos un poco más.

—¿Yo? —preguntó muy bajito.

—Tú —dijo Eric Lamb—. Así pues, tú decides si es una mala hierba o no lo es.

Los tres volvimos a mirar la planta, que aguardaba su destino.

—El problema de las malas hierbas —dijo él— es que se trata de un asunto muy subjetivo.

Pusimos cara de no entender.

Lo intentó de nuevo.

—Depende mucho del punto de vista. Lo que una persona considera una mala hierba puede parecerle a otra una hermosa flor. Depende en gran medida de dónde crezca y con qué ojos la miremos.

Contemplamos las dalias, las fresias y los geranios que nos rodeaban.

—Entonces ¿alguien podría pensar que todo este jardín está lleno de hierbajos? —pregunté.

—Eso es. Si nos gustaran los dientes de león, pensaríamos que todo esto es una pérdida de tiempo.

—Y salvaríamos a los dientes de león —apuntó Tilly.

Eric Lamb asintió.

—Entonces ¿es una mala hierba o no lo es? —preguntó, y ambos miramos a Tilly, que tenía la paleta suspendida sobre la planta.

Desvió la vista hacia nosotros y luego volvió a mirarla. Por un instante pensé que se disponía a arrancarla, pero bajó la paleta y se limpió las manos en la falda.

—No —respondió—, no es una mala hierba.

—Entonces la dejaremos vivir —dijo Eric Lamb— y entraremos en casa a tomar un vaso de limonada.

Nos levantamos de los periódicos, nos sacudimos la ropa y cruzamos el jardín detrás de él.

—No sé si habrás acertado —dije mientras nos limpiábamos los pies en el felpudo del porche—. No sé si en realidad no sería una mala hierba.

—Creo que eso no es lo importante, Gracie. Me parece que lo importante es que se debe permitir que todos tengamos opiniones diferentes.

A veces no había más remedio que ser condescendiente con ella.

—Sigues sin saberlo, ¿eh? —le dije.

Pateó su mal humor en el felpudo.

Eric Lamb sacó vasos del armario de arriba y Tilly y yo aprovechamos el tiempo para curiosear en la cocina.

Me sorprendía lo distintas que podían ser las cocinas. Algunas eran escandalosas y confusas, como la de la señora Dakin, mientras que otras, como la de Eric Lamb, apenas hacían ruido. Sobre el marco de la puerta tictaqueaba un reloj, y el frigorífico ronroneaba y tarareaba para sí en un rincón. Por lo demás, reinaba el silencio cuando abrimos los grifos y, mirando por la ventana, nos lavamos las manos con Fairy líquido. Al lado del fogón había dos sillones, uno con el asiento arrugado y hundido, el otro liso y casi nuevo. Cada uno tenía sobre el respaldo una manta de ganchillo, raudales de hilo de múltiples colores, unidos en un grito multicolor, y en el aparador había una fotografía de una mujer de mirada amable, que nos observó cuando nos secamos las manos y cogimos la limonada que nos ofreció Eric Lamb. Me pregunté si la paciencia de esa mujer era la que había tejido las hebras de lana para un sillón en el que ella ya no podía sentarse.

Decidí lanzarme de cabeza.

—¿Cree usted en Dios?

Vi que Eric Lamb echaba un vistazo a la fotografía, pero no respondió de inmediato. Se quedó tan callado que oí cómo el aliento le entraba y le salía de los pulmones, hasta que por fin miró la foto otra vez y luego a mí.

—Desde luego —contestó.

—¿Cree usted que el Señor nos tiene donde nos corresponde?

—¿Como a las aménomas? —añadió Tilly.

Eric Lamb miró a través del cristal, hacia el jardín.

—Creo que Dios nos permite crecer. Solo tenemos que encontrar el mejor suelo. Toda planta puede crecer bien, solo necesita dar con el lugar adecuado, y a veces el lugar adecuado no está donde nosotros creemos.

—No sé si las cabras y las ovejas crecerán en el mismo suelo —dijo Tilly.

Como Eric Lamb la miró con el ceño fruncido, le explicamos lo de las cabras y las ovejas, y lo de que Dios está en todas partes, y agitamos los brazos a nuestro alrededor y nos bebimos la limonada.

—¿Quién es la señora de la fotografía? —preguntó Tilly.

Los tres miramos a la mujer, que nos devolvió la mirada.

—Era mi esposa. La cuidé hasta que murió.

—Y, ahora que ella no está, cuida del jardín —dijo Tilly.

Eric Lamb le cogió el vaso, ya vacío.

—Tengo la sensación de que habéis hecho muchas más sombras de las que al principio pensé —dijo.

Y sonrió.

Acabábamos de cerrar la puerta del jardín cuando Tilly me agarró del brazo.

—No hemos hablado de la señora Creasy —dijo.

Abrí la bolsa que Eric Lamb nos había dado. Estaba llena de tomatitos, y el olor del verano escapó de los pliegues del papel marrón retorcido.

—Claro que sí lo hemos hecho. —Me metí uno en la boca y sentí cómo reventaba entre mis dientes—. Prácticamente no hemos hablado de nada más.

Tilly deslizó la mano en la bolsa.

—¿De veras?

—Tilly Albert, ¿qué harías sin mí?

Reventó un tomate en la boca y me sonrió.

A media tarde la bolsa estaba vacía. Eran dulces como el azúcar.

Rowan Tree Croft, número 3

15 de julio de 1976

—Mamá tendrá la cena lista a las seis, Remington, y esperemos que la gente tenga buenos modales y esté en casa a la hora.

—Si la gente tuviera buenos modales, Remington, comprendería en primer lugar que si tenemos cena en la mesa es porque algunos salimos a trabajar.

Mis padres habían comenzado a pelearse a través del perro.

Remington se había reconvertido en un instrumento de comunicación, aunque seguía tumbado bajo la mesa de la cocina como de costumbre y no daba muchas muestras de ser consciente de su nuevo papel. Es probable que creyera que de pronto se había vuelto muy apreciado e interesante.

Mis padres solo se hablaban directamente cuando había alguien más o cuando deseaban tener una discusión de grado superior, que implicaba gritar, dar portazos a los armarios y subir y bajar en tromba la escalera. Mi madre había dejado de preguntarle acerca de la señora Creasy y había pasado a otros temas, como por qué no salíamos de vacaciones ese año y si a mi padre le gustaría llevarse una colchoneta hinchable al despacho y quedarse a vivir en él de una puñetera vez.

Tilly y yo nos habíamos escapado a casa de la señora Morton, donde todo era amable y tranquilo, y donde nadie entraba nunca en tromba.

Estábamos sentadas a la mesa de la cocina mientras la señora Morton limpiaba a fondo la despensa.

Tilly hacía un solitario, el del reloj, pero, cada vez que le salía un rey, volvía a ponerlo debajo de una pila de naipes.

—Eso no está bien —le dije—. Haces trampas.

—Estoy jugando sola.

—De todos modos hay reglas.

—Pero no son las mías —replicó. Escondió otro rey mientras la miraba—. Yo creo que debe permitirse que cada persona tenga las suyas.

—Precisamente para eso están las reglas, para que todo el mundo haga lo mismo.

—Eso es un poco aburrido, ¿no te parece?

Tilly era de esas personas que envían una postal de Navidad en julio porque creen que al destinatario le gustará la ilustración. En ocasiones había que mostrarse comprensiva con ella.

La señora Morton pasó por delante con tres cajas de bombones rellenos de merengue italiano.

—Señora Morton, ¿está usted a favor de las reglas? —le pregunté.

Tanto ella como los bombones rellenos de merengue se detuvieron en seco delante de mi cara.

—Algunas son importantes —respondió—. Otras, en mi opinión, solo sirven para que la gente tenga la sensación de que todos estamos del mismo lado.

Asentí mirando a Tilly y saqué un rey de debajo de una pila de cartas.

—Pero no da resultado, ¿verdad? —dijo Tilly—. Parece que

el señor y la señora Forbes no están nunca del mismo lado; el señor Creasy no tiene ahora a nadie de su lado, y no estoy segura del lado de quién está la señora Dakin.

—No —dije. Miré el rey—. Supongo que no siempre da resultado.

—Y no cabe duda de que tu mamá y tu papá no están del mismo lado —añadió Tilly.

La señora Morton carraspeó y llevó a la despensa los bombones de merengue.

—Es por causa de Dios —dije—. Si lográramos encontrarlo, la señora Creasy volvería a casa y todo lo demás se solucionaría por sí solo.

—Quizá no vuelva nunca, Gracie. Quizá teníamos razón al principio. Quizá el señor y la señora Forbes la han matado y la han enterrado en el patio.

—El señor y la señora Forbes no tienen patio —nos informó la señora Morton desde el fondo de la despensa.

—Estoy segura de que la señora Creasy volverá si encontramos a Dios —afirmé—. Tenemos que seguir buscando.

—Dijiste que no estaba en casa de Eric Lamb porque Dios no estaría en un lugar donde vive alguien tan triste, y hemos buscado en todas partes.

Toqueteé el borde del naipe con la uña.

—¿Gracie?

—No hemos buscado en todas partes.

Tilly me miró fijamente y vi cómo la idea se le dibujaba en la cara.

—¡No! —exclamó—. ¡No podemos!

La agarré del brazo para llevarla al jardín. Es increíble lo que puede llegar a oírse desde el fondo de una despensa.

—Quedamos en que no iríamos al número once —dijo—. Quedamos en que era peligroso.

—No. Quedaste tú sola en eso.

Estábamos detrás del cobertizo del señor Morton, cada una sentada en una maceta gigantesca. No podía decirse que fuera el cobertizo de la señora Morton, pues en el mundo hay sitios que siguen perteneciendo a una determinada persona incluso cuando esta ha desaparecido.

—La señora Morton nos ha prohibido acercarnos a Walter Bishop. —Tilly se removió sobre el tiesto.

—¿Y tú siempre haces caso a la señora Morton?

—Casi siempre.

—Has dicho que no estabas a favor de las reglas. Has dicho que con las reglas la vida resulta demasiado aburrida.

Tilly se rodeó las rodillas con los brazos y se volvió muy pequeña.

—Pero esto es distinto —dijo—. Esta es una regla que en mi opinión hay que respetar.

—Dios tiene que estar allí. Tiene que estar, Tilly. No está en las otras casas, de modo que el número once es nuestra última esperanza.

—¿Y no podemos limitarnos a imaginar que está allí y pasar de ir a mirar?

—No, debemos comprobarlo. Si no, la señora Creasy no volverá y la próxima vez desaparecerá cualquiera de nosotros. Debemos asegurarnos de que tenemos un pastor.

El peso del día me oprimía la cabeza. Detrás del cobertizo del señor Morton no había sombra y el calor era rabioso y feroz. Su crueldad parecía esparcirse: me enrojecía la piel con su mal genio, se deslizaba entre mi pelo y me tiraba de la carne con una furia callada y tenaz.

—Yo no quiero ir, Gracie.

Me miró a los ojos. Tilly nunca me miraba a los ojos.

—¡Pues entonces iré sola! —Intenté sepultar el miedo en gritos—. Si no quieres acompañarme, iré yo sola.

—¡No puedes hacerlo! ¡No debes!

—Entonces pediré a alguien que me acompañe. —Me levanté. El calor parecía haber empeorado. Notaba cómo manaba de las paredes del cobertizo y de los polvorientos ladrillos del muro del jardín de la señora Morton—. Se lo pediré a Lisa Dakin.

Aún no conocía el poder de las palabras. Ignoraba que, una vez que salen de la boca, tienen una respiración y una vida propias. Todavía debía aprender que entonces ya no nos pertenecen. No sabía que de hecho, una vez que las soltamos, se convierten en nuestro dueño.

Miré a Tilly. Jamás la había visto tan pequeña y tan pálida, aunque el sol había comenzado a tostarle la cara y el rojo del calor le asomaba en la punta de la nariz.

—¿Por qué ibas a hacerlo? —replicó—. Creía que éramos amigas íntimas. Creía que íbamos a buscar juntas a Dios.

—Se puede tener más de una amiga íntima. —Notaba el pelo ardiente y exasperado, y me lo aparté de la cara—. Y si no quieres venir conmigo, tendré que replanteármelo todo.

Tilly no dijo nada.

Me obligué a seguir mirándola a la cara.

—Entonces ¿qué? ¿Vienes conmigo o se lo pido a Lisa Dakin?

Tilly tiró del hilo de un botón.

—Supongo que en ese caso tendré que acompañarte.

Esperamos en silencio: Tilly, la discusión y yo. No se parecía a las discusiones de mis padres, en las que se pataleaba, se daban portazos y se armaba un gran escándalo. Esta pelea era prudente y modosa, y yo no estaba segura de qué debía hacer con ella.

Eché a andar por el caminito de detrás del cobertizo.

—Pero antes de que vayamos ¡ponte protector solar! —grité—. Se te está quemando la nariz.

—De acuerdo, Gracie. —La oí levantarse de la maceta—. Si tú lo dices.

Yo apenas discutía con nadie. De hecho, Tilly y yo jamás nos peleábamos. A veces yo lo intentaba, pero ella no participaba. Siempre decía «no importa» o «de acuerdo» o «si tú lo dices».

Esa era nuestra primera riña de verdad.

Siempre que discutía con alguien, me sentía muy contenta cuando ganaba, pero al entrar aquel día en la cocina de la señora Morton y oír a Tilly caminar muy despacito detrás de mí no me sentí como una ganadora, pese a que la había convencido de que hiciera lo que yo quería.

La Avenida, número 11

15 de julio de 1976

A diferencia de las otras casas de la avenida, la número 11 quedaba muy apartada de la carretera. Se ocultaba detrás de un conjunto de cedros, que se reunían formando un grupito en el jardín delantero, como invitados descontentos. Mientras que las demás viviendas se saludaban entre sí en buena sociedad, la número 11 se mostraba indecisa y contrita, y las observaba esperando a que la invitaran a unirse a ellas.

Nos detuvimos junto al muro del jardín.

Pasé los dedos por los ladrillos y una estela de polvo naranja formó una nube en el aire.

—¿Crees que está dentro? —me preguntó Tilly.

Me asomé por detrás de un cedro.

—Ni idea.

La casa no revelaba nada. Construida décadas antes que el resto de la urbanización, se destacaba entre las que habían surgido a su alrededor. Con el paso del tiempo los ladrillos se habían oscurecido y cubierto de musgo, y, en lugar de elegantes ventanas cuadradas, gigantescos bostezos de cristal nos miraban desde el otro lado del césped.

—Creo que está siempre en casa —añadí.

Con pasos de equilibrista recorrimos el sendero de gravilla hasta el pequeño porche cubierto. A cada momento mirábamos alrededor para ver si había ocurrido algo, para cerciorarnos de que los árboles no habían cambiado de posición y que las ventanas no habían parpadeado a nuestro paso.

La puerta principal de Walter Bishop estaba pintada de negro y bordeada de restos de telaraña, y en un rincón reposaba pacientemente una araña, que había muerto esperando una comida que nunca llegó. Nos detuvimos sobre un damero de baldosas, junto a una columna de periódicos casi tan alta como Tilly. Atisbé por las ventanas del recibidor y vi más periódicos. Años de titulares que se apiñaban contra el cristal amarillento intentando escapar.

Contemplamos la araña.

—Me parece que esta puerta no se usa mucho —observó Tilly.

Empujé la baranda de madera que rodeaba el porche. Se inclinó hacia el otro lado y crujió en señal de protesta.

—¿Por qué no probamos con la de atrás? —propuse.

Tilly miró la columna de periódicos.

—No sé, Gracie... No estaría bien.

Y no lo estaba.

Pese a que tan solo nos separaban unos pasos de la avenida —unos pasos de la puerta de mi casa, de Eric Lamb y su cobertizo y de la tumbona de Sheila Dakin—, daba la impresión de que nos habíamos alejado mucho del lugar al que nos habíamos propuesto ir. Sin embargo, por nada del mundo lo habría reconocido ante Tilly, y por eso repliqué:

—No seas boba, vamos.

Rodeamos la casa. A cada paso me sujetaba al muro, con lo que me manchaba las manos de un rojo ladrillo polvoriento. A mi espalda la gravilla crujía bajo las sandalias de Tilly.

No se oía nada más. Parecía que hasta los pájaros contenían el aliento.

Me detuve junto a la primera ventana y pegué la cara al cristal.

Tilly echó un vistazo al otro lado de la esquina.

—¿Ves a la señora Creasy? —murmuró—. ¿Está atada? ¿Está muerta?

La habitación tenía un aspecto raído y triste.

Aunque el orondo sol de la tarde daba en el cristal, la oscuridad inundaba la casa de Walter Bishop. La oscura madera del aparador, una moqueta de color herrumbre, entretejida de burdeos y de muchos años, y un sofá verde como el musgo, en el que no apetecía sentarse porque daba la impresión de picar. Era una caverna abandonada, con tapicería y moqueta Wilton.

El rostro de Tilly apareció al lado del mío.

—Está vacía —dije—. Parece que ni siquiera haya aire ahí dentro.

Me disponía a darme la vuelta cuando lo vi.

—Mira, Tilly. —Di unos golpecitos en el cristal.

Era una cruz. Un gran crucifijo de latón en el estante de la chimenea. Estaba solo. No había fotografías ni adornos, nada que revelara algo acerca de quién vivía en la casa, y con él la repisa parecía un altar.

—Tenía razón. —Contemplé la cruz—. Hemos buscado en las casas que no tocaba.

—Creo que de todos modos esto no significa que Dios esté aquí —repuso Tilly—. Mi mamá tiene un montón de libros de recetas y nunca cocina nada.

Mientras mirábamos el crucifijo, el sol le rozó el borde y arrancó una esquirla de luz que atravesó la habitación: ascendió por el áspero sofá, cruzó la gastada moqueta hasta el alféizar y rebotó en la parte del cristal donde estábamos nosotras.

—¡Hala! —dijo Tilly—. Es como si Dios quisiera señalar algo.

—¿Puedo ayudaros?

Estábamos tan sorprendidas de nosotras mismas que tardamos un instante en darnos cuenta de que había alguien más.

Walter Bishop era más bajito de lo que recordaba, o quizá yo había crecido desde el día de la pescadería. También estaba más delgado. Tenía tersa la piel, que con el verano había adquirido un tono terracota.

—¿Buscáis a alguien?

—A Dios —respondió Tilly.

—Y a la señora Creasy —añadí. No fuera a ser que pensara que estábamos chaladas.

—Entiendo. —Sonrió muy despacio y se le formaron arrugas en la comisura de los ojos.

—Este es el último lugar que nos queda por mirar —explicó Tilly—. Ya hemos estado en todos los demás sitios.

—Entiendo. ¿Dónde habéis buscado?

—Por todas partes —respondí—. La Biblia dice que Dios está en todas partes, pero no logramos encontrarlo. Empiezo a pensar que el párroco se lo inventó.

Walter Bishop se sentó en un banco viejo arrimado al muro y señaló un asiento de madera que había enfrente.

—Dios es un tema de conversación interesante. ¿Y qué creéis vosotras que le ha ocurrido a la señora Creasy?

Nos sentamos.

—Creemos que quizá esté en Escocia —respondió Tilly—. O que quizá la hayan asesinado.

—¿No os parece que si la hubieran asesinado habría más policías por aquí?

Reflexioné.

—A veces los policías se equivocan —dije.

—Es cierto. —Bajó la cabeza y comenzó a arrancar la pintura del banco, aunque, a decir verdad, no quedaba mucha por arrancar.

Tilly se quitó la rebeca, la dobló y se la puso sobre el regazo.

—Nos caía bien la señora Creasy, ¿verdad que sí, Grace?

—Más que bien —contesté—. ¿La conocía usted, señor Bishop?

—Sí, claro, me visitaba a menudo. —Walter levantó la cabeza y sonrió antes de volver a concentrarse en la pintura—. La conocía muy bien.

—¿Y por qué cree usted que se marchó? —le preguntó Tilly.

Walter Bishop guardó silencio unos instantes. Tardó tanto en contestar que empecé a dudar de que hubiera oído la pregunta.

—Estoy seguro de que cuando vuelva nos lo contará todo —dijo por fin.

—¿Cree usted que volverá? —le pregunté.

—Bueno, si vuelve tendrá mucho que explicar.

Al rato levantó la cabeza y se deslizó las gafas hasta el caballete de la nariz.

Noté en las piernas el calor de la madera.

—Este asiento es muy cómodo —comenté.

—Se llama arquibanco.

Me recosté y sentí el respaldo en los omóplatos.

—Es un buen nombre para un asiento.

Sonrió.

—Sí, lo es.

Nos quedamos callados. Adiviné de inmediato que Walter

Bishop era de esas personas con las que se podía estar en silencio. Había muy pocos así, según había descubierto. A la mayoría de los adultos les gustaba llenar de conversación el silencio. No de conversaciones importantes, necesarias, sino de una ráfaga de palabras cuyo único propósito era ocultar el silencio. En cambio Walter Bishop se sentía a gusto sin decir nada. Mientras estábamos los tres juntos en aquel caluroso día de julio, solo se oía el grito nervioso de una paloma torcaz que, posada en lo alto de un árbol, llamaba a su compañero. Traté de localizarla pero, por más que escudriñé las ramas, no la vi.

Walter Bishop advirtió que miraba.

—Está allí —dijo señalando hacia la copa del árbol, y vislumbré una mancha gris entre las hojas.

—¿Cree usted que Dios está en esa paloma?

Alzó la vista.

—Sin duda.

—¿Y en los cedros?

Volvió a sonreír.

—Estoy convencido de que sí. Comparto lo opinión de vuestro párroco. Dios está en todas partes, o al menos hay alguien que está en todas partes.

Fruncí el ceño.

—Nunca lo he visto a usted en la iglesia.

—Me cuesta relacionarme con los demás. —Bajó la cabeza y movió los pies sobre la gravilla.

—A nosotras también —dijo Tilly.

—¿Le preocupa que le cueste relacionarse? —le pregunté.

—Creo que nos acostumbramos a casi todo cuando lo experimentamos durante el tiempo suficiente.

Walter Bishop hablaba despacio y retenía las palabras

en la boca como si fueran porciones de comida. Además, tenía la voz suave, y por eso lo que decía parecía muy meditado.

Me miró.

—Me cuesta comprender a las personas. A veces resulta muy difícil entenderlas.

—Sobre todo a las de esta avenida —apuntó Tilly.

—Pero sí sabe relacionarse con nosotras, ¿no? —dije—. ¿Nos comprende?

—Siempre me he llevado bien con los niños. —Empezó a arrancar otra vez la pintura.

Entendí por qué quedaba tan poca.

Volvimos a guardar silencio. Oí voces al otro lado de los árboles. Me pareció que era Sheila Dakin o la señora Forbes. No estaba segura porque la calidez del día amortiguaba los sonidos envolviéndolos como si fuera un manto, hasta el punto de que tenía la impresión de que, con el calor, todo se alejaba de mí.

—El caso —dije al cabo de un rato— es que por lo visto en este barrio nadie piensa mucho en Dios.

Walter había dejado de toquetear el banco. Se sacó partículas de pintura de debajo de las uñas.

—Y no lo harán hasta que necesiten algo —afirmó.

—¿Cree usted que Dios nos escucha aunque nunca hayamos conversado con él? —preguntó Tilly.

—Yo no lo haría. —Apreté las piernas sobre el asiento del escaño—. Es de mala educación.

—¿Qué queréis de Dios? —Walter se quitó las gafas y comenzó a limpiarlas con un pañuelo que no estaba precisamente limpio.

Medité la pregunta durante mucho rato. Reflexioné oyendo la llamada de la paloma en el cedro, llenándome los pulmones del aroma del verano y sintiendo en las piernas la calidez de la madera.

—Quiero que proteja a todos los de la avenida —contesté por fin—. Como un pastor.

—Pero solo a las ovejas —señaló Tilly—. A Dios no le gustan las cabras. Las manda al desierto y no vuelve a dirigirles la palabra.

Walter levantó la cabeza.

—¿Cabras?

—Sí —dije—. En el mundo viven cabras y ovejas. Hay que tratar de averiguar qué es cada cual.

—Entiendo. —Walter se puso las gafas. Aunque tenía una patilla envuelta en cinta adhesiva, se le ladeaban demasiado—. ¿Y vosotras opináis que los vecinos de la avenida son cabras u ovejas?

Me dispuse a contestar, pero me contuve y, tras reflexionar, respondí:

—Todavía no lo tengo claro.

Walter se levantó.

—¿Por qué no entramos a tomar una limonada? Podemos seguir hablando de esto. Resguardados del calor.

Tilly me miró y yo miré a Walter Bishop.

No estaba segura de si se debía al botón que le faltaba en la camisa o a la barba de tres días. O quizá a los mechones de cabello amarillento que le caían sobre la tela del cuello. O quizá a nada de eso. Tal vez se debía tan solo a las palabras de la señora Morton, que seguían desfilando en mis oídos.

—Podemos tomarla aquí, señor Bishop, ¿no? —dije.

Se encaminó hacia la puerta trasera.

—Ah, no. No puede ser. Mirad cómo tenéis las manos. Debéis lavároslas.

Me las miré. Las tenía manchadas de rojo ladrillo por haberlas apoyado en la pared. Me las limpié en la falda pero el color continuó incrustado en los pliegues de los dedos.

Walter abrió la puerta, que comunicaba con la cocina.

—¿Saben vuestros padres que estáis aquí?

Al principio no respondí. Me levanté y miré a Tilly, que a su vez me dirigió una mirada dubitativa.

—No —contesté—. Nadie sabe que estamos aquí.

Y crucé la puerta con Tilly sin estar segura de haber dado la respuesta correcta.

La Avenida, número 12

15 de julio de 1976

—Para nada. —Brian desplazaba la vista del periódico del día anterior a la punta de la zapatilla de deporte de su pie izquierdo.

—¿Cómo es posible que quedaras con Margaret Creasy para nada? —dijo Sheila Dakin, que lo había llamado desde la tumbona.

Estaba tan tranquilo buscando unos viejos LP en el garaje cuando ella lo había visto y lo había llamado con un chillido desde el otro lado de la avenida, como un ave de presa. Ahora, plantado en el jardín delantero del número 12, con Hank Marvin y los Shadows, intentaba no mirarla a los ojos.

—¿Y bien?

Brian estrechó el vinilo contra el pecho.

—Es un asunto personal.

—No te des esos aires conmigo, Brian Roper.

Él clavó la vista en la otra zapatilla de deporte. No podía contárselo a Sheila. No podía contárselo a nadie.

Si tratara de explicar lo que había ocurrido con Margaret Creasy, nadie lo entendería. Daría pie a más preguntas y se aturullaría intentando responderlas. Le echarían la culpa. Como siempre.

—¿Has oído una sola palabra de lo que he dicho? —Sheila Dakin cambió de postura y la lona protestó con un gemido.

Brian apartó la vista de la zapatilla de deporte y miró con disimulo a Sheila Dakin, sentada en biquini en la tumbona.

—¿Qué le contaste de la avenida a Margaret Creasy?

—Nada.

—¿Sobre el incendio?

—Nada. —Se atrevió a echar otro vistazo—. Ella ya lo sabía todo.

—Vaya. O sea, que alguien se ha ido de la lengua.

—Quizá no. —Brian se llevó maquinalmente la mano a los fondillos de los vaqueros—. Ella iba mucho a la biblioteca. Tienen ejemplares de la *Gazette* de hace años.

Había empezado a llevar encima la tarjeta de la biblioteca. Estaba seguro de que su madre le registraba los bolsillos. Siempre que se aburría de la vida que llevaba, la buena mujer hurgaba en las ajenas para pasar el tiempo. Brian se había planteado devolver la tarjeta a escondidas. Quizá entrar en casa de John y dejarla entre las páginas de un libro, o debajo de un mantel individual, pero seguro que lo atrapaban. Como siempre.

—¿Por qué tienes la mano en el bolsillo trasero del pantalón?

Nunca conseguía salirse con la suya.

—Por nada —respondió.

—¡Qué ejemplares antiguos de la *Gazette* ni qué coño! —dijo Sheila—. Alguien le contó lo que pasó. Por eso ha desaparecido. Quienquiera que sea quiere que esté calladita.

—Hablaba con todo el mundo. No solo conmigo. —Brian iba a palparse otra vez el bolsillo trasero, pero se contuvo a tiempo.

—Eso es lo malo, Brian. Pegaba la hebra con todo el mundo. Sabe todo lo que hay que saber de cada uno de nosotros.

Apretó aún más el disco contra el pecho.

—¿Qué hay que saber? Los de esta avenida somos como los de cualquier otra, ¿o no?

Sheila entrecerró los ojos y frunció los labios y los demás rasgos que podían fruncirse, todo al mismo tiempo.

—Y si alguien se ha ido de la lengua, yo apostaría por ti.

Se la quedó mirando.

Sheila estiró el brazo y deslizó la mano por el césped. Derribó un vaso y mandó una bolsa de patatas fritas al camino rodando, hasta que por fin encontró el periódico.

—Léelo, vamos.

Brian tenía mucha sed. Experimentaba aquella sensación tan conocida. El lento sonido seco y crepitante en la garganta, el zumbido en los oídos.

—No quiero.

—Vamos. —Sheila agitó el periódico delante de él—. Léelo.

—No me hace falta.

—Pues entonces lo leeré yo. —Se puso las gafas con un gesto brusco—. A ver. «Vecina sigue desaparecida. La policía se esfuerza por averiguar el paradero de Margaret Creasy, que el pasado veintiuno de junio desapareció de su hogar, en la Avenida.»

Sheila leía siguiendo las palabras con el dedo.

—«Impropio de ella, ningún contacto, ningún motivo para desaparecer», etcétera, etcétera. —Se acercó el periódico un poco más a la cara—. Aquí está, es esto. «El señor Brian Roper, de cuarenta y tres años...» —miró un momento a Brian por encima de las gafas—, «de cuarenta y tres años, también de la Avenida, declaró: "Tememos que alguien se la haya cargado, hay gente muy rara en esta zona".»

Sheila se quitó las gafas y miró a Brian.

—¿Cómo demonios se te ocurre hablar con los periodistas?

—Me pareció que solo querían ser amables.

—¿Los periodistas? ¿Amables? —Sheila clavó la patilla de las gafas en el artículo—. Tienes cuarenta y tres años, Brian.

Él se rascó la punta de la nariz. Su madre le había dicho lo mismo.

—Tienes que cerrar esa bocaza tuya. Periodistas, Margaret Creasy, Grace y Tilly.

—A Grace y Tilly no les conté nada.

—Y deja de tocarte la nariz.

—Si quieres, pregúntaselo a ellas; están ahí mismo.

Se volvió hacia la avenida y observó que no había nadie. Ni siquiera la escoba de la señora Forbes o el cortacésped de Eric Lamb; solo el silencio tórrido, recocido, de una tarde de julio.

—Han desaparecido.

Sheila se inclinó hacia delante.

—¿Quiénes han desaparecido?

—Grace y Tilly. Estaban ahí hace un momento.

Sheila dejó en el suelo las gafas y el periódico.

—¿Dónde?

—En el extremo de la avenida. —Brian miró hacia atrás y señaló.

—Por el amor de Dios, Brian. ¿En qué extremo de la avenida?

—Delante del número once.

Se volvió hacia Sheila, que ya se había levantado de la tumbona.

La Avenida, número 11

15 de julio de 1976

La pastilla de jabón de Walter Bishop era verde, estaba agrietada y tan pegada a la esquina del fregadero que tuve que hacer palanca con las uñas para arrancarla.

Tilly y yo nos lavamos juntas las manos. Sabía que ella me miraba, pero no aparté la vista de la gran mancha naranja que había en la pila, ya que mis ojos todavía no habían decidido qué querían decirle.

—Eso es. —Walter aguardaba a nuestra espalda—. Aseguraos de que quedan bien limpias, señoritas.

No nos entraron ganas de sonreír. No sé por qué las palabras sonaron distintas que cuando las pronunciaba Sheila Dakin.

Nos entregó un paño de cocina. Nos secamos las manos y lo dejamos doblado sobre el escurreplatos.

—No, no, no. —Chasqueó la lengua al hablar—. No doblamos nunca los paños de cocina.

—¿No lo hacemos? —dije yo.

—Necesitan aire. Si no, quedan gérmenes atrapados. Hay que dejarlos siempre en ese pequeño colgador.

Seguí su mirada y llevé el paño de cocina a un gancho sujeto en el costado del armario.

—Mucho mejor. En esta casa nunca doblamos los paños de cocina. Era una de las normas de mi madre.

—¿Tenía muchas, señor Bishop?

Me acomodé en una silla de la cocina. Tilly se sentó a mi lado y se puso la rebeca sobre el regazo, pero cada dos por tres la veía mirar hacia la puerta.

—Pues sí. Un sinfín de normas. No silbar por la noche. No poner zapatos nuevos encima de la mesa. Formar un corro para ahuyentar al demonio.

Dejó dos vasos sobre la mesa. Estaban empañados de polvo.

—Una es tristeza; dos, alegría. —Sonrió al decir los versos de una canción infantil—. ¿Os apetece una limonada?

—Es que tenemos que irnos, de veras. —Por debajo de la rebeca, Tilly se deslizó hasta el borde de la silla—. Es casi la hora de cenar.

—Qué va, todavía falta. Acabáis de llegar. —Walter sirvió la limonada—. Recibo muy pocas visitas desde que Margaret Creasy se fue.

Cuando se volvió hacia el armario, miré a Tilly y me encogí de hombros.

—Por unos minutos no pasará nada —susurré.

Observé la cocina. Parecía sombría y triste, y resultaba extraño que, pese al calor de la tarde, fuera tan fresca. Los armarios estaban pintados de verde y el entablado asomaba en los rincones, donde el linóleo había cedido y se había curvado.

—¿Todavía sigue las normas de su madre? —le pregunté.

Walter se sentó enfrente. Enlazó los dedos como si se dispusiera a rezar.

—Algunas. No todas.

—¿A pesar de que eran de su madre? —preguntó Tilly.

Walter se inclinó hacia delante y rezó un poco más.

—A pesar de que eran de mi madre. Según dice un proverbio oriental, un hombre sabio toma sus propias decisiones. Es importante que lo tengáis presente, sobre todo si buscáis a Dios.

—¿Qué quiere decir? —le pregunté.

—La gente suele creer algunas cosas tan solo porque todos las creen. —Walter se miró las manos y empezó a morderse la piel de alrededor de las uñas—. No buscan pruebas; solo buscan la aprobación de los demás.

Tuve que recostarme en la silla para reflexionar. En ocasiones lo que decían los adultos era lógico, pese a que no estuviera segura de qué lógica tenía.

—Conque, si habéis decidido buscar a Dios, en primer lugar debéis decidir qué buscáis exactamente.

No estaba segura. Creía que reconocería a Dios en cuanto lo viera, pero lo único que sabía a ciencia cierta era que, si bien todos afirmaban que existía, al parecer no se encontraba en ningún lugar de la avenida.

—La gente cree algunas cosas sin saber siquiera si en realidad son ciertas —dije.

—Porque si todos creen lo mismo tienen la sensación de formar parte de un grupo —aseguró Walter.

—Como un rebaño de ovejas. —Tilly cogió el vaso de limonada y volvió a dejarlo en la mesa—. A lo mejor eso es lo único que necesita la gente. Algo en lo que todos puedan creer.

Walter dejó de morderse las uñas y nos miró a las dos.

—Y ese algo no siempre es Dios. Por eso es importante ser sabio.

—Y tomar nuestras propias decisiones —apunté.

Walter Bishop sonrió.

—En efecto.

Tenía miles de preguntas para él, y me disponía a empezar

con la primera cuando unos pasos irrumpieron en mi pensamiento y lo perturbaron. Chancletearon sobre la gravilla y los tres nos acercamos a la ventana para ver de quién eran.

De Sheila Dakin. Al paso de sus zapatillas rosas, rociadas de guijarros se lanzaban a ponerse a cubierto.

En cuestión de segundos se hallaba en la entrada. El sujetador del biquini le palpitaba por el esfuerzo. Nos quedamos como estatuillas junto al alféizar.

—¿Qué demonios creéis que estáis haciendo? —exclamó, con los brazos cruzados sobre el pecho. Su cuerpo expulsaba el aire en minúsculas ráfagas furiosas.

Brotaron unas palabras de la boca de Walter Bishop, pero se torcieron y se embarullaron y salieron desordenadas. Vi que poco a poco la terracota de su frente se cubría de sudor. Reinaba el silencio, pero una clase de silencio distinta.

—Estábamos charlando, nada más —dije.

—No, desde luego que no estabais solo charlando. —Sheila Dakin hizo ademán de agarrarnos del cuello de la camisa, pero, como no llevábamos camisa, nos condujo con brazos que eran como alas de caoba.

—No hacíamos nada malo —añadí.

—No, claro que no. —Me lo dijo a mí, pero mirando a Walter Bishop.

—Buscábamos a Dios —añadí.

—Pues desde luego que aquí no lo encontraréis.

Deseé que Walter se lo explicara. Que le explicara que Dios se hallaba en todas partes, en la paloma y en el cedro y en el crucifijo de latón colocado en la repisa de la chimenea, pero estaba tan paralizado por la mirada de Sheila Dakin como si se encontrara esposado a ella.

—Nos vamos —anunció la señora Dakin, que nos sacó de la cocina y nos llevó por el camino de grava.

Me volví a mirar a Walter.

Nos observaba desde la entrada, con los brazos de terracota en los costados, pero al ver que me volvía gritó:

—¡Grace, no te dejes esto!

Era la rebeca de Tilly. Me solté de Sheila Dakin y regresé.

—Recuérdalo —me dijo Walter Bishop al entregarme la chaqueta—. Siempre un hombre sabio.

Sonreí y asentí, y él sonrió y asintió.

Y me pregunté si en ocasiones solo hace falta que dos personas creamos en lo mismo para que sintamos que formamos parte de algo.

Sheila Dakin nos obligó a desfilar por la carretera para exhibir nuestra salvación ante el resto de la avenida, a la que al parecer sus zapatillas habían alertado del problema.

—¿Cómo se ha enterado de dónde estábamos? —le pregunté.

—Brian el Flaco os vio merodear por el número once y me lo notificó. —Sheila Dakin habló como si de repente se hubiera convertido en un miembro de la policía—. Brian es bastante inútil, pero al menos sirve para algo.

Eric Lamb hizo un gesto con la cabeza al vernos pasar. Se encontraba en su jardín delantero, con un rastrillo en una mano y una paleta en la otra, como un gigantesco enano de piedra. Dorothy Forbes estaba parada en la gravilla de su jardín con una mano en la boca, y Brian el Flaco, plantado en la entrada de su garaje, buscaba algo en el bolsillo trasero de sus vaqueros.

—¿Dónde está tu madre? —me preguntó Sheila Dakin cuando llegamos al otro extremo de la avenida.

Miré las cortinas del dormitorio.

—Creo que está echando una cabezadita.

—Supongo que entonces será mejor que vengáis a mi casa.

Tilly me miró y suspiró.

Ni siquiera Sheila Dakin preguntaba por la madre de Tilly.

Estábamos sentadas en sillas, con Elvis y la tabla de planchar, y la cocina de la señora Dakin parecía haber adquirido el aspecto de un tribunal.

«¿Es que tu madre no te ha explicado nada?»

«¿Cómo se os ha ocurrido hacerlo?»

«¿Os ha dicho algo que os molestara?»

—Y bien, ¿lo hizo?

—Hemos hablado de Dios y de palomas —expliqué.

—Y de creer en cosas —añadió Tilly.

La señora Dakin nos escudriñó, a la espera de más palabras. Nosotras la miramos en silencio.

—¿De nada más? —preguntó al rato.

—De nada más —afirmé, aunque ignoraba qué era ese nada más y aguardaba a que ella me diera una pista.

Bajó los hombros más de cinco centímetros.

—¿Por qué le odia todo el mundo? —pregunté—. ¿Qué cosa mala ha hecho?

—Ninguna —contestó—. Al parecer.

—Entonces ¿por qué tenemos prohibido hablar con él?

Se sentó. Vi la frustración en sus ojos. Sheila Dakin, que normalmente permitía que las palabras salieran de su boca con entera libertad, de pronto se enfrentaba al vocabulario adaptado de los niños.

—Dicen que hizo algo muy malo. —Al hablar movió de un lado a otro un paquete de cigarrillos.

—¿De veras? —dije.

—La policía aseguró que no era cierto, pero cuando el río suena, agua lleva.

—A veces no —repuso Tilly.

Asentí con la cabeza y las dos miramos a la señora Dakin.

—Una vez el señor Nesbitt me acusó de haber copiado los deberes —expliqué—, pero era mentira y mi madre le obligó a disculparse.

Vi que Tilly me miraba con el rabillo del ojo.

—No es un buen ejemplo —murmuró.

—Hay otros muchos ejemplos —proseguí—. A su hija, Lisa, siempre la están acusando, y es imposible que haga todas y cada una de las cosas que dicen que hace.

La señora Dakin frunció el ceño y encendió un cigarrillo.

—¿Qué hizo Walter Bishop? —pregunté—. ¿Qué dejó de hacer?

—Da igual. No importa.

De hecho era lo más importante que me había pasado en toda mi vida.

—Lo importante es que os mantengáis alejadas de él. Fuera lo que fuese que hizo o dejó de hacer, no es como nosotros. —Aspiró humo y lo retuvo en los pulmones mientras hablaba—. Es un hombre malo.

Abrí la boca para hablar, pero cambié de idea. La señora Dakin no parecía una persona especialmente deseosa de escuchar las interesantes opiniones de los demás.

—¿Tiene algo que ver con la madre de Walter Bishop? —preguntó Tilly.

La señora Dakin se quedó petrificada.

Como si estuviera jugando al un, dos, tres, al escondite inglés, pero sin pared. Daba la impresión de que no parpadeaba ni respiraba, y lo único que se movía era el cigarrillo, que oscilaba y se agitaba entre sus labios.

—¿A qué te refieres? —Lo preguntó en voz muy baja, sin quitarse el cigarrillo.

—El señor Bishop nos ha hablado de su madre —dije, y observé que el cigarrillo se agitaba aún más—. De hecho hemos conversado un buen rato sobre ella.

El cigarrillo se agitaba de tal modo que pensé que acabaría cayéndosele de la boca, pero la señora Dakin era una profesional avezada y consiguió mantenerlo en su sitio.

—No hagáis caso de lo que os diga Walter Bishop. Está tan chiflado como lo estaba su madre.

—La mujer tenía muchas normas —explicó Tilly.

—¿Como cuáles?

—No poner zapatos encima de la mesa, no doblar nunca los paños de cocina —respondí.

La señora Dakin se quitó el cigarrillo de los labios y la ceniza cayó en la mesa.

—¿Paños de cocina?

—Walter nunca los dobla. —Observé que la ceniza se asentaba en un mantel individual—. Los paños de cocina doblados acumulan gérmenes.

La señora Dakin se quedó con la mirada perdida y frunció el ceño. Cuando acabó de fruncirlo nos miró.

—¿Ah, sí?

Asentimos con la cabeza.

—Sí —dije.

Aplastó la colilla en el cenicero y acto seguido encendió otro cigarrillo.

—¿Y Walter Bishop dijo algo de Margaret Creasy?

—No mucho —respondió Tilly.

La miré.

—Un montón de cosas, la verdad —dije.

La mirada de la señora Dakin se desplazaba veloz de una a otra.

—¿Sabe dónde está? ¿Sabe si volverá?

—Ha dicho que si vuelve lo contará todo a todo el mundo. —Tilly intentó balancear las piernas por debajo de la mesa, pero el cesto de la ropa sucia y una aglomeración de juguetes de Keithie se lo impidieron—. Ha dicho que tendrá una barbaridad de cosas que contar.

Sheila Dakin abrió la boca y el cigarrillo cayó al suelo.

—Tenga cuidado, señora Dakin. —Se lo devolví—. Así es como empiezan los incendios.

Menos mal que en ese momento se descorrieron las cortinas del dormitorio de mi madre, porque de repente la señora Dakin se encontró mal y pensó que le gustaría estar sola un ratito.

Recorrimos el variopinto camino de la señora Dakin dejando atrás tumbonas desplegadas y un montón de revistas de Lisa.

—Me cae bien el señor Bishop —dije.

—A mí también —dijo Tilly.

—¿Habéis cabreado a mi madre? —Junto a la puerta del jardín, Keithie empujaba el balón de fútbol con la punta de la bota.

—No —contestamos las dos a la vez.

—Habéis estado en casa de ese chiflado de mierda, ¿no?

—No es un chiflado —le dije—. Lo que pasa es que le cuesta relacionarse con los demás.

—Bueno, vosotras sabéis qué es eso —replicó Keithie.

Le vimos botar el balón por la avenida, hasta que este dio

en el bordillo y saltó por encima del muro de la señora For-bes.

—¿Y qué hacemos ahora? —me preguntó Tilly—. No po-demos volver a casa de Walter Bishop; nos castigarían para el resto de nuestra vida.

Miré hacia el número 11.

—No, supongo que no podemos.

—Entonces ¿cómo vamos a averiguar si Dios está aquí?

Enfilamos el camino que discurría por un lado de mi casa y vi a mi madre administrarse su tarde junto al fregadero.

—Podemos hacer lo que nos ha aconsejado Walter Bishop —dije—. Examinar las pruebas. Ser hombres sabios.

Cuando entramos por la puerta trasera, Tilly se quitó el sueste y pataleó para sacudirse el polvo de las sandalias.

—¿Seremos como los sabios de Oriente que fueron a ver al Niño Jesús? —me preguntó.

—Sí. Igual que ellos.

La Avenida, número 12

15 de julio de 1976

Sheila Dakin observó por la ventana de la cocina a Grace y Tilly hasta que llegaron a la puerta trasera del número 4.

Vigilar a los niños era una costumbre. Incluso después del incendio. Incluso después de que todos hubieran convenido en que Walter Bishop había recibido suficiente castigo y que debían dejarlo en paz, seguía vigilando a los chiquillos.

Se dirigió a la despensa en cuanto Grace y Tilly desaparecieron de la vista. No encendió la luz pese a que Lisa y Keithie no estaban en casa. Se sentía mejor si no se veía a sí misma, si no veía el temblor de sus manos y cómo el frío líquido caía a palo seco en el fondo del vaso.

No siempre había sido así.

Recordaba, aunque de forma vaga, una época en que podía decidir al respecto. Se lo había dicho a Margaret Creasy: ojalá pudiera retroceder a aquel tiempo. No decidir que lo dejaba para siempre, sino decidir si bebía o no bebía. Pero quizá Margaret tuviera razón, quizá la época en que decidía si bebía o no bebía había quedado muy atrás. Había llegado incluso a acercarse al fregadero con una botella, pero no había tenido valor para seguir adelante. Era curioso: no creía poseer muchas virtudes, pero el valor era una cualidad que consideraba que nunca le había faltado.

Tomó otro trago. El líquido le entró en el cuerpo convertido en una especie de abrazo.

Era una puerta normal y corriente.

Se lo había dicho a Margaret: mirando el exterior jamás habrías imaginado lo que sucedía dentro. Una compañera de trabajo le había dado las señas. No era el tipo de chica de quien cabría esperar algo así. Pálida y escuálida, muy callada; siempre se limpiaba la nariz con la manga de la bata. Las había anotado en una servilleta de la cafetería y la había deslizado en el bolsillo de Sheila sin pronunciar ni media palabra. Sheila no había hablado nunca con ella, ni antes de aquel día ni después.

Se sirvió otra copa. El suelo de la despensa era incómodo y estaba frío. Dobló las piernas y se apoyó contra los estantes, y al cabo de un rato no le pareció tan mal lugar.

Durante tres semanas había tenido la servilleta escondida en el fondo del cajón de las braguitas.

De todos modos, nadie se habría percatado de nada. El padre vivía en su propio mundo y hacía años que la madre se había marchado. Los hermanos trataban a Sheila igual que siempre, como a un muchacho más, con la diferencia de que era ella quien cocinaba, adecentaba la casa y todas las mañanas les tenía preparada una camisa limpia. Aun así, estaba preocupada. Le preocupaba el trabajo. Si la chica escuálida y pálida se había dado cuenta, el resto del personal de la fábrica tampoco tardaría en advertirlo.

Aguardó tres horas antes de llamar a aquella puerta normal y corriente. Caminó por la calle a la espera de que las mujeres dejaran de blanquear los umbrales, y los niños de jugar en recuadros trazados con tiza. Estaban a últimos de noviembre, era un sábado crudo y desapacible, una tarde de compras y partidos de fútbol, con un viento que enrojecía las caras. Pero no la de Sheila, que seguía pálida, llorosa y abochornada.

Al llamar a la puerta imaginó a la mujer que había al otro lado. Deseó que fuera regordeta y amable, comprensiva. Que tuviera el pelo recogido en ondas y un delantal floreado y de tela recia, como el que llevaba su madre. Pero la mujer que abrió la puerta era enjuta y adusta. Miró a Sheila de abajo arriba y se apartó hacia un lado sin pronunciar palabra.

Solo le preguntó tres cosas: el nombre, el domicilio y la edad. Sheila mintió en las tres.

Habló con una voz que ni ella misma reconoció. «Veintiuno», respondió, pues temía que la edad fuera una cuestión decisiva.

Los ojos comenzaban a acostumbrársele a la luz de la despensa. Vio el borde curvo del vaso que tenía en la mano y el cuello de la botella inclinada. Ya puesta, por qué no tomarse otra.

Se había tumbado en la cama mientras la mujer enjuta y adusta la observaba. La tenue luz del día se colaba por las cortinas; los ruidos de la calle atravesaban el cristal: las pisadas de los niños que corrían por las aceras y retazos de conversaciones de quienes pasaban por la calle. Como en aquella época no fumaba, comenzó a parlotear para descrispar los nervios. Habló de todo: del tiempo, de la Navidad, del color del papel pintado.

La mujer enjuta no despegó los labios. Sheila dudaba incluso que la escuchara.

«Mire, yo no soy de ese tipo de chica», aseguró cuando empezó aquello.

Unas semanas antes había dicho esas mismas palabras a un hombre.

«Entonces deja de vestirte como si lo fueras», había replicado él.

Sheila miró a la mujer enjuta.

«A veces es más fácil no defenderse, ¿no? A veces la gente no puede elegir, ¿no?»

Fue su última oportunidad de recibir la absolución. Su última oportunidad de salvar el resto de su vida.

La mujer enjuta la dejó caer.

No respondió.

Sheila tuvo que decirle a su padre que había perdido el sobre de la paga.

Cuando él acabó de gruñir y de criticarla, Sheila entró en la sala y bebió unos tragos del brandy de su padre. Era amargo y quemaba, y al cabo de unos minutos lo vomitó en el lavabo. Aun así, volvió. Y esa vez el brandy se quedó donde estaba. Le envolvió los pensamientos y les impidió dar vueltas por la cabeza y adormeció el sufrimiento, aunque solo durante unas horas.

Una estrategia de afrontamiento, había afirmado Margaret Creasy. Lo malo era que, cuando toda nuestra existencia es algo que debemos afrontar, un buen día volvemos la vista atrás y nos damos cuenta de que la estrategia se ha convertido en una forma de vida.

—¿Mamá?

Era Lisa. Sheila la oyó recorrer la cocina, gritar hacia la sala de estar. Se levantó del suelo con gran esfuerzo, pero debió de ponerse en pie con excesiva brusquedad, porque la despensa pareció deslizarse hacia un lado y tuvo que aferrarse a los estantes para mantener el equilibrio.

—Estoy aquí —exclamó—. Estoy buscando algo para la cena.

Tras agarrar la primera lata que encontró, avanzó palpando las paredes y buscó a tientas el picaporte.

Después de la oscuridad de la despensa, la cocina le pareció luminosa y antipática.

—¿Rodajas de melocotón? —Lisa se hallaba frente a ella.

Sheila miró la lata.

—Para el postre —dijo.

Lisa la observó con expresión ceñuda y se dio la vuelta. Durante el resto de la conversación su madre solo le vio la espalda y la cortina de pelo que le cayó sobre la cara cuando se agachó a quitarse las botas.

—Me he enterado de lo de las niñas. —Lisa soltó las hebillas—. Las has salvado, mamá. Eres toda una heroína. No se habla de otra cosa.

—Las criajas esas fueron tan bobas como para ir allí —dijo Sheila.

Todavía notaba el sabor del brandy. Había chicles en algún cajón, pero no lograba encontrarlos; le parecía que nada estaba en su sitio.

—Hay que darle un escarmiento. Los chicos de la escuela también lo creen. Cabrón de mierda.

—Lisa, no digas «cabrón». O al menos no lo digas tantas veces.

—Pero lo es. Es un pervertido, eso es. Un maldito pervertido.

Sheila se dio la vuelta, si bien siguió agarrada al borde del fregadero. Las paredes se inclinaban y se desplazaban a su alrededor, y la luz estiraba el dolor de cabeza hasta los límites del cráneo.

—O sea —prosiguió Lisa, que con dos puntapiés envió las

botas a un rincón—, ¿qué clase de monstruo haría daño a un niño?

—No lo sé, Lisa.

Sheila observó a su hija. Ya era mayor, una chica desenvuelta. No era una niña a la que se pudiera prohibir que dijera palabrotas.

—De todos modos, a veces las cosas no son tan claras... A veces la gente no puede elegir...

—Claro que pueden. —Lisa se dio la vuelta por primera vez y se la quedó mirando—. La gente puede elegir siempre.

Sheila se miró las manos. Le temblaban y las tenía blancas y cubiertas de manchas de la vejez tras toda una vida cayendo.

La Avenida, número 4

18 de julio de 1976

El camión de las mudanzas estaba parado en la avenida. Tenía en marcha el motor, que era diésel, y expulsaba humo negro en un silencio vigilante. Yo oía la música difuminada que salía de la cabina, de cuya ventanilla abierta surgía una voluta de humo de cigarrillo.

Mientras dormíamos, la sofocante noche de julio había dado paso a una mañana impecable, perfecta y serena. En los límites del cielo bailaban unas nubes minúsculas, y por encima de nuestras cabezas un mirlo cantaba con un sentimiento tan hermoso que yo no entendía por qué el mundo entero no se había detenido a escucharlo.

Tilly y yo estábamos sentadas en el muro de delante de mi casa, como los espectadores en un cine, con bolsitas de sidral y un sentimiento de expectación. El sol nos rebanaba las piernas, que llevábamos al aire y estirábamos hacia la luz.

—¿Ves algo? —me preguntó.

—No. —Hundí la barrita de regaliz en el pica pica, que luego me burbujeó en la lengua—. Pero no puede tardar mucho más.

El camión de las mudanzas llevaba cuarenta y cinco minutos ante el número 14, y mi madre había permanecido todo ese tiempo junto a la ventana de la cocina, haciendo como que fregaba cacharros.

Le pregunté si quería sentarse con nosotras en el muro y respondió: «Estoy demasiado atareada», y siguió fingiendo.

—¿Crees que habrá niños? —me preguntó Tilly.

Como ya le había dicho cuatro veces que no lo sabía, me limité a chupar el regaliz y a golpear los ladrillos con los talones. La señora Dakin tomaba el sol con los ojos abiertos, y en la última media hora el señor Forbes había salido seis veces a tirar algo al cubo de la basura. La avenida estaba loca de expectación.

El coche llegó a las 11.08 o las 11.09 (a mi reloj le faltaba una rayita; por eso no estoy segura). Era un sedán de color metalizado, y tan grande que necesitó dos intentos para entrar en el camino del número 14. Se abrió la portezuela del pasajero de delante, luego la del conductor y por último una de las de atrás. Estaba tan concentrada que me olvidé de que tenía una barrita de regaliz en la boca.

Al principio me pareció que sacaban algo dorado, verde y azul zafiro. Después me di cuenta de que era una tela, y no solo una tela, sino la ropa de una persona. Envolvía y adornaba formando pliegues a la señora más bella que yo había visto. Nos sonrió y nos saludó con la mano, y el hombre que había salido por la portezuela del conductor (y que vestía camisa blanca y pantalones corrientes) también nos sonrió y nos saludó, y un niño salió disparado como una flecha del asiento trasero y empezó a correr por el jardín.

—¡Oh, Dios mío, son indios! —dijo Tilly.

Me saqué el regaliz de la boca.

—¡Es estupendo!

Al otro lado de la valla, el cubo de la basura del señor Forbes volcó sobre el camino, y a mi espalda oí el estrépito de loza que caía.

—No se trata de eso —replicó mi madre (os diría cuántas veces lo había repetido, pero yo había perdido ya la cuenta).

—Entonces ¿de qué se trata? —le pregunté.

—Quizá no quieran que vayamos a su casa. A lo mejor tienen sus propias costumbres.

—¿Porque son indios?

—No se trata de eso.

—Pero has hecho un pastel.

—Ah, sí. No es para nadie.

—Tiene escrito «Bienvenidos» con azúcar glas azul.

Mi madre se mostró muy interesada por el *TV Times*.

—Pues iré a su casa yo sola —anuncié.

—¡Ni se te ocurra! —Dejó la revista al lado del sillón—. Díselo tú, Derek.

Mi padre, que hasta entonces se había librado de la conversación porque leía un libro en la periferia del sofá y nadie le hacía caso, dijo «bueno», «tal vez» y «sí», tras lo cual se le apagó la voz.

Mi madre se volvió hacia él y le miró de manera atronadora.

Menos mal que el estruendo de su mirada quedó interrumpido por el timbre de la puerta principal. Nunca usábamos esa puerta, era un mero adorno. No sabíamos siquiera si todavía funcionaba, y por un instante nos limitamos a mirarnos los tres.

Mi padre se puso en pie de un salto, y con él nos levantamos nosotras dos. Tiró de la puerta y porfió con ella y nos ordenó que retrocediéramos, y mi madre y yo esperamos hasta que por fin se abrió con una sacudida. La mujer hermosa y su marido, vestido con ropa corriente, y el niño que corría como una flecha, los tres aguardaban en el umbral.

—Hola —dije.

Mi madre se alisó el pelo y los pantalones. Mi padre se limitó a sonreír de oreja a oreja.

—Hola —dijo la señora hermosa.

—Me alegro mucho de que sean indios —dije (había querido decir: ¿desean entrar?, pero las palabras cambiaron de parecer al salir).

La señora hermosa y su marido se echaron a reír y al cabo de cinco minutos estaban sentados los tres en nuestro sofá.

La señora hermosa se llamaba Aneesha Kapoor; su marido, Amit Kapoor, y el niño, Shahid. Eran nombres exóticos y preciosos, como joyas, y los repetí una y otra vez para mis adentros.

—Vaya, es usted muy amable —dijo mi madre, que acababa de recibir una caja de dulces. Aneesha Kapoor dijo que eran dulces, pero parecían más bien bollos; unos bollos interesantes—. Yo les he preparado un pastel —añadió.

—Pero no es para nadie —señalé.

Mi madre me miró con el rabillo del ojo.

—Está muy bien que hayan venido. De todas formas pensábamos pasar a saludarlos.

La miré de reojo.

—Queremos conocer a todo el mundo —afirmó Amit—. El sentido de comunidad es importante.

—Sí, sin duda, sí —dijeron mis padres.

Me pregunté dónde se hallaba ese sentido de comunidad. ¿Aguardaba en el fondo de la despensa de Sheila Dakin o se escondía en la soledad del cobertizo de Eric Lamb? ¿Descansaba con May Roper en el sofá cubierto de mantas de ganchillo o estaba grabado en la pintura de las ventanas podridas de Walter Bishop? Quizá se encontraba en todos esos sitios y yo aún tenía que dar con él.

—Es un placer que formen parte de nuestro vecindario —dijo mi madre—. Aportarán un poco de color.

Mi padre se atragantó con el bollo.

—No quería decir eso —añadió mi madre—. Quiero decir que habrá más colorido ahora que están ustedes. Quiero decir...

Aneesha se echó a reír.

—Entiendo lo que quiere decir.

Oí que mi padre seguía tosiendo y escupiendo migas en la cocina mientras preparaba el té.

Lo sirvió en una bandeja. La leche estaba en su jarrita. Yo ni siquiera sabía que teníamos una jarrita para la leche. Los adultos movieron las tazas, los platos de postre y los codos, y mi madre cortó la B de «Bienvenidos».

—¿De dónde son? —preguntó.

Amit estaba encastrado en un extremo del sofá, con los brazos pegados a los costados, como un soldado.

—De Birmingham —respondió. Cortó una porción de pastel y el tenedor golpeó el plato.

Mi madre se inclinó hacia delante, con complicidad.

—Ya, pero ¿de dónde son en realidad?

Amit también se inclinó hacia delante.

—De Edgbaston, para ser más preciso —contestó, y todos nos reímos.

La risa de mi madre se retrasó unos segundos.

—¿Por qué no prueban uno de estos? —propuso Aneesha. Pasó los dulces—. Se llaman *mithai*.

—¿Cómo dice? —preguntó mi madre.

—Mitadi, Sylvia —dijo mi padre. Dio un codazo a Amit y le guiñó un ojo—. ¿No has oído hablar de ellos?

Mi madre miró la caja con expresión ceñuda.

—No, la verdad es que no.

—Claro, es que yo estuve a punto de ir a la India —dijo mi padre.

Todos lo miramos. En especial mi madre. A mi padre ni siquiera le gustaba tomar el autobús 107 para ir a Nottingham. Decía que se mareaba.

—¿De veras? —dijo Amit.

—Sí, sí. Pero al final tuve que desistir. No habría soportado el alcantarillado. —Se dio unas palmaditas en el vientre—. Ni la pobreza, claro.

—Ah, sí —dijo Amit—. La pobreza.

—De todos modos, disfrutamos con un buen curri y siempre oímos la música de su país. —Mi padre abrió otra cerveza rubia—. Nos gusta bastante Demis Roussos, ¿verdad que sí, Sylve?

Nos lo quedamos mirando.

—Creo que es griego, Derek —apuntó mi madre.

—Griego, indio, ¿qué más da? El mundo es muy grande últimamente.

Aneesha Kapoor me miró y me sonrió. Luego me lanzó un guiño discreto que solo vimos ella y yo. Creo que debía de saber que la mayor parte de mí quería morirse.

Mi padre alcanzó otro bollo.

—Tómese una cerveza, Amit. No sea tímido, chico, que tenemos más que de sobra.

Cuando se fueron, me senté en la cocina y observé cómo mis padres trajinaban y chocaban entre sí recogiendo los platos.

—Bueno, ha ido bien —comentó mi padre.

—¿Tú crees? —Mi madre observó los bollos—. Todavía no estoy segura de que vayan a integrarse.

—Has de aprender a avanzar al ritmo de los tiempos. Otra pareja india se ha mudado a Pine Crescent. A lo mejor tienes que empezar a preguntarte si no eres tú la que debe integrarse.

Mi madre escudriñó un dulce, cambió de opinión y lo soltó.

Camino del recibidor mi padre cogió un periódico. Su voz llegó a la cocina.

—Mira, Sylvia, como dijo una vez Elvis, el mundo es un teatro y cada cual debe representar su papel.

Y cerró la puerta del salón y encendió el televisor para ver las noticias de la noche.

—Creo que he olvidado cuál debe ser mi papel —dijo mi madre.

Guardó los dulces en el fondo de la lata de las galletas, debajo de un paquete de bollos de higos secos y de medio biz-cocho de jengibre.

La Avenida, número 6

18 de julio de 1976

—¿Qué hacen ahora? —Sentado en el sofá, Harold daba instrucciones a voz en grito—. Si apartas la cortina como Dios manda, verás mejor.

—Van a la casa de al lado con una lata de no sé qué. Grace les invita a pasar. Da igual cuánto aparte la cortina, Harold. Han entrado.

—Ver para creer. Digo yo que tendrían que habernos avisado de algún modo.

—¿Quiénes? —Dorothy dejó caer la cortina.

—Los del ayuntamiento. Para informarnos de que esa gente se ha preparado.

—¿Y cómo deberían prepararse?

—Que se han adaptado a nuestras costumbres. —Harold tiró del cordón del zapato—. Que han aprendido un poco nuestro idioma, ya me entiendes.

—Estoy segura de que hablan inglés, Harold.

—En ese caso, es gracias al Raj. No puedes entrar sin más en otro país y contar con que sus habitantes respetarán tus normas.

—¿Te refieres a la India? —dijo Dorothy.

—No, a Gran Bretaña. —Harold chasqueó la lengua y empezó a atarse el otro zapato—. Eso no está bien.

Se levantó. Dorothy habría jurado que su marido comenzaba a encogerse, aunque no podía demostrarlo.

—Echaré un vistazo al pasar. Voy un momento al Legion.

—¿Otra vez? Ya fuiste anoche.

—Le prometí a Clive que me daría una vuelta por el bar. A ver si necesita que le eche una mano.

Dorothy lo miró de hito en hito hasta que él, incapaz de sostenerle la mirada, se concentró de nuevo en los cordones, ya atados.

Dorothy lo observó por la ventana de la sala de estar. Harold miró hacia el número 4 con los ojos entornados y echó un vistazo al número 11 antes de doblar la esquina con las manos en los bolsillos de los pantalones cortos.

La casa se quedaba más tranquila cuando Harold se marchaba. Era casi como si las paredes soltaran el aliento, los suelos y los techos se estiraran y bostezaran, y todos se pusieran más cómodos. Era entonces cuando más añoraba a Whiskey..., cuando habrían estado juntos, alimentándose del silencio.

Se sentó en la silla de Harold. Hacía horas que había terminado la lista del día; la tenía doblada en el bolsillo del delantal, ufana con sus cruces y sus marcas de tarea realizada. Si Harold se hubiera dado cuenta, habría añadido algo. El trabajo de la mujer nunca acaba, habría dicho. En especial el de una mujer que pierde el tiempo, fantasea y lo confunde todo. Pero Dorothy quería la tarde para sí. Necesitaba reflexionar.

La caja estaba donde siempre había estado, escondida al fondo del armario de Harold, tras las carpetas con papeles burocráticos, los fajos de extractos bancarios y otros documentos importantísimos de los que ella no se ocupaba porque no se la consideraba lo bastante responsable.

La había descubierto por pura casualidad.

Ocurrió después del incendio. Había comenzado a preocuparse por el seguro de la casa y por lo que sucedería si el número 6 ardía misteriosamente hasta los cimientos. El asunto la desvelaba. No podía comentárselo a Harold porque a él le molestaban sus preocupaciones. Lo ponían de mal humor y conseguían que el blanco de los ojos se le volviera aún más blanco, y por eso ella había decidido examinar la póliza por sí sola. Actuar con la determinación que Harold afirmaba que nunca había poseído.

Y así la encontró.

En el curso de los años, de vez en cuando, esperaba a que Harold saliera de casa y entonces sacaba la caja y la vaciaba, se quedaba en silencio y se angustiaba.

Ese era un día en que se sentía inclinada a angustiarse. Culpaba a Margaret Creasy y al calor incesante, y al hecho de haber visto el día anterior a Sheila Dakin cruzar la avenida con las dos niñas a la zaga.

Se sentó en la cocina y esparció sobre la mesa el contenido de la caja. Las ventanas y la puerta estaban abiertas, pero no corría ni una gota de aire. Daba la sensación de que todo se había detenido, hasta el estado atmosférico, y de que el mundo entero se desvanecía en una última pausa jadeante.

Deslizó los dedos por el cartón buscando señales de quemaduras, algún rastro de humo, una respuesta a una angustia que se había prolongado a lo largo de los años. Estaba tan absorta en sus pensamientos que no oyó los pasos ni reparó en la sombra de la entrada. No se dio cuenta de nada, hasta que oyó la voz.

—Dorothy, ¿qué demonios haces?

Eric Lamb.

Se acercó a la mesa a mirar.

—¿Qué diablos haces tú con la cámara de Walter Bishop?

Dorothy llenó la tetera y encendió un fogón de la cocina de gas.

—Debió de cogerla Harold —dijo—. Después del incendio. Cuando fuisteis a echar un vistazo al número once.

Eric se pasó los dedos por el pelo. Se lo dejó de punta y electrizado.

—No nos llevamos nada.

—Debió de cogerla cuando tú no mirabas. Cuando estabas de espaldas.

Eric miró a Dorothy.

—No nos llevamos nada —repitió.

—¿No será que lo has olvidado? Todos nos hacemos líos, ¿no? Harold dice que yo no paro de embarullarme.

—Me acuerdo de todo. —Eric se sentó, cruzó los brazos y respiró hondo—. El olor del humo, las paredes renegridas. La cocina intacta, con el reloj funcionando y un paño doblado sobre el escurreplatos. No he olvidado ni un solo detalle.

Cogió la cámara y le dio la vuelta entre sus manos.

—¿Por qué se la llevaría Harold?

—¿Para protegerla de posibles saqueadores? —apuntó Dorothy.

—Entonces ¿por qué no la devolvió después?

Guardaron silencio. Solo se oía el silbido y el repiqueteo de la tetera.

—Ya hierve —dijo Eric, y señaló el fogón con la cabeza.

Dorothy se llevó una mano a la garganta.

—¿Lo has encendido tú? —preguntó.

—No, Dot, lo has encendido tú.

Eric estiró el brazo y apagó el gas. Cogió uno de los sobres.

—No hay nada interesante —dijo Dorothy—. Ya lo he examinado. Palomas. Nubes. Una de un mirlo posado en una botella de leche.

—Hacía un montón de fotos. —Eric cogió otro sobre—. ¿Qué hay en este?

Dorothy le echó una ojeada.

—No me acuerdo. Creo que Brian vaciando un cenicero en el cubo de la basura. Beatrice Morton atándose los zapatos. Nada demasiado interesante.

—Yo lo veía al volver del Legion —dijo Eric—. Lo veía vagar en la oscuridad con la cámara.

Dorothy estaba muy quieta.

—Ya.

Eric echó un vistazo a las fotografías.

—A saber qué veía ese hombre en la calle.

—Ya —repitió Dorothy.

Eric dejó de ojear las fotos y levantó la cabeza. Por un momento sus miradas coincidieron en el silencio.

—Vuelve a guardarla donde la has encontrado, Dot.

—Solo quiero respuestas. —Dorothy se sacó de la manga de la rebeca un pañuelo de papel—. Necesito saber cómo llegó aquí. No entiendo nada.

—A veces las respuestas llevan a más preguntas. Ha pasado mucho tiempo. Más vale dejarlo estar.

—Pero Margaret Creasy lo ha removido, ¿no? Juraría que sabe algo, Eric. Juraría que conoce todos nuestros secretos.

Dobló el pañuelo de papel formando un cuadrado. Lo hizo una y otra vez, hasta que fue tan pequeño que resultó imposible seguir doblándolo.

Eric Lamb apoyó las manos sobre las de ella.

—Basta, Dorothy. Basta de darle vueltas a algo que no puedes cambiar. Guárdala donde la has encontrado. Escóndela.

—No tengo otro remedio, ¿no? —Agrupó e igualó las fotografías y las introdujo en los sobres—. Ojalá supiera por qué se la quedó Harold.

—¿Qué más da, Dot? ¿Qué importa?

—Claro que importa.

Eric se levantó y colocó la silla debajo de la mesa.

—Te aconsejo que olvides que la has visto.

—No puedo. —Dorothy aferró la caja, que parecía pesada y difícil de manejar—. Nunca olvidamos lo que hemos visto. Ni siquiera hacen falta fotografías. Basta con que lo guardemos en la mente para airearlo cuando nos convenga.

La Avenida, número 10

18 de julio de 1976

Eric Lamb cruzó la avenida, que se hallaba desierta. No obstante, iba tan sumido en sus pensamientos que, si hubiera habido alguien en la acera delante de él, probablemente ni se habría percatado.

Sabía que tenía razón respecto al número 11. Habían recorrido la casa examinando los desperfectos. Él hubiera preferido no entrar, pero Harold lo había visto y lo había llamado a gritos.

«Miremos si la casa es segura —le había dicho—. No vaya a derrumbarse sobre alguno de nosotros.»

Ya lo habían comprobado una docena de bomberos y la mitad de la policía, pero no valía la pena discutir con Harold. Era más cómodo darle la razón, antes que pasar los días siguientes esquivándolo.

Habían recorrido el número 11 con las manos en los bolsillos mirando las paredes y los techos, y repitiendo que era espantoso.

No se habían llevado nada. No habían tocado ni un solo objeto.

Lo habían dejado todo tal como estaba y habían contado al resto de la avenida lo que habían visto.

No obstante, Dot tenía razón en algo. Por lo común era una mujer aturullada, neurótica e irrazonable, y en ocasiones sus preocupaciones conseguían que los demás desearan arrancarse a tiras la piel del cráneo, pero esta vez había dado en el clavo. Una persona podía airear algo cuando le conviniera. Lo malo era que a veces las cosas se ventilaban por sí solas. Cosas que uno preferiría olvidar; cosas que llevaban a cambiar la perspectiva y sembraban la duda en la mente, por mucho que uno intentara arrinconarlas.

23 de noviembre de 1967

Elsie está arriba, en la cama. Últimamente pasa más tiempo durmiendo, pero Eric trata de no pensar demasiado en eso porque sabe que, si no, tendrá que encontrar un motivo que justifique el cansancio de su mujer. Una explicación distinta de la salud para minimizarlo. Hace más frío. Con el frío la gente se fatiga más, ¿no? O quizá se deba a que los días son más cortos, o a que últimamente no han parado de ir y venir del hospital. Tiene la impresión de que dedica los días a buscar explicaciones y pruebas, y a ahuyentar la inquietud. A hurgar en la vida de Elsie en busca de una esperanza a la que aferrarse.

Mientras ella duerme, ha preparado el almuerzo sin hacer el menor ruido. Ahora está sentado a la silenciosa mesa del silencioso salón mirando la avenida e intentando distraerse.

Han acordado vigilar a Walter Bishop por turnos. Desde la desaparición de la criaturita, un pánico sordo se ha apoderado de la avenida. Lo ha percibido en los ojos de la gente. En cómo se apresuran a entrar en casa. Ya nadie se para en la calle a charlar. Nadie se detiene en el recodo de la carretera, nadie se apoya en la valla de los jardines. Las personas con las que se cruza van siempre camino de algún sitio y, aunque vigilan a Walter, da la impresión de que son todos los demás los que se han convertido en prisioneros.

La hija de Sheila se desata los cordones de los patines en mitad de la avenida. A Eric no le cabe duda de que Sheila estará observándola por una ventana, igual que él. La niña ha estado patinando por las aceras; al principio agarrada con cautela a vallas y muros para mantener el equilibrio; luego, al ganar seguridad, alrededor del abrigo tirado en el centro del asfalto. Eric ha oído que el ruido de las ruedas aumentaba con confianza al atravesar el hormigón en impulsos lentos y constantes. Sentada en el bordillo, la pequeña saca los pies de los patines, cuyas ruedas aún giran. Alcanza el abrigo y se lo echa sobre los hombros.

Se oye un ruido arriba. Eric se pregunta si Elsie se habrá despertado. Quiere subir a ayudarla. Levantarla de la cama, buscarle las zapatillas, abotonarle la rebeca. Pero sabe, muy en el fondo sabe que le aguardan muchos días en los que tendrá que hacer todo eso. Entonces ya no habrá ganas ni curiosidad, solo inevitabilidad, y si empieza ahora a realizar esas tareas se llevará la última porción que al parecer Elsie conserva de sí misma.

Eric lo ve en ese momento, al volver la vista hacia la avenida.

No hará más de un minuto que ha llegado.

Walter Bishop.

Tiene a la niña agarrada del brazo. Tira de ella hacia atrás.

Lisa llora, grita. Intenta soltarse.

Al abrir la puerta principal Eric oye que su taza se estrella contra el suelo de la sala.

—¿Qué demonios haces? —Harold ha salido unos segundos antes. Aparta a la niña, la libra de las garras de Walter Bishop. La pequeña chilla.

—Eres un hombre malo. Un hombre malo. Mamá dice que te llevas a los niños.

Walter retrocede de un salto. Pierde el equilibrio y tropieza con el bordillo. Eric ha de contener el impulso de echarle una mano.

—Es un malentendido. Nada más. —La voz de Walter apenas se oye por encima de los alaridos de la chiquilla—. Intentaba ayudarla.

—¿Ayudarla? —Eric se oye gritar—. ¿Cómo demonios intentabas ayudarla?

—El abrigo —responde Walter—. Le costaba ponérselo. Le viene estrecho. Me he parado a ayudarla.

Señala la trenca rosa, tirada junto al bordillo. Harold la recoge, como si la prenda necesitara que también la protegieran de Walter. En ese momento se abre la puerta del número 12 y Sheila Dakin cruza corriendo la avenida, moviendo los brazos aún más deprisa para pelear a través de la distancia.

Cuando llega, Lisa se aferra a ella y oculta las lágrimas en los pliegues del jersey de su madre.

—¡Cómo te atreves! —dice Sheila—. ¡Cómo coño te atreves!

La niña actúa a modo de escudo, piensa Eric, que está convencido de que, sin ella, Sheila intentaría asestar un puñetazo a Walter Bishop.

—Quería ayudar, nada más. Nunca haría daño a un niño. Me encantan los niños.

—Vete. Lárgate. —Las palabras salen como escupitajos de la boca de Harold—. Déjanos en paz.

Walter Bishop se marcha. Recoge su bolsa de la orilla de la carretera y se aleja a toda prisa. La cabeza gacha, el cabello rozándole el cuello del abrigo. Pese a que corre, parece que avanzara arrastrando los pies. Los hombros encorvados y los brazos pegados al cuerpo, como si quisiera ocupar el menor espacio posible dentro del mundo.

Eric se vuelve hacia Sheila. Le pregunta si está bien; cuando ella responde, la frase ha de abrirse paso para salir de la boca.

—No pasa nada. Es que no me siento fina. Ha sido un día malo. —Se tambalea. Se apoya en Lisa para mantener el equilibrio.

—¿Un día malo?

—Un aniversario..., por llamarlo así.

Eric huele el brandy que envuelve cada palabra.

—Deberías irte a casa —le aconseja Harold—. Tratar de descansar.

—¿Cómo voy a descansar? —Sheila sujeta a Lisa con más fuerza—. ¿Cómo voy a descansar cuando ese monstruo vive a unos metros de mi hija?

Los tres miran hacia el número 11. Walter ha desaparecido, su vida ha vuelto a evaporarse entre esas cuatro paredes.

—Tenemos que deshacernos de él, Harold —prosigue Sheila—. No podemos vivir así. Que me maten si ese hijo de puta me echa de mi propia casa.

Se marcha y Eric la observa alejarse con Lisa hacia el número 12, abrazadas las dos para darse apoyo.

Y se pregunta cuál de ellas lo necesita más.

Después de aquel día no dejan en paz a Walter. La noticia de que ha intentado llevarse a otra niña se difunde rápidamente. Con cada nueva persona que la propaga, aumentan su impacto y la furia, y acumula odio a medida que recorre la urbanización.

Eric observa y no dice nada. Le preguntan qué ocurrió. Quieren que vierta su parecer en la conversación, pero se niega a caer en la trampa. Si desean ejecutar a Walter Bishop, que lo hagan, pero él no piensa proporcionar la munición. En cambio Harold Forbes parece contento de fabricar tantas balas como hagan falta.

«A plena luz del día —le oye decir—. Sí, sí, llevándola a rastras por la carretera hacia su casa. Ningún niño está a salvo mientras ese hombre viva aquí.»

Se disparan las balas. Eric ve las pruebas. El contenido del cubo de la basura de Walter Bishop desparramado en el jardín todas las mañanas. Ropa arrancada del tendedero y arrastrada por el barro. Todo el mundo observa, acecha, a la espera del menor traspié, de la más vaga autorización a abrir la trampilla.

Unos días después del incidente con Lisa, Eric está en la tienda. Busca algún alimento que tiente a Elsie, quizá galletas rellenas de vainilla o fruta en conserva. Por lo visto Elsie ha perdido todo interés por la comida, lo que es comprensible. El tiempo ha cambiado y las noches son largas y deprimentes. Eso no ayuda a aumentar el apetito. Todo el mundo lo dice. Examina los estantes. Cyril no tiene un gran surtido, pero normalmente es posible encontrar algo entre los envases de flan en polvo y las cajas de cereales. Desde detrás de una pirámide de sopa de verdura, oye a un grupo de clientes charlar junto al mostrador. Distingue la voz de Sheila Dakin y la de Harold Forbes entre otras que no reconoce.

Hablan de Walter Bishop. Eric se pregunta de qué conversaba la gente antes de que apareciera Walter Bishop.

—Desde luego, si de mí dependiera, se habría largado en cuanto empezó esto. No habría tenido la oportunidad de hacer nada más.

Es la voz de Harold, que se impone por encima de las hebras de té.

—Los policías son unos inútiles. Si vuelve a tocar a mi Lisa, será a mí a quien tendrán que detener.

Sheila Dakin.

Eric camina hacia la caja. Hay otros dos hombres, los conoce del British Legion, y también está Lisa, con el abriguito abotonado. Por lo visto llevan un rato criticando a Walter, porque la niña se ha sentado en el suelo para morderse las uñas en paz.

—Estamos hablando de Bishop —le informa Harold.

—Ya lo he oído. —Eric deja las galletas y hace una seña con la cabeza a Cyril, que está detrás del mostrador.

—Es espantoso, ¿no? —dice Sheila.

Eric comprende que es una invitación a participar en el baile.

—Sí, lo es —responde.

—Hablábamos de escribir una petición y entregarla en el ayuntamiento —explica Harold. Las palabras se presentan como una pregunta.

Eric cuenta las monedas.

—Dudo que una petición logre que ese hombre se largue —dice Sheila—. Lo único que conseguirá echarlo es la fuerza bruta.

La niña mira a Eric con ojos de estar escuchando y él le sonríe.

Sheila habla de fuerza bruta y reflexiona sobre el atractivo de sus múltiples variantes, hasta que la campanilla de la puerta la interrumpe con un susurrante tintineo de disculpa. Cuando se dan la vuelta, es evidente que esperan ver a alguien cuya opinión respalde la de ellos, un defensor de la fuerza bruta y de las peticiones vecinales, pero en la entrada de la tienda se encuentra Walter Bishop, con el abrigo mojado por la lluvia. El vaho ya empieza a cubrirle los cristales de las gafas. Sus palabras mueren en el silencio.

Sheila levanta del suelo a Lisa y le corta el aliento con la fuerza de sus brazos.

Walter Bishop cruza la tienda. Sus zapatos rechinan sobre el linóleo, su bolsa da contra las latas de los estantes inferiores. Al llegar al mostrador se quita las gafas y las limpia con un pañuelo gris sucio. Eric se fija en que le tiemblan las manos, en el sudor que afluye a la piel coriácea.

—Lamento... —dice Walter Bishop— lamento molestar, pero querría medio litro de leche.

Nadie habla.

Detrás del mostrador, Cyril cruza los brazos y aprieta las mandíbulas, en pie de guerra.

Walter Bishop espera. Esboza una sonrisa. Es una sonrisa apagada. Nacida del optimismo más que de la alegría, pero una sonrisa a fin de cuentas. Eric no acaba de tener claro si Walter Bishop es un insensato o un perfecto imbécil.

—No tenemos leche —dice Cyril.

Los demás observan en silencio, el impacto de la conversación reflejado en sus ojos.

—Solo medio litro. —Walter señala las botellas de leche alineadas en el frigorífico que hay detrás del mostrador.

—No tenemos leche —repite Cyril—. De hecho, me parece que en este momento no tenemos en la tienda nada para vender.

Walter le sostiene la mirada, con la sonrisa aún en los labios, pero muy poco a poco se le desdibuja, hasta que en su lugar solo queda un vacío. Una cara que busca una escapatoria, una expresión con la que salvarse.

Walter vacila. Eric oye que Harold cruza los brazos y que Sheila tamborilea con los dedos sobre el mostrador.

—¿Algo más? —dice Cyril.

Walter se da la vuelta. Susurra disculpas y un gracias, sentimientos expresados con voz tan queda que Eric no sabe si son palabras o tan solo el sonido de la derrota de un hombre. Una vez cerrada la puerta y acallada la campanilla, el grupo se une en el silencio.

Sheila descarga los puños sobre el mostrador.

—Eso es lo que necesitamos, coño —dice—, alguien que enseñe a Walter Bishop lo que es la educación.

Recorren la urbanización de vuelta a casa. Harold habla y Sheila absorbe sus palabras junto con bocanadas de Park Drive.

Eric intenta no escuchar.

Urden planes y peticiones, hablan de reuniones en el Legion, de llamadas telefónicas al ayuntamiento. Eric tiene asuntos más importantes en los que pensar, mayores preocupaciones con las que empapelarse el interior de la cabeza.

Mira al frente. Lisa trepa a los muros que bordean la acera. Alarga la mano intentando tocar las ramas inferiores de los árboles, se estira para rozarlas con la punta de los dedos. No lo consigue, siempre se queda unos tres centímetros por debajo. Eric la observa. Qué raro. Es una niña alta, debería lograrlo sin ningún problema.

De pronto comprende por qué a Lisa le cuesta tanto. Por qué no llega a las ramas. La tela rosa le tira en los hombros, le aprisiona la espalda, lo que le impide alcanzarlas.

Por eso le cuesta tanto. Por culpa de la trenca. Le queda muy estrecha.

La Avenida, número 14

20 de julio de 1976

—Supongo que a usted no le molesta —dijo el señor Forbes. Yo estaba sentada en la hierba, junto a sus pies. Observábamos cómo el señor Kapoor limpiaba su enorme coche.

El señor Kapoor alzó la vista del capó.

—¿Qué no me molesta?

—El calor. —El señor Forbes señaló el cielo y me fijé en que los talones se le levantaban de la planta de las sandalias—. Supongo que a usted no le deprime... Como nos pasa a los demás.

El señor Kapoor frunció el ceño y frotó con el trapo una caca redonda de pájaro. No usaba agua; si no, la señora Morton habría sospechado de él al instante.

—Harold quiere decir que en la tierra de usted el tiempo será siempre como este. —May Roper estaba apoyada en la valla, detrás de mí. Cada vez que hablaba, yo oía cómo la madera batallaba con su pecho.

—¿En Birmingham? —dijo el señor Kapoor.

—¿También hay un Birmingham en Pakistán? —preguntó la señora Forbes.

Su marido la miró con el ceño fruncido y se volvió hacia el señor Kapoor.

—Es una cuestión genética, ¿no? Los indios soportan bien el calor. Es una raza fuerte. Aguanta mucho.

—En eso estamos de acuerdo —dijo el señor Kapoor. Seguía frotando con fuerza la caca de pájaro, aunque yo no veía que quedara nada.

—No es que sea racista. —Los pies del señor Forbes se balancearon en las sandalias, hacia delante y hacia atrás—. En absoluto.

—Para nada —apuntó la señora Forbes.

—Nada de nada —añadió May Roper.

—Soy patriota. —El señor Forbes pronunció la palabra muy despacio—. Quiero que Gran Bretaña siga siendo un país grande. Es como un club exclusivo. No se puede permitir la entrada a cualquiera.

—Cuánta razón tienes, Harold —dijo la señora Forbes.

El señor Kapoor se agachó para limpiar la placa de la matrícula. El calor había traído consigo una capa de polvo, que lo cubría todo. Se asentaba en los coches, las aceras y las casas. Hasta se incrustaba en la piel y el pelo. No había forma de librarse de él, por mucho que nos limpiáramos, nos laváramos y nos restregáramos para quitárnoslo de encima. Por su culpa todo se veía sucio y velado.

—De hecho, soy bastante multicultural —prosiguió el señor Forbes.

El señor Kapoor levantó la vista de la matrícula.

—¿Multicultural?

—Pues sí. —Los pies del señor Forbes se balancearon un poco más—. Multicultural, sin duda. Por ejemplo, soy un gran fan de Sidney Poitier.

—Es cierto —confirmó la señora Forbes.

—Y de Louis Armstrong. Las personas de color tienen un gran sentido del ritmo, ¿verdad que sí?

Me pareció que el señor Kapoor decía algo, pero no le entendí.

—Ser patriota no impide estar abierto a ideas nuevas. Tenemos que recordar que Britania gobierna las olas. —El señor Forbes sonrió y se mostró de acuerdo consigo mismo.

—Entonces el año que viene celebrarán el jubileo de la reina, ¿no?

—¿Celebrarlo? —Los dedos de los pies del señor Forbes tamborilearon entusiasmados—. Montaremos en la avenida la mejor fiesta de la urbanización. He creado una comisión, ¿verdad, Dorothy?

—Sí, cariño. —La señora Forbes sonrió al señor Kapoor—. Yo soy la secretaria.

—Bueno, todavía tenemos que ultimar algunos detalles. —El señor Forbes se dio unos golpecitos con el índice en la sien y guiñó un ojo al señor Kapoor—. Dejaremos en ridículo a las demás calles.

—He oído decir que los de Pine Crescent piensan contratar un castillo inflable —apuntó May Roper—. Rojo, blanco y azul. —La valla comenzó a crujir—. Y en Poplar Drive tienen un mago.

—¿De veras? —El señor Forbes se dio la vuelta para mirar a la señora Roper. Tenía gotitas de saliva en las comisuras de los labios—. ¿De dónde sacan el dinero? Nosotros tenemos un presupuesto limitado.

La señora Roper y la valla se encogieron de hombros.

El señor Kapoor se puso en pie y sacudió el polvo del trapo.

—Quizá yo pueda ayudar —dijo.

—No, no lo creo. —El señor Forbes se volvió—. Dudo que sea lo suyo.

—Pero tengo un amigo en una empresa de servicios de

comidas —dijo el señor Kapoor—. Si hablo con él, les prepararará un verdadero banquete por un precio módico.

—¿De veras? —dijo el señor Forbes.

—Sí, sí. Para que aprendan los de las otras calles.

—Bueno... —El señor Forbes sonrió, y las gotitas de saliva se extendieron sobre las encías—. Sería muy amable de su parte, si no le importa.

—Muy amable —repitió la señora Forbes.

—Teniendo en cuenta que es para nuestra reina —dijo la señora Roper.

—Ahora mismo le llamo. —El señor Kapoor abrió la puerta de su casa—. Prepara los mejores curris a este lado de Bradford. Muy multicultural. Le encantará, Harold.

La puerta se cerró.

La señora Kapoor debió de decir algo gracioso, porque oí a su marido reír apenas entró en casa.

Miré los pies del señor Forbes.

Los dedos ejecutaban un baile en las sandalias. Como teclas de un piano.

La Avenida, número 4

26 de julio de 1976

Llegué a la conclusión de que el inspector Hislop era un policía mucho más importante que los agentes Green y Hay, pues siempre viajaba en la parte trasera del coche y le permitían llevar su propia ropa.

—Debe de ser de la Brigada de Delitos Graves —dijo la señora Morton.

—¿No son graves todos los delitos? —preguntó Tilly, pero no le respondimos.

El inspector no hablaba de la serie *Tiswas* ni olía a tela; tampoco le crujían las rodillas. Mantenía largas conversaciones discretas tras puertas cerradas a cal y canto, y al acabar esas conversaciones la gente estaba radiante y un poco perpleja. Cuando llegó el turno de mi padre, mi madre dio vueltas por la casa con los brazos cruzados y preparó tres tazas de té, que al cabo de dos horas continuaban sobre el escurreplatos. Tilly y yo estábamos en el descansillo, inclinadas sobre la baranda, viendo cómo la coronilla de mi madre recorría el pasillo de arriba abajo.

Cuando mi padre salió de la conversación, mi madre abrió la boca para dar rienda suelta a las preguntas, pero antes de que surgiera alguna mi padre levantó la mano, meneó la cabeza y se dirigió al salón. Allí seguía cuando me acosté. Mi madre pasó mucho rato sentada al pie de la escalera, con los brazos alrededor de las rodillas y la cabeza inclinada sobre el pecho. Yo empezaba a preguntarme si alguna vez volvería a moverse, cuando de pronto tensó aún más los brazos, levantó la cabeza y gritó: «¡No sé tú, Derek, pero yo no soporto más este puñetero calor!».

Tuve la impresión de que las palabras daban vueltas en el aire, como si no quisieran irse. Me volví hacia Tilly, porque me pareció que necesitaba una sonrisa. Pero ella no me sonrió. Se limitó a bajar la cabeza y a morderse el labio, y evitó mirarme.

El lunes por la mañana el inspector Hislop decidió pedir a la televisión que trajera de vuelta a la señora Creasy.

La transmisión se realizaría mediante una unidad móvil, según dijo la señora Morton, que de golpe y porrazo se había convertido en una entendida en el asunto. Tilly y yo decidimos ponernos nuestra mejor ropa para la transmisión, porque una nunca sabe si la invitarán a aparecer en las noticias locales en el último momento. Sheila Dakin arrastró la tumbona hasta la parte delantera del jardín, para ver mejor, y la señora Forbes se quitó el delantal y se aplicó una capa más de pintalabios. Todo el mundo salió a la avenida, hasta mis padres (aunque cada uno se situó en un extremo de un muro). Solo faltaba el señor Creasy. Acababa de tener otra conversación con el inspector Hislop, de la que, como siempre, había salido bastante pachucho, y por eso se había tumbado en el sofá de Sheila Dakin, con las cortinas corridas y un paño frío.

La avenida estaba llena de camionetas, cables y gente que

iba de un lado para otro con carpetas sujetapapeles y las manos en las caderas. Habían acudido dos reporteros del periódico local. Observaban al inspector Hislop, que se aprendía su papel paseándose por delante de la casa del señor Creasy con una hoja en la mano.

—Creo que me gustaría mucho salir en el periódico local —comentó Tilly.

Estábamos sentadas en el muro de la señora Forbes, que en otras circunstancias se habría quejado, pero se hallaba bastante atareada tratando de sonsacar información a una de las personas que llevaban una carpeta sujetapapeles.

—¿Por qué quieres salir en el periódico local? —le pregunté.

Tilly estaba sentada sobre las manos. Estiró las piernas y las balanceó al sol.

—La gente me vería —respondió.

Esperé.

Balanceó las piernas un poco más.

—¿Alguien en especial?

—Bueno... —Continuó con el balanceo—. Si saliera en el periódico local, a lo mejor me veía mi padre. Y a lo mejor se sentía tan orgulloso que se ponía en contacto conmigo, porque querría contármelo.

—Tu padre vive en Bournemouth. Dudo que vendan nuestro periódico local en Bournemouth.

Dejó de balancear las piernas y me miró.

—Pero nunca se sabe, ¿verdad? —dijo.

Comprendí que me ofrecía las palabras. Así pues, las acepté y las retuve un momento antes de devolvérselas.

—No —dije—, nunca se sabe.

Y sonrió y reanudó el balanceo.

El inspector Hislop estaba preparado, los agentes Green y Hay procuraron que todos nos calláramos y nos portáramos bien y supiéramos que no debíamos correr por delante de la cámara ni chocar con el hombre que sujetaba un gran micrófono de peluche. En lugar de regresar a donde se encontraba el inspector Hislop, se quedaron vigilándonos, como hacen los policías en los partidos de fútbol.

El hombre situado detrás de la cámara contó con los dedos y señaló al inspector Hislop, que comenzó a hablar.

Todos escuchamos.

«Crece la preocupación por el bienestar de una mujer de la localidad —dijo—. La señora Margaret Creasy fue vista por última vez la noche del veinte de junio en su domicilio.»

Señaló hacia atrás, hacia la casa del señor Creasy, y todos la miramos como si hasta entonces no la hubiéramos visto.

«La familia y los amigos de la señora Creasy afirman que esta nunca habría desaparecido así.»

Miró sus notas. Cuando volvió a levantar la cabeza, frunció mucho el entrecejo y puso una cara aún más triste.

«Por añadidura, un descubrimiento reciente nos ha llevado a redoblar el afán por localizar a la señora Creasy y hablar con cualquiera que conozca su paradero.»

Dio la impresión de que todos los de la avenida se aupaban unos centímetros.

La señora Forbes soltó la labor de punto y estiró el cuello para escuchar. Sheila Dakin se inclinó hacia delante en la tumbona. Mi padre se enderezó un poco y mi madre entrelazó los dedos en la nuca. Hasta Tilly dejó de balancear las piernas.

El inspector Hislop prosiguió.

«Aproximadamente a las once de la mañana del día de ayer, un ciudadano atento encontró un par de zapatos que hemos identificado como pertenecientes a la señora Margaret Creasy.»

Hubo una única respiración. El aire nos entró en los pulmones desde una gruesa mascarilla de calor, y de un momento para otro nos quedamos todos en suspenso. En ocasiones la vida nos ofrece instantes como este, pensé. Y siempre se producen cuando menos lo esperamos.

«Los zapatos —prosiguió— se encontraron al lado del canal.»

Tras un instante de silencio, la avenida comenzó a descomponerse.

La voz de la señora Forbes fue la primera que se oyó.

—Lo sabía. La han matado. Lo sabía. Lo sabía.

Empezó a ir de una punta a otra de la acera, como si fuera un metrónomo. Ni siquiera el señor Forbes, que la agarró de los hombros, logró detener el recorrido de su angustia por el hormigón. Masculló palabras tratando de acallarla, pero cuantos contemplaban la escena se daban cuenta de que perdía el tiempo.

Sheila Dakin se levantó de la tumbona como un cohete.

—Ha sido Bishop —dijo—. Tiene que ser él. ¿Qué otra persona haría algo así?

—Por el amor de Dios, Sheila, ¡ni siquiera sabemos si está muerta! —Era mi padre.

Continuaba apoyado en el muro, y se apretaba la cara con las manos desde que el inspector Hislop había dejado de hablar. Gritó esas palabras desde el otro lado de la avenida, y con tal ímpetu que mi madre entrelazó aún con más fuerza los dedos en la nuca y empezó a respirar muy deprisa por la boca.

—Claro que está muerta. —Sheila llegó a la acera. Intentó cruzar la carretera, pero por lo visto las piernas se negaron a obedecer lo que les mandaba, de modo que tropezó con el bordillo—. ¿Cómo va a estar si no?

—Puede que se tirara. —May Roper atravesó anadeando su jardín.

Brian trató de detenerla, pero se enredó con la cuerda del tendedero y el intento se vio frustrado por tres paños de cocina y un chaleco extralargo.

—Es posible que se tirara ella misma. Tendrán que dragarlo para que podamos ir al funeral.

—Por el amor de Dios, May, no seas tan morbosa, joder —le espetó mi padre.

—De todos modos, tiene razón. —El señor Forbes, que había dejado que su mujer siguiera moviéndose como un metrónomo, tenía la vista fija en la acera—. Tendrán que mandar buzos.

—Eso es lo que una consigue —intervino la señora Forbes al pasar por su lado—, eso es lo que una consigue por saber demasiado acerca de los asuntos de los demás.

Todo el mundo se puso a gritar al mismo tiempo. Las voces se agolparon hasta formar un único estruendo enorme, y era imposible oír lo que decía cada uno. Observé al inspector Hislop, todavía plantado delante de la cámara, con el papel de su discurso doblado y metido en el bolsillo, y una cara de profunda satisfacción. Advertí que movía muy despacio la cabeza mirando a los agentes Green y Hay, y advertí que estos movían la cabeza a su vez.

Me volví hacia Tilly para ver si también ella se había percatado, pero no apartó la vista del césped de Sheila Dakin. Yo también lo miré, pero tardé un momento en verlo.

Era el señor Creasy, que estaba tumbado sobre la hierba. Daba la impresión de que se había acurrucado para dormir, pero tenía los ojos abiertos y se rodeaba el torso con los brazos. Parecía que estuviera llevando la cuenta de algo.

—Esto ya no me gusta —dijo Tilly—. ¿Vamos adentro?

Dije que a mí tampoco me gustaba (aunque era mentira). Una parte de mí habría preferido quedarse a ver qué sucedía, pero me bajé del muro de la señora Forbes.

Antes de entrar en casa me volví a mirar el número 11. Las cortinas de un dormitorio estaban entreabiertas, separadas por solo un resquicio, y Walter Bishop tenía la cara pegada al cristal.

No estaba segura al cien por cien, pero tuve casi la certeza de que lo veía sonreír.

Después de que el inspector Hislop nos informara de que habían hallado los zapatos, la avenida se volvió muy silenciosa. Era como si todo el mundo hubiera soltado sus gritos de un tirón y no les quedaran más para el resto de la semana. Ni siquiera armaban ruido mis padres, que, en lugar de dar portazos, gritos y zancadas, se deslizaban por la casa tratando de evitarse.

Pregunté a varias personas si la señora Creasy estaba muerta, pero al parecer nadie sabía qué responder. Mi madre encendió el televisor. Mi padre dijo «bueno, a ver, bueno», y de repente tuvo algo muy importante que hacer en el salón. La señora Morton me contestó «en realidad nadie lo sabe» y se quedó con la mirada perdida.

Para no saberlo, todos se comportaban de forma muy rara.

La Avenida, número 4

30 de julio de 1976

Era un viernes por la mañana. Tilly y yo estábamos sentadas en la sala con el catálogo de Kays y una botella de Dandelion and Burdock. Teníamos las cortinas corridas para que no entrara el calor, que aun así lograba colarse no sé cómo. Cada vez que pasaba una página, el papel satinado se me adhería a los dedos y no se desprendía ni a la de tres.

—Me gusta esto. —Señalé una cazadora vaquera.

Tilly se limitó a apoyar la barbilla en las manos. Yo sabía que estaba esperando a que llegara a los Whimsies.

—Y estos. —Señalé un par de zuecos.

Con un rotulador verde tracé un círculo alrededor de cada artículo. Planeaba dejar el catálogo con todos mis redondeles en un sitio práctico para que alguien se interesara por ellos.

—Son muy caros. —Tilly escudriñó la página en la penumbra.

—Veinticinco peniques a la semana en cuarenta y ocho cómodos plazos. —Subrayé «cómodos».

—¿Cómo vas a conseguir veinticinco peniques a la semana?

—Puedo trabajar repartiendo periódicos. Como hace Lisa Dakin.

—Ella es mucho mayor que nosotras, Gracie. Tú y yo somos demasiado pequeñas para repartir periódicos.

Tracé un círculo alrededor de una bufanda de cuadros. A veces me parecía oír a Tilly decir algo antes incluso de que pronunciara las palabras.

—No es mucho mayor que nosotras —repliqué.

—¿Te apetece jugar al Monopoly?

—Pues no.

—¿Te apetece que vayamos a casa de la señora Morton?

—Pues no.

Guardamos silencio y seguí dibujando redondeles.

—¿Por qué rodeas con círculos toda la ropa de Lisa Dakin?

Dejé de rodear con círculos la ropa de Lisa Dakin.

—No lo hago.

—Sí lo haces. ¿Por qué tienes tantas ganas de caerle bien?

Miré todos mis redondeles. En ocasiones Tilly planteaba preguntas que yo tenía en la cabeza pero que prefería que no se formularan.

—Si le caigo bien a Lisa Dakin, es posible que también le caiga bien al resto de la escuela.

Tilly levantó la barbilla de las manos.

—Dudo que personas como esas importen mucho, Gracie. Tú y yo nos tenemos la una a la otra.

—Claro que importan. Todo el mundo quiere que lo aprecien. Todo el mundo quiere caer bien, ¿no? —Pasé las páginas del catálogo y miré fotos de modelos que, con las manos en las caderas, se reían las unas de las otras—. Es normal, ¿no?

—Yo solo quiero caeros bien a ti y a la señora Morton, a mi mamá y a mi papá. Cualquier otra persona es una propina.

—Es que tú no eres muy normal, ¿verdad? —Volví a coger el rotulador—. No eres como Lisa Dakin.

Sabía que Tilly me estaba mirando, pero no quise mirarla.

Si la miraba le vería la cara, y sabía que si le veía la cara tendría que pedirle perdón.

—Me voy un rato a casa —dijo.

La oí levantarse y salir de la sala, pero no aparté los ojos de los redondeles.

—Entonces ¡adiós! —grité.

Pero ya se había ido.

La casa quedó muy silenciosa. Oía cómo el rotulador se deslizaba por las páginas del catálogo, aunque en realidad no había nada que me apeteciera rodear con un círculo.

Entré en el cuarto de estar, donde también reinaba un profundo silencio, y en la cocina solo se oían los ronquidos de Remington, que dormía debajo de la mesa. Lo raro era que en ese momento tan solo me apetecía jugar al Monopoly.

Deseaba que Tilly regresara.

Sabía que al final regresaría. Quizá eso fuera la mitad del problema.

Metí la cabeza en el frigorífico para que se me refrescara y para calmarme.

Llegaron unos minutos después de lo que yo esperaba. Las oí por encima del zumbido del frigorífico: las sandalias de Tilly chancleteaban en el camino que bordeaba un lado de la casa.

Avanzaban muy deprisa, armando mucho ruido. Antes de que tuviera ocasión de sacar la cabeza del congelador, Tilly abrió la puerta trasera con tal ímpetu que el cristal vibró en la estructura de madera.

—¡Gracie! —gritó.

Ella nunca gritaba. Un día le picó una avispa y nadie se enteró hasta diez minutos después.

—¿Por qué gritas? —Ya había sacado la cabeza de la nevera, y poco a poco notaba el calor en la cara.

—Debes venir ahora mismo —dijo. Tenía la cara roja como un tomate y las palabras pugnaban por salir de la boca con todo el aliento—. Ahora mismo —repitió.

—¿Por qué?

Crucé los brazos y me apoyé en la puerta del frigorífico para aparentar desinterés.

—Nunca adivinarás quién hay al final de la avenida. No lo adivinarás jamás.

Repitió varias veces «no lo adivinarás jamás», no fuera a ser que yo tuviera la ridícula impresión de que iba a adivinarlo.

Seguí apoyada en el frigorífico.

—¿Quién? —pregunté, y me miré las uñas.

Tilly volvió a respirar hondo y a continuación habló procurando que las palabras salieran con tanta fuerza como podían reunir sus pulmones.

—¡Es Jesús!

El tubo de desagüe

30 de julio de 1976

Creo que dejamos abierta la puerta trasera, pero no estoy segura.

Salimos de la cocina en una maraña de preguntas y a Tilly se le enganchó la rebeca en el picaporte. Remington se despertó para ver a qué venía tanto alboroto y casi tropezamos con él camino de la puerta.

—No lo entiendo —dije.

Nos precipitamos hacia el camino. Me di cuenta de que no llevaba zapatos, pero daba igual. El hormigón era cálido como una alfombra.

—Ya verás —dijo ella, y su entusiasmo me condujo por el costado de la casa y luego por la avenida.

Pasamos por delante del señor Forbes, que nos observó desde el jardín.

—Jesús está aquí —le expliqué. Siguió mirándonos, pero se le dibujó un leve fruncimiento en el entrecejo.

Sheila Dakin, que se cocía al sol, levantó la cabeza y se apoyó en los codos. Se protegió los ojos de la luz y nos saludó con la mano, y yo aflojé el paso para devolverle el saludo.

—Vamos —me apremió Tilly—. ¡Tal vez se vaya!

Llegamos al otro extremo de la avenida, donde una pequeña parcela de hierba se mezclaba con rociadas de gravilla. Tilly se paró en seco y me agarró del codo. Había dos garajes municipales, ambos vacíos, cuyas persianas habían desaparecido hacía tiempo: dos armazones de hormigón frío y oscuro, pero ni rastro de Jesús; solo charcos irisados de aceite y la conversación susurrante de hojas secas en rincones polvorientos.

—¿Adónde ha ido? —pregunté.

Tilly lanzó un chillido muy extraño y señaló con la cabeza el garaje que teníamos más cerca. Avancé unos pasos, y ella me siguió sin soltarme el codo.

Las piedrecillas blancas se me clavaban en los pies.

—Ahí, mira —dijo.

Miré. No había nada.

—No hay nada.

Contaba con que Jesús me aguardaría con una pulcra túnica blanca de mangas muy largas, una barba bien arreglada y quizá una sonrisa generosa. En cambio encontré una bolsa de la basura rota y un neumático podrido; donde esperaba ver a Jesús, líneas de hierbajos sedientos señalaban el espacio de las losas que antes pavimentaban el suelo.

—Ahí —dijo Tilly, que señaló con la cabeza hacia el aire fresco.

No me moví. Exhaló un leve suspiro y me llevó hacia la pared exterior del garaje.

—Ahí.

Volví a mirar. Nada.

—Solo veo un tubo de desagüe.

—¡Mira el tubo de desagüe, Grace!

Lo miré. Era de un material parecido a la cerámica. Pensé que en el pasado debía de ser blanco, pero ahora se encontraba desconchado y desportillado y tenía una gran mancha marrón cerca de la parte inferior, donde había caído algo.

Volví a mirar la mancha.

—¿Lo ves? —me preguntó Tilly.

Me agaché para observarla mejor. Vi remolinos de pintura o de creosota. Marcas irregulares de color marrón donde la punta de un pincel había rozado el tubo. De todos modos, había algo extraño, algo que me resultaba casi familiar.

Entrecerré mucho los ojos.

Entonces lo vi, con toda claridad. Tan nítido que no entendía por qué no lo había visto desde el principio.

Y Tilly empezó a chillar.

Los gritos de Tilly sacaron al señor Forbes de su jardín. Al ver que él salía, Sheila Dakin se sintió obligada a salir también, no fuera a perderse una situación que requiriese su presencia.

Se agacharon a nuestro lado delante del tubo de desagüe. Percibí el olor a bronceador y a tabaco.

El señor Forbes volvió la cabeza hacia un lado y hacia otro. Se quitó las gafas y las movió adelante y atrás entre su rostro y el tubo de desagüe.

—¿Ve algo? —le pregunté.

Siguió moviendo las gafas, y de repente retrocedió con sus pantalones cortos.

—¡Jesús! —dijo.

—¡Exactamente! —exclamó Tilly.

Sheila Dakin, que lo vio al mismo tiempo, dijo «hostia» y echó un montón de humo de Lambert & Butler sobre el Hijo de Dios.

El señor Forbes le ordenó que tuviera cuidado, y agitamos los brazos y empezamos a toser (menos la señora Dakin, que por lo visto ya había soltado todas sus toses camino del garaje).

—Voy a buscar a Dorothy —anunció el señor Forbes—.
Esto la animará una barbaridad.

Sheila Dakin aplastó el cigarrillo en la grava con la punta
de la zapatilla y escudriñó a Jesús.

—Qué triste parece, ¿no? —dijo.

—Yo siempre había imaginado que Jesús estaría muy contento cuando lo conociera —explicó Tilly—. Creía que llevaría una bata larga y nos miraría a los ojos.

—Yo también —dije.

Las dos contemplamos el tubo de desagüe.

Ladeé la cabeza.

—Puede que tenga un mal día.

—Todavía no he acabado la lista, Harold.

Oí a la señora Forbes, a quien su marido conducía por la
acera. Apareció con un trapo del polvo metido en la cinturilla
del delantal. El señor Forbes le rodeaba los hombros con el
brazo, como si guiara a una ciega entre el tráfico.

—Harold, me estás liando otra vez.

—Abre los ojos y mira.

Se quedó muy quieta, con la vista fija en el garaje, y se llevó
una mano a la boca.

—Jesús —dijo—. Jesús está en el...

—En el tubo de desagüe —añadió el señor Forbes.

—Es increíble.

Ella lo vio de inmediato.

A la hora del almuerzo, el Jesús del Tubo de Desagüe ya había
causado un gran revuelo.

El señor Forbes fue a buscar tumbonas y la señora Forbes

se empeñó en sentarse lo más cerca posible de Jesús, aunque sin taparles la vista a los demás. Se sacó de la manga un pañuelo de papel y se limpió con delicadeza la nariz.

—Es una señal —decía de vez en cuando.

—¿De qué? —susurraba yo.

Pero nadie respondía.

En un momento dado, Sheila Dakin masculló «sabe Dios» y corrió a casa a buscar una camiseta para cubrirse, por si acaso.

«Dadas las circunstancias...», dijo.

Al cabo de una hora se presentó Eric Lamb, con gruesas botas de goma cubiertas de tierra. Dejó un rastro hasta Jesús, se agachó delante de él y lo miró a los ojos.

—No lo veo —dijo.

—¿Cómo es posible que no lo veas? —La señora Forbes se interrumpió para limpiarse con delicadeza la nariz—. Es claro como la... como la...

—¡Como la luz del día! —soltó su marido a grito pelado.

—No es más que una mancha de creosota, Dot. —Eric se enderezó y cruzó los brazos—. Una mancha de creosota corriente y moliente. Debe de haber salido con el calor.

La señora Forbes entornó los ojos y arqueó una ceja.

—En fin, Eric, supongo que es una cuestión de fe.

Eric Lamb retrocedió y, aunque parezca mentira, al entrecerrar los párpados y observar el tubo de desagüe desde otro ángulo consideró que, a fin de cuentas, sí era Jesús.

—¡Caramba! —dijo.

La señora Forbes se limitó a asentir y mandó al señor Forbes a buscar limonada para todos.

Sheila Dakin dijo: «Una copa de jerez vendría muy bien», pero nadie le hizo caso.

Cuando el señor Forbes regresó con la limonada y más tumbonas, nos sentamos todos a la sombra de los garajes, con el neumático podrido, las hojas polvorientas y Jesús.

—¿Qué creéis que significa? —preguntó Sheila Dakin.

Brian el Flaco se sentó en la hierba con su cazadora de plástico. Había elegido primero una tumbona, pero tuvo que abandonarla porque se plegaba cada vez que él se movía.

—Supongo que es un aviso —afirmó—. Como cuando vemos una urraca o rompemos un espejo. Supongo que significa que se avecinan problemas.

—No seas ridículo, chico. —Harold Forbes sacó la pipa—. Eso son supersticiones. Esto es religión.

—Bueno, es evidente que está aquí para comunicarnos algo. —La señora Forbes hizo desaparecer de nuevo el pañuelo de papel y tomó un sorbo de limonada—. Tendrá algún mensaje que dar.

—¿Qué clase de mensaje? —preguntó Tilly.

—No estoy segura. —La señora Forbes se mordió el labio superior—. Pero eso hace Jesús, ¿no? Trae mensajes.

La gente se removió en los asientos de lona y Tilly se llevó las rodillas al pecho.

—¿Qué tendría que decirnos Jesús a nosotros? —musitó.

Harold Forbes carraspeó y los demás se limitaron a mover los pies sobre la gravilla.

—¿Creéis que Jesús intenta comunicarnos que Margaret Creasy sigue con vida? —preguntó la señora Dakin—. ¿Que no se ha caído al canal?

—No seas ridícula, Sheila. Desde luego que no está viva. —Harold Forbes acomodó los pantalones cortos sobre la tumbona—. No aparecen los zapatos de nadie junto al canal sin ningún buen motivo.

La señora Forbes se santiguó y miró el tubo de desagüe con el rabillo del ojo.

—Necesitamos al párroco —dijo moviendo mudamente los labios—, como traductor.

La señora Morton acudió alrededor de las tres y media. Una llamada telefónica la había avisado al terminar la radionovela *The Archers*, y trajo expresamente las gafas de lectura.

—No sabía cuánto mediría Jesús —dijo.

Miró con atención y frunció el ceño, como habían hecho todos, hasta que la señora Forbes le aconsejó que retrocediera un poco. Cuando así lo hizo, el sobresalto de ver a Jesús la envió derecha a una tumbona.

—¿No es emocionante? —dije.

—¿Quién lo ha encontrado? —preguntó la señora Morton.

Tilly arrastró los pies por la hierba hasta serenarse.

—Yo —contestó—. Estaba parada aquí, sin saber si irme a casa o volver a la de Grace para pedirle perdón.

La señora Morton me miró, pero no me hizo ningún comentario.

—Debes estar orgullosa —le dijo a Tilly—. No era fácil verlo. Es evidente que de eso se trataba.

Tilly se volvió hacia mí.

—A lo mejor los del periódico quieren entrevistarnos. A lo mejor nos ven todos los de la zona. Incluso los de Bournemouth.

—A lo mejor —dije yo.

—No sé si debería ponerme un vestido. —Se rascó una mancha que tenía en la manga de la rebeca—. Claro que quizá la gente no me reconozca si no llevo una rebeca. Quiero estar segura de que me reconocen, ¿verdad que sí, Gracie?

—Claro —respondí.

—En cualquier caso, eres tú quien lo ha encontrado, y no Grace —señaló la señora Morton.

—Pero somos amigas. —Tilly me miró—. Lo compartimos todo. Incluso a Jesús.

Ambas contemplamos el tubo de desagüe y sonreímos.

La Avenida, número 2

30 de julio de 1976

—¿Qué quieres decir? ¿Jesús? —May Roper se cubrió un poco más las piernas con el mar de ganchillo.

—En el tubo de desagüe. Lo he visto con mis propios ojos.

—¿Has vuelto a ponerte al sol, Brian?

—Sheila Dakin cree que es una señal.

—Una señal de que le ha dado al jerez.

Brian se volvió hacia la ventana. Vio que se había congregado una multitud y que Harold Forbes se paseaba con sus pantalones cortos entre la gente.

—Ha salido todo el mundo, mamá. Creen que tiene algo que ver con la desaparición de Margaret Creasy.

—No hace falta ser Jesús para averiguar qué ha pasado. Solo hay que mirar al número once.

Brian frunció el ceño y no dijo nada.

—Creen que el párroco de Saint Anthony vendrá más tarde.

—¿El párroco?

—Y quizá incluso el obispo. Ya sabes, para darle el visto bueno como milagro.

—¿Por qué demonios decidiría Dios Todopoderoso obrar un milagro en esta avenida? —replicó su madre—. Dudo muy mucho que el párroco se dignara saludar a Jesús.

—Creo que lo hará. —Brian echó otra ojeada a la calle y enderezó la cortina—. Dorothy Forbes está a cargo del cotarro.

—¿Dorothy Forbes? ¿A cargo?

—Sí, sí. A cargo. —Se apartó de la ventana—. ¿Qué haces?

Su madre se había quitado el envoltorio de ganchillo y estaba de pie.

—Voy para allá, desde luego. Si hay alguien a cargo de Jesús, tengo que ser yo.

El tubo de desagüe

30 de julio de 1976

La tarde pasó y nosotros pasamos con ella.

La señora Forbes se negó a separarse del Hijo de Dios por temor a que desapareciera y May Roper se negó a separarse de la señora Forbes. Eric Lamb afirmó que era muy relajante estar al sol y Sheila Dakin dormitó y estuvimos todos juntos abanicándonos con la mano y hablando de naderías. Otras personas llegaron y se fueron; no vivían en la avenida pero se habían enterado de lo de Jesús en la tienda o tendiendo ropa. Lo admiraron desde una distancia prudente, que, según estableció la señora Forbes, quería decir detrás del pie izquierdo de Sheila Dakin. No deseaba correr riesgos, aseguró. En nuestro pequeño rincón del mundo se toleraba la presencia de intrusos. Éramos un clan, unidos por Jesús y sentados en corro en torno a él, como piezas de un rompecabezas a la espera de encajar.

Cuando volví después de la cena, llevé a mis padres.

No costó nada convencer a mi madre, porque debía elegir entre Jesús y lavar los platos, pero a mi padre hubo que trabajarlo.

—¿Hablas en serio? —replicó.

Respondí que sí, y él se escarbó los dientes y dijo que el calor debía de habernos afectado a todos.

—Al menos ve a echar un vistazo, Derek. —Mi madre dejó en el alféizar el bote de Fairy líquido sin abrir—. No te hará ningún mal.

Así pues, esperamos a que terminara de repasarse los dientes y se bajara las mangas de la camisa, se abotonara los puños y le pusiera la correa a Remington (en realidad el perro no la necesitaba, pero todos aceptábamos llevarla), y nos dirigimos hacia el extremo de la avenida en la densa luz de la tarde, entre nubes de mosquitos nerviosos, con los suspiros y las sonrisitas de suficiencia de mi padre, que decía que el mundo entero se había vuelto loco de atar.

Habían convencido al señor y la señora Forbes de que fueran a casa a cenar, y ella había decretado que la señora Morton quedara a cargo de Jesús. La señora Morton, que al tomar posesión había ocupado la tumbona de la señora Forbes, actuaba con gran seriedad, aunque también se entretenía haciendo punto. Sentado a su lado en una tumbona, Eric Lamb le devanaba una gruesa madeja de lana azul.

Mi padre alzó las cejas.

—¿Qué, atareado? —dijo.

Eric Lamb sonrió.

—Es un cambio —respondió—, y me trae recuerdos agradables.

Mi padre trató de asomarse por detrás de ellos.

—A ver, ¿dónde está? —Miró la pared del garaje de arriba abajo—. Grace dice que tenéis a Jesús en un tubo de desagüe.

Mi madre juntó las manos y se inclinó hacia delante tanto como le fue posible sin caerse.

—Está ahí. —La señora Morton señaló con una aguja del

número siete—. Cuidado, no le eches el aliento, aún no estamos seguros del aguante que tiene.

Mis padres avanzaron arrastrando los pies hasta situarse delante del Hijo de Dios y de las vueltas de punto del revés que daba la señora Morton.

Supe en qué momento lo vio mi madre, porque soltó un gritito y retrocedió de un salto.

—Pero no se le ve muy contento, ¿verdad? —dijo inclinándose hacia delante otra vez.

Mi padre se acercó un paso más, entrecerró los ojos e hizo una mueca que le dejó los dientes al descubierto. Volvió la cabeza hacia la izquierda, luego hacia la derecha, retrocedió y frunció el ceño.

—En mi opinión, se parece más a Brian Clough —afirmó.

La señora Morton tomó aliento, sobresaltada.

Mi padre empezó a volver la cabeza otra vez.

—Es así, ¿no? ¿No lo veis? —Hizo ademán de señalar, pero la aguja de punto de la señora Morton atajó el gesto—. Son las cejas.

—No, está claro que es Jesús —replicó la señora Morton—. Es la nariz. No puede ser nadie más.

—De todos modos, es una pena. —Sheila Dakin se recostó en la tumbona—. Nuestro Keithie vendría como un rayo si creyera que tenemos a Cloughie en vez de a Jesús.

La Avenida, número 8

30 de julio de 1976

Ya eran once.

John lo veía todo desde la ventana de la sala, aunque los montones de cartas y fotografías eran ya tan altos que tenía que apretujarse entre ellos para atisbar por el cristal. Había mucho trajín: Sheila corría de aquí para allá con una camiseta, Harold iba a buscar tumbonas. Unas horas antes había visto que May Roper se remangaba y se dirigía hacia el garaje como si se dispusiera a entrar en batalla.

Quería ir a ver qué sucedía, pero no se sentía capaz de lidiar con las preguntas. Se las había arreglado para evitar a todos desde que habían encontrado los zapatos de Margaret. Sheila había llamado a la puerta un par de veces y Brian había rondado la casa mirando las ventanas, pero en general John se las había ingeniado muy bien para esconderse.

El agente Green se había mostrado un poco más insistente; al fin y al cabo, todos los policías lo eran. Había llamado a la puerta principal y a la de atrás, y cuando empezó a gritar por el buzón John consideró que era mejor contestar, pues temía que movilizara a toda la avenida con el jaleo que armaba.

El agente Green deseaba saber si John quería tener un oficial de enlace.

John le explicó, muy educadamente en su opinión, que él no mantenía contacto con nadie, y menos aún con la policía.

El agente Green le había aconsejado que procurara no perder la calma y John le había dicho que cómo iba a tranquilizarse si el inspector Hislop corría de un lado para otro lanzando insinuaciones ridículas sobre lo que le había ocurrido a Margaret. Era evidente que ella regresaría cuando le pareciera. Faltaba poco para su aniversario de boda, sin duda para esa fecha ya estaría de vuelta, y a él le importaba un bledo lo que dijeran los agentes Green y Hay, e incluso el inspector Hislop.

El agente Green se había limitado a mirarlo fijamente y había respirado con la boca abierta, un hábito que —como le había señalado John con toda corrección— constituía una de las principales causas de halitosis y que, según se había demostrado, implicaba un importante aumento del riesgo de tener caries.

A partir de entonces el agente Green le había dejado en paz. John sabía que debería telefonear al inspector Hislop para contarle la verdad, pero era imposible que ellos lo comprendieran. Acabaría metido en un buen aprieto.

Más valía no llamar. Él no se confiaba a la policía. De hecho no se confiaba a nadie, porque por lo visto solía írsele la lengua. Siempre acababa diciendo algo de lo que más tarde se arrepentía, y si no hubiera parloteado con Brian a los doce años no se habría visto en el lío en el que ahora se encontraba.

16 de noviembre de 1967

La avenida se sume en la oscuridad.

En los silenciosos senderos helados se extienden poco a poco sombras alargadas, y un cielo encapotado cubre los tejados gris pizarra. John Creasy observa a través del cristal. Remueve el té con sumo cuidado, sin que la cuchara toque la porcelana, temeroso de que el ruido despierte a la oscuridad y esta campe a sus anchas.

El té está demasiado dulce y demasiado caliente. Desde que el padre murió, la madre le ha llenado la vida de apresto y azúcar. John se pregunta si es una forma de retenerlo en casa, de volverlo más lento con tanta mantequilla y tanta nata, a fin de que esté demasiado ahíto y soñoliento para plantearse siquiera la idea de abandonarla.

«Tenemos que conservar las fuerzas», le dice su madre.

Aunque él no está seguro de para qué.

En esos momentos oye cómo su madre trabaja el estoicismo hasta convertirlo en una masa espesa y le añade cucharadas de entereza.

Pasa un pañuelo limpio por el borde de la taza y vuelve a mirar por la ventana.

La avenida está replegada en sí misma desde la semana anterior. Él ha observado cómo sucedía. Ha visto a Eric Lamb subirse el cuello del abrigo y a Sheila Dakin ceñirse la chaqueta de punto sobre los hombros y sepultar sus pensamientos en la lana. Ha visto cómo las botellas de leche se recogen a toda prisa de la entrada de las casas y ha visto el tirón seco de las cortinas al correrlas con las primeras sombras de los atardeceres de noviembre. Ha observado cómo crecía el silencio. Lo ha visto asomar poco a poco en cada esquina, y ahora parece que la avenida se ha dejado llevar por un silencio prolongado y que solo se mantiene unida por gestos de asentimiento, miradas y ojos mudos.

Ve a Brian cruzar la calle y detenerse delante del número 11. Como casi todos los días.

En ocasiones Harold Forbes va paseando hasta allí y se queda con Brian, los brazos cruzados, la mirada fija en la quietud polvorienta de la puerta de Walter Bishop. John ha visto hacer lo mismo a Sheila. La ha visto soltar las bolsas de la compra en mitad de la calle, mirar las ventanas del número 11 y apretar los labios hasta convertirlos en una fina raya de odio.

John cree que se turnan. Brian, Harold, Sheila, Derek. Un engranaje de personas, un horario de miradas fijas y vigilancia, de intentos de sacar a Walter Bishop a una arena bien iluminada donde pincharle, examinarlo, evaluarlo.

Pese a los esfuerzos de los cuatro, Walter ha permanecido en las sombras. Nadie lo ha visto.

John se pregunta si solo saldrá por la noche, si se sentirá seguro en la oscuridad, si encontrará unos instantes de sosiego en el eco de pasos sobre una acera ennegrecida. John entiende lo que es eso, aunque no lo reconocería delante de Brian, Harold o Sheila.

Vuelve a limpiar la taza y la deja en el centro de la mesa, lejos del borde, donde quedaría expuesta al peligro de recibir un codazo involuntario o de que la rozara un periódico. Por lo visto el movimiento capta la atención de Brian, y sin darse cuenta John le devuelve el saludo a través del cristal, pese a que hace todo lo posible por desaparecer detrás de la kentia artificial que su madre ha colocado en el centro del alféizar.

«Igual que las de verdad..., ¡engañará a todo el mundo!» La tarjeta todavía cuelga de un tallo.

John se zafa de una fronda y sale a la calle.

Brian ha retrocedido unos pasos para apoyarse en la valla que se alza entre la casa de Harold Forbes y la de los Bennett. John se reclina también sobre ella. No quiere ni pensar en la cantidad de gérmenes que habrá, pero con los años ha descubierto que en ocasiones da menos problemas plegarse a los deseos de los demás.

Pregunta qué ocurre y la respuesta de Brian consiste en señalar con la cabeza la casa de Walter Bishop.

John clava la vista en la vivienda, porque es lo que hace Brian y lo que al parecer esperan de él. Desde que iban al colegio se dedica a eso, a observar y a imitar a Brian, que fue su terreno de reconocimiento, su único modelo de lo que con el tiempo el mundo le exigiría.

Continúan con la mirada fija en el número 11, aunque John no está seguro de qué ganan con eso.

—Tendrá su merecido —dice Brian al rato.

La valla es incómoda. John nota que la madera le raspa y rasguña las piernas a pesar de la tela de los pantalones.

—¿De verdad crees que Walter se llevó a la criaturita? —pregunta.

Brian cruza los brazos.

—¿Quién iba a ser si no?

John echa un vistazo a la avenida y no dice nada.

El muro del jardín de Sheila Dakin tiene cuarenta y siete ladrillos, más si se cuentan los medios ladrillos; sin embargo, estos falsearían el resultado, de modo que decide pasarlos por alto.

Sylvia Bennett sube por la avenida con bolsas de la compra muy cargadas y los dos apartan las piernas para dejarle sitio. Ella lo advierte pero no levanta la vista de la acera. Cuando pasa por delante de ellos, John huele su perfume. Es un aroma fuerte y oscuro, que persiste en el aire mucho tiempo después de que ella haya desaparecido. Brian continúa mirando el espacio que Sylvia ha atravesado.

—Todavía te gusta, ¿eh? —dice John.

A Brian le suben los colores a la cara.

—No seas imbécil —replica—. Está casada.

—Siempre te ha gustado. Desde que íbamos al colegio.

John sabe que Brian esperaba en los pasillos y organizaba su jornada de modo que pudiera lanzar tímidas miradas furtivas. Una infancia congestionada, atiborrada de callada desesperación y de no saber dónde situarse. Ninguno de los dos dispuso de ningún modelo con las chicas. Seguían sin tenerlo.

John señala con la cabeza hacia el número 4.

—Se parece un poco a Julie Christie.

—¿A Julie Christie? ¡Y un huevo! —replica Brian.

Vuelven a mirar la casa de Walter Bishop. La tarde se desvanece lentamente llevándose la silueta de los árboles y la húmeda franja gris de los tejados lejanos. La farola emite un chasquido y luego un zumbido y comienza a despedir un resplandor rosado.

—¿Cuánto tiempo vais a seguir con esto? —pregunta John.

—El que haga falta hasta que salga de su escondrijo. Harold toma el relevo a las cuatro.

—¿Y entonces qué? ¿Qué haréis una vez que lo hayáis atrapado?

Brian continúa mirando.

—No iréis en serio, ¿no?

—Es un pederasta, John, un pervertido de mierda. No encaja en esta avenida. Todo el mundo quiere que se largue.

Brian cambia de postura.

—Yo habría dicho que tú serías el primero en querer que ahuecara el ala.

John nota que un nudo de angustia se abre paso en su garganta.

—No te entiendo —dice.

—Ya sabes... Aquello con tu padre...

Por primera vez John se alegra de estar apoyado, pues tiene la impresión de que las piernas se le desgajan.

—No sé a qué te refieres.

Brian lo mira y vuelve de nuevo la vista hacia el número 11.

—Sí lo sabes.

John recuerda la conversación, atropellada y entre susurros, en el vestuario del colegio una vez que hubieron salido los demás. Solo buscaba un modelo, seguridad, alguien que le dijera que eso les pasaba a todos. Debería haber hecho lo que su padre le había ordenado: guardárselo para sí.

Habla sin mirar a Brian.

—Lo entendiste mal. Estaba hecho un lío. Fue un malentendido.

Brian no aparta los ojos de la casa de Walter.

—No lo fue, John.

Contando los medios ladrillos, hay sesenta. Sesenta segundos que tiene un minuto, sesenta minutos que tiene una hora. Es un buen número, fiable y seguro. Nadie puede equivocarse con el sesenta.

Al oír un portazo ambos miran hacia el otro lado de la avenida. Harold camina por la acera, en el charco de luz naranja de la farola, con las manos a la espalda, la columna vertebral tan recta como le permite la edad. Parece un viejo soldado, aunque John sabe que no ha servido ni un solo minuto a su país.

Por lo visto su país no lo quiso. Un tema espinoso, dice Dorothy siempre que alguien lo saca a colación.

—Presente para el servicio de las dieciséis horas —dice Harold al llegar—. ¿Algún movimiento?

Brian se aparta de la valla.

—Nada —contesta—. John y yo comentábamos cuántas ganas tenemos de que ese pervertido se largue, ¿verdad que sí, John?

Brian lo mira pero John no dice nada.

Hay trece losetas en lo alto del muro de Sheila Dakin.

John echa a andar. Se aleja de las miradas, de las preguntas y del pasado que se abre paso en el presente.

El trece ha sido siempre un mal número para él. Había trece escalones, aunque eran solo doce si no contaba el que había justo antes de llegar arriba, porque ese era más bien un pequeño descansillo.

Cierra tras de sí la puerta del jardín y recorre el sendero trasero de vuelta a casa.

Estaba hecho un lío. Fue un malentendido. Eso había dicho su madre.

El tubo de desagüe

31 de julio de 1976

No eran ni las diez y Jesús ya había atraído una multitud. El señor y la señora Forbes, sentados a una mesa de juego plegable que él había sacado del garaje, enseñaban a Sheila Dakin y a Eric Lamb a jugar a la canasta.

«No, once cartas, Sheila. La pila de descartes está bloqueada, ¿no lo ves?»

Un río de hormigas se desbordaba sobre el cuenco de cereales que la señora Forbes había rechazado y dejado a sus pies sobre la hierba, y una avispa solitaria remoloneaba sobre la cabeza de Eric Lamb.

«No entiendo por qué no puedo robar una carta. Tú acabas de hacerlo.»

La señora Morton estaba delante de Jesús con un vaso de zumo de naranja en la mano y el *Daily Telegraph* bajo el brazo.

—Lo que no entiendo —dijo, a nadie en particular— es por qué no lo vimos antes.

Eric Lamb se reclinó en la tumbona, que lanzó un gruñido de incomodidad.

—No siempre vemos las cosas —respondió—. Todos los días pasamos por los mismos sitios sin apenas mirarlos.

—Supongo que sí. —La señora Morton dio unos pasos hacia la izquierda, observó a Jesús y tomó otro sorbo de zumo de naranja—. De todos modos, es muy claro, ¿verdad?

La tumbona de Eric Lamb volvió a gruñir.

—A menudo pasamos por alto precisamente las cosas más claras.

—Además —intervino el señor Forbes—, quizá se deba al calor.

La señora Morton se dio la vuelta y sus zapatos se removieron sobre la gravilla.

—¿El calor?

—Es posible que haya provocado su aparición —explicó el señor Forbes—. El calor tiene efectos muy extraños.

Sheila Dakin se puso bien la camiseta, y la señora Morton rodeó el trapo del polvo que el día anterior se había caído de la cinturilla de la señora Forbes y que nadie había recogido.

—Desde luego que sí —dijo.

—A ti te provoca sarpullidos, ¿verdad, mamá? —dijo Brian el Flaco.

—¿De veras? —May Roper alzó el rostro hacia el cielo y sonrió—. Pues no me había dado ni cuenta.

Era media mañana. La señora Morton había decidido echar una cabezada, Eric Lamb se había remangado un poco más las perneras y la señora Forbes había ido a buscar galletas, para que nos dieran «fuerzas a todos». Mi padre estaba sentado con la vista fija en un periódico y mi madre tenía la vista fija en mi padre. La señora Dakin había situado a Keithie a una distancia prudente. Yo le oía enviar de una patada el balón contra la pared más lejana del garaje y, al cabo de unos minutos, arrastrarse por debajo del seto para ir a buscarlo.

Tilly llegó con la fiambrera del almuerzo y una rebeca limpia, por si acudían los reporteros del periódico, y nos sentamos en la hierba a leer un ejemplar atrasado de *Jackie* que yo había encontrado debajo del sofá. Tilly no leía tan rápido como yo, por lo que cada pocos minutos me veía obligada a clavar los ojos en la página y a fingir mientras tomaba el almuerzo de la fiambrera y aguardaba a que ella acabara. A veces la hacía esperar yo, para que no sospechase.

Precisamente hacía como que leía cuando oí pasos.

—Vaya, es increíble —dijeron los pasos—. Conque están aquí.

Era el señor Kapoor. Se acercó al tubo de desagüe, se agachó y lo observó.

—¿Qué tenemos ahí?

El señor Forbes se levantó de la tumbona y se situó a su lado.

—Es Jesús —dijo, y apuntó con el dedo hacia la pared—. El de la Biblia.

Tilly alzó la cabeza.

—¿Está sordo el señor Kapoor? —preguntó.

Fruncí el ceño.

—Creo que no.

Mi padre también se levantó y se quedaron los tres delante del tubo de desagüe.

—Es el Hijo de Dios. —Mi padre sonrió y asintió mirando al señor Kapoor—. Ya sé que a los de fuera les cuesta entenderlo. —Siguió sonriendo y asintiendo incluso después de dejar de hablar.

El señor Kapoor se agachó un poco más y entrecerró los ojos. Dio unos pasos alrededor del tubo de desagüe y se inclinó, luego se enderezó y se volvió hacia mi padre.

—Francamente —dijo—, creo que se parece más a Brian Clough.

Mi padre dijo «¡Anda!», se echó a reír y le dio una palmada en la espalda.

El gesto fue un tanto desafortunado, pero en honor de mi padre hay que decir que no siempre era consciente de su propia fuerza.

El párroco llegó a las cuatro, a tiempo para probar los macaroons que el señor Forbes nos ofrecía junto con leche malteada y té con leche. La señora Forbes se levantó de la tumbona para que viera mejor, y el pastor se paseó alrededor de Jesús con las manos a la espalda. De vez en cuando se echaba hacia atrás hasta apoyarse en los talones y asentía. Vestía unos pantalones y una camisa corrientes. Aun así percibí el olor a velas.

—¿Dónde ha dejado la túnica? —susurró Tilly.

Me encogí de hombros.

—Ni idea. Quizá solo la lleva para Dios.

Alguien carraspeó y oí que la gravilla se movía bajo los pies de la gente. El señor Forbes dijo: «¿Y bien?».

El párroco frunció el ceño y aspiró entre los dientes.

—Me parece que Jesús nunca se había pasado por las East Midlands —dijo por fin.

May Roper sonrió contenta, como si se hubiera encargado personalmente de organizar la visita.

—Pero usted lo ve, ¿verdad? —Sheila Dakin avanzó un paso. Retrocedió al ver que el párroco aspiraba más aire entre los dientes.

—La cosa está ahí —empezó a decir el pastor. A continuación se interrumpió y miró a todo el mundo.

El señor Forbes repartía macaroons dulces. Eric Lamb se había quitado las botas de goma y estaba tumbado en la hierba con las perneras remangadas. Sheila Dakin le servía otro vaso de limonada. El señor Kapoor y mi padre jugaban a la canasta y la señora Forbes sonreía. Todo el mundo sonreía.

El párroco frunció el ceño, pero se le dulcificó el rostro.

—Creo que tienen aquí algo muy especial —dijo por fin.

La señora Forbes aplaudió.

Al cabo de unos segundos se detuvo de golpe.

—Espero que esto no se nos llene de peregrinos —dijo—. Lo pondrán todo patas arriba.

Jesús nos proporcionó una rutina.

La señora Forbes era siempre la primera en acudir, para reivindicar su derecho a poner la tumbona junto al tubo de desagüe, aunque un día la señora Roper estuvo a punto de adelantarla y echaron una carrera en zapatillas por la acera. La señora Kapoor enseñaba a mi madre a preparar galletas indias y Sheila Dakin se convirtió en un genio de la canasta. Eric Lamb nos daba a todos tomates y guisantes de olor de su jardín, y Clive, el del British Legion, se presentaba con su perro y nos daba cortezas de cerdo. Keithie jugaba al fútbol con Shahid. Era mejor para él. No perdía el balón tan a menudo porque, siempre que lo enviaba lejos de una patada, tenía a alguien que se lo devolvía de otra patada. Cuando mi padre y el señor Kapoor llegaban del trabajo, se sentaban en un rincón y el señor Kapoor hablaba de la India a mi padre. No de la pobreza y la miseria, sino de los templos y los jardines, de un país tan lleno de color, luz y música que todos decíamos que algún día nos gustaría visitarlo. Naturalmente, sabíamos que nunca iríamos, pero en realidad eso no era lo importante.

Tilly opinaba que todo el mundo estaba contento debido al tiempo que hacía. Decía que era por la calidez del sol en el rostro y por la brisa susurrante que llegaba a través de las hojas de los alisos. Decía que el aroma del verano arrancaba sonrisas a la gente, del mismo modo que hacía crecer las flores y la hierba y las bolsas de tomates de Eric Lamb. Yo no estaba de acuerdo. A mí me parecía que había algo más. Me gustaba pensar que Walter tenía razón: que se debía a que todos habíamos encontrado algo en lo que creer. A veces los observaba cuando creían que nadie los miraba: lanzaban una ojeada al tubo de desagüe y sonreían, como si hubieran llegado a un acuerdo con Jesús, como si de repente hubieran encontrado otra manera de verlo todo.

Al volver la vista atrás, no recuerdo en qué momento empezó a torcerse todo. Resulta difícil determinarlo, pero sé que se olía en el aire. Como la lluvia.

El tubo de desagüe

2 de agosto de 1976

—Hace seis semanas —dijo Sheila Dakin.

La señora Forbes levantó la mirada de la revista de pasatiempos.

—¿De qué? —preguntó.

—De la desaparición de Margaret Creasy.

Tilly y yo estábamos tumbadas en la hierba debajo del aliso. Le di un golpecito con el codo que tenía libre.

La señora Forbes no contestó. Volvió a concentrarse en la revista de pasatiempos. Para ser una persona a la que siempre se le trababan las palabras, parecía trabar muy pocas en el crucigrama.

—En fin, eso da que pensar, ¿no? —dijo la señora Dakin.

—¿Pensar qué? —preguntó la señora Forbes.

—Pues que quizá no vuelva.

—Desde luego que no va a volver. —Harold Forbes se levantó de la tumbona y comenzó a patrullar la pared del tubo de desagüe—. Esa mujer está en el fondo del canal. Como que dos y dos son cuatro.

La señora Dakin nos echó un vistazo a Tilly y a mí.

Como ya nos lo esperábamos, nos hicimos las dormidas.

—Entonces ¿por qué no lo han dragado, Harold? —Sheila

318

Dakin se quitó las gafas de sol y lo miró con los ojos entrecerrados—. Creía que a estas alturas ya habrían mandado buzos.

—Es cuestión de esto. —El señor Forbes hizo el gesto del dinero—. No quieren soltar la pasta.

—Tiene razón —intervino May Roper—. En estos tiempos todo funciona con dinero.

La señora Roper y el señor Forbes asintieron para expresar su mutua aprobación.

—Os aseguro que está ahí abajo. —El señor Forbes dejó de patrullar. Con las manos a la espalda, miró a Jesús balanceándose sobre los talones—. En el fondo del canal. Muerta y bien muerta.

—No está muerta.

Todos nos volvimos.

Era John Creasy. Estaba en el bordillo de la acera. Vi que llevaba la camisa por fuera de los pantalones y que tenía la mirada triste e insegura.

—¡John! —El señor Forbes aplaudió y flexionó un poco las rodillas—. Nos preguntábamos cuándo te dejarías ver. Ven a sentarte. Ven a conocer a Cristo.

Lo llevó más allá del tubo de desagüe, hasta una tumbona.

—No está muerta. —John Creasy miró a Jesús al pasar por delante de él—. No lo está.

El señor Forbes dijo «No, no, desde luego» y «Siéntate, John» y «Bebe un vaso de la limonada que ha preparado Dorothy».

El señor Creasy acabó con el vaso entre las manos.

—No está muerta, Harold —dijo.

El señor Forbes se agachó al lado de la tumbona.

—Creo que tenemos que ser como los buenos marineros, John. Esperar lo mejor, prepararnos para lo peor. Es por los zapatos, ¿comprendes? Es una realidad que no podemos negar.

—Los zapatos no importan. —El señor Creasy seguía con la limonada entre las manos—. No importan.

Harold Forbes lanzó una mirada a la señora Dakin y vi que alzaba las cejas en busca de ayuda.

—Pero no los habrían encontrado junto al canal si Margaret estuviera bien —dijo ella—, ¿verdad que no, John?

—Ya os lo he dicho. —El señor Creasy soltó el vaso en el suelo con tal ímpetu que la limonada rebasó el borde y cayó en la hierba—. Lo de los zapatos no significa nada.

La señora Dakin lo miró con el ceño fruncido.

—¿Cómo estás tan seguro, John? —le preguntó.

Él cruzó los brazos y la miró.

—Porque yo los dejé allí.

—¿Qué demonios quieres decir con eso de que los dejaste tú? —Harold Forbes se levantó y se limpió el polvo de la gravilla de las manos.

—Verás: Margaret olvidó llevárselos. —El señor Creasy se inclinó en la tumbona y se rodeó el torso con los brazos—. Se fue sin zapatos.

Comenzó a mecerse, muy despacio.

—Dios mío. —Sheila Dakin se reclinó y se pinzó con dos dedos la parte superior de la nariz.

Miré a todos. Estaban boquiabiertos y May Roper tenía en la mano un bombón Quality Street, que había quedado detenido entre su cara y la lata.

—No lo entiendo —dijo el señor Forbes—. ¿Por qué demonios ibas a dejar un par de zapatos al lado del canal?

—Margaret solía pasear por el camino de sirga. Se sentaba

a almorzar. Los dejé junto al asiento para que los encontrara. Nadie puede estar tanto tiempo sin zapatos.

—Como los guantes junto a la puerta y el paraguas al pie de la escalera —apuntó la señora Dakin, que seguía pinzándose la nariz.

—¡Sí! —El señor Creasy sonrió—. Tú lo entiendes, ¿verdad?

—¡John! —La señora Dakin se cubrió la cara con las manos—. ¿Por qué coño no nos dijiste nada?

—Creía que a nadie le molestaría. No me di cuenta de que todavía tenían el resguardo del zapatero pegado a la suela.

—¡Hostia, John! —dijo el señor Forbes.

Su mujer lanzó una ojeada al tubo de desagüe.

—Así que volverá, ya lo veréis —aseguró el señor Creasy—. Y muy pronto, porque es nuestro aniversario de boda.

Se quedaron en silencio. Me pareció oír que alguien tragaba saliva. La señora Morton se había despertado y no entendía nada.

—¿Cuándo es el aniversario, John? —le preguntó la señora Roper con un hilo de voz.

—El veintiuno. —John Creasy sonrió—. Y Margaret no se lo perdería por nada del mundo.

La señora Dakin rebuscó en el bolso y le entregó una moneda de dos peniques.

—¿Para qué? —preguntó él.

Ella apoyó la cabeza en las manos y suspiró.

—Para que llames a la poli, joder.

Dos horas después un coche de la policía dejó al señor Creasy en la calle. El señor Forbes comentó que tenía suerte de que no le hubieran acusado de hacer perder el tiempo a la policía.

Yo no entendía que pudiera detenerse a alguien por hacer que otro perdiera el tiempo, pero la señora Morton me explicó que solo se aplicaba a la policía, lo que probablemente tenía su lógica.

Estábamos sentados con Jesús y observamos cómo el señor Creasy recorría con paso cansino el sendero de su jardín y cruzaba la puerta del número 8.

Tilly me tiró de la manga.

—¿Significa eso que la señora Creasy sigue viva? —me susurró.

—Creo que sí.

Miramos los rostros que nos rodeaban.

—Entonces ¿por. qué parecen todos tan preocupados?

La Avenida, número 4

2 de agosto de 1976

—Supongo que estarás contento, ¿no?

Apenas veía a mi madre entre los barrotes de la baranda. Se encontraba en la cocina, con los brazos en jarras.

Mi padre estaba sentado a la mesa. Se le veía encogido, como si le hubieran sacado todo el aire del cuerpo.

—¿Qué quieres decir con contento? ¿Contento de qué?

—De que esté viva.

—Pues claro que me alegro de que esté viva. ¿Qué clase de pregunta es esa?

—Contento por tu amiguita. —La voz de mi madre sonó al menos una octava más alta que de costumbre.

—Por el amor de Dios, Sylvia. ¿Cuántas veces tengo que decirlo? No es mi amiguita.

Mi madre cogió una taza, solo para volver a soltarla.

—He visto la cara que ponías cuando John Creasy ha dicho que él mismo dejó esos puñeteros zapatos. Se te veía aliviado, Derek. Aliviado.

Por una vez me alegré de que Tilly no estuviera conmigo, de que en la escalera solo nos encontráramos Remington y yo. A él le gustaban las discusiones de mis padres tanto como a mí. Me enroscaba los pies con la cola y me miraba con una expresión de perplejidad en sus ojos de perro labrador.

—Y no me digas que no sentiste alivio, porque te lo vi en la cara —decía mi madre.

—Pues claro que sí. ¿No se alegraría cualquier persona al enterarse de que un vecino no está en el fondo del canal?

—Sobre todo si fue la última que lo vio con vida.

Oí una tosecilla.

—En fin, es lo que hay.

—Entonces lo reconoces, ¿no? ¿Reconoces que estuvisteis juntos en tu despacho, cuando tú deberías haber ido al British Legion, a la reunión de la Round Table?

Mi padre se quedó callado unos instantes. Cuando habló, las palabras sonaron cansinas y derrotadas.

—Sí, Sylvia, lo reconozco.

—Por fin —dijo mi madre. Sus manos abandonaron las caderas y surcaron el aire. Parecía una persona que hubiera ganado una competición en la que en realidad no había querido participar.

—No es lo que tú crees.

—Claro que no, Derek, nunca lo es, ¿eh? —Mi madre empezó a caminar a zancadas por la cocina, pero yo la veía de vez en cuando. Sus manos seguían flotando en el aire—. Nunca es lo que los demás creen.

—De verdad, Sylvia. No lo es.

Mi padre estiró el brazo para agarrarla, y ella dejó que la detuviera.

—Siéntate, por favor. Ya que voy a contártelo, quiero que te sientes.

Mi madre obedeció.

—Me ayudaba. Margaret Creasy estaba haciéndome un favor.

—¿Ayudarte? ¿En qué demonios te ayudaba?

Mi padre se reclinó. Le oí apoyar las manos sobre la mesa y oí el rechinar de la silla sobre el linóleo.

—Antes de casarse con John había trabajado un poco de contable.

Mi padre calló y mi madre permaneció en silencio.

—Me ayudaba con los libros, Sylvia. Me ayudaba a arreglar los asuntos financieros.

—¿Arreglar qué asuntos financieros? No lo entiendo.

Oí respirar hondo a mi padre.

—Estamos sin blanca. Estamos en un aprieto. Me las veo y me las deseo para pagar los sueldos, por no mencionar el alquiler de las oficinas.

Volvió a respirar hondo.

—Nos hundimos —añadió.

Durante mucho rato ninguno de los dos habló. Debí de hacer ruido, porque noté que Remington me daba con la cola en los pies.

—¿Por qué no dijiste nada? —La voz de mi madre se desvaneció.

—Intentaba protegerte. Siempre he intentado protegeros a ti y a Grace.

Me pareció que mi padre sollozaba, pero él nunca lloraba, de modo que debí de oír mal.

—¿Qué voy a hacer, Sylve? Soy un empresario. Un triunfador. No debe descubrirse la verdad.

—Saldremos adelante, Derek. Siempre hemos superado los problemas.

—Pero no soportaría la vergüenza. No soportaría el bochorno de que la gente se enterara de que soy lo que no soy.

Noté que Remington apoyaba la cabeza en mi regazo.

Quería que siguiera acariciándole las orejas, aunque yo ni me había dado cuenta de que estaba haciéndolo.

—No pasa nada, Remington, no te preocupes —le dije—. Nada va a cambiar. Todo seguirá como siempre ha sido.

A veces los perros son así. Necesitan que los tranquilicen.

Rowan Tree Croft, número 3

3 de agosto de 1976

—Pero ¿por qué no viene?

La señora Morton cerró la puerta trasera.

El perfume de la madre de Tilly seguía flotando en el aire. Olía a tierra húmeda.

—Su madre cree que es mejor que hoy descanse. Está un poco pachucha.

—¿Pachucha?

—Tilly es una niña delicada, Grace. Tú ya lo sabes.

Recordé que Tilly abría los tarros de mermelada que a mí se me resistían, y que metía en casa las bolsas de la compra cuando a mi madre le faltaban manos para llevarlas.

—No es tan delicada —repliqué.

La señora Morton frunció el ceño y se limpió las manos en un paño de cocina.

—Su madre ha sido amable al informarnos —dijo—. Se la veía muy preocupada.

A la madre de Tilly siempre se la veía muy preocupada. Yo había aprendido a no fijarme en eso, porque la mujer llevaba la preocupación consigo a todas horas, como una chaqueta adicional.

—A la madre de Tilly siempre se la ve preocupada. Es algo que se le da muy bien.

La señora Morton se sentó a la mesa de la cocina delante de mí.

—Es lo que pasa cuando se quiere a alguien. —Alisó el mantel de plástico—. Que una se preocupa.

Arrugué el mantel con el codo.

—¿Igual que me preocupé yo por Remington el verano pasado cuando estuvo malito?

—Supongo que sí, aunque dudo que sea adecuado equiparar a Tilly con un perro labrador rubio.

—Bah, no se preocupe, es más que adecuado.

Observé los ojos de la señora Morton. Los vi muy activos.

—Pero Tilly se pondrá bien, ¿verdad?

—Claro que sí.

—Ella está siempre bien, ¿verdad?

—Sí.

En ocasiones, con los adultos, el espacio entre mis preguntas y sus respuestas es tan grande que parece el mejor lugar donde depositar mi preocupación.

Me sentía frustrada porque quería hablar con Tilly de la conversación que había oído sin querer la noche anterior. La señora Morton me dijo que podía hablar con ella de lo que fuera, pero su vida era discreta y mullida como una alfombra, y sus relojes siempre daban bien la hora. Yo no creía que supiera lo que era ser pobre. Tilly, en cambio, había vivido en un hotel en el que todos compartían el baño y donde los adornos estaban pegados con cola a los alféizares, de modo que sin duda tendría más idea.

La señora Morton y yo decidimos jugar una partida de Monopoly.

Como Tilly siempre elegía la ficha de la bota y yo la del

coche de carreras, la señora Morton concluyó que debía escoger la chistera.

Lancé el dado y avancé por las casillas.

—¿No hay que sacar un seis para salir? —preguntó la señora Morton.

—Tilly es la única que se agobia con esa tontería —dije, y caí en Whitechapel.

—¿La compras?

Miré el tablero. Tilly siempre compraba Whitechapel y Old Kent Road. Decía que le daban pena porque eran marrones y poco interesantes, y porque quienes vivían en ellas probablemente no tuvieran mucho dinero.

—¿Cree usted que las personas que viven en Old Kent Road son felices?

—Eso espero. —La señora Morton dejó de barajar la Caja de Comunidad y frunció el ceño—. O al menos tan felices como las demás.

Miré hacia el otro lado del tablero.

—¿Tan felices como las que viven en Mayfair o en Park Lane?

—Desde luego.

—¿O en Pall Mall?

—Naturalmente.

—¿Cree usted que en Old Kent Road se divorcia mucha gente?

La señora Morton soltó las cartas.

—Grace, ¿a cuento de qué viene esta conversación?

—Me intereso por las cosas, nada más. Bueno, ¿qué le parece?

—Yo diría que no. Tanta gente como en cualquier otro lugar.

—¿Aunque sean pobres?

La señora Morton tardó un momento en responder porque estaba comprando la estación de King's Cross.

—Yo creo que tener poco dinero provoca ansiedad pero no impide que la gente se quiera.

—¿Ni que se interese por los demás? ¿Ni que se preocupe por ellos?

Sonrió.

—¿Usted se preocupa por mí?

—A todas horas. —Soltó el dado y me miró a los ojos—. Todos los días desde que eras una criaturita.

El tubo de desagüe

6 de agosto de 1976

Mis padres estaban sentados juntos al lado de Jesús. De vez en cuando ella le apretaba la mano y lo miraba con la misma sonrisa que me dirigía a mí cuando me encaminaba a la consulta del dentista. Mi padre no levantaba la vista de los zapatos. El señor Forbes estaba sentado en su tumbona con los brazos cruzados y, en la esquina, Clive daba a su perro restos de cortezas de cerdo y se limpiaba los dedos en los pantalones.

Los naipes descansaban silenciosos en la mesita plegable, excepto el rey de corazones, que giraba en la mano de Eric Lamb, quien estaba absorto en sus pensamientos. May Roper se frotaba los pies y esperaba a que Brian le llevara la pomada. Yo estaba tumbada en la hierba, oyendo tan solo las agujas de punto de la señora Morton, que se chasqueaban la lengua la una a la otra en señal de desaprobación.

Tilly se alisó el vestido.

—¿Estás menos pachucha? —le pregunté.

—Mucho menos, gracias. Me parece que mi mamá está preocupada por mí.

—Preocuparse es algo bueno. Significa que te quiere.

—Entonces creo que mi mamá debe de quererme mucho.

Observé a mis padres. Mi madre seguía sosteniendo la mano de mi padre, pero yo no sabía si él sostenía la de ella.

—¿Crees que hoy vendrán los de los periódicos? —me preguntó Tilly.

Miré el rostro de todos.

—Me parece que si vienen no conseguirán ninguna entrevista.

—Espero que se pasen. Sería una pena no tener una fotografía de Jesús.

La señora Forbes, que estaba en su tumbona, levantó la cabeza.

—Podemos sacar una nosotros mismos..., si tuviéramos una cámara. —Miró al señor Forbes y luego a Clive—. ¿No, Eric?

Eric Lamb miró a todos y se sacudió el barro seco de las botas de goma.

—¿Por qué está todo el mundo tan callado? —Tilly volvió a alisarse el vestido—. ¿Dónde está la señora Dakin?

—Ha ido corriendo a casa a buscar algo —respondí—, otra vez.

Flotábamos todos en un vasto océano de silencio, cuando la señora Forbes se levantó de sopetón y dio unas palmadas. El rey de corazones cayó en la hierba y May Roper levantó la vista de los pies, que no paraba de frotarse.

—Ya sé lo que necesitamos todos —dijo la señora Forbes—. Necesitamos algo que nos anime. Iré a buscar algún juego de mesa y galletas de vainilla.

Todos volvieron a bajar la vista al suelo.

Señalé el tubo de desagüe.

—Mira a Jesús —le dije a Tilly—. Hasta él parece aún más triste que nunca.

—Quizá sea por el calor —apuntó ella.

Julio había sido caluroso, pero agosto parecía todavía más atroz. El calor campaba por el país tragándose ríos y arroyos, vaciando embalses e incendiando bosques. «La gente se muere —decía mi madre cuando veíamos las noticias de la televisión—. Los seres humanos no estamos hechos para aguantar este calor. No es normal, Derek.» Como si mi padre tuviera algún control sobre él. Esa misma mañana, mirando la chaqueta que tenía colgada detrás de la puerta del dormitorio, me había costado imaginar que alguna vez volviera a ponérmela.

Al cabo de unos minutos la señora Forbes regresó con tres paquetes de galletas y un Scrabble. Durante su ausencia la señora Roper le había arrebatado la tumbona sin que nadie se diera cuenta. Estaba sentada al lado de Jesús con los ojos cerrados y una caja de Cadbury's Roses en el regazo.

—Oh —musitó la señora Forbes.

Fue un «oh» muy bajito, pero yo sabía por mi madre que las palabras no tienen por qué ser altas para causar una buena impresión.

—He decidido que ya era hora de que hubiera un pequeño cambio —dijo la señora Roper.

—Entiendo. —La señora Forbes dejó las galletas y el Scrabble. Se había detenido junto a la tumbona, y su sombra cubría a la señora Roper por completo y la mayor parte de la pierna izquierda de mi padre.

Se hizo el silencio. Todos observamos y aguardamos.

—Está claro que no te has enterado —dijo la señora Forbes— de que soy yo quien se sienta en la tumbona al lado de Jesús.

La señora Roper no abrió los ojos.

—Es una regla con la que no estoy de acuerdo —replicó.

La señora Forbes soltó una tosecilla forzada.

—Soy la candidata más lógica. No solo me ocupo de las

333

flores del altar, sino que además saco brillo a los objetos de bronce de la iglesia cada dos jueves. De todos nosotros, soy la más allegada a Dios.

La señora Roper abrió un ojo.

—Hace falta algo más que un trapo y un bote de limpiador Pledge para ser respetable —afirmó, y volvió a cerrarlo.

La señora Forbes aspiró una gran cantidad de aire entre los labios, que tenía muy fruncidos, y todos nos inclinamos hacia delante en las tumbonas.

—De todos los presentes, soy la que tiene más derecho a sentarse al lado de Jesús.

La señora Roper abrió los dos párpados y deslizó el cuerpo hacia arriba en el asiento.

—Creo que comprenderás que, si alguien tiene derecho a sentarse al lado de Jesús, soy yo.

—Creo que comprenderás —replicó la señora Forbes— que yo estaba sentada al lado de Jesús antes que tú.

—«El que tiene dos túnicas dé al que no tiene.» —May Roper cruzó los brazos.

—Lucas, capítulo tres, versículo once —señaló la señora Forbes, y cruzó los brazos.

La señora Dakin recorrió zigzagueando la calzada y tropezó con la tumbona que había a mi lado.

—¿Sobre qué discuten esas dos?

—Sobre quién merece más a Jesús —respondí.

Tilly se incorporó y se levantó el ala del sueste.

—Creía que Dios unía a las personas.

—Yo no te he «robado» el asiento. Para empezar, no era tuyo —decía la señora Roper.

—«Como se avergüenza el ladrón cuando es descubierto» —recitó la señora Forbes.

—Jeremías, capítulo dos, versículo veintiséis. Y no empieces con tus embustes, Dorothy Forbes. «Por eso, desechando la mentira, hablad verdad cada uno con su prójimo.»

—Efesios, capítulo cuatro, versículo veinticinco.

John Creasy comenzó a mecerse.

—No puedo manejar todos los números —dijo.

—He venido en busca de un poco de paz y tranquilidad —intervino Eric Lamb—, y no a oír una discusión sobre cuál de las dos es más respetable. —Y comenzó a ponerse las botas.

—No, Dorothy. Jesucristo no murió en la cruz con el único propósito de que tú pudieras elegir tu tumbona. —La voz de May Roper se elevó aún más en el aire—. Murió en la cruz para que todos pudiéramos decidir en qué puñetera silla queríamos sentarnos.

Me divertía con la pelea entre la señora Forbes y la señora Roper cuando advertí que los demás se daban la vuelta y se quedaban mirando. Hasta la discusión cesó: la señora Forbes le dio unos golpecitos en el codo a la señora Roper y señaló hacia la acera.

Era Walter Bishop.

Nos observaba desde el bordillo con una barra de pan en una mano y dos cajas de palitos de pescado en la otra.

—Vengo de comprar e iba a casa —dijo—. He oído hablar de Jesús y he pensado que quizá podría echar un vistazo.

—Me parece que no puedes. —La señora Roper se levantó de un salto de la tumbona y se colocó delante del tubo de desagüe, al lado de la señora Forbes—. Esto es una propiedad privada.

Walter Bishop miró los garajes municipales.

—¿Sí?

El señor Forbes se acercó en dos zancadas al pequeño espacio que quedaba entre los alisos y la gravilla, donde Walter aguardaba con la compra.

—No hay nada que ver —dijo—. Nada que te interese. Yo que tú me iría a casa.

Señaló el final de la avenida y advertí que la punta del dedo le temblaba un poquito.

Pensé que quizá el señor Bishop intentaría discutir o al menos decir que tenía tanto derecho a mirar como los demás, pero no lo hizo. Dirigió un gesto de asentimiento al señor Forbes, se dio la vuelta y echó a andar.

La señora Roper abrió los brazos para tapar con sus carnes flácidas el tubo de desagüe.

—¡Jesús no ha venido para que lo vea cualquiera! —dijo a voz en grito.

Mientras el señor Bishop se alejaba, Eric Lamb nos miró a Tilly y a mí y sonrió.

—No hagáis caso —nos dijo—. A veces los adultos decimos cosas difíciles de entender.

Tilly suspiró. Intuí que estaba al caer una pregunta, porque siempre que Tilly quería formular una, soltaba primero un gran suspiro a modo de preparación.

—¿Puedo hacer una pregunta? —dijo.

Eric Lamb respondió que sí, y esperamos.

—¿Recuerda eso que ha dicho la señora Roper sobre por qué Jesús murió en la cruz?

Observamos cómo Walter Bishop se alejaba por la acera hacia la luz del sol.

—No murió en la cruz por las tumbonas, Tilly —dije.

—Eso ya lo sé. —Lanzó otro suspiro—. Pero ¿por qué lo crucificaron en realidad, señor Lamb? ¿Por qué tuvieron que matarlo?

Walter Bishop se detuvo junto al muro de la señora Forbes y miró hacia el otro lado de la avenida.

—Es complicado —afirmó Eric Lamb—. Tenía creencias

distintas, puntos de vista diferentes sobre la vida. En aquellos tiempos la gente era cruel con los que no pensaban igual que ellos.

Oí que los zapatos de Walter Bishop aplastaban la gravilla del camino de su casa.

—Era un marginado, Tilly. —Eric Lamb nos miró a las dos—. No encajaba. Por eso lo crucificaron.

—Vaya —dijo Tilly—, pues entonces Jesús era también una cabra, ¿no?

—Supongo que sí —respondió Eric Lamb.

—De hecho —añadió Tilly—, seguro que fue la cabra más importante.

Miramos hacia el final de la carretera y vimos que Walter Bishop entraba en el número 11.

—Quizá tengas razón —repuso Eric Lamb—. Quizá lo fuera.

Todos nos tranquilizamos después del revuelo que habían causado Walter Bishop y la pelea. Tilly se alisó el vestido un poco más y la señora Morton le puso bien las gomas de las coletas. Volvieron a convencer a Eric Lamb de que se quitara las botas de agua y por lo visto la señora Forbes renegoció las condiciones de la tumbona, aunque cada media hora la señora Roper se paseaba de arriba abajo por delante de Jesús y estorbaba a todo el mundo.

Empezaba a plantearme echar una cabezadita cuando Lisa Dakin pateó con los zuecos la gravilla.

—Por fin —dijo su madre— has decidido venir a ver a Jesús. ¿Te ha podido la curiosidad?

Lisa Dakin la rodeó como una avispa.

—No he venido a ver a Jesús. —Lanzó una mirada al tubo

de desagüe—. He venido a decirte que se nos ha acabado la leche.

La señora Dakin buscó el monedero. Lo tenía en la hierba, entre los pies, pero al parecer no lo vio hasta que yo se lo pasé.

—Ya que estás aquí, Lisa, ve al menos a echarle un vistazo —le dijo su madre.

Observé que Lisa Dakin cruzaba con paso cansino la hierba. Se detuvo delante del tubo de desagüe con las manos en las caderas y comenzó a chasquear la lengua muy bajito y a dar patadas a los guijarros con los zuecos.

—De veras que no lo entiendo —dijo—. ¿A qué viene tanto interés por una mancha en la pared de un garaje?

Tilly me miró y trazó un dibujo en la hierba con la punta del dedo.

Fingí no darme cuenta.

Lisa dio patadas a otros cuantos guijarros.

—O sea, ¿por qué iba a importarle esto a nadie?

Me levanté y me acerqué al tubo de desagüe.

—Si te apartas un poco y achicas los ojos, lo verás —le dije.

—No quiero verlo. —Pronunció las palabras como si pertenecieran a otra persona—. Joder, Grace, no es más que una mancha de creosota. Es una ridiculez.

—Bueno, supongo que es solo una mancha de creosota. —Las palabras se apagaron en mi boca, porque no acababan de saber si querían ser ciertas.

—Conque es por aquí por donde últimamente anda Jesús.

Era una voz estruendosa y desconocida, que alargaba las vocales como si quisiera ser americana pero no hubiera encontrado la manera de hacerlo bien.

Al volvernos vimos a un hombre menudo con un traje grande. La tela le caía en pliegues por todas partes, y allí donde las puntadas habían saltado de los dobladillos se veían marcas de polvo. Colgada de una correa gruesa llevaba una cámara gigantesca, cuyo peso le tiraba del cuello y le daba un ligero aire de inquietud.

—Andy Kilner periódico local.

Lo dijo todo seguido, como si hubiera pasado a formar parte de su nombre. Con un gesto de la cabeza saludó a todos y a nadie, y a continuación nos sonrió a Lisa Dakin y a mí.

—Vosotras debéis de ser las dos niñas que lo descubrieron. Estupendo. Si os quedáis donde estáis, os sacaré unas cuantas fotos, ¿os parece bien? Fantástico, magnífico, estupendo.

Vi que Tilly había dejado de dibujar y que me miraba a la cara. La señora Morton se inclinó hacia delante en la tumbona y empezó a decir algo, pero la voz se le desvaneció con un fruncimiento del ceño y se limitó a mirarme con ojos tristes.

La siguiente vez que volví a verla, Tilly estaba pálida y sola y, pese a que nos separaban apenas unos pasos, parecía muy distante.

Traté de aferrarme a ella, de mantenerla a mi lado, pero se perdió en la sonrisa de Lisa Dakin.

Lisa Dakin y yo hicimos varias poses al lado de Jesús, guiadas por Andy Kilner y una retahíla de «fantástico, magnífico, estupendo».

Tilly no levantó la vista de la hierba en ningún momento.

—Menudo hallazgo, ¿eh? —dijo Andy Kilner.

—Sí. —Lisa Dakin echó hacia atrás su pelo escalado a lo Suzy Quatro y se aplicó cacao en los labios—. Menudo hallazgo.

Su sonrisa se encendía y se apagaba con los chasquidos de

la cámara. Se puso una mano en la cadera y juntó las rodillas flexionadas y consiguió montones de «fantástico, magnífico, estupendo».

Yo solo miraba a Tilly, que seguía en la hierba.

Vi las fotografías tan solo una vez. Mi madre recortaba los fragmentos importantes del periódico local: mi coronilla en la carroza de carnaval y la mitad de mi cara en la fiesta del jubileo del año siguiente. Incluso recortó la de aquel día en que la policía paró a mi padre por exceso de velocidad. Sin embargo no guardó ninguna mía con el tubo de desagüe. Las vi en el escaparate de las oficinas del periódico local unas semanas después. Lisa Dakin con la sonrisa encendida, Jesús con cara de decepción entre las dos y yo mirando a lo lejos, en busca de Tilly. Y perdiéndola.

El periódico publicó declaraciones de Eric Lamb y de la señora Forbes y escribió mal el nombre de ambos. Y «"Menudo hallazgo", dijo Lisa Dakin, de quince años, que descubrió a Jesús con su amiga Grace Bennett, de diez». «El segundo Desaguamiento», rezaba el titular.

Cuando Andy Kilner terminó de tomar fotografías, Tilly se había esfumado. Observé los rostros de la multitud, pero no logré encontrarla, de modo que miré a la señora Morton.

Me devolvió la mirada, pero algo había desaparecido de sus ojos.

La Avenida, número 10

6 de agosto de 1976

Harold y Clive estaban al final de la avenida.

Eric Lamb los veía en los límites de su campo visual, pero cometió el error de pensar que, si no los miraba, no tendría que detenerse a hablar con ellos.

—Eric, ¡el hombre que buscamos!

Con Harold la vida nunca era tan sencilla.

—Qué cosa más rara, ¿no? —Harold ladeó la cabeza hacia el principio de la avenida.

Eric no estaba seguro de si se refería a Jesús, a Walter Bishop o a los aspavientos de Dorothy con respecto a la tumbona, de modo que esbozó una sonrisa de asentimiento para abarcar a los tres.

—No sabemos qué pensar, ¿eh, Clive? —añadió Harold.

Clive no contestó, aunque profirió un sonido que tanto podía ser un «no» como el principio de un carraspeo.

—La familia nueva parece agradable, ¿no? —continuó Harold.

Eric respondió que sí.

—El tiempo no tiene trazas de cambiar, ¿eh?

Eric respondió que no.

—De todos modos, el jardín no está tan mal.

Eric dijo que no y que, como ya era casi la hora de la cena, si Harold y Clive le disculpaban, se iría…

—El caso es… —Los pies de Harold se acercaron un paso y su voz bajó un tono—. Dorothy y aquel comentario sobre las fotos. ¿Qué quiso decir exactamente?

Harold y Clive le miraban a los ojos. Eric pensó que no era posible decir ni siquiera una mentirijilla.

—Creo que deberías preguntarle a Dorothy en vez de a mí. No es asunto mío, la verdad.

Eric quiso irse, pero la mirada de Harold no se lo permitió. Pese al encorvamiento de la espalda, pese al canoso vello de anciano que le brotaba en la pálida carne y asomaba en la abertura de su camisa, Harold era testarudo y espabilado como un adolescente.

—Ha encontrado la cámara, ¿verdad?

Eric no respondió. Eso ya era en sí una respuesta.

—Hostia —dijo Clive, y se apoyó en el muro.

Harold alzó una mano.

—No hay por qué dejarse llevar por el pánico, Clive. No hicimos nada malo.

Eric arqueó una ceja.

—Desde luego que no, Eric. Fue un servicio público. Teníamos todo el derecho a llevárnosla. —Harold lanzó una mirada a Clive—. Sabe Dios lo que ese hombre tenía en la película.

—¿Un mirlo posado en una botella de leche? —Eric oyó que subía la voz, pero no pudo contenerse—. ¿Beatrice Morton atándose los zapatos?

—¿No pensará Dorothy que tuvimos algo que ver con el incendio? —preguntó Clive—. Nos llevamos la cámara horas antes de que comenzara.

—No sé muy bien qué piensa, pero no es tan tonta como quieres hacernos creer, Harold.

—Lo más probable es que pensara que la salvamos de posibles saqueadores —apuntó Harold.

—¿Saqueadores? —Eric se pasó los dedos por el pelo—. ¿Te refieres a esos que entran en una casa cuando no hay nadie y roban la propiedad ajena?

Clive echó a andar por la avenida con paso firme y enérgico. Un paso que lo alejaba de la culpa y la acusación.

—Tienes que entenderlo. —Harold dejó de mirar a Clive y se volvió hacia Eric—. No sabíamos qué había. Teníamos que asegurarnos, y Bishop estaba de vacaciones. Parecía la ocasión perfecta.

—No puedes llevarte las pertenencias de los demás solo porque te parezca bien, Harold.

—De todas formas el fuego la habría destruido. De haberlo sabido, nos habríamos ahorrado la molestia y la habríamos dejado donde estaba.

Eric no dijo nada.

—No podíamos arriesgarnos, Eric. —De pronto Harold parecía muy viejo y muy cansado—. Si la gente se enterara... Si lo supieran —su voz se había apagado hasta convertirse en un susurro—, no soportaría la vergüenza.

Eric cerró tras de sí la puerta trasera y echó el pestillo. Se acercó a la ventana de la cocina y corrió las cortinas juntándolas todo lo posible para que no entrara ni un gajo de luz.

Si hubiera sido bebedor, habría bebido. Como no lo era, se quedó mirando el sillón de Elsie, liso y desocupado, e intentó imaginar qué habría dicho ella de haber estado a su lado.

Pero el sillón permaneció en silencio.

Resultaba extraño que a menudo el pasado irrumpiera en el presente como un intruso, peligroso e indeseado. En cambio, siempre que se le invitaba a entrar, siempre que se solicitaba su presencia, parecía diluirse en la nada, de tal modo que uno acababa preguntándose si en realidad había existido.

Todo había comenzado con el pasado. Todo había comenzado con el rapto de la criatura por parte de Walter Bishop, y cuanto había sucedido después arrancaba de ese mismísimo momento. De hecho, el recuerdo de aquel momento todavía recorría la avenida. Seguía ahí, por más que todos quisieran huir de él, por más que intentaran bloquearlo con otros recuerdos. Se colaba en el presente; añadía sombra y color a lo que había ocurrido después, de manera que el presente quedaba tan alterado por el pasado que nadie sabía dónde terminaba uno y empezaba el otro.

Eric se reclinó en su sillón y se mordió las uñas. No se las mordía desde que era niño. Quizá el pasado también estuviera plagado de sombras, pensó. Quizá ocurría en ambos sentidos. Todo el mundo estaba muy seguro de lo que había sucedido, pero podía ser que el presente se colara en nuestros recuerdos y los alterara, y que el pasado no fuera tan cierto como nosotros querríamos.

7 de noviembre de 1967

Hay que tomar tres autobuses para ir al hospital. Además, los trayectos no son lo bastante largos para que pueda ponerse cómodo. Son cortos y sinuosos, con numerosos semáforos, rotondas y curvas cerradas. Sentado con la maletita sobre las rodillas, Eric Lamb se bambolea e intenta no echarse sobre la persona que está a su lado ni caer en el pasillo ni poner los pies donde entorpezcan el paso. Cuando llega al hospital ya está agotado solo por el esfuerzo de no ser una molestia.

Otros pasajeros suben y bajan del autobús y él contempla recuadros de vida cuando pasan por su lado: las parejas abrazadas que susurran entre sí; las madres que libran batallas con cochecitos de bebé y bolsas de la compra; el joven con un libro, cuyas páginas se inclinan al ritmo que marca el asfalto. Cuando se acercan al hospital predominan los uniformes: grises los de los porteros; azules los del personal de enfermería. Zapatos creados para caminar por pasillos. Tobillos rozados. Cuellos estirados. Los uniformes se ocultan bajo anoraks y abrigos, se esconden con chaquetas de punto, pero de vez en cuando asoman, como si las personas que los llevan no fueran a librarse nunca de quienes son, por muchas capas de otra vida que intenten ponerse encima.

Ha visitado a Elsie. Va a verla todas las tardes, a primera hora y al caer la noche, y entre ambas visitas regresa a casa para contemplar el suelo, las paredes y el sillón vacío donde siempre se sienta ella. Mirar el sillón hace que su mujer le parezca aún más ausente, como si él hubiera descubierto el centro de su ausencia y lo soltara para que invadiera la casa entera.

«Pruebas —dijeron—. Queremos efectuar algunas pruebas. Tenemos que averiguar por qué está usted delgada, pálida y cansada.»

«Me hago vieja», comentó ella, y se echó a reír, pero el médico no se rió. Se limitó a sonreír en silencio y tomó notas, y en la habitación solo se oyó el raspar del plumín sobre las hojas de papel. Al cabo de una semana llamaron del hospital, y ella metió en la maleta su mejor camisón y un par de zapatillas, el libro que estaba leyendo y una bolsita de lavanda, cuya necesidad Eric nunca había entendido, pues a él le hacía estornudar.

«Es que me ayuda a tranquilizarme», dijo ella.

Él trató de sonsacarle respecto a qué necesitaba tranquilizarse y ella meneó la cabeza, le apretó la mano y le dijo que era el extrañar la cama y la comida y el tener que esperar todo el día a que pasaran los médicos.

«Cálmate, Eric. No pongas esa cara de preocupación.»

Y él intentó con toda el alma no mostrarse preocupado, y el esfuerzo que eso le costaba lo inquietaba aún más.

Hoy ha procurado no parecer preocupado mientras recorría el largo pasillo gris. Siempre estaba atestado de parientes que aguardaban a que las puertas se abrieran, y ha caminado despacio dejando atrás obstetricia, pediatría y ortopedia, las recias puertas de vaivén que conducían a los quirófanos y a la seriedad silenciosa del área de cardiología. Era como un camino de vida que se extendiera ante él, y a lo lejos atisbaba las salas de oncología y la unidad de cuidados paliativos. Al final del pasillo se encontraban las mayores colas: grupitos de personas que esperaban apiñadas, contando cada segundo, a que el reloj diera las dos.

La sala de Elsie se hallaba hacia el final del pasillo. «Sala 11. Cirugía. Mujeres», se leía en las puertas azules.

«No todos los que entran en una sala de cirugía acaban necesitando una intervención. —La enfermera que tramitó el ingreso de Elsie les vio las caras—. No hay motivos para la angustia.»

Había más que motivos para la angustia, pero Eric comenzaba a convertirse en un experto en borrarla de la cara.

Hoy Elsie parecía muy menuda. Daba la impresión de que el hospital, la sala y la cama se la tragaban, y se agarraba a las sábanas como si tuviera miedo de desaparecer en las rígidas almohadas blancas. Hablaron del libro que leía ella, de cómo estaba el jardín y de cuándo cambiaría el tiempo..., conversaciones normales, sin importancia, que podrían haber tenido con toda naturalidad sentados a la mesa durante el desayuno, pero que en una habitación de hospital, con uno de ellos en la cama, parecían falsas. Ella le explicó que los médicos ya habían pasado: todo un grupo con batas blancas. Parecían panaderos, comentó. A lo mejor le ofrecían pan de molde y media docena de bollos con pasas, añadió, y se echó a reír. No, no había preguntado por los resultados de las pruebas. Tenían mucho trabajo. No había querido molestarlos. Lo preguntaría al día siguiente. Eric no levantó la vista de las manos. ¿Comía bien?, le preguntó ella. ¿Comía algo más que sopa de tomate? Y los dos regresaron a aguas menos peligrosas y a las palabras postizas.

Mientras se bambolea en el trayecto a casa, intenta extraer la tranquilidad de sus pensamientos. Por las ventanillas desfilan calles que semejan acuarelas; no hay nada lo bastante definido donde concentrar la atención, nada lo bastante claro para distraerlo. A su alrededor los asientos se vacían y se ocupan, pero él solo ve contornos, formas que se mueven en los límites de su inquietud, con todos los detalles difuminados. Al entrar el autobús en la urbanización, sus ojos encuentran una pauta en los tejados, y los silbidos y chirridos de los frenos forman una canción conocida; entonces por fin deja de pensar en Elsie y en su piel tirante sobre los huesos y en que el anillo le baila en el dedo.

Camina despacio, señalando el tiempo en la acera. Dentro de cuatro horas realizará el trayecto de vuelta al hospital; cuatro horas que pasará con la mirada fija, reflexionando e intentando encontrar el mapa donde trazar este viaje de su vida. Al principio no ve a Sylvia. Aparece delante de él, salida de no se sabe dónde, blanca de angustia, con los labios temblorosos, de los que sin embargo no brota ninguna palabra. Hace veinticinco años que Eric no veía esa clase de miedo. Desde los telegramas. «Sentimos profundamente informarle...»

Deja la maletita en la acera y le pone las manos en los hombros. El miedo ha petrificado a Sylvia, que apenas se mueve. Muy despacio, Eric le pregunta qué ocurre. Repite la pregunta una y otra vez, hasta que ella lo mira. Al principio Sylvia susurra, habla en voz tan baja que él apenas la oye. Se inclina para captar las palabras, que enseguida se vuelven más sonoras, más desesperadas. Sylvia las pronuncia a gritos y resuenan en la avenida, una y otra vez, hasta el punto de que Eric se pregunta si quedará en el mundo alguien que no se haya enterado.

—Grace ha desaparecido. —Y Sylvia se tapa los oídos con las manos, como si no soportara las palabras proferidas en voz alta.

La Avenida, número 4

7 de agosto de 1976

Al día siguiente Tilly no acudió al tubo de desagüe.

Normalmente a las diez ya estaba allí, pero aún no se había presentado cuando el señor Creasy esperó el autobús de las once menos cinco, y seguía sin aparecer cuando él desanduvo sus pasos por la avenida con las manos hundidas en los bolsillos. Solo estaban la señora Forbes, que leía a gritos las definiciones del crucigrama, y Sheila Dakin, que tomaba el sol y se hacía la sorda.

Decidí irme a casa. Sin Tilly, Jesús no era tan divertido.

Sentada en la cocina, mi madre cosía los botones de las camisas de mi padre. Me miró cuando entré.

—¿Ha llamado alguien? —le pregunté.

Negó con la cabeza y volvió a concentrarse en las camisas.

Estaba muy callada desde que Andy Kilner había tomado aquellas fotografías. Cuando Tilly se había marchado sin despedirse, yo había pensado que mi madre me dirigiría una sonrisa de día de dentista o me diría que el comportamiento de Tilly era ridículo, pero no fue así. De vez en cuando me miraba en silencio y luego reanudaba lo que estuviera haciendo.

En otras circunstancias me habría dado por vencida. En otras circunstancias me habría ido a ver a la señora Morton, pero la señora Morton me había dicho que estaría muy atareada ese día y que no tendría tiempo de hacerme compañía ni de prepararme mousse Angel Delight. Me había dicho que me quedara en casa y recapacitara.

Subí a mi habitación e intenté decidir qué haría para aparentar que estaba atareada y despreocupada cuando Tilly por fin se presentara, pero no encontré nada que hacer. Estuve pendiente de si captaba el ruido de sus sandalias, pero solo oí un ardiente silencio inconmensurable. Hacía tanto calor que ni los pájaros cantaban.

A las tres sonó el teléfono. Yo estaba sentada en la cama, reordenando los Whimsies para luego volver a colocarlos tal como estaban antes. Nuestro teléfono no sonaba muy a menudo; por eso siempre que lo oía me sentía en la obligación de ir al descansillo a escuchar.

—¡Si es Tilly, dile que estoy muy atareada! —grité por encima de la baranda, y me senté.

Me levanté.

—Bueno, no tan atareada como para no hablar con ella. Solo bastante atareada.

Advertí que mi madre esperaba a oír la señal.

Intenté escuchar lo que decía, pero en cuanto empezó la conversación se volvió de cara a la pared y habló en voz tan baja que no pude oírla. Cuando terminó, colgó el auricular muy despacio y se dirigió a la salita, donde mi padre se ocupaba de su papeleo, y cerró la puerta tras de sí.

Tenía la sensación de llevar mucho tiempo sentada en el descansillo. Me dolía la espalda y empezaban a hormiguearme las piernas, pero no podía dejar de mirar la puerta de la salita y desear que se abriera.

Cuando se abrió me di cuenta de que en realidad no quería que se abriera.

—¡Grace, baja un momento! —gritó mi madre—. ¡Queremos hablar contigo!

No contesté.

Al cabo de un instante su rostro apareció al pie de la escalera.

—Es que estoy bastante ocupada. —Las palabras me salieron en un susurro.

—Es importante. —Me dirigió una de esas sonrisas suyas.

Cuando me puse en pie noté las piernas tan flojas que incluso dudé que pudieran llevarme hasta el recibidor.

Me senté en el sillón que había al lado de la chimenea.

Mis padres se sentaron enfrente, en el sofá, y mi padre rodeó con el brazo a mi madre. Se los veía pálidos y raros, como si fueran a desmoronarse en cualquier momento.

—Queremos hablar contigo —dijo mi padre.

Me levanté.

—La verdad es que debo ir a casa de la señora Morton, así que tendréis que hablar conmigo más tarde. O mañana, quizá.

Mi padre se inclinó hacia delante y me obligó a sentarme.

—Grace, quiero que nos escuches. Tenemos que decirte algo.

Mi madre rompió a llorar.

Y al mirarme las manos vi que habían empezado a temblarme.

7 de noviembre de 1967

Los gritos de Sylvia Bennett sacan de casa a la gente.

Sheila Dakin es la primera en aparecer. Se limpia las manos en un paño de cocina y frunce el ceño, enfadada. Pregunta a qué vienen esos alaridos. En zapatillas patea el camino del jardín.

—Se trata de Grace. —Eric todavía sostiene a Sylvia por los hombros. Teme que se le escurra entre las manos si la suelta—. Dice que Grace ha desaparecido.

Sheila atraviesa corriendo la puerta del jardín y cruza la calle. El paño de cocina cae en la acera.

—¿Desaparecido?

Sylvia se aprieta la cabeza con las manos.

—Nadie desaparece sin más ni más. —Sheila aparta a Eric, agarra a Sylvia por las muñecas y le retira las manos de los oídos—. Escúchame.

Eric deja que se ocupe ella. Nunca se le ha dado bien tratar con las personas disgustadas. Él es el que siempre pone el agua al fuego, realiza las llamadas telefónicas y da direcciones. No es que se despreocupe; es que no puede evitar disgustarse a su vez, con lo que al parecer solo consigue que aumente la desazón de los demás.

Sylvia comienza a gemir y a tambalearse, como si el miedo la hubiese agotado.

—Escúchame —repite Sheila, y Sylvia se calla y la mira como una niña.

Sheila suelta una retahíla de preguntas, casi encadenadas. Se interrumpe para que hable Sylvia, pero eso la detiene solo un instante antes de que formule la siguiente. Las respuestas son fragmentarias, palabras vacilantes que oscilan y titubean, frases a las que el miedo ha quitado la forma.

Sylvia ha dicho que Grace estaba en la cocina, sentada en la sillita de paseo. Iban a salir. Ella subió a cambiarse los zapatos y, cuando regresó, Grace y la sillita habían desaparecido.

—¿Cuánto tiempo estuviste arriba? —le pregunta Sheila.

Sylvia tiene los ojos clavados en la acera. Sheila le mueve la cabeza para mirarla.

—¿Cuánto tiempo?

—No mucho. No demasiado.

Eric apoya una mano en el hombro de Sylvia.

—Ya, tesoro, pero ¿cuánto tiempo? Podría ser importante.

Sylvia se pasa los dedos por el pelo. Da la impresión de que abre más los párpados, de que se le ve más el blanco de los ojos.

—Me senté en la cama. Creo que es posible que me quedara dormida. No mucho rato. Solo un momento. No sé...

Eric mira a Sheila. Sus ojos coinciden apenas un instante, pero Sylvia lo advierte.

—¡No es culpa mía! —Vuelve a gritar—. Nadie sabe lo que es. ¡Nadie!

Ha salido más gente a la calle. May Roper escucha desde el borde de su jardín, con los ojos como platos por la curiosidad. Está comiendo, y con cada frase mastica más despacio, como si para concentrarse necesitara que la cara entera se le quedara quieta. Extiende una mano para que Brian, que ha aparecido junto a su hombro izquierdo, no le impida ver la escena.

—¿Has mirado por toda la casa? —pregunta Sheila—. ¿En todas las habitaciones?

Sylvia asiente. Está llorando, desahogándose con sollozos de profundo dolor que resuenan por todo su cuerpo.

Sheila echa un vistazo alrededor y ve a May.

—Ve a mirar en la casa otra vez —dice—, para asegurarnos.

May se lleva la mano al pecho.

—¿Yo? —pregunta moviendo mudamente los labios.

—Vamos, May. Date prisa.

May cruza corriendo la carretera como un insecto alicaído y Sheila se vuelve hacia Sylvia. Se ha congregado más gente. Harold y Dorothy Forbes, John Creasy, Brian el Flaco. Rodean a Sylvia formando un corro que contiene la histeria, que la encierra en un espacio, como si fuera un animal salvaje al que quisieran atrapar.

—Cuéntanos qué ha pasado esta mañana —dice Sheila—. Cuéntanoslo todo. ¿Viste a alguien? ¿Hablaste con alguien raro?

Eric escucha cómo Sylvia repasa su jornada. Se trata de una jornada de lo más normal. Es curioso que muchas veces el peor día de nuestra vida comience como cualquier otro. Hasta es posible que nos quejemos para nuestros adentros de lo corriente que es. Quizá deseemos que ocurra algo interesante, algo que rompa la rutina. Y, cuando creemos que ya no soportamos más la monotonía, sucede algo que nos destroza la vida de tal modo que deseamos con cada célula de nuestro cuerpo que el día no hubiera llegado a ser tan fuera de lo normal.

—Fuimos a la tienda esta mañana, a comprar leche. —Sylvia se sujeta la cabeza con las manos, como si el peso de los pensamientos le resultara insoportable.

—¿Había alguien en la tienda? ¿Alguien a quien no conocieras? —pregunta Sheila—. ¿Te siguió alguien?

—No vimos a nadie. Aparte del cartero. Salimos de la tienda, fuimos por Lime Crescent y cruzamos el callejón. Hacía calor. Le decía a Grace que no necesitaba la chaquetita de punto. —Sylvia se interrumpe y mira a Sheila.

—¿Qué? ¿De qué te has acordado?

—Vimos a alguien. Se paró a hablar con nosotras cuando volvíamos a casa.

—¿Quién era? —pregunta Eric—. ¿Lo conocemos?

Antes de hablar Sylvia mira las caras que la rodean. Las palabras son un susurro de papel de seda, apenas un suspiro.

—Era Walter Bishop —dice—. Hablamos con Walter Bishop.

Todos miran el número 11, fijan la vista en la casa durante un instante antes de volverse de nuevo hacia Sylvia.

—¿Qué te dijo? —pregunta Sheila.

—Dijo... —Los sollozos se han reanudado y Sylvia ha de encajar las palabras entre ásperos jadeos—. Dijo que Grace era muy guapa. Dijo que le encantaban los niños.

Brian se vuelve hacia el número 11.

—Bien —dice—, pues ahí tienes la respuesta.

—No saquemos conclusiones precipitadas. —Eric considera que ha de tomarse el trabajo de calmar los ánimos.

Ha llegado más gente, personas que no viven en la avenida pero a las que el conflicto ha arrastrado como la marea. John Creasy las organiza en grupos para iniciar una batida por la urbanización. Se ha avisado a la policía. Alguien ha ido a la cabina telefónica a llamar a Derek.

—Solo podemos sacar una conclusión. —Brian mira la casa de Walter—. Deberíamos ir. Plantarle cara.

—No podemos entrar en tromba y acusarlo de raptar a una niña —interviene Sheila. Da la espalda a Sylvia con el propósito de protegerla de la conversación.

—La policía no tardará en llegar —dice Eric—. Que se encarguen ellos.

Brian hunde los puños en los bolsillos.

—Se pasa el día sentado en el parque. En el quiosco de música. Mirando a los niños. Es un maldito pervertido.

—Brian tiene razón. Yo lo he visto. —Dorothy Forbes ha recogido del suelo el paño de cocina de Sheila, y al hablar lo dobla y lo desdobla—. Está siempre en el quiosco de música. Se queda ahí sentado mirando a los chiquitines.

Crece una brizna de inquietud. Eric lo percibe. Nota cómo avanza con sigilo entre los grupos, cómo eleva las voces y hace brillar los ojos. Intenta decirles que se calmen, que recapaciten, pero Harold, que da la matraca entre el gentío, se adueña de la desazón y se dedica a repartirla.

—Pues yo sí que pienso ir —dice—. Todo el mundo ha venido a ayudar menos él. ¿Dónde está Bishop? ¿Dónde?

Echa a andar hacia el número 11. Brian lo sigue. Eric les pide a gritos que se detengan, aunque sabe que es inútil. El gentío cruza despacio la avenida en pos de la historia, pues nadie quiere perderse ningún capítulo. Eric va con ellos. Es lo único que puede hacer.

La puerta principal de Walter Bishop es de esas que dan la impresión de no haberse abierto en los últimos diez años. Una capa de pintura se desconcha alrededor del marco, y el polvo ha convertido el negro en un apagado gris mortecino.

Harold aporrea la madera con la mano.

Nada.

La golpea de nuevo. Gritos. Trata de agitar la tapa del buzón, pero la herrumbre ha corroído las bisagras.

Vuelve a gritar.

Por la ventana de la puerta, detrás del vidrio prensado, Eric distingue un atisbo de movimiento, un fugaz cambio de luz. Tras el ruido de una cadenilla que se mueve y se descorre, la puerta se abre unos centímetros. Lo justo para que se vea la piel pálida, la barba de tres días y el reflejo de unas gafas.

—¿Sí? —dice Walter Bishop en voz baja y poco clara, con un ligero ceceo, que alarga la palabra y la convierte en un susurro.

—Ha desaparecido una criatura. Grace Bennett. —Las palabras de Harold son como agujas en comparación con la de Walter—. ¿Te has enterado?

Walter niega con la cabeza. Eric le ve parte de la ropa. También es gris. El hombre tiene un aspecto desvaído y desdibujado, como si hubiera desistido del intento de dejar huella en el mundo.

—Has hablado con su madre esta mañana —prosigue Harold—, en el callejón que hay cerca de Lime Crescent.

—¿Yo?

—Sí, tú. Le dijiste que te gustaban mucho los niños. —Harold domina el mal genio, que aun así empuja cada una de las sílabas.

Walter se desplaza detrás de la cadena y Eric advierte que el resquicio se estrecha apenas unos milímetros.

—Solo quería conversar —dice—, ser amable.

—¿Amable?

—La gente hace eso, ¿no? —El sudor vidria la frente de Walter—. Saluda y se para un momento a charlar con alguien, le dice que el crío es guapo.

—A menos que ese crío desaparezca al cabo de unas horas.

Eric percibe el peso de la gente a su espalda. Nota cómo se apiña y serpentea. Al fondo se oyen algunas voces; de momento suenan sordas y apagadas, pero él sabe que bastará con que una de ellas se eleve y hable claro para que el grupo entero se descomponga.

—¿Tienes alguna idea de dónde puede estar Grace? —pregunta Harold con voz lenta y pausada.

—No lo sé, de veras.

Walter intenta cerrar la puerta, pero el pie de Harold es más rápido.

—El caso es que todo el mundo ha salido a buscarla. ¿Quieres participar tú también?

—No sabría por dónde empezar. —Un leve temblor anega la voz de Walter—. No tengo ni idea de dónde está.

—Entonces quizá no te importe que echemos un vistazo a la casa.

Mientras el pie de Harold bloquea la puerta, Eric ve un poco mejor el rostro de Walter. Tiene la piel muy lechosa, el pelo demasiado largo. El desasosiego ha formado gotas en torno a la montura de las gafas, tras las cuales Eric intenta encontrar una esquirla de temor. No ve nada. Solo cierta inquietud, una capa de instinto de supervivencia.

—Esta es una propiedad privada —afirma Walter—. Tendré que pediros que os vayáis.

—No pensamos irnos hasta que encontremos a Grace. Conque será mejor que abras la puerta y nos dejes seguir con lo nuestro.

Eric capta el ruido de botas que arañan el camino. Las voces se alimentan mutuamente y se elevan. Alguien le empuja hacia delante hincándole un codo en la espalda.

—Insisto. —La respiración de Walter es rápida y superficial—. Debo insistir en que os vayáis.

Brian el Flaco está al lado de Eric, que percibe en él la rabia de la juventud; la clase de rabia que hierve y crepita y busca un lugar donde descargarse. Recuerda que él mismo poseía ese tipo de rabia, que el tiempo lijó hasta convertirla en algo a lo que puede aferrarse.

El gentío está a punto de estallar. Eric lo advierte en las voces, en el ímpetu de los cuerpos detrás de él. Mira la puerta.

Walter Bishop no tiene ninguna posibilidad.

En el preciso instante en que Eric piensa que va a ocurrir, en el instante en que se prepara para el embate, le llega un grito del fondo de la multitud.

—¡Policía!

Y es como si se deshiciera un nudo. La masa se disuelve. Los hombres cruzan la avenida, recorren las aceras, enfilan callejones.

Harold Forbes se da la vuelta y la puerta de Walter Bishop se cierra de un golpazo.

—Ha faltado poco —dice Eric Lamb—. Empezaba a asustarme.

—¿Asustarte? Ha raptado a la niña, Eric. Ha raptado a la criatura, maldita sea. —Harold vuele a mirar la puerta.

—Menos mal que la policía ha llegado antes de que la cosa se pusiera fea.

Harold vuelve la cabeza mientras se aleja.

—Esta vez sí —dice.

La Avenida, número 4

13 de agosto de 1976

—Quiero ir al hospital.

Se lo decía a mis padres, se lo decía a la señora Morton y lo decía todas las noches en la oscuridad mientras intentaba conciliar el sueño en la cama.

Nadie me respondía. Se limitaban a sonreír o a estrecharme los hombros, como si no hubiera pronunciado ninguna frase. En ocasiones intentaban distraerme con dulces o revistas, y mi padre empezaba diciendo «¿y si...?» cada vez que hablaba.

«¿Y si vemos la televisión?»

«¿Y si vamos al parque?»

«¿Y si jugamos al Monopoly, Grace? Podrías enseñarme.»

No me apetecía ninguna de las posibilidades que me planteaba. Solo quería ver a Tilly.

Mi madre deambulaba por las habitaciones para contener su inquietud en los límites de la casa. Intentaba esconderla detrás de unos enormes ojos brillantes y unas sonrisas tan tensas y falsas que llegué a preguntarme si alguna vez volvería a creérmelas.

La señora Morton nos visitaba muy a menudo. Se sentaba en la cocina con mis padres a beber té y comer galletas. Había envejecido sin que me diera cuenta, y no sabía muy bien por qué no me había fijado antes. Debió de ocurrir mientras yo cenaba, leía un libro o veía la televisión; en cualquier caso, advertía que había cambiado. Las arrugas le habían tensado el rostro y, cada vez que comía, sus mandíbulas se peleaban entre sí.

Decidí encararme con los tres un día que estaban en la cocina, pasándose palabras quedas sentados a la mesa.

Me detuve en la entrada y las palabras quedas cesaron. Mi madre extendió una sonrisa de oreja a oreja y la señora Morton intentó reorganizar la tristeza de sus ojos.

—Quiero ir al hospital —dije.

Mi padre se levantó.

—¿Y si te preparamos algo de comer? ¿Te apetece un cuenco de Angel Delight? ¿Una bolsa de patatas fritas?

—Quiero ir al hospital —repetí.

Mi padre se sentó.

—Los hospitales no son un buen lugar para los niños. —Mi madre estiró aún más la sonrisa.

—Tilly está allí —dije—. Tilly es una niña.

Mi padre se inclinó hacia delante.

—Tilly está muy malita, Grace. Se quedará en el hospital hasta que se recupere.

Vi que mi madre miraba a mi padre.

—Ya estuvo ingresada otra vez —dije—. Las enfermeras llevaban cintas de espumillón en el pelo. Se puso buena. —Noté que se me formaba una bola de lágrimas en la garganta—. Volvió a casa.

—Creo que deberíamos dejar que la cuiden las enfermeras y los médicos. —Mi madre medía las palabras—. Tienen que averiguar qué le pasa.

—Le pasa algo en la sangre. —Me di cuenta de que alzaba la voz porque Remington se acercó y se sentó a mis pies—.

Tenemos que ir a decírselo. Las enfermeras y los médicos quizá no lo sepan.

—Sí lo saben, Grace —dijo la señora Morton—. Intentan encontrar la forma de detenerlo.

Me los quedé mirando a los tres. Ellos me sostuvieron la mirada: una muralla de adultos.

—Quiero ir al hospital. Es mi amiga y tengo un regalo para ella. Si un amigo vuestro estuviera en el hospital, bien que iríais a visitarlo.

La señora Morton dejó la taza en el platillo muy despacio y miró a mis padres.

—Me parece que a veces es mejor que los niños vean las cosas con sus propios ojos. Si no, cubren los huecos con toda clase de historias.

Mi padre asintió y miró a mi madre.

Los tres la mirábamos.

—Muy bien —dijo al cabo de un instante—. No os preocupéis por mí. Haced lo que os parezca mejor.

—Muy bien —dijo mi padre—. Iremos.

Mi madre parecía desilusionada. Estaba acostumbrada a que sus palabras se acompañaran de una traducción.

El tubo de desagüe

13 de agosto de 1976

—¡Correo! —Keithie arrojó un fajo de cartas sobre el regazo de Sheila Dakin y dobló en bicicleta la esquina de los garajes.

—¡Hostia, Keithie! —Sheila abrió los ojos de golpe y se incorporó en la tumbona—. Por tu culpa va a darme un infarto, joder.

Un sobre blanco mecanografiado despertó su interés. Lo cogió y dejó que los de color marrón cayeran en la hierba. Brian se agachó a recogerlos.

—No te molestes, Brian. La compañía eléctrica tiene la amabilidad de volver a enviármelas siempre que las pierdo.

Miró las tumbonas vacías.

—Qué silencio, ¿no?

Brian volvió a sentarse.

—Harold se ha ido. Dice que ya no está seguro de que sea Jesús. Dice que probablemente nos hemos engañado a nosotros mismos.

Sheila miró a Jesús con los ojos entrecerrados.

—¿Dónde se han metido los demás?

—Dorothy estuvo hace un rato, pero dijo que estaba muy disgustada por Tilly. Dijo que ya nunca más podría mirar a Jesús y se fue a casa a acostarse.

—¿Alguna novedad?

Brian negó con la cabeza y clavó la vista en el suelo.

—Pobre desgraciado. —Sheila se enderezó más y apoyó las piernas en el neumático, que había reconvertido en reposapiés—. Esto me parte el alma, de veras. Lo entenderás cuando tengas hijos.

—No hay muchas posibilidades. —Brian se echó a reír, pero sus ojos permanecieron serios.

Sheila lo observó. Escuálido e inseguro, un hombre que no había mudado la piel desmañada de la adolescencia. Hasta Keithie poseía mayor confianza que él.

—Lárgate del número dos antes de que sea demasiado tarde. Corta el cordón umbilical, Brian.

—Es un cordón muy fuerte y ella me tiene bien atado. Tampoco hay muchas posibilidades de eso.

Sheila meneó la cabeza y miró de nuevo el sobre.

—Creo que es del ayuntamiento. Para que trabaje de voluntaria. Margaret dijo que me gustaría. —Se lo tendió a Brian—. Léemela, por favor. No he traído las gafas.

El sobre permaneció en su mano.

Sheila miró a Brian.

—¿Brian?

—No tienes por qué leerla ahora mismo. No va a irse a ningún sitio. Ya la leerás más tarde.

—Pero quiero saber qué dice. —Sheila le acercó la carta un poco más—. Quiero saber si me han aceptado.

Brian la miró.

—No puedo, Sheila.

—¿Qué quieres decir con que no puedes?

Sheila observó que el rubor se extendía por el cuello y la cara de Brian. Él fijaba la vista en las tumbonas, en el tubo de desagüe, en sus pies…, en cualquier sitio con tal de no mirarla a los ojos.

—¿Brian?

—Quiero decir que no puedo. Que no sé.

—Tonto del culo, ¿por qué no dijiste nada?

Brian estaba de pie junto al tubo de desagüe, fumando un cigarrillo de Sheila a pesar de que había dejado el tabaco y de que durante los diez primeros minutos la tos le había impedido hablar.

—¿Cómo iba a decirlo? ¿Cómo iba a contárselo a nadie?

—La gente lo habría entendido, Brian.

—Habría entendido que era cortito. Habría entendido que era un maldito idiota.

—No eres un maldito idiota. Y seguro que sabes leer un poco. Algunas palabras.

—Algunas. —Brian dio otra calada—. Pero las letras se mueven en la página y no sé ponerlas en orden. Se mezclan.

Miró a Sheila, y ella se dio cuenta entonces de que estaba mirándolo con extrañeza.

—¿Ves? Ni siquiera tú lo entiendes. Hasta tú piensas que soy corto.

—No, Brian. —Sheila advierte que la frustración de Brian se transforma en ira—. Intento entenderlo, de veras.

—Margaret Creasy lo entendió. —Se llenó de humo los pulmones con una última chupada al cigarrillo—. Ella me ayudaba.

—¿Cómo te ayudaba?

—Aquella cita... Estaba enseñándome a leer. Me pidió que sacara un libro de la biblioteca. Alguno cuya pinta me gustara.

—Ay, Brian. —Sheila suelta la carta y se levanta—. ¿Por qué lo dejaste para tan tarde? ¿Por qué demonios no nos lo contaste antes a alguno de nosotros?

—Por mi madre. Dijo que daba igual. —Miró a Sheila. Una mirada infantil, que no cuestionaba nada—. Dijo que, cuando necesitara leer algo, la tendría a ella para que me lo leyera.

Tiró el cigarrillo y lo hundió en la gravilla con la bota.

—De todos modos —añadió—, ¿cómo iba a contárselo a nadie? ¿Cómo iba a afrontar esa vergüenza? —Echó a andar—. Todos vosotros habríais pensado que era un bicho raro.

La Avenida, número 4

15 de agosto de 1976

—Ya sabes que no podrás entrar en la habitación —me advirtió mi padre.

Respondí que sí, que lo sabía, porque ya me lo habían dicho cuatro veces.

—No quieren que Tilly se contagie con tus gérmenes. Tienen que mantenerlo todo muy limpio.

—Yo estoy limpia.

—Superlimpio. —Cogió las llaves del coche.

Mi madre aguardaba junto a la puerta, tamborileando con los dedos sobre la madera.

—Acabemos con esto de una vez —dijo.

Nunca había estado en un hospital, salvo cuando nací, pero llegué a la conclusión de que esa vez no contaba. Era una construcción alargada y serpenteante en la periferia de la ciudad, y se distinguían los edificios que se habían añadido a la serpiente a medida que enfermaba más gente y se necesitaba un lugar donde meterla.

Tuvimos que dejar el coche muy lejos de la entrada y atravesar todo el aparcamiento, mi madre estrechándose con los brazos y mi padre hundiendo sus pensamientos en los bolsillos. Cuando por fin llegamos al pasillo principal, no teníamos ni idea de adónde ir. Creo que cuando se visita un hospital se distingue bien a quienes trabajan en él, porque llevan zapatos muy silenciosos y caminan mirando al frente. Los demás se fijan en los rótulos colgados del techo de los pasillos, señalan mapas y siguen las flechitas pintadas en el suelo.

—Por aquí —dijo mi padre, y recorrimos un vestíbulo larguísimo con muchos cuadros de flores y zapatos muy silenciosos.

Al final de un pasillo se encontraba la sala de pediatría. Junto a la puerta había un cuadro de Tigle, el amigo de Winny de Puh.

—Vaya, a Tilly no le hará ninguna gracia —dije—. No le cae bien Tigle. Le parece demasiado escandaloso.

Mi padre habló con la enfermera del mostrador, y la enfermera del mostrador me miró por encima del hombro de mi padre y asintió sonriendo.

Mientras ellos hablaban, me di una vuelta. No vi a Tilly en ninguna parte.

Esperaba que una sala de pediatría fuera más ruidosa. Pensaba que habría juegos, rotuladores y tebeos. Creía que se oirían gritos. Que sería como el colegio, pero con enfermeras en vez de maestros. No había nada de eso. Los niños estaban tendidos sobre colchones estrechos, las sillas de los progenitores se habían arrimado a las camas, y algunas madres dormían acostadas, con las manos tendidas hacia una cunita. Solo una niña pintaba sentada a una mesa. Cuando se volvió hacia mí y me sonrió, vi que de la nariz le salía un tubo que se retorcía y se le enroscaba en una oreja.

Regresé donde estaba mi madre y me pegué a sus piernas.

Me rodeó los hombros con el brazo, dijo «Ya lo sabía yo» y fulminó con la mirada la espalda de mi padre.

La enfermera nos condujo por otro pasillo con cuadros, fregaderos gigantescos y pilas de toallas metidas en jaulas metálicas.

Vi que mi padre miraba a mi madre.

—Por aquí —indicó la enfermera—. La mamá de Tilly acaba de irse a la cafetería.

Avancé unos pasos para ponerme a su altura.

—Ya sé que no me permiten entrar, pero he traído un regalo para Tilly.

Nos detuvimos ante una puerta. Tenía escrita la frase LÁVESE LAS MANOS en estridentes mayúsculas, como si fuera un chillido dirigido a todo el mundo.

—No podemos meter nada en la habitación —respondió la enfermera—, por el riesgo de contagio.

—Es que es importante. —Las palabras me salieron resonantes y temblorosas.

—Quizá... —dijo mi padre a la enfermera— quizá pueda usted dárselo a Tilly cuando se ponga mejor.

Vi que la enfermera miraba a mi padre.

—De acuerdo —respondió sin quitarle los ojos de encima—. Así lo haremos.

Se lo entregué y ella se lo guardó en el bolsillo.

Al lado de la puerta había una ventana enorme, que tenía la persiana subida. Estaba muy arriba, y mi padre me aupó para que pudiera asomarme.

La luz de la habitación estaba apagada y al principio no

capté gran cosa. Atisbé el borde de una cama y la esquina de un lavamanos, pero todo lo demás parecía desvanecerse en la oscuridad. Cuando por fin se me acostumbró la vista, cuando las siluetas comenzaron a unirse hasta formar una habitación, advertí que estaba mirando directamente a Tilly.

Tilly no llevaba las gafas ni las coletas y se la veía pálida y diminuta. Daba la impresión de que la cama la superaba. Tenía la cabeza demasiado pequeña para aquellas almohadas, y asía las mantas como si pusiera todo su empeño en seguir aferrada al mundo.

Aunque tenía los ojos cerrados, la saludé con la mano. Agité la mano cada vez con más fuerza, porque me parecía que si la movía con el suficiente ímpetu ella lo percibiría y abriría los ojos.

La llamé a voces.

—No grites, Grace —dijo mi padre.

Grité otra vez. Y otra.

—¡Despierta, despierta, despierta, despierta! —gritaba.

—¡Grace! —Mi padre me dejó en el suelo—. Esto es un hospital, ¡no chilles! —Lo dijo chillando.

—No es Tilly. Si fuera ella, habría sabido que era yo y se habría despertado.

La enfermera se agachó a mi lado.

—Está muy malita, Grace. Está demasiado malita para despertarse.

—¿Y qué sabéis vosotros, jolines? —le espeté a voz en cuello.

Me puse en pie y eché a correr. Dejé atrás los cuadros, los lavamanos y las toallas, seguida a la carrera por mis padres, y salí al pasillo.

—¡Tilly no puede desaparecer! —grité—. ¡No dejéis que Tilly desaparezca!

Mi madre dejó de correr. Oí el eco de su voz en el pasillo.

—Ya te dije que no era buena idea, Derek —exclamó—. Ya te lo dije, maldita sea.

Todas las personas con zapatos silenciosos se volvieron a mirar.

El tubo de desagüe

15 de agosto de 1976

Estaba sentada en la gravilla delante de Jesús.

Había vuelto a salir apenas llegamos a casa. Mi madre quería que me quedara, pero mi padre dijo que era mejor que me sacara «esa espina».

Yo no sabía qué espina era esa, tan solo pensé que quizá me ayudara ir a ver a Jesús. Sin embargo, ya llevaba diez minutos hablando con él y todavía no había notado ningún cambio.

El señor Forbes se había llevado las tumbonas y la mesita de juego, y el único indicio de que habíamos estado allí era una zapatilla de Sheila Dakin apoyada contra la pared del fondo del garaje.

Miré a Jesús.

—¿Por qué quieres que Tilly desaparezca? —le pregunté.

Me sostuvo la mirada con sus ojos de creosota.

—Yo creía que si te encontraba todos estaríamos a salvo. Creía que si estabas entre nosotros todos seguiríamos en el lugar que nos correspondía.

El sol de la tarde ascendía por un lado del garaje. Rodó por encima de Jesús y el tubo de desagüe antes de alzarse hasta la parte superior de la pared, donde encontró una araña que planificaba su tela, la tramaba y la tejía.

Tilly adoraba las arañas. Decía que eran listas, pacientes y apacibles. No entendía por qué todo el mundo les tenía miedo. Me habría gustado que viera aquella. Pero Tilly no estaba.

Solo había un vacío, el espacio de mi vida que antes ocupaba ella.

Jesús tan solo observaba. Sus ángulos habían comenzado a desdibujarse, el contorno de su rostro ya se desconchaba y desmenuzaba.

—No permitas que se vaya, por favor —dije.

Pero por lo visto Jesús, al igual que todos los demás, tenía muchas ganas de desaparecer.

La Avenida, número 4

17 de agosto de 1976

Estábamos en la salita: mis padres y yo con un cuenco de Angel Delight que mi madre me había preparado.

—¿No te apetece? —me preguntó.

Yo miraba por la ventana.

—No tengo hambre.

Veía a la señora Dakin sentada en la tumbona, a Eric Lamb podando en el jardín delantero y a la señora Forbes recorriendo de arriba abajo la gravilla con una escoba. Daba la impresión de que nada había cambiado, de que el mundo seguía pese a que una pieza suya se apagaba.

—¿Por qué no miramos el catálogo? —propuso mi madre—. Eso siempre te anima.

Se esforzó. Pasó las páginas señalando a las modelos, burlándose de ellas y eligiendo regalos imaginarios para todos nosotros.

Cuando llegamos a uno de los círculos verdes que yo había trazado, miró a mi padre.

—Si quieres estos zuecos, Grace, cómpratelos —me dijo.

Me la quedé mirando.

—No podemos pagarlos —contesté—. Somos pobres.

—Sí que podemos pagar cuarenta y ocho cómodos plazos

de veinticinco peniques semanales. —Me estrechó los hombros y señaló las líneas verdes.

Contemplé los zuecos.

—La verdad es que creo que no me quedarían bien. Me parece que prefiero seguir con las sandalias.

Mi madre me apartó el pelo de la cara y me dirigió una sonrisa radiante.

—Es un coche de la policía —dijo mi padre.

Habíamos oído la vibración de un motor y ruido de portazos, y mi padre se había acercado a la ventana a investigar.

—El inspector Hislop y el otro poli. ¿Cómo se llama?

—¿Green? —apuntó mi madre.

—Eso es, Green.

Mi madre alzó la vista.

—¿Crees que han encontrado a Margaret?

—No lo sé. —Mi padre apartó la cortina un poco más—. Pero ha salido todo el mundo.

El catálogo de Kays cayó en la moqueta al levantarse mi madre.

Cuando salimos, el inspector Hislop estaba rodeado.

Al parecer todo el mundo le lanzaba preguntas a gritos: el señor Forbes y May Roper, Brian el Flaco con su cazadora de plástico, y Dorothy Forbes, que agitaba los brazos y estaba histérica. El agente Green intentaba acallarlos y el inspector Hislop mostraba la palma de las manos y se negaba a abrir los ojos hasta que todos cerraran la boca de una puñetera vez. El señor y la señora Kapoor contemplaban perplejos la escena desde el umbral de su casa.

—Quiero entrar para hablar con el señor Creasy, si tienen la bondad de apartarse —dijo el inspector Hislop. Echó a andar hacia el número 8, pero el gentío avanzó con él, como un lago de curiosidad.

John Creasy aguardaba en la acera. Era el único que no armaba alboroto.

—Puede decirme aquí mismo, delante de todos, lo que quiera que sea.

Sus palabras surtieron mayor efecto que las del inspector Hislop y las del agente Green: la multitud se quedó muy callada.

El inspector observó los rostros que lo rodeaban. Se volvió hacia el agente Green, que se encogió de hombros y sacó una libreta del bolsillo superior de la chaqueta.

—Muy bien —dijo.

Vaciló un momento, y todos titubeamos con él y contuvimos el aliento.

—He venido a informarle de que su mujer se ha presentado en una comisaría para confirmar que, en efecto, se encuentra sana y salva.

Dio la impresión de que todo el mundo volvía a respirar al mismo tiempo, aunque sonó como si tomaran aire en lugar de soltarlo.

—Lo sabía —repuso el señor Creasy—. Ya os lo dije, ¿no? Os dije que estaba viva.

Nadie respondió.

Todos los rostros permanecieron silenciosos, pero me pareció que alguien del fondo decía «Oh, Dios mío».

—¿Dónde ha estado? —preguntó John Creasy—. ¿Le ha dicho por qué se marchó?

—Creo que ha dicho que tenía muchas preocupaciones —respondió el inspector Hislop—. Ha usado una de esas frases modernas que por lo visto tanto gustan a las mujeres. ¿Qué era, agente Green?

El agente Green miró la libreta.

—Ha dicho que necesitaba «aclarar las cosas», señor.

—Eso es. —El inspector Hislop meneó la cabeza—. Aclarar las cosas.

Esa vez oí claramente que alguien decía «Oh, Dios mío».

—Ah, y nos ha pedido que le demos esto —añadió el inspector.

El agente Green entregó un sobre al señor Creasy.

El inspector miró a la multitud.

—La señora Creasy ha dicho que todos ustedes lo entenderían.

John Creasy se quedó mirando el sobre y nosotros nos quedamos mirándolo a él. El inspector Hislop y el agente Green echaron a andar hacia el coche de policía.

—¿Piensa volver a casa? —gritó el señor Creasy—. ¿Lo ha dicho?

—Creo que sí, señor. —El inspector abrió la puerta trasera del vehículo y entró.

El agente Green arrancó el motor y el inspector Hislop bajó la ventanilla.

—Pero ha dicho que antes quería pasarse por la comisaría y charlar un momento con nosotros —añadió.

Observamos cómo el coche de policía se alejaba por la avenida hasta que dobló la esquina. Reinaba tal silencio que pareció que seguíamos oyéndolo durante siglos.

El señor Creasy continuaba con la carta en las manos tendidas.

—¿No vas a abrirla, John? —preguntó el señor Forbes.

El señor Creasy dio la vuelta al sobre.

—Delante pone «La Avenida».

—O sea, todos nosotros —observó Sheila Dakin.

El señor Creasy asintió. Rasgó el borde, sacó una hoja de papel y la leyó. Levantó la cabeza, frunció el ceño y volvió a leerla.

—¿Y bien? —dijo Sheila—. ¿Qué dice?

—No lo entiendo. —El señor Creasy alzó de nuevo la cabeza.

—Vamos, tío, suéltalo ya —exclamó Harold.

John Creasy se aclaró la garganta y leyó.

—Dice: «Mateo, capítulo siete, versículos uno a tres».

Aguardamos.

—¿Eso es todo? —preguntó Sheila Dakin.

—¿Qué demonios significa? —El señor Forbes agitó los brazos en el aire—. ¿Es que esa mujer ha perdido la chaveta?

La señora Forbes y la señora Roper se miraron. Cuando hablaron, las palabras les salieron a la vez.

—«No juzguéis, para que no seáis juzgados» —dijeron. Como un dúo.

La Avenida, número 12

17 de agosto de 1976

Sheila Dakin abrió la puerta de la despensa y comenzó a retirar latas de los estantes.

—¿Mamá? ¿Qué haces?

Sabía que la botella se había terminado, pero valía la pena echar otro vistazo. Siempre valía la pena volver a mirar. En ocasiones olvidaba dónde la había guardado. Siempre había una posibilidad.

Las conchas de pasta cayeron al suelo.

—¿Mamá? —Lisa estaba en la entrada, con el cabello envuelto en una toalla.

—Busco una cosa, Lisa.

A lo mejor había una debajo del fregadero. Recordaba haber dejado alguna allí hacía tiempo. A lo mejor. Pasó en tromba por delante de Lisa y de la tabla de planchar.

—Casi veintiocho grados. —Señaló el termómetro del alféizar—. Veintiocho grados, joder. ¿Cómo va a funcionar nadie con este puñetero calor?

Se agachó y metió las manos en el armario. Botes de abrillantadores y de limpiacristales cayeron como bolos.

—Mamá, ¿qué narices pasa?

Sheila volvió la cabeza.

—Margaret Creasy, eso es lo que pasa. Margaret Creasy vuelve.

—¿No es una buena noticia? —preguntó Lisa.

—No, no es una buena noticia. Ni mucho menos. —Sheila comenzó a hurgar de nuevo en el armario—. Porque no volverá sola.

—¿No?

—No, Lisa. —Un bote de limpiamuebles Mr Sheen se desplomó sobre el linóleo—. Volverá con todos nuestros secretos. Un buen montón. Lo sabe todo.

—Se acabó. Estamos perdidos. —Dorothy Forbes apareció en la entrada con los brazos levantados hacia el cielo. Rebosaba de histeria en el centro de una nube de color gris topo.

—Hostia, Dot. Solo me falta eso.

Dorothy debía de haberla seguido por la avenida.

—Te lo advierto, Sheila. Lo he dicho desde el principio. Esa mujer lo ha averiguado. Será nuestro final.

—No te pongas tan melodramática, Dot. —Sheila se sentó encima de un estropajo jabonoso Brillo—. Debemos reflexionar, tener claro lo que vamos a contar.

—Yo ni siquiera sé ya lo que tengo que contar. Cada vez que intento recordarlo me hago un lío.

Lisa se quitó la toalla de la cabeza y se las quedó mirando.

—Las dos habéis perdido la chaveta —dijo, y se dio la vuelta. Se oyó el sonido sordo de sus pisadas en la escalera y luego en el techo.

Sheila se levantó tambaleante y echó mano de sus cigarrillos. Al volverse vio que Dorothy recogía del suelo los botes y los paquetes para colocarlos dentro del armario.

—Dot, ¿quieres parar de ordenar la casa de los demás? Me saca de quicio.

—Es superior a mí. —Dorothy alcanzó una botella de lejía que había debajo de la mesa—. Son los nervios.

—Tenemos que mantener la calma. —Sheila comenzó a recorrer el linóleo de arriba abajo fumando un cigarrillo—. Tenemos que atar todos los cabos. ¿Qué le dijiste tú a Margaret? ¿Qué le contaste exactamente?

Sheila aguardó. Notaba cómo el corazón enviaba el pulso al cuello.

Dot la miró fijamente y parpadeó.

—¿Dorothy?

—¿Qué me has preguntado, Sheila?

A Sheila Dakin le parecía que el pulso se le extendía por todo el cuerpo: le revolvía el estómago, le tensaba el pecho y le martilleaba las paredes del cráneo. Observó que Dot doblaba el paño de cocina.

Hacia un lado, hacia el otro. Recuadros de tela que se movían en sus manos.

—¿Quieres parar de doblar el maldito paño?

—Es superior a mí. Es una costumbre —repuso Dorothy—. Ni siquiera me doy cuenta de que lo hago.

Sheila dio una calada.

—Pues no habría que doblar los paños de cocina. Al menos según Walter Bishop. Acumulan gérmenes.

Dorothy dejó de doblar el paño y lo colocó sobre el escurreplatos.

Sheila lo miró. Reinaba el silencio en la cocina, pero el reloj tictaqueaba en su pensamiento. Volvió a clavar la vista en el paño. Doblado. Sobre el escurreplatos.

—Walter Bishop no dobla los paños de cocina —dijo.

Dorothy parpadeó.

—Pero tú sí. ¿Verdad, Dot?

No hubo respuesta.

—¿Dorothy?

Dorothy miró el paño y se volvió hacia Sheila. Tenía los ojos muy abiertos y muy azules.

—La avenida entera quería que se fuera, Sheila. Todos lo dijisteis. Era hacer un favor a todo el mundo.

No obtuvo ninguna respuesta. Por primera vez en la vida Sheila Dakin se había quedado sin palabras.

Rowan Tree Croft, número 3

17 de agosto de 1976

La señora Morton colgó el auricular.

Había pensado que quizá hubiera alguna novedad sobre Tilly, pero se trataba de May Roper, que, metida en una cabina telefónica con un montón de monedas de dos peniques, divulgaba la noticia acerca de Margaret Creasy. Intuía que aquella llamada era tan solo una de una larga lista.

La urbanización siempre había sido así. Un desfile de personas unidas por el tedio y la curiosidad, que se pasaban entre sí la desgracia ajena como si se tratara de un paquete. Había ocurrido lo mismo cuando Ernest murió. Había ocurrido lo mismo después del funeral.

Regresó a la salita y se sentó en el sillón con la labor de punto, pero, pese a que la lana la esperaba enrollada en las agujas en mitad de una vuelta, le costó concentrarse en ella. Se levantó y colocó bien los cojines. Abrió la ventana un poco más y apartó el escabel, pero fue inútil. El sosiego había desaparecido, reemplazado por una marea de inquietud. No estaba segura de si se debía a la expectación que entrecortaba la voz de May Roper o a la sensación de que, a diario últimamente, el pasado parecía escribirse junto con el presente, o tal vez no fuera nada de eso. Tal vez se debiera al presentimiento de que se le había escapado algo: algo sobre aquel día que había quedado congelado y expectante en su memoria, a la espera de que ella lo descubriera y recordara.

7 de noviembre de 1967

En la repisa de la chimenea hay veintidós tarjetas.

La señora Morton las cuenta aunque sabe que el número no ha cambiado en las tres últimas horas. Se extienden en diagonal desde el plato que trajo de Llandudno el año pasado y la foto de su boda, y así unen su vida con sinceros pésames.

Hay más tarjetas en la mesa de la cocina y unas pocas en el recibidor, en la mesita del teléfono, pero no ha tenido ánimos para abrirlas. Se repiten a sí mismas una y otra vez: un interminable torrente de cascadas evocadoras bañadas en sentidas condolencias. La tarjeta que elige una persona dice mucho sobre ella. Por un lado están las más convencionales: los lirios y las mariposas acompañados de un mensaje claro en un texto sencillo. Por otro están las que apuntan a la intervención de factores mayores: las puestas de sol y los arcoíris, y cordilleras enteras con interesantes formaciones rocosas. Y, por supuesto, las religiosas: las que dan a entender que sufrimos por una buena razón; las que nos dicen que Dios vigila nuestro dolor, y para ello utilizan ondulantes letras doradas, porque, cuando Dios habla, al parecer se expresa únicamente con una tipografía ornamentada.

«Invócame en el día de la angustia; te libraré», se lee en una.

Beatrice Morton duda que alguna vez vaya a librarse, no de la desesperanza y la tristeza, sino de la vergüenza.

Está sentada con las cortinas cerradas, aunque el débil sol de noviembre logra atravesar la tela y eliminar las sombras. Llevan corridas dos semanas, manteniendo la casa en un intervalo entre la pérdida y la aceptación. Las cerró en cuanto se marchó el policía, al que observó recorrer el sendero antes de tirar de ellas. Era un joven tímido, poco avezado en el protocolo que se seguía para informar a una mujer de que su marido, recién fallecido, había recogido a una pasajera entre el paso elevado de la M4 en Chiswick y el área de servicio de Reading. Ella habría querido ponérselo más fácil, contarle que hacía tiempo que sabía lo de la pasajera, que llevaba quince años viviendo bajo su sombra y que había supuesto un enorme esfuerzo dar forma a una vida en torno a la existencia de esa mujer. Habría querido ofrecerle otra taza de té y limar las aristas de la conversación, para que superaran juntos la incomodidad. Sin embargo el policía debía realizar un inventario, ir tachando los elementos de una lista antes de que se permitiera abandonar la taza intacta y el borde del asiento.

«A Ernest ni siquiera le gustan los New Seekers», había dicho ella en busca de una brecha por la que resucitarlo de entre los muertos.

El policía ensambló una serie de tosecillas en la garganta y le explicó que la pasajera había sobrevivido. Más aún: en ese mismo momento se encontraba en la sala de urgencias del hospital Royal Berkshire, bebiendo té en un vaso de plástico y contándoselo todo a un colega policía.

«Lo siento», añadió, aunque ella no estaba del todo segura de si se disculpaba por la muerte de su marido o porque la amante de este había sobrevivido.

Al verlo marcharse lo intuyó. Intuyó que esa noche, durante la cena, el policía hablaría con su mujer reclinado en el asiento, dando vueltas a los detalles sobre la vida de Beatrice Morton junto con cada bocado. Y al día siguiente su esposa, sentada en la silla de la peluquería, diría no se lo cuente a nadie, y la peluquera, con el peine entre los dientes, enrollaría un mechón en un rulo de plástico azul preguntándose a quién se lo contaría primero. Y comprendió con qué facilidad todo el mundo conocería el secreto que tanto trabajo le había costado que fuera impenetrable.

El calor del sol alcanza el alféizar y transporta a la sala el olor de flores muertas. La muerte de Ernest ha invadido la casa. Hay flores por todas partes: en jarrones, en tarros de mermelada y en jarras de barro. Las hojas se consumen hasta acabar convertidas en frágiles esqueletos, y los pétalos se arraciman en la moqueta formando grupos solemnes. Tendría que hacer algo con ellas, ocuparse de la viscosa agua estancada que impregna el aire de una podredumbre lenta y callada, pero le ha faltado la energía para deshacerse de todo y comenzar de nuevo. Se trata de un problema que, para empezar, ella no se ha buscado.

Las flores las dejaron en la puerta principal o bien las entregó una joven amable llegada en una furgoneta roja. Nadie ha entrado en la casa. Sheila y May se acercaron al umbral tres días después del accidente, espoleadas por la curiosidad y por media botella de jerez, pero hasta ellas desaparecieron al darse cuenta de que la viudez vestía una rebeca beis y decía muy poco. Desde luego no dijo nada sobre maridos fallecidos o amantes de maridos fallecidos. Querían saber qué tal estaba «dadas las circunstancias», pero se trataba de unas circunstancias de las que no podía hablar consigo misma, y mucho menos con Sheila, que alzaba las cejas esperanzada, ni con May, cuya laringe subía y bajaba bajo los pliegues del cuello.

En cambio el funeral sí logró saciarlas. El funeral proporcionó un verdadero banquete. Desplegó la estupidez de Beatrice Morton, la dejó a la vista de todos desenrollando cada uno de los hilos de la amargura, las palabras falsas, y ella sabe que cualquier decisión que tome respecto a su futuro tendrá como telón de fondo su propia necedad. No se volvió cuando comenzaron los sollozos. Había pasado quince años mirando al frente y no estaba dispuesta a apartar la vista ahora.

Tiene que ir a comprar, pero las salidas de casa resultan complicadas. Intenta elegir las aceras menos concurridas, la hora del día más tranquila, pese a lo cual se siente como un objeto de exposición, una curiosidad. Sabe que su presencia en la calle dará pie a conversaciones, como si se encendieran luces de colores. En cuanto se haya alejado lo bastante para no oírlos, comenzarán a desmenuzar su desgracia y lo ridículo de su situación, y se lo repartirán entre sí en porciones digeribles.

Va de una tienda a otra lo más discretamente posible, como una presa.

La mujer de la frutería le aprieta las manos.

—¿Y cómo te sientes? —le pregunta, con la cabeza ladeada y el ceño fruncido, como si la señora Morton fuera un enigma que hubiera que resolver.

—Con ganas de comprar medio kilo de tomates —responde ella— y la mejor col que tengas.

No sabe muy bien qué siente. O qué debería sentir. ¿Son normales sus sentimientos? ¿Son apropiados? Es la primera vez que pierde un marido. Por una parte piensa que debería estar más disgustada, y espera cada mañana preparada para la tristeza. Pero jamás llega. Lo que sí experimenta es una desagradable sensación de desbarajuste. Como si en el viaje que tenía proyectado se viera forzada a tomar una ruta alternativa; no está segura de si la conmoción que siente es consecuencia de haber perdido a Ernest o de la sorpresa de tener que cambiar todos los planes de viaje.

Cruza High Street para ir por la acera con menos tiendas. Aun así las miradas la siguen, pero parece que resulta más fácil lidiar con ellas habiendo una carretera de por medio. En esa acera hay un par de bancos, una peluquería y una tienda de ropa infantil. Han comenzado las rebajas, de modo que los escaparates lucen carteles blancos y rojos que la reclaman.

—¡Beatrice!

Está tan absorta mirando las «inmejorables rebajas» de la zapatería de enfrente que casi se da de bruces con Dorothy Forbes.

—¿Cómo estás? —Dorothy alarga las palabras de tal modo que podrían cubrir la acera entera.

—No me quejo.

—¿Ah, no? —La decepción de Dorothy es evidente.

—No serviría de nada. —La señora Morton intenta sonreír, pero no está segura de si es correcto que las viudas se muestran risueñas, de modo que la sonrisa se convierte en una mueca extraña que le cubre la mitad de la cara.

—Ya, pero en estas circunstancias... —El final de la frase flota unos instantes antes de disolverse.

Todos hablan de las circunstancias, pero nadie quiere precisarlas.

La señora Morton masculla un «si me disculpas» y trata de bordear la enorme solapa a cuadros del carrito de la compra de Dorothy.

—Fue un funeral precioso —dice Dorothy, que se desplaza un poquito hacia la izquierda—, en su mayor parte.

Tiene una mancha de pintalabios de color mandarina en

los dientes incisivos. La boca se le mueve tan deprisa alrededor de las palabras que forma una borrosa masa anaranjada.

—Espantoso lo que pasó tras el salmo veintitrés, antes de que empezara a tocar el órgano.

La señora Morton está atrapada..., atrapada entre las ruedas del carrito, la puerta de una tienda y la compasión amandarinada de Dorothy Forbes.

Terrible. Alarmante. Vergonzoso, añade Dorothy.

—Si me disculpas...

¿La conocías?

—Tengo que irme.

Harold dice que no es de aquí.

—De veras...

Estaría muy unida a Ernest, ¿no? Supongo que por eso estaba tan afectada.

—Tengo que comprar algo aquí. —Traspone el umbral para dejar las preguntas al otro lado y observa a través del cristal cómo la derrota se extiende por el rostro de Dorothy en pequeñas porciones de decepción.

Es la tienda de artículos infantiles.

Nunca había entrado. Huele a lana y a felpa: un aroma a algo limpio, no contaminado ni ajado que al parecer solo exhalan las criaturas. La muchacha del mostrador levanta la cabeza y sonríe. Es muy joven, seguramente demasiado joven para tener un bebé, pero la señora Morton sabe que ha perdido la habilidad de adivinar la edad de la gente. Con el tiempo se ha estropeado su barómetro, calibrado tan solo por la tenaz percepción que continúa teniendo de sí misma. La muchacha sigue doblando ropa. No mira a la señora Morton con interés. Sus ojos no expresan ningún juicio, ninguna opinión. Quizá esté demasiado lejos. O quizá las murmuraciones aún no se hayan abierto paso entre los pañales y las mantillas.

La señora Morton contempla los estantes. Rezuman bienestar. Todo está concebido para sosegar, arropar o acunar. Hasta los colores son relajantes: azul celeste, rosa pálido y suave albaricoque aguado. La tienda ofrece un respiro, un refugio del alboroto de los demás, el presentimiento de que al final todo pasará; una sensación de calma replegada en las mantillas y las colchas, y escondida entre las dobleces de silencioso ganchillo.

—Tienes una tienda muy bonita —dice. Por primera vez desde hace dos semanas habla de un tema que no es la muerte de su marido.

La muchacha levanta la cabeza y vuelve a sonreír.

—Es muy tranquila —añade la señora Morton—. Relajante.

La joven sigue doblando prendas. Introduce mantas en bolsas de plástico, que producen suaves crujidos cuando las manipula.

—Claro, a veces los bebés son los seres más relajantes del mundo, si no lloran.

La frase está plegada y plisada con un acento irlandés.

—No eres de por aquí, ¿verdad?

La muchacha sonríe mirando los pliegues. Ha sido una sonrisa estudiada.

—No, soy de fuera.

—Yo no diría de fuera.

La joven levanta la cabeza. En sus ojos destella una expresión traviesa.

—Yo sí lo diría. Esta ciudad se alborota con cualquier cosa que se salga de lo habitual. No lleva muy bien la variedad.

—Tienes toda la razón.

La señora Morton enfila el siguiente pasillo, flanqueado de ovillos de lana dispuestos en pirámides y de patrones para labores de punto de media. Patrones para cualquier prenda que a una se le ocurra que un bebé pueda necesitar.

—Por eso me gusta estar rodeada de niños —dice la muchacha—. Ellos me ven a mí, no todo lo que cargo en los bolsillos.

La señora Morton no trata con muchos niños. Conoce a Lisa Dakin, claro, pero la chiquilla ya pasa el día en la escuela y va camino de convertirse en una versión a pequeña escala de Sheila. Grace Bennett debe de ser casi la única que conoce. Ve a menudo a Grace y a su madre en la urbanización y se para a charlar un momento, aunque Sylvia siempre tiene cara de agotamiento, como si acabara de despertarse de la siesta. La señora Morton contempla las fotografías de los patrones de punto de media. Un coro de bebés le devuelve la mirada. Cabezas redondas y lisas como huevos, ojos de iris profundo y límpido que solo reflejan sencillez. Es lo que ella necesita. Ojos que no emitan juicios. Una persona que no vea los bolsillos. Quizá si pasara un rato con alguien que al mirarla no viese tan solo una vieja necia, quizá entonces empezaría a recordar quién fue en el pasado.

—¿Busca algo en especial? —le pregunta la muchacha—. ¿Tal vez un regalo?

La señora Morton vuelve a mirar las fotografías.

—Sí, eso es. Un regalo.

—¿Para un niño o una niña? ¿De qué edad?

—Para una niña. Aún no ha cumplido el año. —Camina hacia el mostrador, entre estantes que ofrecen una silenciosa tregua—. Se llama Grace.

Se marcha con un muñeco de tela: un elefante. Tiene unas enormes orejas de terciopelo de color crema y ojos cosidos y de expresión muy seria. Lo mete en la bolsa, bajo la col y el medio kilo de tomates, pues teme que alguien lo vea y suponga que finalmente ha perdido del todo la cabeza y está loca de remate.

La campanilla de la puerta suena cuando sale.

—Adiós, señora Morton. Cuídese —dice la muchacha del mostrador.

Ella frunce el ceño y se dispone a contestar, pero la joven ya está doblando ropa.

La urbanización duerme en una tranquila hora del almuerzo. No se cruza con nadie. Estar sola es una bendición, pues le permite mirar al frente en lugar de observar el continuo movimiento de sus pies sobre la acera. Contempla los árboles, que ya muestran pinceladas de noviembre y aferran las últimas hojas como manos infantiles. Faltan pocos días para que el invierno se remangue las faldas y envuelva las tardes en oscuridad; las últimas vistas de nubes blancas como la tiza y de céspedes de color verde manzana hasta que las heladas se precipiten y los ahuyenten.

La avenida está en silencio; las ventanas, vacías e impasibles. La gente trabaja o come, o pasa en otro sitio ese momento de la jornada. La señora Morton avanza por delante de las viviendas sin que nadie la moleste. Deja atrás la de Sheila Dakin, con los juguetes de Lisa esparcidos sobre la hierba como soldados de infantería heridos y el chasquido del cerrojo de la dubitativa puerta del jardín, balanceada por el viento. Al otro lado de la carretera ve, pulcro y silencioso, el sendero de Dorothy y Harold, cuya gravilla casi con toda seguridad se sometió a la escoba antes incluso de que despuntara el alba.

Se detiene delante de la casa de Grace a atarse un zapato. Al hacerlo echa un vistazo a la avenida. Se pregunta si alguien la observa, si detrás de los cristales sombreados alguien la mira, pero en cuanto se da la vuelta las casas protegen con cara de póquer su contenido para no revelar nada.

La de Grace se encuentra un poco más apartada de la acera que la de Dorothy. Tiene un césped bien cuidado y arriates de flores tratadas con esmero, pero al lado del jardín de los Forbes cualquier otro parecería un tanto desmedrado. La señora Morton cruza el espacio donde Derek suele dejar el coche, pasa junto al vidrio prensado de la despensa y del recibidor y camina por delante de la hilera de plantas del alféizar de la cocina para llegar a la puerta trasera, que tiene la pintura abombada y desconchada por el calor del verano anterior.

Está entornada. Se abre un poco más cuando la señora Morton llama con los nudillos. Entonces se ven las ruedas de una sillita de paseo y las gordezuelas piernecitas de Grace, que patalea en el asiento.

La señora Morton dice hola a voces.

Abre la puerta un poco más.

Repite hola a voz en grito.

Entra.

El sol de primera hora de la tarde inunda la cocina, que huele a calidez y a comidas tomadas en ella. El lento goteo incesante de un grifo marca el compás en el fregadero, y de una radio colocada en el alféizar surgen briznas de música.

Grace está sola.

Al ver a la señora Morton rompe a reír, alza los puños y mueve aún más sus gordezuelas piernecitas. La señora Morton no puede por menos que reírse. Es inevitable. Por lo visto Grace se da cuenta de que la divierte y ríe de nuevo arrugando la cara y agitando los brazos, hasta que la sillita entera se sacude de alborozo. La señora Morton nota que se le endereza la espalda, que los hombros se le distienden y que la invade un

393

alivio tan profundo y poderoso que le arrebata hasta el aire de los pulmones.

Se acerca al fregadero a cerrar bien el grifo.

Al darse la vuelta repara en que Grace se inclina en la sillita hacia la puerta abierta.

—¿Qué pasa? —dice la señora Morton—. ¿Es que quieres ver el jardín?

Abre más la puerta y empuja la sillita hasta un charco de frágil luz de noviembre que se ha extendido sobre el suelo de la cocina. Grace estará la mar de bien ahí, solo un ratito.

Entra en el silencio enmoquetado del recibidor y percibe un crujido de temor ante la intromisión en una vida ajena. En el salón y la salita, vacíos, se oye el tictac del reloj. Se detiene al pie de la escalera y estira el cuello para ver el descansillo. Aventura otro hola.

Nada.

Cuando vuelve a la cocina, ve que Grace se remueve en la sillita y extiende los puños, blanditos como flanes, hacia la puerta abierta. Trata de explicar lo que quiere con barboteos y balbuceos y numerosas expresiones que reflejan diversos grados de concentración.

—¿Quieres que esperemos a mamá en el jardín? —le pregunta la señora Morton.

Saca a Grace al patio y la deja bajo la copa de un cerezo de flor, aunque hace ya tiempo que un viento estival le arrebató los pétalos. Una bandada de gorriones se escurre y se inclina entre las ramas, y Grace y la señora Morton observan cómo cotorrean, negocian y tratan de hacer valer sus derechos.

—¿Los ves, Grace? —dice la señora Morton, pero la pequeña se inclina hacia el sendero del costado de la casa y tiende los dedos hacia el gato de la señora Forbes—. ¿Whiskey? ¿Quieres ver a Whiskey?

Así pues, enfilan el sendero siguiendo al gato, recorren el costado de la casa, dejan atrás los tiestos de la ventana de la cocina, el vidrio prensado del recibidor y de la despensa y cruzan el espacio donde el padre de Grace suele dejar el coche.

—Solo hasta el final del camino de entrada —dice la señora Morton—. Cuando lleguemos al final del camino daremos media vuelta y esperaremos a mamá.

El gato avanza lentamente pegado a los ladrillos, los gorriones se pelean en las ramas del cerezo. Las ruedas de la sillita traquetean y vibran sobre el hormigón.

Se detienen al final del camino de entrada, que desemboca en una avenida vacía. Por la pequeña ventana de plástico de la sillita la señora Morton observa que Grace se vuelve, se inclina y concede idéntica importancia a cuanto ve: el pico amarillo de un mirlo, el susurro como de papel que producen las hojas caídas, la curva plateada de la tapa de un cubo de la basura. Trata todas esas cosas con la misma seriedad.

Se vuelve a mirar la casa, que las aguarda con callada paciencia.

Seguirá estando ahí dentro de unos minutos, inalterada.

—Iremos solo hasta el buzón —dice la señora Morton.

Pero el buzón se convierte en el final de la carretera, y el final de la carretera en el edificio de los bomberos, y el edificio de los bomberos en las puertas del parque. Las asas de la sillita son como un flotador, la mantienen por encima de la desgracia y la vergüenza, y durante unos instantes se permite imaginar cómo habría sido la vida si le hubiera proporcionado un flotador propio. No piensa en el paseo. No repara en los árboles ni en las aceras ni en las farolas. Todo eso queda en los márgenes de su pensamiento mientras avanza por la urbanización bordeando los límites de la vida de otras personas, las vallas, los muros y los setos podados con esmero. Su recorrido no se compone de pasos, sino de una sucesión de pensamientos. De una bola de sentimientos, dura como una canica, que por lo visto la impulsa de un sitio al siguiente.

Cuando vuelve la vista atrás, los caminos que elige no le parecen caminos. Se le antojan más bien una serie de decisiones triviales, tomadas una tras otra sin pensar. Tan solo cuando se detiene, se da la vuelta y comprende que ha llegado a su destino, queda clara la importancia de las decisiones. Se acumulan a su espalda —los quizá, los otra vez será y los algún día— y la mantienen en un sitio donde nunca pretendió quedarse. Las decisiones que ha tomado forman parte de ella. Se han cosido entre sí hasta formar la persona en que se ha convertido, y, cuando se para a ver quién es, descubre que el patrón por el que fue cortada ha comenzado a asfixiarla.

Una vez en el parque, la señora Morton decide sentarse en el quiosco de música, lejos de los restos del otoño: el único vendedor de helados y de hojas en la superficie de una piscina infantil ya olvidada. Hay varios bancos cerca, todos vacíos, salvo uno situado al final del sendero, donde un anciano dormita con la cabeza inclinada sobre las páginas de un periódico y su Yorkshire terrier escucha desanimado los ronquidos del amo. Al dirigirse hacia el quiosco de música la señora Morton se pregunta si Walter Bishop estará donde siempre, sentado en un recuadro limpio, comiendo los sándwiches que saca de un recipiente de plástico colocado en las rodillas y robando porciones de la vida de quienes pasan por delante. Sin embargo, en el quiosco solo encuentra una paloma que elimina el paso del tiempo entre la bolsa de patatas fritas de anoche y los titulares de la mañana.

La señora Morton gira la sillita de Grace hacia el asiento y la niña la mira con húmedos ojos azules.

—Enseguida iremos a casa. Volveremos a ver qué le ha pasado a mamá.

Grace sonríe. La sonrisa se le extiende por todo el rostro.

—Pero antes nos sentaremos un momento. Hasta que recuperemos el aliento.

Observa que Grace reproduce sus expresiones igual que un espejo: mueve los labios intentando formar las palabras, con los ojos muy abiertos como en una caricatura. La pequeña actúa para su público, y chilla y se agita de satisfacción al ver que la señora Morton se ríe. Entonces se percibe una fuerza superior, la chispa de un principio. Se trata de un comienzo que la señora Morton no ha encontrado en los arcoíris, las puestas de sol y las formaciones rocosas, ni en los pétalos caídos sobre la moqueta de la salita. Es un comienzo que no se oye en las palabras ligeras ni se ve en las miradas lanzadas desde el otro lado de la carretera. Ni siquiera estaba segura de que fuera un principio, hasta ahora, y al comprenderlo no entiende que no se haya dado cuenta antes.

—A lo mejor a mamá le gustaría que yo le echara una mano de vez en cuando. A lo mejor tú y yo podemos ser amigas.

La paloma cruza la baranda del quiosco de música aleteando y baladroneando, y Grace se da la vuelta, asustada por el alboroto.

—No temas. —La señora Morton se inclina y enrosca los dedos de Grace sobre los suyos—. Estando conmigo no te pasará nada, porque yo te protegeré como si fuera un soldadito de plomo.

La última luz de la tarde se extiende sobre el parque y destaca el gris de los parterres de flores, donde antes crecían los estrictos redondeles de rojo, blanco y azul del ayuntamiento. Avanza por los senderos que se entrecruzan y las líneas de los bancos vacíos hasta el estanque, donde danza y parpadea sobre la superficie del agua antes de disolverse en la nada. En el momento en que la luz se vuelve más matizada, en que el profundo anaranjado de la tarde cubre el parque, la señora Morton piensa que deberían ponerse en marcha. Se acuerda del elefante.

—Cuando lleguemos a casa te daré un regalito que tengo para ti. Pero primero he de saber si puedo dártelo. Es de buena educación preguntar primero a mamá.

Lleva a Grace al estanque, hasta el tambaleante puente de madera y las oscuras columnas de juncos, pero el sol ya ribetea los tejados y comienza a desabrochar el día. La señora Morton se detiene, alza la vista y gira las ruedas hacia la acera.

—Quizá… quizá sea mejor que vayamos por el camino más corto.

No se cruzan con nadie. De todas maneras, si se toparan con alguien la señora Morton ni se daría cuenta. Está demasiado ocupada hablando con Grace de qué podrían hacer y adónde podrían ir el próximo día que salgan juntas. Tal vez al zoo. Sin embargo los zoológicos le parecen muy crueles, de modo que podrían visitar los jardines del río o hacer un picnic en el bosque de las afueras de la ciudad. Cuando Grace sea un poco mayor, podrían incluso tomar un autobús para pasar la tarde en la costa. ¿Ha ido Grace a la costa? Sería una aventura para las dos. Naturalmente, tendrán más limitaciones cuando Grace empiece a ir a la escuela, pero siempre les quedarán los fines de semana y las largas vacaciones de verano. Siempre habrá algo que hacer, algún sitio a donde ir, algo por lo que levantarse de la cama.

La señora Morton sigue hablando al doblar la esquina de la avenida. Cuenta a Grace que un amigo de un primo suyo tiene una caravana en Cromer. El camping está al lado del camino que bordea la costa. Se ve cómo las gaviotas descienden y se elevan llevadas por franjas de aire salobre, y las caravanas parecen papeles desperdigados sobre la hierba que cubre la cumbre de los acantilados. La señora Morton no ve a las personas reunidas en la calle, ni la palidez mate de la madre de Grace, ni al padre de Grace sentado en el borde de la acera con las manos sobre la cabeza. Solo levanta la mirada al oír el grito de Eric Lamb.

—La has encontrado, ¡la has encontrado!

Entonces repara en el grupo de gente y en la ira que tienen grabada en el rostro. Ve el coche de Derek subido en el bordillo, con la portezuela abierta de par en par; a Harold Forbes y a Sheila Dakin mirando desde el sendero hacia el número 11, que tiene corridas las cortinas de todas las ventanas, como si la casa cerrara los ojos al oír el griterío; a John Creasy, que cruza corriendo la carretera hacia Grace y ella; a Dorothy Forbes, que, con la cara fruncida por la preocupación, dobla y desdobla un paño de cocina. Reina el caos. Es como si alguien hubiera agitado todo el contenido de la avenida y lo hubiera arrojado a la calle.

Los amenazadores rostros coléricos avanzan y Grace se echa a llorar. Sylvia se desprende tambaleante de la multitud. El alivio le tira de las piernas, hasta que apenas la deja caminar. Se arrodilla delante de la sillita de paseo y abraza a la niña susurrándole al oído. Las únicas lágrimas son las de Grace. Es como si Sylvia se hubiera quedado sin llanto.

—¿Dónde estaba? —Derek, con las manos entrelazadas sobre la coronilla, se encuentra delante de la señora Morton.

Ella busca alguna insinuación de recelo en sus ojos, pero rebosan tanto alivio que le cuesta ver algo más.

Mira los otros rostros. Sus dedos aprietan las asas de la sillita.

—La he encontrado —dice.

Sylvia coge en brazos a Grace, que se acopla a ella, como una pieza de un rompecabezas a otra. Ahora da la impresión de que la sillita no pesa, parece casi ingrávida. Como si pudiera desaparecer volando y llevarse a la señora Morton consigo.

—¿Dónde? —pregunta Derek—. ¿Dónde la has encontrado?

La señora Morton es consciente. La gran decisión, que se esfuerza por ser insignificante, escondida entre las decisiones triviales con la esperanza de ser invisible e insustancial. Avanza hacia el principio de la cola cargando con todo en los bolsillos.

—Beatrice, ¿dónde estaba?

Es Eric Lamb quien ha hablado, pero los demás están atentos. Todos miran. Todos aguardan la respuesta.

La señora Morton vuelve la vista hacia el número 11. Las cortinas continúan cerradas sobre los cristales, pero en una ventana del piso de arriba le parece vislumbrar el filo de una figura.

—En el quiosco de música. —No aparta los ojos de la ventana—. La he encontrado en el quiosco.

—Lo sabía, joder. —Brian el Flaco se aleja del grupo y cruza en dos zancadas la avenida hacia el número 11. Se detiene junto a la casa de Dorothy y Harold y coge una piedra de Yorkshire de las que adornan el jardín.

—¡Esa no es la solución! —grita Eric Lamb.

Sin embargo las palabras carecen de fuerza suficiente para que Brian retroceda. Sale disparado del cañón de su propia rabia hacia la casa de Walter Bishop con los brazos levantados, la ira encendida.

La señora Morton observa las caras que la rodean. Se da

cuenta de que se está satisfaciendo un apetito prohibido: el deseo secreto de aprobación. Lo percibe en la rapidez de las respiraciones y en los ojos, muy abiertos. Lo ve en los húmedos labios de Sheila Dakin, en los puños apretados de Derek, en la chispa que se desplaza entre ellos acrecentando su carga. Comprende que siempre ha estado presente y que ahora ha encontrado una forma de salir. Ahora tiene una vía de escape.

El estrépito de la piedra contra el cristal parece resonar en toda la avenida. La ventana se resquebraja y se parte. Aguanta en su sitio una fracción de segundo antes de caer en cascada sobre el hormigón. Es la clase de estruendo que provoca un zumbido en los oídos y acelera el pulso del cuello. Con todo, lo más espeluznante no es el ruido, sino el silencio que lo sigue.

—¡Pervertido! —vocifera Brian mirando los cristales rotos—. ¡Cabrón pervertido!

El viento mueve el dobladillo de las cortinas. La tela sale por el marco de la ventana y comienza a golpear los ladrillos como si quisiera escapar.

La gente observa, acallada por la idea de que tal vez lo que acaban de presenciar no reciba respuesta.

Eric camina hacia Brian el Flaco y se detiene a un par de metros de él.

—Vamos, chico. Déjalo. Hay otras vías.

La señora Morton se ciñe la rebeca sobre los hombros. Los límites del día empiezan a desvanecerse y la luz adquiere el pálido azul púrpura del ocaso, de modo que sobre el grupo se extiende un cielo amoratado. Derek le quita la sillita. Y mueve la cabeza. El gesto, brusco, se acompaña de una breve sonrisa, pero no deja de ser un cabeceo.

La señora Morton siente vacías las manos.

Sylvia todavía tiene en brazos a Grace, cuya cabecita sostiene tiernamente contra su cuerpo.

—¿Cómo podremos pagártelo? —dice.

Se aferra al aroma tanto tiempo como puede.

—Es una niña preciosa —afirma la señora Morton—. Quizá pueda pasar más tiempo con ella.

Sylvia se inclina a besarle la mejilla. Ahí está el aroma. El olor a algo no contaminado ni ajado.

La señora Morton se aleja. Los demás continúan apiñados cerca del número 11, observando, a la espera. Vuelve a experimentar la sensación de un comienzo, pero se trata de un comienzo dañado y aterrador, en el que no quiere participar. Cargada con el peso de la compra, camina por aceras vacías entre casas habitadas por la vida integrada de otras personas. Las decisiones triviales, las que se deslizan en nuestro día a día sin que nos demos cuenta, las que envuelven su peso en un manto de insignificancia. Esas son las que nos enterrarán.

Piensa en el elefante, escondido bajo los tomates y la col. Grace nunca se acordará. Crecerá, irá a la escuela, tendrá amigos. Encontrará una vida integrada y un día, quizá, cogerá en brazos a un niño y aspirará el mismo aroma y sentirá la misma fuerza, y entenderá la necesidad de un comienzo. Grace no recordará nada.

En cambio un elefante…, un elefante jamás olvida.

El tubo de desagüe

21 de agosto de 1976

Jesús no se parecía en nada a Jesús, ni siquiera cuando entrecerré los ojos, me acuclillé e incliné la cabeza.

Me pregunté si alguna vez se había parecido a él. Los garajes volvían a ser armazones vacíos, y los charcos de aceite y el neumático roñoso habían quedado silenciosos y olvidados. Ni siquiera las hojas secas charlaban ya en los rincones.

Acerqué la cara al tubo de desagüe.

—¿Eras tú? —susurré.

Me llevé las rodillas al pecho y presté atención.

Lo oí..., unos minutos más tarde de lo que pensaba, pero ahí estaba: el chancleteo de las sandalias de Tilly en el camino, más lento y más suave que antes. Aun así, lo oí.

Al cabo de unos segundos apareció ella, toda sonrisas, con su sueste. Se había quitado las gomas de las coletas, aunque tenía el pelo como si todavía las llevara.

—Mi madre dice que no puedo quedarme mucho rato.

Me desplacé hacia la hierba y se sentó a mi lado.

—Pensaba que tardarías solo diez minutos —dije.

—Tuve que volver a casa. —Se metió la mano en el bolsillo—. Me había olvidado de cogerlo.

Miré el gálago.

—Me cuesta creer que lleves un Whimsy de aquí para allá.

—Claro que sí. Me lo regalaste tú. Es importante. —Lo hizo girar entre las manos—. Pero creía que habías dicho que no podían separarse. Creía que habías dicho que eran una pareja.

—Y lo son —respondí.

Y llegué a la conclusión de que, a fin de cuentas, era cierto. Solo hace falta que dos personas crean lo mismo para que experimenten un sentimiento de pertenencia.

—He estado reflexionando. —Me senté en la hierba—. No sé si de verdad era Jesús.

Tilly entrecerró los ojos y ladeó la cabeza.

—Quizá no. Pero en realidad da igual.

—¿Qué quieres decir?

—Bueno… —Tilly estiró las piernas al sol—. Pues que en realidad da igual que fuera Jesús o Brian Clough, o tan solo una mancha en la pared del garaje. Durante unos días nos unió, ¿no?

—Durante unos días.

—Eso demuestra que tengo razón, ¿no?

—Supongo que sí.

—Y, al fin y al cabo, no hay duda de que Jesús está en el tubo de desagüe. Siempre lo ha estado.

Me enderecé.

—¿Qué quieres decir?

—Dios está en todas partes, Grace. Todo el mundo lo sabe.

Y agitamos los brazos a nuestro alrededor y nos reímos y volvimos a agitarlos.

Nos quedamos en silencio. No sabía por qué todo era distinto. Al principio no estaba segura de qué pasaba, pero dio la impresión de que el día había cambiado, de que algo había de-

aparecido en la avenida. No me percaté de lo que ocurría
asta que miré al cielo.

—¡Dios mío!

Las dos nos quedamos mirando hacia arriba.

—El sol se ha esfumado —dijo Tilly—. ¿Adónde ha ido?

El cielo se había vuelto de color gris acero, ennegrecido y
olérico. Mientras lo contemplábamos se oscureció aún más
, asentado sobre los tejados, aplastó la luz contra el suelo.

—Pero todavía hace calor —añadió Tilly—. ¿Cómo es po-
ible que haga tanto calor si no hay sol?

—Porque sigue ahí. —Señalé hacia el vacío—. No ha desa-
arecido. No puede desaparecer. Es imposible. Lo que pasa es
ue no lo vemos.

Seguíamos reflexionando cuando me acordé de qué hora
ra.

—Rápido, Tilly, tenemos que irnos. Está al caer.

—¿El qué está al caer?

—El autobús. Hoy es el día.

—¿Qué día? —Se caló el sueste y se sacudió la gravilla de
os calcetines.

—El día que todos esperábamos. El día en que la señora
Creasy vuelve a casa.

La Avenida

21 de agosto de 1976

Al doblar la esquina vimos que todos se habían reunido ya
el centro de la avenida.

El señor Forbes, en pantalones cortos, estaba al lado
Clive. Dorothy Forbes tenía en la mano un trapo del polv
Sheila la observaba con el ceño fruncido. Brian el Flaco,
su cazadora de plástico, aguardaba junto a su madre y
bolsa de caramelos de limón. Al lado estaba Eric Lamb, a
yado contra el muro. Había dejado un rastro de barro con
botas de goma desde la puerta principal de su casa. Mis
dres también estaban presentes. Miré a ver si parecían pr
cuparse el uno por el otro y llegué a la conclusión de que
Mi padre tenía una mano sobre el hombro de mi madre y
otra en la cara. Pensé que daba igual que fuéramos pob
porque, mientras nos preocupáramos los unos por los otr
todo iría bien. Había acudido incluso la señora Morton. S
veía rara y distante, muy diferente de como era siempre.
la mano llevaba un muñeco de tela, que creo que parecía
elefante, aunque no estaba segura. En el centro de todo se
contraba el señor Creasy. Las solapas del traje habían com
zado a enroscársele sobre la camisa y tenía entre las manos
ramo de flores, marchitas y boqueantes por el calor.

—Es casi la hora —dije consultando mi reloj.

Al principio no nos dimos cuenta. Brian el Flaco fue el primero en verlo.

—Fijaos en ese gato —dijo.

Todos miramos hacia el final de la avenida.

Dorothy Forbes dejó caer el trapo del polvo.

—¿Whiskey?

—Joder, quién iba a decirlo, después de tanto tiempo —exclamó el señor Forbes.

El gato avanzó silencioso por la acera, arrimado a las vallas y los muros, posando con cuidado una patita tras otra en el hormigón. Parecía saber adónde se dirigía.

Se acercó a la señora Forbes y le saltó a los brazos.

—Whiskey —dijo ella, y le besó la cabeza—. No has desaparecido.

—Ya te lo dije —le recordó mi padre—. Ya te dije que volvería.

Brian miró por detrás del hombro de su madre.

—¿Cuánto tiempo hacía que no lo veías, Dot?

—Desde la noche del incendio —contestó la señora Forbes—. ¿Verdad que sí, cielito?

El gato ronroneó y se restregó y mulló con las patitas la rebeca de la señora Forbes.

—Taxi malo, que te asustó.

La señora Forbes le mulló a su vez el lomo.

Sheila Dakin la miró con el ceño fruncido.

—¿De qué taxi hablas, Dot?

—Del que trajo a Walter y a su madre. —La señora Forbes siguió mullendo a Whiskey y le dio más besos en la cabecita—. Ya se lo dije a Margaret: no me extraña que el pobrecito huyera. Un coche tan grande que daba miedo, deteniéndose en la avenida en plena noche.

—¿Sabías que ella estaba en casa? —le preguntó la señora Dakin.

La señora Forbes sonrió.

—Creía que estaban los dos —respondió.

La señora Dakin abrió la boca, pero por lo visto las palabras no quisieron salir.

—Es increíble que lo reconozcas después de tanto tiempo —señaló Brian.

Cuando la señora Forbes contestó, no lo miró a él, sino a Sheila Dakin.

—Pero de eso se trata, ¿no? Nunca olvidamos lo que hemos visto. Aunque hayamos perdido las fotografías, podemos airearlo cuando nos convenga. Los recuerdos solo se olvidan cuando morimos. Es algo peligroso. Vale la pena recordar.

Y siguió con los ojos clavados en la señora Dakin incluso después de que se desvanecieran las palabras.

Miré a Tilly y me encogí de hombros, y ella me miró encogiéndose de hombros a su vez.

Oímos el autobús desde kilómetros de distancia. Oímos cómo rodeaba la urbanización parándose y arrancando en las esquinas, el chirrido de los frenos; lo oímos traquetear y resoplar por el calor. Pareció que el cielo se oscurecía aún más y que el aire se enrarecía, y vimos que el señor Forbes sacaba un pañuelo del bolsillo para secarse la frente.

—Ya casi está aquí —dijo el señor Creasy.

Sheila Dakin encendió un cigarrillo pero no se lo fumó. Se consumió entre sus dedos hasta quedar convertido en un cilindro de ceniza mientras ella miraba fijamente a Dorothy Forbes

Estábamos todos vueltos hacia el final de la avenida cuando dobló la esquina.

Walter Bishop.

Llevaba un paraguas en la mano y el abrigo sobre el brazo. En lugar de caminar arrastrando los pies y con la vista clavada en el suelo, nos miraba de frente mientras avanzaba entre las casas.

—Vaya —dijo al llegar a nuestro grupito—. Esto es un comité de bienvenida en toda regla, ¿no?

—La señora Creasy vuelve a casa —le expliqué.

—Eso he oído decir. —Soltó el paraguas y el abrigo y estiró el brazo para acariciar la cabeza de Whiskey.

—Estamos todos muy emocionados —dijo Tilly.

—Entiendo. Aunque, para estar tan emocionados, no parecéis especialmente contentos. —Se echó a reír.

Era la primera vez que lo veía reír. Parecía otra persona.

Se quedó un momento con nosotros y contempló el cielo. Cuando acabó de mirarlo, recogió el paraguas y el abrigo y posó la vista en cada uno de nosotros.

Se hizo el silencio. Era la clase de silencio con la que tan solo Walter Bishop se sentía a gusto.

Al cabo de unos minutos se volvió hacia la señora Forbes.

—Yo que usted metería al gato en casa. Parece que va a lover.

Mientras lo decía se oyó un estruendo a lo lejos. Al prinipio pensé que se trataba del ruido del autobús, pero me di uenta de que me equivocaba. Era un trueno. Atravesaba el orizonte y rasgaba el amenazador cielo gris pizarra. Fue un onido apagado e insignificante al principio, pero aumentó de olumen al unirse al ruido del motor, hasta que la avenida enera empezó a bramar y a gruñir y pareció que cada casita se acudía en su jardín.

Los frenos chirriaron y el motor bufó. El autobús se detuvo al final de la carretera.

En ese momento cayeron las primeras gotas en la acera. Fueron pocas al principio y se estrellaron contra el hormigón como si alguien nos las hubiera arrojado. Luego vinieron más, muchas más. Se precipitaron y se apelotonaron hasta que no quedó espacio entre los ruidos y solo se oyó el turbulento estrépito ininterrumpido de la lluvia, que se llevaba el calor y el polvo y borraba a Jesús, si es que en realidad había estado allí.

El autobús aguardaba. Lo miramos.

Y vimos que los pies de la señora Creasy aparecían en la plataforma.

—Ahí está —dijo el señor Creasy.

—Ay, hostia.

Me di la vuelta para ver quién había hablado. Observé los rostros. El señor y la señora Forbes, y Clive el del British Legion. Brian el Flaco y su madre, y Sheila Dakin, que no había apartado los ojos de Dorothy Forbes. Eric Lamb y mis padres, y la señora Morton, aferrada al elefante.

Bajo el paraguas, Walter Bishop observaba a todos conmigo.

Yo sabía que había oído la palabra, pero era incapaz de adivinar quién la había pronunciado.

Me volví para esperar a la señora Creasy.

En realidad no importaba. Podría haber sido cualquiera de ellos.

Permanecimos atentos en el centro de la avenida. La lluvia nos caía a chorros por el pelo y la nariz y nos empapaba la ropa hasta calarnos la piel.

Miré a Tilly, que me sonrió por debajo del ala del sueste.

Y pareció que era el fin del verano.

Agradecimientos

Como sería imposible enumerar a todas las personas que han dado aliento a *El misterio de las cabras y las ovejas,* me gustaría expresar mi enorme agradecimiento a la comunidad literaria en su conjunto por su increíble ánimo y apoyo, y un agradecimiento especialmente grande a Kerry Hudson y Tom Bromley. Tengo una inmensa deuda de gratitud con mi agente, la fantástica Sue Armstrong; con todo el equipo de Conville & Walsh; con Katie Espiner, encantadora y con un gran talento; y con todos los de Borough Press y HarperCollins. Gracias asimismo al personal del Centro George Bryan, de Tamworth, y a la sala de atención médica avanzada de la Radbourne Unit, de Derby, por enseñarme a entender la importancia de un relato y por cuidar de las cabras y de las ovejas. Por último, gracias a los pacientes a los que he tenido el privilegio de conocer. Puede que nuestros caminos se cruzaran durante un corto tiempo, pero vuestro valor, sabiduría y buen humor me acompañarán siempre.